KIM FABER & JANNI PEDERSEN
Mörderland

KIM FABER & JANNI PEDERSEN

MÖRDER LAND

Ein Fall für Juncker und Kristiansen

Deutsch von Franziska Hüther

blanvalet

Die Originalausgabe erschien 2022 unter dem Titel
»Skyggeriget« bei JP/Politikens Hus, Kopenhagen.

Sollte diese Publikation Links auf Webseiten Dritter enthalten,
so übernehmen wir für deren Inhalte keine Haftung, da wir uns
diese nicht zu eigen machen, sondern lediglich auf deren Stand
zum Zeitpunkt der Erstveröffentlichung verweisen.

Zitat Seite 32: »Ben« von der dänischen Rapperin Tessa.

Penguin Random House Verlagsgruppe FSC® N001967

1. Auflage
Copyright der Originalausgabe © Kim Faber & Janni Pedersen and JP/Politikens
Hus A/S 2022 in agreement with Politiken Literary Agency
Copyright der deutschsprachigen Ausgabe © 2023 by Blanvalet in der Penguin
Random House Verlagsgruppe GmbH, Neumarkter Str. 28, 81673 München
Redaktion: René Stein
Umschlaggestaltung: www.buerosued.de
Umschlagmotiv: plainpicture / Jozef Kubica
JaB · Herstellung: sam
Satz: Buch-Werkstatt GmbH, Bad Aibling
Druck und Bindung: CPI books GmbH, Leck
Printed in the EU
ISBN 978-3-7645-0823-4

www.blanvalet.de

Zum Gedenken an Flemming

Es war die beste Zeit, es war die schlechteste Zeit. Es war das Zeitalter der Weisheit, es war das Zeitalter der Thorheit; es war die Epoche des Glaubens, es war die Epoche des Unglaubens; es waren die Tage des Lichts, es waren die Tage der Finsterniß; es war der Lenz der Hoffnung, es war der Winter der Verzweiflung. Wir hatten Alles zu erwarten, wir hatten Nichts zu erwarten. Wir gingen Alle schnurstracks dem Himmel zu, wir gingen Alle schnurstracks den andern Weg.

CHARLES DICKENS

11. Februar

Kapitel 1

Er liebt die Nachtschichten, so ist es immer schon gewesen, seit er das Werk am Ufer das Fjords vor bald vierzig Jahren zum ersten Mal betreten hat.

Überhaupt liebt er seine Arbeit. Das Gefühl, dazu beizutragen, die ganze große Maschinerie am Laufen zu halten.

In zweieinhalb Wochen ist es vorbei.

»Ich dreh mal 'ne Runde«, sagt er, und seine beiden Kollegen vom Leitstand in Block 3 quittieren es mit einem Brummen, ohne die Blicke von den Monitoren und Bedienelementen zu heben.

Sie bilden die Nachtschicht. Drei Leute. Mehr braucht es nicht, um die gigantische Anlage zu fahren, die die Bewohner der umliegenden Städte mit Fernwärme und Strom versorgt: einen, der vom Leitstand aus den Betrieb überwacht, einen Mitarbeiter, der je nach Bedarf zur Hand geht. Und einen, der im Gebäude unterwegs ist.

Er ist in dieser Schicht für Letzteres zuständig. Er muss Hand anlegen, wenn irgendwo ein Ventil klemmt oder die Mechanik anderweitig hakt. Während der Schicht muss er zweimal einen Rundgang machen, um sicherzustellen, dass alles ordnungsgemäß läuft. Denn nicht jede kleine Unregelmäßigkeit fällt auf, wenn man im Leitstand sitzt, wo von den Maschinen nicht mehr als ein fernes Brummen zu hören ist, das kaum das leise Surren der Lüftungsanlage übertönt.

Block 3 ist zweiundzwanzig Jahre alt. Er war dabei, als er 1998 in Betrieb genommen wurde, und wie ein Dirigent, der selbst den geringsten Missklang in seinem Orchester wahrnimmt, kennt er jedes Geräusch und jeden Geruch und weiß sofort, woran es liegt, wenn etwas anders ist.

Das Kraftwerk ist sein Baby.

Der Rundgang dauert eine knappe halbe Stunde und endet am Fuß des beinah einhundert Meter hohen Kesselhauses, bei den vier Kohlemühlen, die die Kohle zu feinem Staub zermahlen, bevor sie in den Kessel geblasen wird. Er schaut auf seine Uhr. Reichlich Zeit für eine Zigarette.

Er öffnet die Tür und tritt hinaus auf den Platz zwischen Block 2 und 3. Block 2 wird derzeit abgerissen, die Tage der Kohlekraftwerke sind gezählt. Es ist eine milde Nacht. Der Januar war sowohl der wärmste als auch einer der feuchtesten, die je in Dänemark gemessen wurden, und das für die Jahreszeit höchst ungewöhnliche Wetter setzt sich nun im Februar fort. Er schnuppert in der Luft und steckt sich eine Zigarette an. Auch in dieser Nacht weht der Wind offenbar von Süden, denn der süßliche Geruch der großen Kohlensilos, die wie schlafende Dinosaurier entlang dem Kai liegen, ist durchdringend. Manchmal mischt sich der Qualm von kleineren Bränden darunter, die sich hin und wieder in den Tiefen der Silos selbst entzünden, heute aber ist kein Rauch in der Luft. Er geht zum Kai und wird von Wehmut ergriffen – wie an jedem Tag, seit er dem Drängen seiner Frau nachgegeben und die Entscheidung getroffen hat –, obwohl er sich doch eigentlich als heiteres Gemüt bezeichnen würde.

Er habe seinen Teil getan, hatte seine Frau zu ihm gesagt. »Hör auf, solange du noch Kraft hast, dich um die Enkel zu kümmern.« Und sie hat bestimmt recht, wie gewöhnlich. Aber gerade bereut er den Schritt. Denn wer wird er sein, wenn er nicht länger Jens Viggo vom Kraftwerk ist? Er blickt den Kai entlang und prägt sich das Bild ein. Die Silos. Die beiden Kräne. Den großen finnischen Kohlefrachter. Die Scheinwerfer, die die leblose Szenerie in ein kühles weißes Licht tauchen. Eine Weile steht er mit der Zigarette im Mundwinkel da, die Schultern gesenkt und die Arme mutlos herabhängend. Dann wirft er die Kippe auf den Boden, drückt sie sorgfältig mit der Schuhsohle im schwarzen Kohlenstaub aus, schüttelt den Moment ab und macht sich auf den Rückweg. Er muss schmunzeln, als er sich dabei ertappt, wie er seine Schritte dem Rhythmus der blinkenden Lichter des hohen Betonschornsteins anpasst.

Bei den hellgrauen Gebäuden angekommen, bleibt er stehen und schaut abermals auf die Uhr. Zeit genug für eine zweite Zigarette. Sein Blick wandert das eingebaute Förderband entlang, das die Kohle von den Silos zum Kraftwerk transportiert und hoch oben in der Wand verschwindet. Aber was ...

Er spitzt die Ohren und zieht die Brauen zusammen. Er hört ein fremdes Geräusch, das lauter und lauter wird.

Bei der Detonation platzt ihm das Trommelfell, und der Luftdruck zwingt ihn in die Knie. Die infernalische Hitze brennt in seinem Gesicht.

Nichts davon stellt für sich genommen eine Gefahr für sein Leben dar. Sehr wohl jedoch der fünfzig Kilo schwere Stahlträger, der ihn Sekunden später mit einer Fallgeschwindigkeit von siebzig Stundenkilometern am Kopf trifft.

Kapitel 2

Es läuft bestens.

Das sagt sich Kristoffer Kirch jeden Morgen. So haben die Psychologen und Therapeuten dem dreißigjährigen Polizeibeamten geraten, den Tag zu beginnen. Und Psychologen und Therapeuten haben in seinem Leben einiges zu sagen seit dem eisigen Wintertag vor etwas mehr als drei Jahren, als er von zwei Terroristen entführt und gefoltert wurde und sicher war, dass er sterben würde.

Es gab Zeiten, da waren es nichts als leere Worte. Doch im Moment läuft es tatsächlich bestens.

Er streckt seinen zwei Meter großen, muskulösen Körper, dass es in den Gelenken knackt. Ein Blick aufs Handy ist nicht nötig, um zu wissen, dass es etwa fünf Uhr ist. Er wacht immer um diese Zeit auf, egal wann er ins Bett geht oder wie er sich fühlt.

Damit lässt sich leben. Auch wenn noch immer gelegentlich belastende Erinnerungen an den Einsatz in Afghanistan hochkommen, als er kaum mehr als ein Heranwachsender war. Bilder, wie er nach einer Bombenexplosion schwer verwundete und tote Kameraden aus einem halb zerstörten Mannschaftstransportwagen zieht. Und von der Entführung in Sandsted, wo ein brutaler rothaariger Konvertit und ein Afghane, dem ein Stück des Ohrs fehlt, abwechselnd auf ihn einprügeln, während sie schreien, wie wenige Minuten ihm noch zu leben bleiben.

Aber heute kann er sie in Schach halten. Die Bilder tauchen auf, er lässt jedoch nicht zu, dass sie die Macht über ihn gewinnen. Nicht mehr.

Wie üblich bleibt er noch eine Weile im Halbschlaf liegen. Dann steht er auf und öffnet die Vorhänge. In der Dunkelheit lässt sich nicht erkennen, wie das Wetter ist, vermutlich aber kaum anders als in den letzten Tagen: mild, feucht und mitunter recht windig. Es war einmal ein Winter, denkt er und geht in die Küche, um sich die erste Tasse Kaffee des Tages zu machen.

Noch vor wenigen Jahren hätte er kochendes Wasser in einen Becher mit zwei Löffeln Instantkaffee gegossen. Damit war Schluss, als er mit Leonora zusammenkam. Stattdessen mahlt er nun vier gestrichene Messlöffel Bohnen von einer Fairtrade-zertifizierten Plantage im kenianischen Hochland, gibt den Kaffee in die French Press, übergießt ihn mit sprudelnd heißem Wasser und drückt mit ritueller Langsamkeit den Stempel nach unten. Er schaltet das Radio ein, pustet in die Tasse, nimmt den ersten Schluck, spürt ein wohliges Gefühl seinen Körper durchströmen und wie der Tag beginnt.

Er dreht lauter. Im Kraftwerk am Nordufer des Fjords sei es zu einer heftigen Explosion gekommen, berichtet ein Nachrichtensprecher. Also hat er sich in der Nacht vielleicht doch nicht getäuscht, als er dachte, er hätte etwas gehört. Er war aufgewacht, hatte es aber für einen Traum gehalten.

Die Ursache der Explosion sei noch unklar, gibt der Einsatzleiter Auskunft und antwortet auf die Frage nach Opfern, dass es bislang einen Verletzten gäbe. Der Zustand des Betroffenen sei kritisch.

»Wir berichten natürlich weiter über die Situation im Nordjütlandwerk und halten Sie fortwährend auf dem Laufenden«, verspricht die Moderatorin der Sendung und eilt weiter zur nächsten Story. Sieben Wochen nach Ausbruch der Pandemie deute ein neuer chinesischer Bericht auf einen Rückgang der Covid-19-Infektionen hin, so eine Oberärztin vom Staatlichen Serum Institut.

Ob die wohl irgendwann noch mal aufhören, andauernd über dieses Virus zu reden, denkt sich Kristoffer. Schließlich ist es, wenn er es recht verstanden hat, nicht schlimmer als eine gewöhnliche Grippe. Er schaltet das Radio ab und überlegt, was er mit seinem freien Tag anstellen soll.

Statt Überstunden abzubauen, würde er lieber arbeiten. Die ganze Zeit. So geht es ihm, seit er und Leonora vor einem halben Jahr Schluss gemacht haben. Wobei, eigentlich wohl eher, seit er die PTBS im Griff hat, in den Dienst zurückgekehrt ist und seine Ausbildung beendet hat. Und das Gefühl hat sich noch verstärkt, nachdem er sich erfolgreich für eine einjährige Vertretungsstelle bei der Abteilung für Gewaltkriminalität der Polizei Nordjütland beworben hat und vor drei Monaten nach Aalborg gezogen ist.

Immerhin steht sein Plan für den Abend schon: das Veteranencafé öffnen und schließen, in das er dienstag-, donnerstag- und freitagabends geht, sofern es sich mit der Arbeit vereinbaren lässt. Vielleicht könnte er sein Mountainbike auf Vordermann bringen und am Nachmittag eine lange Radtour machen. Die letzte ist schon lange her, und etwas Bewegung würde ihm guttun.

Sein Handy klingelt. Es ist Michael Bonner, sein Chef.

»Hab ich dich geweckt?«

»Nein, bin schon eine Weile auf.«

»Gut. Ich weiß, dass du heute frei hast.«

»Die Explosion im Kraftwerk?«
»Ja.«
»Ein Verletzter, hieß es im Radio.«
»Er ist tot.«
»Okay. Weiß man, was die Explosion ausgelöst hat? Da jetzt anscheinend wir zuständig ...«
»Nein. Wir wissen nichts. Kannst du in einer halben Stunde fertig sein?«

Es ist eine rhetorische Frage, und Kristoffer kommt gar nicht erst zum Antworten.

»Justesen sammelt dich ein«, sagt Bonner und legt auf.

Yes, denkt Kristoffer und spürt sein Herz schneller schlagen.

Kapitel 3

Zum ersten Mal in seinem Leben sieht er ein Kraftwerk aus nächster Nähe. Zusammen mit seinem Kollegen Thorkild Justesen sowie Erland Mikkelsen, dem Produktionsleiter des Werks, ist er auf dem Weg von der Verwaltung hinüber zu den riesenhaft aufragenden Gebäuden von Block 3.
»Wahnsinn, ist das groß«, sagt Kristoffer.
»Ja, irre. Wie hoch geht es da?«, erkundigt sich Justesen.
»Etwa neunzig Meter«, antwortet Erland Mikkelsen.
»Und der Schornstein?«
»Hundertdreiundsiebzig Meter.«
Justesen pfeift beeindruckt. »Nicht schlecht.«
Er selbst ist um die eins achtzig groß, hat helles, schütteres Haar, das schon länger keine Schere gesehen hat, und freundliche braune Augen hinter randlosen Brillengläsern. Er trägt schwarze Schnürstiefel, die dringend mal wieder geputzt werden müssten, eine ausgewaschene khakifarbene Leinenhose und einen überdimensionalen Parka. Kristoffer findet, er ähnelt dem Schauspieler William Hurt.

Die drei Männer bleiben bei der mit rot-weiß gestreiftem Flatterband abgesperrten Stelle stehen. Teile des zerfetzten Förderbands und dessen Abdeckung liegen über den Platz verstreut. Oben in der Mauer, wo es noch vor wenigen Stunden im Gebäude verschwand, klafft nun ein an die fünf bis sechs Meter großes Loch.

Der Tote liegt, notdürftig mit einer karierten Wolldecke bedeckt, in einer Blutlache. Zwei Kriminaltechniker in Schutzanzügen sind mit der Spurensicherung beschäftigt.

»Können wir schon zu ihm?«, fragt Justesen.

»Ja, wir sind hier so gut wie fertig.«

Kristoffer und Justesen steigen über das Absperrband.

»Sie bleiben am besten hier«, sagt Justesen freundlich an den Produktionsleiter gewandt.

Der Mann nickt dankbar. Auch wenn er versucht, die Fassade zu wahren, steht ihm die Erschütterung ins Gesicht geschrieben.

Justesen geht neben der Leiche in die Hocke und zieht die Decke herunter, sodass der Kopf zum Vorschein kommt. Er zieht scharf die Luft ein. »Großer Gott«, murmelt er.

Der Schädel ist praktisch auf ganzer Länge vom Scheitel bis zum Mund gespalten. In einem Meter Entfernung liegt ein Stahlträger auf dem Boden.

»Ist das der, der ihn erschlagen hat?«, fragt Justesen einen der Kriminaltechniker.

»Sieht so aus. Jedenfalls haben wir Blut und Gewebereste daran gefunden.«

Kristoffer, der hinter Justesen steht, starrt wie paralysiert auf das Blut, die Hirnmasse und die weißen Knochensplitter. Dann wendet er sich ab. Justesen zieht die Decke wieder über das Gesicht der Leiche und steht auf. Er mustert Kristoffer prüfend.

»Alles okay?«

Kristoffer nickt. Reiß dich zusammen, ermahnt er sich selbst.

Sie kehren zum Produktionsleiter zurück. Justesen zeigt auf das Loch in der Wand.

»Scheint ja einen Mordsschlag da oben getan zu haben«,

wendet er sich an Erland Mikkelsen. »Wie ist es in so einem Kraftwerk mit der Explosionsgefahr? Gibt es hier irgendwas, das in die Luft fliegen kann?«

Mikkelsen nickt. »Einiges. Kohlenstaub kann zum Beispiel explodieren. Ölrohre können lecken, und wenn Öl mit hohem Druck herausgeblasen wird und mit fünfhundertvierzig Grad heißem Dampf in Kontakt kommt … das ist wie ein Flammenwerfer. Außerdem verwenden wir Wasserstoff zur Kühlung, und bei Wasserstoff ist Vorsicht geboten. Überhaupt muss man aufpassen, wenn man mit derartigen Temperaturen und so hohem Druck arbeitet wie wir hier.«

»Da bin ich bei Ihnen«, sagt Justesen. »Ist vorher schon mal was passiert?«

»Ab und zu, ja. Letztes Jahr hatten wir einen Generatorbrand.«

»Aber da …« Justesen schaut an der Wand hinauf. »Kann da oben etwas explodieren?«

Mikkelsen denkt einen Moment nach. Dann schüttelt er den Kopf. »Wüsste ich jetzt nichts. Da ist nur das Förderband, das die Kohle zu vier Kohlemühlen transportiert. Die vermahlen sie zu Kohlenstaub, bevor sie in den Kessel eingeblasen wird.«

»Alles klar, danke.« Justesen klopft Kristoffer auf den Arm. »So, junger Mann, dann lass uns mal den Einsatzleiter suchen gehen und schauen, was er uns sagen kann.«

»Der müsste im Gebäude sein«, sagt Erland Mikkelsen. »Ich bringe Sie hin.«

Mikkelsen führt sie zu einer Stahltür, öffnet sie und lässt den beiden Ermittlern den Vortritt. Kristoffer hat das Gefühl, in den Bauch eines riesigen Tieres zu treten. Er legt den Kopf in den Nacken und schaut nach oben.

Er kann nicht sehen, wo die Halle endet. Der Einsatzleiter steht am anderen Ende des Gebäudes und spricht im grellen Licht von vier aufgestellten Scheinwerfern mit zwei uniformierten Beamten. Er und Justesen begrüßen sich wie alte Freunde, die sich viele Jahre nicht gesehen haben.

Es ist das zweite Mal, dass Kristoffer mit Justesen zusammenarbeitet. Beim ersten Mal artete eine Silvesterparty in der Jomfru Anegade in eine Massenschlägerei aus, ein junger Mann wurde mit dem Messer getötet. Doch so viel hat er bereits über seinen älteren Kollegen gelernt: Justesen kennt Gott und die Welt, und er behandelt alle gleich. Freundlich und respektvoll. So verhält er sich auch gegenüber Kristoffer, obwohl er ihm an Erfahrung um Lichtjahre voraus ist. Er ist interessiert daran, die Einschätzung seines jungen Kollegen zu hören, auch wenn Kristoffer mehr als einmal das Gefühl hatte, dass Justesen die Antwort auf seine eigene Frage bereits kannte. Der Mann bemüht sich, um es mit einem modernen Begriff auszudrücken, der ihm selbst sicherlich zuwider wäre, um Inklusion.

Nur bei einer einzigen Gelegenheit hat Kristoffer ihn mit düsterer Miene gesehen, nämlich als sie einmal zusammen frühstückten und Kristoffer ihn fragte, ob er eigentlich nie darüber nachgedacht habe, sich um eine Stelle in Kopenhagen zu bemühen. Justesen zog einen Flunsch, als hätte er auf eine Zitrone gebissen, und die Antwort fiel kurz aus: »Nein.«

Der Einsatzleiter berichtet, dass einige Kohlen auf dem Boden geschwelt hätten, als er und die ersten Einsatzfahrzeuge angekommen seien. Man habe sie rasch gelöscht und anschließend sichergestellt, dass keine unmittelbare Gefahr für weitere Explosionen bestand.

»Laut Erland Mikkelsen gibt es da oben nicht wirklich was, das in die Luft fliegen kann, jedenfalls nicht von allein«, sagt Justesen.

»So wurde es mir auch gesagt«, nickt der Einsatzleiter.

»Das kann nur eins bedeuten.« Justesen schaut seinen Kollegen an.

»Jemand hat da oben Sprengstoff deponiert«, sagt Kristoffer.

Der Einsatzleiter nickt. »Aus dem Grund habe ich Bonner angerufen und euch von der Gewaltkriminalität dazugeholt. Außerdem habe ich das Militär informiert. Zwei Sprengstoffexperten von der Kaserne in Skive sind auf dem Weg hierher.«

»Klingt vernünftig«, sagt Justesen. »Aber wie zum Teufel schafft man eine Bombe da oben hin?«

»Gute Frage. Um das rauszufinden, bekommt ihr ja euer gutes Gehalt, stimmt's?«

»Hm«, brummt Justesen. »Der Tote … ist er identifiziert?«

»Ja.« Der Einsatzleiter holt sein Handy hervor und tippt ein paarmal aufs Display. »Er heißt … Moment … Jens Viggo Olesen. Fünfundsechzig Jahre alt. Er war einer der drei, die Nachtschicht hatten. Anscheinend wäre er mit Monatsende in den Ruhestand gegangen. Nach vierzig Jahren.« Er schüttelt den Kopf. »Tragisch.«

»Die Angehörigen sind informiert?«

»Ein paar fehlen noch, aber darum kümmern wir uns.«

Justesen kratzt sich die Bartstoppeln. »Habt ihr schon alles nach weiteren Bomben abgesucht?«

»Wir haben das Gebäude natürlich gesichert, ehe wir reingegangen sind. Jetzt müssen wir abwarten, ob unsere Freunde aus Skive meinen, wir sollten alles ein zweites

Mal checken, und ob wir weitere Experten brauchen. Es wird nicht gerade übersichtlicher, je weiter man ins Gebäude kommt, kann ich dir sagen. In diesem Monstrum gibt es tausend Möglichkeiten, wo man eine Bombe verstecken kann.«

Justesen grinst breit. »Dann wollen wir mal hoffen, dass nicht noch eine hochgeht, während wir da drinnen rumlaufen.«

Kapitel 4

Polizeikommissar Martin Junckersen, der von fast allen aber nur Juncker genannt wird, zwingt sich, den Blick auf die Leiche im Bett zu richten. Der alte Mann liegt, die Decke bis zum Hals gezogen, auf dem Rücken. Das gelbliche Gesicht ist leicht zur Seite gedreht, das eine Auge geschlossen, das andere wie auch der zahnlose Mund halb geöffnet.

Der Mann erinnert Juncker derart an seinen Vater, wie er am 6. Januar 2017 in seinem Bett lag, dass er am liebsten umdrehen und aus dem Zimmer fliehen würde.

Auf einmal hat er die ganze Szene und seine Gefühle von damals so deutlich vor Augen, als wäre es lediglich eine Stunde und keine drei Jahre her: die Überraschung darüber, dass in dem alten, ausgezehrten Körper seines Vaters noch solche Kräfte schlummerten. Die Panik, als ihm klar wurde, dass Arme und Hände nicht reichten, um das Kissen festzuhalten, sondern er mit seinem ganzen Gewicht pressen musste. Und das enorme Unbehagen angesichts der damit einhergehenden Intimität – seinem Vater körperlich so nah zu sein, wie er es, falls überhaupt, zuletzt als Kleinkind gewesen war. Die Verzweiflung darüber, dass der Alte so lang brauchte, bis er starb, und als der Tod endlich eintrat, Erleichterung, es überstanden zu haben.

Schließlich – und das hatte ihn am meisten verblüfft – plötzliche Trauer, weil er sich nun nie mehr mit seinem Vater würde unterhalten können, obwohl sie so häufig aneinandergeraten waren.

Er schaut sich im Zimmer um. Neben dem Bett besteht die Einrichtung aus einem abgewetzten hellbraunen Ledersessel, einem Esstisch aus Teakholz und vier zugehörigen Stühlen mit blau gepunktetem Bezug sowie einer weißen Kommode. An der Wand hängen ein Bild von vier Kühen im Sonnenuntergang und fünf Schwarz-Weiß-Familienfotos in Messingrahmen. Das Ganze wirkt wie der herzzerreißende und vergebliche Versuch zu kaschieren, dass es sich hierbei um eine Endstation handelt. Dass dieser Raum nicht zum Leben, sondern zum Sterben gedacht ist.

So will Juncker seine Tage nicht beschließen. Aber er weiß auch, dass man so etwas nicht immer selbst in der Hand hat. Der Mann im Bett hat vermutlich nicht darum gebeten, lediglich umgeben von ein paar spärlichen Requisiten seines einstigen Lebens aus dieser Welt zu scheiden.

Juncker hofft inständig, dass eines Tages, wenn er nichts mehr hat, wofür es sich zu leben lohnt, und sein Verstand ihn im Stich lässt, jemand nachts in sein Zimmer schleicht und *ihm* ein Kissen aufs Gesicht drückt. Oder ihm eine Packung Tabletten in den Mund stopft oder eine tödliche Dosis von irgendwas injiziert. Denn er zweifelt ehrlich daran, dass er selbst den Mut dazu hätte.

Schräg hinter Juncker steht Torben Jørgensen, der Leiter des Pflegeheims. Er war derjenige, der die Polizei verständigt hat.

»Also, Juncker, fährst du hin und redest mit ihm?«, hatte Erik Merlin, Chef der Abteilung für Gewaltkriminalität, gefragt, nachdem er knapp erklärt hatte, worum es ging.

Selbst wenn er gefoltert worden wäre, fiel Juncker nichts ein, was er weniger gern getan hätte. Er lebt dafür, Morde aufzuklären, nur keine Morde an alten, schwer dementen Menschen. Aber er war natürlich schlecht darum herumgekommen. Was hätte er Merlin sagen sollen? Dass es ihm Unbehagen bereite, in einem Fall zu ermitteln, der ihn so sehr an damals erinnert, als er selbst seinen Vater umgebracht hat?

Juncker wendet sich an Torben Jørgensen. Ein kleiner kugelrunder Mann mit Glatze und verblüffend heiterem Blick hinter einer braunen Hornbrille.

»Ich weiß, Sie haben meinem Chef schon von Ihrem Verdacht erzählt, aber können Sie es noch mal wiederholen?«

»Gern.« Jørgensen nickt. »Also ... es scheinen mir einfach ungewöhnlich viele Todesfälle, die wir hier in letzter Zeit hatten.«

»Nämlich wie viele?«

»Kurt Nielsen eingeschlossen«, er weist mit dem Kinn aufs Bett, »sind es neun in den letzten drei Wochen.«

»Und das sind ungewöhnlich viele?«

»Mehr als doppelt so viele wie sonst zu dieser Jahreszeit.«

»Wie viele Bewohner haben Sie hier?«

»Hundertvierzig.«

»Hm.« Juncker kratzt sich am Nacken. »Es sind ja alles altersschwache Menschen. Könnte es nicht einfach Zufall sein, dass sich die Todesfälle im Moment häufen?«

»Doch, natürlich schon. Es kommt mir nur etwas seltsam vor. Die Verstorbenen waren zwar allesamt dement, davon abgesehen aber für ihr Alter in guter gesundheitlicher Verfassung. In solchen Fällen sprechen wir von einem ›unerwarteten‹ Ableben.«

Juncker geht zur Tür. »Wenn es sich hierbei um einen Tatort handelt, ist es besser, wir sprechen auf dem Flur weiter.«

Sie steuern eine Sitzgruppe bei einem großen Fenster an, das auf eine Grünfläche und fünf nackte Birken zeigt.

»Wie hoch ist die Sterberate normalerweise? Falls sich das sagen lässt?«

»Durchaus. Normal stirbt ein Drittel unserer Bewohner im Jahr, also etwa fünfundvierzig. Drei oder vier im Monat. Selbst wenn man mit einbezieht, dass wir uns noch in der Grippesaison befinden, sind neun Tote in drei Wochen folglich deutlich mehr als sonst.«

»Ja, das sehe ich ein.« Juncker blickt hinaus zu den Birken. »Wie ist das übliche Prozedere, wenn ein Bewohner stirbt?«

»Wenn es ein unerwarteter Todesfall war, müssen wir die Polizei unterrichten.«

»Und die kommt dann auch?«

»Nicht unbedingt. Wenn ich es richtig im Kopf habe, war in fünf von den jetzigen neun Fällen jemand da.«

»Und hat was gemacht?« Juncker macht ein entschuldigendes Gesicht. »Tut mir leid, das müsste ich eigentlich selbst wissen, aber ich hatte noch nie mit Todesfällen in Pflegeheimen zu tun, deshalb …«

»Schon gut.« Torben Jørgensen lächelt freundlich. »Die Beamten stellen im Grunde nur sicher, dass es keine ungewöhnlichen Umstände gab.«

»Wie zum Beispiel?«

»Ob der Tote Verletzungen aufweist. Mögliche Abwehrläsionen. Oder sonst irgendwelche Abdrücke oder Male, für die es nicht auf Anhieb eine Erklärung gibt.«

»Hm. Und dann wird der Verstorbene von einem Arzt untersucht?«

»Ja, normalerweise vom Hausarzt, der dann auch den Totenschein ausfüllt.«

»Wurde bei irgendeinem der aktuellen Fälle eine Obduktion veranlasst?«

»Nein. Weder die Ärzte noch die Polizei haben Hinweise auf eine unnatürliche Todesursache gefunden.«

»Und trotzdem haben Sie die Abteilung für Gewaltkriminalität angerufen.«

»Ja.« Torben Jørgensen lächelt erneut, diesmal begleitet von einem leichten Kopfschütteln. »Ich verstehe, wenn Sie das merkwürdig finden. Aber die Anzahl der Toten ... und irgendwie habe ich einfach so ein Gefühl. Wahrscheinlich denken Sie, ich spinne.«

»Überhaupt nicht. Ihr Gefühl sagt Ihnen also, dass jemand in diesem Pflegeheim alte demente Menschen umbringt?«

»Tja, äh ... ja, vielleicht.«

»Einer der Mitarbeiter?«

Torben Jørgensen zuckt mit den Schultern. »Vielleicht.«

»Denn ich nehme mal an, außer dem Personal hat hier nachts niemand Zutritt? Die Türen sind sicher verschlossen?«

»Ja. Man braucht einen Code, um reinzukommen.«

»Werden die Eingänge videoüberwacht?«

»Nur der Haupteingang.«

»Wie viele arbeiten in der Nachtschicht?«

»Normalerweise drei.«

»Ich muss wissen, wer in den Nächten, als die neun Personen verstorben sind, gearbeitet hat.«

»Die Liste habe ich schon erstellt.«

Juncker beugt sich vor. »Sagen Sie, wie lange haben Sie den Verdacht schon?«

»So richtig verstärkt hat er sich im Laufe des Wochenendes. Am Samstag ist auch schon jemand gestorben.« Jørgensen macht auf einmal ein betretenes Gesicht. »Denken Sie, ich hätte mich schon früher an Sie wenden sollen?«
»Dazu habe ich keine Meinung. Jetzt noch nicht, jedenfalls.« Juncker steht auf. »Ich muss ein paar Anrufe machen. Finde ich Sie in Ihrem Büro, falls ich Sie brauche?«
»Ja, und falls nicht, fragen Sie eine der Sekretärinnen, sie wissen, wo ich bin.«

Juncker ordert als Erstes ein Team Kriminaltechniker und ruft anschließend Merlin an.

»Und, was sagst du?«, fragt der Chef. »Ist es ein Fall für uns?«

»Bin noch nicht sicher. Aber ich würde den Toten gern obduzieren lassen.«

»Also hast du ...«

»Ja, ich hab so ein Gefühl.«

»Irgendwas an der Leiche, das auf Fremdeinwirkung hinweist?«

»Nein. Aber wir wissen beide, dass man jemanden mit einem Kissen ersticken kann, ohne sichtbare Spuren zu hinterlassen, höchstens vielleicht eine teilweise geweitete Lunge. Außerdem könnte er auch vergiftet worden sein. Es gibt schließlich Toxine, bei denen man äußerlich nichts sieht. Deshalb.«

»Okay. Ruf einfach bei der Rechtsmedizin an.«

Eine Stunde später treffen drei Techniker ein, und Juncker setzt sie ins Bild. Einer von ihnen ist Peter Lundén, mit dem Juncker bereits bei etlichen Fällen zusammengearbeitet hat. Er ist außerordentlich kompetent – gründlich und erfahren.

»Denk dran zu schauen, ob Blut auf dem Kissen ist. Von der Nase ...«, sagt Juncker und bereut die Bemerkung augenblicklich.

Lundén schnaubt beleidigt. »Nee, wirklich?« Kopfschüttelnd geht er ins Zimmer des Verstorbenen. Juncker folgt ihm, bleibt jedoch auf der Türschwelle stehen. »Und der Rechtsmediziner ist unterwegs?«, fragt er besänftigend.

»Wir haben jedenfalls einen bestellt. In einer Stunde dürfte jemand da sein, denke ich.«

»Dann störe ich dich nicht länger.«

»Super«, erwidert der Techniker.

Anschließend begibt sich Juncker zu Torben Jørgensens Büro. Der Leiter des Pflegeheims reicht ihm ein Blatt Papier.

»Das sind die Namen der Mitarbeiter, die in den neun betreffenden Nächten Dienst hatten. Ich nehme an, Sie wollen mit allen sprechen?«

»Ja. Könnten Sie mir außerdem zeigen, wo die Medikamente verwahrt werden und wie dokumentiert wird, wer was und wie viel bekommt?«

»Natürlich. Das können wir gleich machen, wenn es Ihnen passt.«

»Gern.«

Junckers Handy vibriert. Seine Ex-Frau Charlotte ruft ihn in letzter Zeit so häufig an wie schon lange nicht mehr. Überhaupt verhält sie sich wieder mehr wie die alte Charlotte von damals, als sie noch verheiratet waren und sich liebten. Das ist merkwürdig. Und er weiß nicht so recht, wie er damit umgehen soll. Er hat endlich verwunden, dass sie ihn verlassen hat, und sein Leben halbwegs auf die Reihe bekommen. Jetzt scheint es, als füttere sie ihn ständig mit kleinen Hoffnungsbrocken, sie beide könnten doch wieder ein Paar werden. Er versteht nicht, warum sie es tut – und hat dennoch so ein Gefühl: dass es womöglich aus dem simplen Grund heraus geschieht, dass er mit einer anderen Frau zusammen ist, Charlotte seines Wissens aber ein Singledasein führt.

Vielleicht ist sie schlicht und ergreifend eifersüchtig.

Er drückt den Anruf weg.

Kapitel 5

Eigentlich kann Nabiha Khalid Rapmusik nicht ausstehen, schon gar nicht von männlichen Rappern. Ihr ganzes Machogehabe, die frauenverachtenden Texte. Die Gewaltverherrlichung und das armselige Gelaber von wegen Respekt. Was soll das? Ihre lächerlichen Goldkettchen, Klunker und Protzautos? Ihr primitiver Ghettoslang, der nur entlarvt, dass sie nie den Grips hatten, anständig Dänisch zu lernen?

Sie kriegt Pickel davon. Aber Tessa, die Putzfrau aus Askerød, die es in Rekordzeit zur Queen von Vestegnen geschafft hat und jetzt aus den Lautsprechern ihres Autos dröhnt, dass Nabiha den Bass in Gesäß und Schritt vibrieren spürt – bei der grölt sie so laut mit, dass sie husten muss.

B steht für Boss Bitch, E für episch
ST für Strike, ich übernehme strategisch
Braves Mädchen, bis sie den Bitchknopf drücken
Ich bashe sie, werd ihnen Louis' Bags und Gucci-Kicks rippen

Nabiha hebt die rechte Hand und schnuppert an ihren Fingern. Sie riechen nach Seife. Aber auch nach einem Hauch von etwas, das nicht ihr eigener Duft ist. Sie lächelt.

Tessa verstummt. *Merlin*, steht auf dem Display. Der Mann, der sie vor einem halben Jahr aus Südseeland zurück in die Hauptstadt geholt hat. Allein aus dem Grund würde sie alles für ihren Chef tun.

»Morgen, Boss, was gibt's?«

»Wo bist du?«

»Stehe grade noch auf dem Åboulevarden im Stau. Dabei ist gar kein Berufsverkehr mehr.«

»In einem Haus in der Svanevænget wurde ein Toter gefunden. Das ist in der Nähe vom Bahnhof Svanemøllen. Übernimmst du das?«

»Klar, kein Problem.«

Sie macht einen U-Turn beim H.C. Ørstedsvej. Wie durch ein Wunder fließt der Verkehr im Jagtvej. An der Kreuzung Nørrebros Runddel klingelt ihr Handy erneut. Sie wirft einen Blick aufs Display und seufzt. Überlegt, ob sie es klingeln lassen soll, geht dann aber doch ran. Seit sie zurück nach Kopenhagen gezogen ist, ruft ihre Mutter mehrfach täglich an.

»Hi, Mama.«

»Hallo, Nabiha.«

Zufälligerweise ist sie gerade mal fünfzig Meter von dem Kvickly-Supermarkt entfernt, in dem ihre Mutter seit vielen Jahren arbeitet, doch das erwähnt Nabiha nicht, weil ihre Mutter dann garantiert fragen würde, ob sie sich nicht treffen wollen. Und darauf hat Nabiha weder Lust, noch hat sie die Zeit.

Doch wie sich herausstellt, ist die Sorge unbegründet, denn ihre Mutter ist nicht auf der Arbeit.

»Ich hab mich krankgemeldet.«

»Wieder die Hände?«

Ihre Mutter, die auf die sechzig zugeht, leidet an Arthrose und lebt in ständiger Angst, wegen der vielen Krankheitstage den Job zu verlieren. Sicher aus gutem Grund.

»Ja«, seufzt sie. »Ich weiß nicht, was ich machen soll. Meine Finger tun so weh.«

»Hast du keine Schmerztabletten mehr?«

»Doch, aber ich will nicht zu viel davon nehmen. Ich habe gehört, man kann abhängig davon werden.«

»Aber es geht ja auch nicht, dass du nicht arbeiten kannst.«

Jedes Mal, wenn Nabiha mit ihrer Mutter spricht, geschehen zwei Dinge: Sie bekommt ein schlechtes Gewissen, und sie wird daran erinnert, wie sehr sie noch immer ihren Vater vermisst, der vor zwanzig Jahren an Krebs gestorben ist.

Wenn sie das Gespräch jetzt nicht schnell beendet, wird ihre Mutter wie immer von Nabihas großem Bruder anfangen, der konstant an der Schwelle zur Scheidung lebt. Sollte es tatsächlich dazu kommen, würde es in der Welt der Mutter einen massiven Ehrverlust bedeuten. Außerdem weiß Nabiha aus bitterer Erfahrung, dass es von den Eheproblemen ihres Bruders nicht weit ist bis zur nächsten großen Sorge ihrer Mutter: dem Umstand, dass ihre fünfunddreißigjährige Tochter immer noch keinen Mann gefunden hat.

Jetzt muss sie bald mal ihren Mut zusammennehmen und ihr sagen, dass es nie dazu kommen wird.

»Mama, ich muss jetzt Schluss machen. Vielleicht komme ich heute Abend mal vorbei, wenn es mit der Arbeit nicht zu spät wird.«

Zehn Minuten später erreicht sie die Svanevænget, eine Seitenstraße des Strandvejen nahe der Stadtgrenze zwischen Kopenhagen und Hellerup. Die Fahrbahn ist schmal, und in beiden Richtungen parken Autos. Sie hält bei einem quer auf der Straße stehenden Streifenwagen, steigt aus und zeigt einem der Kollegen von der Schutzpolizei ihren Ausweis, woraufhin er sie zu sich winkt. Es ist nicht sonderlich kalt, aber feucht, und sie ist heilfroh, vor einer knappen Stunde in weiser Voraussicht die Steppjacke angezogen zu haben.

Ein zweiter Streifenwagen parkt ein Stück weiter vorn. Zwei uniformierte Beamte, ein Mann und eine Frau, stehen daneben.

»Hi. Nabiha von der Gewaltkriminalität. Wart ihr als Erste hier?«

»Yes, Ma'am«, sagt der Mann. »So sieht's aus.«

Die Polizistin bedenkt ihren Partner mit einem genervten Blick. Dann wendet sie sich Nabiha zu.

»Die Frau, die im Wagen auf dem Rücksitz sitzt, hat die Leiche gefunden. Wenn ich es richtig verstanden habe, ist sie die Putzhilfe. Sie spricht kein Wort Dänisch, nur ein paar Brocken Deutsch.«

Nabiha kann kein Deutsch. »Also hat sie uns angerufen?«

»Ja, das muss sie gewesen sein. Anscheinend hat jemand in der Leitstelle sie verstanden. Zum Glück.«

»Sie sagt, sie kommt aus Bulgarien«, merkt der Streifenbeamte an und schüttelt den Kopf.

Nabiha taxiert ihn mit ihren beinahe schwarzen Augen. »Warum schüttelst du den Kopf? Weil du ihr nicht glaubst? Oder weil du nicht fassen kannst, dass jemand allen Ernstes aus Bulgarien kommt? Oder warum?«

Der Mann starrt Nabiha an. Dann lächelt er dümmlich.

»Nein, äh ... das war nur ... gar nichts.«

»Aha. Wie wär's dann, wenn du auf Teglholmen anrufst und Bescheid gibst, dass wir einen Dolmetscher für Bulgarisch brauchen? Und danach ... anscheinend gibt es ein Stück weiter die Straße runter eine Botschaft ...«

»Ja, die serbische«, sagt die Frau.

»Gut. Könnt ihr nachfragen, ob wir uns ihre Überwachungsvideos durchsehen dürfen?«

»Machen wir.«

»Super. Wo ist die Leiche?«

»Im Erdgeschoss. Im Büro.«

Das Haus, vor dem sie stehen, ist ein riesiger zweistöckiger Kasten – rote Klinker, weiße Sprossenfenster und schwarz glasierte Dachziegel. Weder am Briefkasten neben dem Gartentor noch an der Haustür findet sich ein Namensschild. Nabiha googelt die Adresse, aber auch im Internet taucht kein Name auf, daher ruft sie einen Kollegen an und bittet ihn herauszufinden, wer hier gemeldet ist. Wenige Minuten später weiß sie, dass der Koloss von einem Mann namens Karl Christof Jæger bewohnt wird.

Die Bulgarin ist aus dem Auto gestiegen und versucht, sich mit zitternden Händen eine Zigarette anzustecken. Nabiha geht zu ihr, nimmt vorsichtig das Feuerzeug und hält die Flamme an die Spitze der Zigarette. Die Frau lächelt dankbar und bläst den Rauch aus dem Mundwinkel, damit er Nabiha nicht ins Gesicht zieht.

»*Is Karl Christof Jæger the man you work for? Is he the dead man?*«, fragt Nabiha.

Die Frau schüttelt den Kopf und antwortet etwas auf Deutsch, das Nabiha aber nicht versteht.

Sie fischt Notizblock mitsamt Kugelschreiber aus ihrer Jackentasche und schreibt den Namen des Mannes auf. Dann hält sie der Frau den Block hin. Sie liest und nickt eifrig. »*Da, da*«, sagt sie. »*Da*« bedeutet anscheinend »Ja« auf Bulgarisch. Wie im Russischen. Wieder was gelernt, denkt Nabiha.

Sie legt der Frau eine Hand auf den Arm, drückt ihn

und lächelt. »Danke«, sagt sie, und dieses Wort versteht die Bulgarin offenbar, denn sie erwidert das Lächeln.

Nabiha geht zurück zu ihrem Wagen, holt den Schutzanzug und die übrige Ausrüstung heraus und beginnt sich anzuziehen. In dem Moment kommen zwei ihrer Kollegen, Mascha Rasmussen und Laust Larsen, auf sie zu.

»Ich war noch nicht im Haus«, sagt Nabiha, nachdem sie sich begrüßt haben. »Die Techniker müssten jeden Moment hier sein. Kommt einer von euch mit mir rein, die Leiche anschauen?«

»Ich komm mit«, sagt Mascha und geht zurück zum Auto, um ihren Schutzanzug zu holen.

Laust bleibt stehen. »Leitest du die Ermittlungen?«, fragt er.

Nabiha merkt, dass er sich bemüht, nicht pikiert zu klingen. »Keine Ahnung. Merlin hat nichts gesagt. Warum?«

»Ach nichts.« Er folgt Mascha zum Wagen.

Nabiha friert, der Schutzanzug hält nicht sonderlich warm. Sie fasst ihr langes, kräftiges schwarzes Haar mit einer Hand zusammen, setzt sich mit der anderen die Kapuze auf und zieht den Mundschutz über.

Mascha kommt zurück, und gemeinsam gehen sie durchs Gartentor und den Fliesenweg entlang zur Haustür. Das Grundstück ist von einer dichten, hohen Hecke umgeben. Zwischen Hecke und Haus liegt Rasen. Alles sieht tipptopp gepflegt aus. Nabiha fragt sich, was so ein Klotz wohl kostet. Das Viertel ist nicht das teuerste in Kopenhagen, aber ganz sicher auch nicht das billigste. Sie wird niemals in einer solchen Gegend wohnen, es sei denn, sie heiratet reich.

Nabiha öffnet die Tür. Dahinter befindet sich ein hoher Eingangsbereich. Eine weiße Treppe führt in den zweiten Stock. Links ist die Küche, geradeaus die Tür zum Wohnzimmer. Sie gehen eng an der Wand entlang ins Wohnzimmer. Eine gläserne Flügeltür führt in ein Esszimmer. Darüber hinaus gibt es nur eine weitere Tür. Erneut gehen sie dicht an der Wand entlang, um keine Spuren zu zerstören. Der Raum, den sie betreten, hat zwei Fenster. Die roten Samtvorhänge sind vorgezogen. Ein Bücherregal nimmt eine komplette Wand ein. Die übrige Möblierung besteht aus einem riesigen dunklen Holzschreibtisch, einem schwarzen Lederbürostuhl und zwei Sesseln, von denen Nabiha zufälligerweise weiß, dass sie von Hans Wegner entworfen wurden und über hunderttausend Kronen das Stück kosten. An der Decke hängt ein gewaltiger Kristallkronleuchter und wirft ein kühles Licht in den Raum.

Die Leiche liegt bäuchlings vor dem Schreibtisch, auf einem orientalischen Teppich in Blau, Gold und Weiß. Das Gesicht ist nicht zu sehen. Auf beiden Seiten des Kopfes ist etwas Blut auf den Teppich getropft. Die Beine sind gestreckt, die Arme liegen parallel neben dem Körper.

Nabiha tritt vorsichtig zu dem Toten und geht in die Hocke. Mit dem Zeigefinger ihrer latexbehandschuhten Hand schiebt sie das halblange Haar zur Seite. Die Schusswunde befindet sich im Nacken, etwa am Übergang von Wirbelsäule und Schädelknochen.

»Der Typ hat einen teuren Geschmack«, bemerkt Mascha, die auf der anderen Seite der Leiche steht.

»Du meinst die Möbel?«, fragt Nabiha.

»Ja, auch. Aber vor allem die Klamotten ...« Mascha beugt sich vor und deutet auf Karl Christof Jægers dunkelblaue Jeans. »Die ist ein Unikat von Jacob Cohën. Ich will nicht wissen, was die gekostet hat. Und die Louis-Vuitton-Sneaker waren auch nicht billig.«

Nabiha hat noch nie von einer Marke namens Jacob

Cohën gehört, und auch wenn sie weiß, dass Louis Vuitton schweineteure Taschen herstellt, hatte sie keine Ahnung, dass die Firma auch Schuhe produziert. Sie nimmt die Leiche von Kopf bis Fuß in Augenschein. Die Hose und das hellblaue Hemd sind intakt, außer im Nacken scheint es keine weiteren Schusswunden zu geben.

Sie schauen sich im Zimmer um. Der Schreibtisch ist bis auf eine Tischleuchte und eine Briefablage leer. Darin liegen eine Ausgabe des *Euroman* sowie ein weiteres Magazin namens *Antik & Auktion*. Nabiha nimmt die beiden Zeitschriften heraus und entdeckt darunter ein Foto mit der Rückseite nach oben. Sie dreht es um. Es ist das Porträt eines Mannes mittleren Alters. Jemand hat seine Augen mit einem Kugelschreiber ausgestochen. Nabiha ist sich sicher, den Mann schon mal irgendwo gesehen zu haben, kann ihn aber nicht einordnen. Sie zeigt Mascha das Bild.

»Kennst du den?«

»Ähm, ja ... ist das nicht Rasmus Donsberg? Der Klimaminister?«

Nabiha überlegt. »Der ist auch ziemlich reich, oder?«

»Stinkreich.«

»Hm. Warum liegt hier ein Foto von ihm?«

Mascha schüttelt den Kopf. »Keine Ahnung. Aber es dürfte ja nicht so schwer sein rauszukriegen, ob es eine Verbindung zwischen den beiden gibt.«

Tatsächlich dauert es nicht lang, bis eine Kollegin auf Teglholmen die Beziehung zwischen den beiden Männern in Erfahrung gebracht hat.

Karl Christof Jæger ist der Sohn des Klimaministers.

»Na großartig«, murmelt Nabiha. Umständlich kramt sie ihr Handy aus der Hosentasche unter dem Schutzanzug hervor und ruft Merlin an.

Kapitel 6

»Gut«, hatte Kristoffers Vater erwidert, als er ihm vor einigen Monaten erzählte, dass er die Vertretungsstelle in Aalborg bekommen habe. Jørn Kirch, Schweinebauer und Wähler der Liberalen Partei, macht selten große Worte. Kristoffer weiß, dass sich sein Vater ob seiner Berufswahl grämt. Er hätte es lieber gesehen, wenn er den Hof nahe Herning übernommen hätte, den Jørn Kirch wiederum vor zwanzig Jahren von seinem Vater geerbt hat. Aber wenn es nun einmal sein muss, ist es immer noch besser, der Bursche arbeitet irgendwo in Jütland statt am anderen Ende des Landes in der Hauptstadt.

Dass sein Vater so denkt, weiß Kristoffer von seiner Mutter. Sie war es auch, die ihm erzählt hat, dass sein Vater während der sechs Monate, die Kristoffer in Afghanistan stationiert war, praktisch keine ruhige Nacht hatte.

Auf einmal wird ihm bewusst, dass es mehrere Wochen her ist, seit er zuletzt mit seinen Eltern gesprochen hat. Vielleicht kommt ihm der Gedanke ausgerechnet in diesem Moment, weil ihn der Mann auf der anderen Seite des Tisches – einer der drei aus der Nachtschicht – an seinen Vater erinnert.

Kristoffer schielt zu seinem Kollegen.

»Warum hat sich Olesen zum Zeitpunkt der Explosion direkt unter dem Förderband befunden?«, fragt Justesen und lehnt sich auf dem Kantinenstuhl zurück. Es war sein Vorschlag, die Befragung der beiden Kollegen des Verstorbenen sowie weiterer Personen, die eventuell Licht in die Angelegenheit bringen können, mit einer Tasse Kaffee in der Kantine zu verbinden, während die Techniker und die beiden vor Kurzem eingetroffenen Sprengstoffexperten den Unglücksort untersuchen.

Oder wohl besser den Tatort, denkt Kristoffer.

Der Mann aus der Nachtschicht zuckt mit den Achseln.

»Keinen Schimmer«, sagt er mit rauer Stimme.

Er sieht erschöpft und mitgenommen aus, doch sowohl er als auch sein Kollege haben es abgelehnt, nach Hause zu gehen.

»Ich weiß nur, dass Jens Viggo auf seinem Rundgang war. Den macht er zweimal im Laufe einer Nachtschicht, um sicherzugehen, dass alles läuft, wie es soll.«

Justesen nickt langsam. »Aber gehört zum Rundgang auch, dass er nach draußen muss? Was wollte er da nachgucken?«

»Keine Ahnung. Vielleicht wollte er einfach frische Luft schnappen. Eine rauchen. So eine Nachtschicht kann einem ganz schön lang werden, wenn man sich nicht mal zwischendurch die Beine vertritt.«

»Verständlich«, sagt Justesen. »Und Sie waren im Leitstand und haben von dort die Prozesse überwacht, richtig?«

»Genau.«

»Und lief alles ordnungsgemäß?«

»Ja.«

»Keinerlei Störmeldungen, nichts Auffälliges auf ihren Bildschirmen?«

»Nichts. Alles war normal.«

»Als es dann zur Explosion kam, wie haben Sie es bemerkt?«

»Ich hab sie gespürt, wie eine Art Erschütterung im Boden. Und direkt danach ging der Alarm am Förderband los.«

»Wie haben Sie reagiert?«

»Tja, wie habe ich reagiert? Ich hab wohl rüber zu Magnus geschaut und so was gesagt wie: ›Was zum Teufel war das?‹ Magnus ist mein Kollege.«

»Und dann?«

»Dann hab ich zu Magnus gesagt, er soll schnell hin und nachschauen. Das hat er gemacht. Ich hab derweil die Monitore gecheckt, aber da war außer jeder Menge Qualm nichts zu erkennen. Ein paar Minuten später hat er angerufen und gesagt, dass es aussieht, als wäre was explodiert an der Stelle, wo das Förderband ins Gebäude läuft. Ich dachte, das macht doch keinen Sinn, dass ausgerechnet da was explodieren soll. Und dann hab ich der Wachzentrale gemeldet, dass wir anscheinend eine Explosion hatten, und nach zehn, fünfzehn Minuten war die ganze Kavallerie da.«

»Jens Viggo ... ihn hatten Sie und Ihr Kollege nicht gefunden?«

»Doch, Magnus hat ihn entdeckt, als er nach draußen gegangen ist, um zu sehen, wie groß die äußeren Schäden sind.« Der Mann räuspert sich. »Kein schöner Anblick ...«

»Nein, das muss schrecklich gewesen sein. Auch für Sie, kann ich mir vorstellen. Zwei Krisenpsychologen sind unterwegs hierher. Sie werden Ihnen helfen ...«

»Psychologen? Müssen wir mit Psychologen reden?«

»Sie müssen nicht«, sagt Kristoffer. »Aber glauben Sie mir, es wäre gut.«

Der Kraftwerker steht auf, bleibt jedoch stehen.

»Möchten Sie uns noch etwas sagen?«, fragt Justesen.

Der Mann zögert. »Wissen Sie, was passiert ist? Ich meine, warum ...?«

»Nein, wir wissen es nicht genau.«

»Wir haben keinen Fehler gemacht, das wollt ich nur sagen.«

Justesen sieht ihn ernst an. »Das glaubt auch keiner.«

»Aber was glaubt ihr dann? Was zur Hölle ist mit unserem Werk passiert?«

»Da sind wir uns noch nicht sicher.«

Eine Frau kommt an den Tisch.

»Sind Sie fertig mit Poul?«

»Ja, wir sind fertig. Ich danke Ihnen«, sagt Justesen.

Die Frau fasst den Mann unter und führt ihn sanft aus der Kantine. Der Produktionsleiter Erland Mikkelsen kommt an den Tisch und setzt sich.

»Sie haben noch weitere Fragen, wenn ich es richtig verstanden habe.«

»Ja«, sagt Justesen. »Überwachungskameras?«

»Davon haben wir einige. Wenn ich es richtig im Kopf habe, etwa einhundertfünfzehn, die das Produktionsareal abdecken, und mehr als zehn Kameras sind auf den Kohleplatz und das Förderband gerichtet«, antwortet er.

»Sollte also jemand ins Gebäude eingedrungen sein ...?«

»Dann haben die Kameras ihn oder sie mit ziemlicher Sicherheit erwischt.«

»Und die Aufnahmen werden gespeichert?«

»Laut Gesetz dürfen wir sie höchstens für dreißig Tage speichern. Und so machen wir es auch.«

»Wunderbar. Sorgen Sie dafür, dass wir Zugang zu den Aufnahmen erhalten, damit unsere Leute sie so schnell wie möglich durchsehen können.«

Kristoffer beugt sich vor. »Was bedeutet die Sache eigentlich für den Betrieb des Kraftwerks?«

»Für die nächsten Wochen haben wir ihn jedenfalls erst mal eingestellt«, sagt Mikkelsen. »Wie lange genau, hängt davon ab, wie groß der Schaden im Gebäude ist. Falls die Kohlemühlen schwer beschädigt sind, kann es eine ganze Zeit dauern, sie zu reparieren. Wir können ja schlecht mal eben beim nächsten Mechaniker ein paar Ersatzteile holen.«

»Nein, vermutlich nicht. Der Stillstand bedeutet erhebliche Verluste, oder?«

»Ja, und gerade jetzt ist ein wirklich schlechter Zeitpunkt, auch wenn die Witterung mild ist. Wir riskieren Einbußen von mehreren Millionen am Tag, wenn wir weder Strom noch Fernwärme verkaufen.«

Justesen fährt sich durch die spärlichen Locken. »Sagen Sie, die Explosionsstelle, ist das eigentlich die neuralgische Stelle des Werks?«

Mikkelsen schüttelt den Kopf. »Nein, überhaupt nicht. Es gibt mehrere andere Stellen, wo die Explosion weit größeren Schaden angerichtet und uns sehr viel länger lahmgelegt hätte.«

»Also ist es merkwürdig, dass die Bombe dort platziert wurde?«

»Na ja, merkwürdig würde ich nicht sagen. Wenn man das Werk nicht so gut kennt … wenn man nicht sicher weiß, wo die empfindlichsten Stellen sind – und das posaunen wir natürlich nicht hinaus –, dann ist der gewählte Ort gar nicht so dumm. Kann man sich ja ausrechnen: Wenn am einen Ende kein Brennstoff reinkommt, dann kommen am anderen Ende auch keine Wärme und kein Strom heraus. Dafür braucht man kein Experte zu sein.«

Justesen lächelt. »Nein, das könnte vermutlich selbst ich mir denken. Und ich habe nun wirklich keine Ahnung von Kraftwerken.«

»Aber warum ausgerechnet dieses hier?«, fragt Kristoffer. Der Produktionsleiter sieht ihn erstaunt an. Justesens Lächeln wird eine Spur breiter.

»Wegen der Kohle«, sagt Erland Mikkelsen. »Es gibt nur noch drei Kohlekraftwerke in Dänemark, und wir sind eines davon. Und na ja, Sie wissen ja, Verbrennen von Kohle bedeutet gleich einen hohen CO_2-Ausstoß.«

»Ah, okay, klar.« Kristoffer schüttelt den Kopf über seine eigene Unwissenheit und schaut betreten zu Justesen. Sein älterer Partner lächelt noch immer breit, allerdings ohne jede Spur von Spott.

»Man muss dazu wissen«, sagt Mikkelsen, »dass Block 3 eine der effektivsten kohlegefeuerten Kraftwerkseinheiten der Welt ist. Mit dem Kohleausstieg soll er plangemäß 2028 stillgelegt werden. Wir könnten ihn schon 2025 vom Netz nehmen, wenn wir für die vorzeitige Abschaltung entschädigt werden würden, aber das haben der Klimaminister und die Regierung abgelehnt. Sie wollen den Preis nicht zahlen.«

»Der da wäre?«

»Etwas über vierhundert Millionen Kronen.«

»Holla. Das ist ja auch eine stolze Summe.«

»Stimmt. Aber es würde erheblich CO_2 einsparen, wenn wir drei Jahre früher als geplant abschalten und stattdessen auf eine klimafreundlichere Energieproduktion umstellen.«

»Ist es das erste Mal, dass das Werk Ziel von Klima-Sabotage ist?«, fragt Kristoffer. »Ich meine, falls es wirklich Klimaaktivisten waren.«

Mikkelsen nickt. »Davon können Sie ausgehen. Und nein, es ist nicht das erste Mal. Umwelt- und Klimaaktivisten in Gummibooten haben schon mehrfach versucht, den Kai zu blockieren, damit die Kohleschiffe nicht anlegen können. Vor einigen Jahren sind Aktivisten ins Werk eingedrungen und haben sich ans Förderband gekettet. Ein paar andere haben versucht, in den Schornstein zu gelangen, und wieder andere sind auf dem Dach von Block 3 rumgeturnt. Aber etwas von der Größenordnung wie jetzt hatten wir noch nie.«

Da Produktionsleiter Erland Mikkelsen nichts weiter zu berichten weiß, lassen sie den dritten Mitarbeiter kommen, der in dieser Nacht Schicht hatte, aber dessen Befragung bringt keine neuen Erkenntnisse.

Justesen seufzt und schaut auf sein Handy. »Wollen wir mal rübergehen und gucken, ob die Techniker was gefunden haben?«, fragt er und steht auf, ohne eine Antwort abzuwarten.

Kristoffer war überrascht gewesen, als er vor drei Monaten die Vertretungsstelle bei der Abteilung für Gewaltkriminalität in Aalborg bekam. Bis dahin hatte er seit Abschluss seiner Ausbildung beim Einbruchsdezernat der Polizei Vestegnen gearbeitet. Dementsprechend hielt (und hält) sich seine Erfahrung mit der Aufklärung von Mordfällen und sehr schwerer Körperverletzung stark in Grenzen.

Das Einzige in seinem Lebenslauf, was ansatzweise in diese Richtung ging, war der Umstand, dass er während seines Praktikums als Polizeischüler in Sandsted an den Ermittlungen in zwei Mordfällen und einem Brandanschlag auf eine Flüchtlingsunterkunft beteiligt gewesen war – Verbrechen, die, wie sich später herausstellte, mit dem Terroranschlag in Kopenhagen 2016 in Verbindung standen. Und auf diese Erfahrung blickt er nicht eben mit Stolz zurück. In seinem eifrigen Bemühen um Junckers Anerkennung hat er es damals so sehr vermasselt, dass er stattdessen einen Anschiss kassierte, weil er wichtige Informationen zurückgehalten hatte.

Die Ereignisse in Sandsted kulminierten in seiner Entführung als Geisel. Kristoffer weiß von Nabiha, dass Juncker sich im Nachhinein Vorwürfe machte, zu hart gegenüber dem unerfahrenen Polizeischüler gewesen zu sein. Und Juncker hat sich seitdem regelmäßig bei ihm gemeldet. Kristoffer hat das starke Gefühl, dass sein routinierter Kollege von der Seitenlinie aus mitverfolgt hat, wie es ihm ergangen ist. Er ist sich daher auch so gut wie sicher, dass Juncker seine Finger mit im Spiel gehabt hat, als ihm die Stelle in Aalborg angeboten wurde, denn Juncker und Justesen kennen sich. Sie haben früher mal in einigen Mordfällen zusammengearbeitet, als Juncker noch als Ermittler eines Spezialteams für die Aufklärung besonders kniffliger Fälle landesweit im Einsatz war. Außerdem weiß Kristoffer, dass Justesen eine Schwäche für Veteranen hat. 2003 war er selbst als Polizeibeamter im Irak im Einsatz.

Wie auch immer die genauen Gründe aussehen, Kristoffer könnte sich jedenfalls keine bessere Stelle wünschen und hat nicht vor, wie in Sandsted Mist zu bauen.

»So«, sagt Justesen zu den beiden Technikern und den zwei Sprengstoffexperten, die vor einer der Kohlemühlen stehen. »Was habt ihr für uns?«

Einer der Sprengstoffexperten trinkt einen Schluck Wasser und wischt sich mit dem Handrücken über den Mund.

»Wir können jedenfalls schon mal sagen, dass nichts an der Anlage selbst explodiert ist.«

»So viel haben wir uns auch schon gedacht«, erwidert Justesen. »Und dass jemand eine Art Bombe platziert hat.«

»Sie sagen ›platziert‹, aber das glauben wir nicht. Wir sind uns fast sicher, dass es etwas war, das von draußen kam.«

»Wie, von draußen?«

»Wir haben Reste von etwas gefunden, das wir erst nicht identifizieren konnten, aber jetzt denken wir, dass sie von einem Flügel stammen.«

»Einem Flügel? Von einem Fluggerät?«

»Ja, so kann man es sagen. Einem kleinen. Einer Drohne.«

Justesen schüttelt den Kopf. »Wollen Sie mir sagen, das Kraftwerk war Ziel eines Drohnenangriffs?«

»Sieht so aus, ja. Keine Drohne, die ein Geschoss abgefeuert hat, sondern eine, die mit einem Gefechtskopf bestückt ins Kraftwerk geflogen ist.

»Gibt es so was?«

»Ja.« Kristoffer, der etwas abseits des Kreises gestanden hat, tritt einen Schritt näher. »Kamikaze-Drohnen nennt man die. Oder *Loitering Munition*.«

»Und das bedeutet?«, fragt Justesen.

»Übersetzt so etwas wie ›Herumlungernde Munition‹, weil sie erst mal längere Zeit über dem Zielgebiet kreisen können, bevor sie ihr eigentliches Ziel attackieren.«

Der Sprengstoffexperte schaut Kristoffer beeindruckt an. »Davon verstehen Sie was?«

»Afghanistan 2011«, erklärt Kristoffer. »Die Dinger können aus einer Entfernung von vierzig bis fünfzig Kilometern losgeschickt werden und lassen sich entweder durch eine Kamera fernsteuern oder greifen basierend auf vorprogrammierten Koordinaten an.«

»Mindestens eine der Überwachungskameras muss die Drohne eingefangen haben«, meint Justesen.

»Ja, bestimmt«, sagt Kristoffer. »Kamikaze-Drohnen sind übrigens ziemlich umstritten. Einige finden diese Art der Kriegsführung unethisch.«

»Hm, man könnte ja meinen, dass Krieg an sich unethisch ist und es eigentlich egal ist, mit welcher Waffe man ausgelöscht wird«, entgegnet Justesen. »Aber Himmel noch mal, ein Drohnenangriff in Vendsyssel. Was kommt als Nächstes?« Er schüttelt fassungslos den Kopf.

Ein Handy vibriert. Justesen hat sich in Gedanken verloren. Die anderen schauen ihn an.

»Ist das nicht deins?«, fragt Kristoffer.

Justesens Blick klärt sich. »Oh, ähm, ja.« Er zieht das Telefon aus der Jackentasche, geht etwas abseits, und nimmt den Anruf an. Das Gespräch dauert nicht lange.

»Mehrere Medien haben vorhin eine Mail von jemandem erhalten, der die Verantwortung für den Angriff übernimmt«, sagt er. »Anscheinend irgendeine radikale Klima- und Umweltgruppe, die sich Nerthus nennt. Keine Ahnung, was das bedeutet.«

»Was schreiben sie?«

»Weiß ich noch nicht. Komm, wir fahren ins Präsidium. Hier können wir sowieso nichts mehr tun.«

Sie verabschieden sich und gehen zum Wagen.

»Fährst du?«, sagt Justesen.

Ehe Kristoffer antworten kann, hat sein Kollege bereits die Beifahrertür geöffnet und ist eingestiegen. Justesen kippt die Rückenlehne zurück, sodass er beinahe auf dem Sitz liegt, und verschränkt die Hände im Nacken.

»Dass Jens Viggo Olesen das Ziel des Angriffs war, können wir ausschließen, oder?«

»Ja, denke schon«, antwortet Kristoffer, während er den Motor anlässt und den Gang einlegt. Er schaut zu Justesen. »Warum sollte jemand einen gewöhnlichen älteren Kraftwerkmitarbeiter mit etwas so Hochentwickeltem wie einer bewaffneten Drohne angreifen?«

»Nein, das ergibt nicht wirklich Sinn«, stimmt Justesen zu.

»Außerdem war der Angriff eindeutig nicht gegen ihn, sondern gegen das Förderband gerichtet. Ich denke, er war bloß zur falschen Zeit am falschen Ort. Wäre ja auch eine echt merkwürdige Tötungsmethode, wenn man es wirklich auf ihn abgesehen hätte. Ich meine, ein Stahlträger, der mehr oder weniger zufällig nach der Explosion runterkracht ...«

»Du hast bestimmt recht«, sagt Justesen und schließt die Augen.

Kristoffer fährt vom Parkplatz. Eine halbe Minute später hört er an den Atemzügen seines Kollegen, dass er eingeschlafen ist.

Kapitel 7

Es war das Bett, denkt Juncker, als er Torben Jørgensen einen langen Gang entlang zum Medikamentenraum folgt. Der Anblick des Pflegebettes, in dem der tote alte Mann lag, mit den Hebevorrichtungen und dem Gitter, damit der Schlafende nicht herausfällt ...
Es hat gewisse Vorteile, ein konfliktscheuer Verdrängungsexperte zu sein. Zum Beispiel den, dass er recht selten an den Krankenhausaufenthalt vor fünfzehn Monaten denkt, als ihm die Prostata entfernt wurde. Und an das Gespräch mit dem Oberarzt drei Wochen später, als er sein Leben zurückbekam – zwar ziemlich eingeschränkt, aber doch noch immer einigermaßen brauchbar. Ob er jetzt geheilt sei, hatte er den Arzt gefragt, woraufhin der ihn belehrte, dass man mit dem Wort »geheilt« bei Krebserkrankungen zurückhaltend sei. Auf »krebsfrei« hingegen könnten sie sich gern einigen. Mit ein paar nachgeschobenen Vorbehalten: »im Moment« und »so wie es aussieht«.
Aber das Bett hat ihn daran erinnert, dass er in zwei Wochen zur Kontrolle muss. Ein Routinecheck, wie die anderen Nachsorgeuntersuchungen, bei denen er seit der OP gewesen ist. Nichts deutet darauf hin, dass aus der kleinen Markierung auf der Zeichnung des Pathologen, wo der Krebs bis ganz an den Resektionsrand gereicht hatte – dem einzigen Aber, das der Oberarzt hatte anklingen lassen –,

mehr geworden ist als nur eine Markierung. Kein Resttumor.

So wie es im Moment aussieht.

Er weiß, dass seine Nervosität mit Näherrücken des Termins wachsen wird. Wie allen anderen Krebspatienten ist ihm vollkommen bewusst, woher das angestrengte Verhältnis der Ärzte zu dem Wörtchen »geheilt« rührt: Krebs ist der am meisten verhasste Gast von allen – hat er sich erst mal eingenistet, ist es praktisch unmöglich, ihn wieder loszuwerden. Durchaus möglich, dass er in seinem Zimmer bleibt, sich ruhig verhält und man aus einem völlig anderen Grund das Zeitliche segnet. Aber er kann auch auftauchen, wenn man es am allerwenigsten erwartet.

»Aber so geht es uns doch allen«, hatte Malene eines Abends gesagt, nachdem sie darauf bestanden hatte, darüber zu reden, wie er sich fühlte. Malene ist Psychologin und Profilerin mit Spezialisierung auf Psychopathen. »Keiner von uns weiß, was morgen passiert und uns treffen kann. Das ist eine Grundbedingung des Lebens.«

Dagegen lässt sich schwer argumentieren, dennoch ist es etwas anderes, hat einem der Sensenmann erst mal auf die Schulter getippt.

Trotzdem hatte Juncker Malene beigepflichtet, ihr einen Kuss gegeben und gefragt, wie es mit ihrer Arbeit lief.

Der Leiter des Pflegeheims öffnet die Tür zur Medikamentenaufbewahrung, einem kleinen, fensterlosen Raum, der mit weißen Regalen, einem verschließbaren Schrank sowie einem Rolltisch aus Edelstahl möbliert ist. Juncker schaut sich um und spürt, wie sich seine Klaustrophobie regt.

»Wird der Medikamentenbestand täglich dokumentiert?«

Jørgensen schüttelt den Kopf. »Dafür haben wir nicht das Personal, aber über die Morphinpräparate führen wir Buch. Die sind hier im Schrank eingeschlossen.«

»Das heißt also, Sie könnten sehen, falls Medikamente verschwunden wären, mit denen man einen Menschen töten kann?«

»Viele Medikamente können tödlich sein, wenn sie falsch oder in zu hoher Dosis eingenommen werden. Aber den Morphinbestand, ja, da bin ich sehr sicher, dass wir den im Blick haben.«

Juncker schwitzt. Die Luft in dem kleinen Raum kommt ihm stickig vor. Er geht zurück auf den Gang, und Torben Jørgensen folgt ihm.

»Sie prüfen also, ob etwas verschwunden …«, setzt Juncker an, wird jedoch von seinem Handy unterbrochen. »Moment«, sagt er und tritt ein Stück zur Seite.

»Bist du immer noch im Pflegeheim?«, fragt Merlin.

»Ja.«

»Ich brauche dich für einen anderen Fall.«

»Jetzt?«

»Ja. Ein Mord.«

»Erzähl.«

»Ein Mann namens Karl Christof Jæger.«

»Okay. Sollte ich den kennen?«

»Der Sohn des Klimaministers.«

Juncker ist einen Moment stumm. »Okay«, sagt er dann. »Der Klimaminister … Rasmus Donsberg.«

»Genau.«

»Und was ist mit dem Fall hier im Pflegeheim?«

»Den soll jemand anders übernehmen. Ein Mord an einem Ministersohn … Das kann enorme Wellen schlagen. Vor allem, da es ausgerechnet Rasmus Donsberg ist.«

»Alles klar, ich fahr sofort los. Schick mir die Adresse.«

»Super. Der Minister weiß noch nicht Bescheid. Sorg dafür, dass er es so schnell wie möglich erfährt. Bevor die Journalisten Wind davon kriegen.«

»Was ist mit dem PET? Die müssen wohl auch informiert werden, oder?«

»Das machen wir gleich«, sagt Merlin.

Juncker wendet sich an Torben Jørgensen. »Ich muss leider weg und mich um einen dringenden anderen Fall kümmern.«

Jørgensen macht ein verwirrtes Gesicht. »Also war's das mit der Sache hier?«

Juncker schüttelt den Kopf. »Nein, nein, natürlich nicht. Einer meiner Kollegen übernimmt. Er oder sie wird bald hier sein.«

Als Juncker das Pflegeheim verlässt, spürt er eine enorme Erleichterung aufwallen.

Kapitel 8

»Hab ich's mir doch gedacht.« Nabiha grinst Juncker an.
»Was hast du dir gedacht?«
»Dass Merlin dich mit dem Fall betrauen würde.«
Juncker zuckt mit den Achseln und begrüßt Mascha und Laust mit einem Nicken. Er schaut sich um. Zwei Beamte mit Hunden suchen im Garten nach Spuren.
»Die Techniker?«, fragt er.
»Sind dabei. Drinnen und draußen.«
»Und der Rechtsmediziner?«
»Auch.«
»Ist es Markman?«
Der aus der schwedischen Nachbarprovinz Schonen stammende Rechtsmediziner Gösta Valentin Markman ist nicht nur außerordentlich kompetent, sondern auch der einzige Mann auf Erden, den Juncker als seinen Freund bezeichnen würde.
»Nein, jemand Neues. Eine junge Frau. Vera Lundstrøm heißt sie.«
Juncker spürt einen Anflug von Enttäuschung. Es ist schon eine Weile her, seit er Markman zuletzt gesehen hat. Er vermisst den kleinen, glatzköpfigen Mann mit der großen Hakennase und der scharfen Zunge.
»Wir müssen die Angehörigen informieren, vor allem den Minister. Nabiha, ruf im Ministerium an und frag, wo

er sich befindet. Falls er dort ist, fahren wir beide hin. Mascha und Laust, sobald die Rechtsmedizinerin fertig ist und die Techniker grünes Licht geben, durchsucht ihr das Haus. Wie wurde er umgebracht?«

»Genickschuss«, sagt Nabiha.

»Die Tatwaffe?«

»Haben wir nicht gefunden.«

»Okay. Nabiha, ehe wir fahren, will ich mir kurz die Leiche anschauen.«

Juncker schlüpft in den Schutzanzug und geht ins Haus. Im Wohnzimmer bleibt er stehen und schaut sich um. Die Einrichtung ist eine bunte Mischung aus neueren Designermöbeln und Antiquitäten. Eklatante Stilverwirrung, denkt er, aber was versteht er schon von Inneneinrichtung. Die einzige Gemeinsamkeit der Möbel, Teppiche und Bilder im Wohnzimmer scheint darin zu bestehen, dass sie vermutlich die Tragfläche eines Düsenjägers gekostet haben. Er geht weiter die von den Technikern ausgelegte Papierbahn entlang zu dem Zimmer, wo die Rechtsmedizinerin neben der Leiche steht und gerade etwas auf ihrem Notizblock notiert. Sie hebt den Blick.

»Hallo, ich bin Vera«, stellt sie sich hinter ihrem Mundschutz vor.

»Martin Junckersen.«

Sie hat hübsche Augen.

»Ich will Sie nicht stören. Ich wollte mir nur kurz die Leiche ansehen.«

»Kein Problem.«

Er geht langsam um den Toten herum und setzt sich neben dem Kopf in die Hocke. »Genickschuss, ja?«

»Genau. Die Kugel ist durch den Mund ausgetreten.«

Juncker spürt sein Handy in der Tasche vibrieren. Es ist

Malene. Erst will er es klingeln lassen, überlegt es sich aber anders, steht auf und geht zurück ins Wohnzimmer.

»Um wie viel Uhr kannst du heute Abend hier sein?«, fragt sie und klingt wie üblich freudig und erwartungsvoll.

Juncker steht völlig auf dem Schlauch.

»Äh, heute Abend ...?«

Sie lacht. »Ja, heute Abend, du Dussel. Ich hab dich zum Abendessen eingeladen. Damit du Katrine und Mikkel kennenlernen kannst. Aber das hast du offensichtlich vergessen.«

Langsam dämmert es ihm. Das Treffen mit Malenes besten Freunden. Abendessen. Sie haben es vor einer Woche ausgemacht. Und ja, er hat es total verschwitzt.

»Ähm, nein ... natürlich hab ich es nicht ...«

»Juncker, alles gut. Hauptsache, du kommst.«

Er räuspert sich. »Also, die Sache ist die ... wir haben einen Mord ... ich fürchte, es wird spät und ... ich schaffe es leider nicht. Tut mir leid.«

Juncker kennt viele, ihn selbst eingeschlossen, die eine solche Absage etwas pikiert aufnehmen würden. Nicht so Malene Hanslev.

»Weißt du was ...« Sie klingt immer noch gut gelaunt. »Da kann man nichts machen. *It's part of the deal*, wenn man sich mit einem Mordermittler einlässt.« Sie lacht. »Dann müssen wir eben ohne dich klarkommen. Aber wir sollten uns bald mal wieder sehen. Ruf mich an, sobald es bei dir passt.«

Wäre eigentlich schön gewesen mit heute Abend, denkt er, als sie aufgelegt haben. Andererseits ist es diesmal nicht anders, als es immer gewesen ist: Wenn er an einem Fall arbeitet, gibt es nichts, was er in diesem Moment lieber täte.

Er lebt für die Toten, wie seine Ex-Frau es einmal formuliert hat.

Sie fahren mit Junckers Wagen zum Ministerium. Teils, weil er der klaren Überzeugung ist, dass er besser fährt als die meisten und definitiv besser als Nabiha, die getreu ihrem Temperament eine ziemlich aufbrausende Autofahrerin ist. Teils, weil er seinen Wagen liebt, einen schwarzen Volvo XC 90, den er sich vor etwas mehr als drei Jahren zum Trost gekauft hat, als er mehr oder weniger zwangsweise nach Sandsted versetzt wurde.

Nabiha verschwindet fast auf dem Beifahrersitz. Sie legt das rechte Bein aufs Armaturenbrett und scheint Junckers missbilligenden Blick nicht zu bemerken.

»Dieser Donsberg ... ich weiß kaum was über ihn. Du?«

»Auch nicht viel«, sagt Juncker. »Wenn ich es richtig im Kopf habe, ist er seit zwei Jahren im Amt, und als der Ministerpräsident ihn ernannt hat, gab es eine recht heftige Debatte. Den Großteil seines Berufslebens hat er damit verbracht, heruntergewirtschaftete Unternehmen aufzukaufen, wieder wettbewerbsfähig zu machen und mit großem Gewinn zu verkaufen. Er hat so viel Geld verdient, dass er seine eigene Bank und sein eigenes Finanzinstitut gegründet hat.«

»Was haben die Firmen, die er aufgekauft hat, produziert?«

»Kleidung. Lebensmittel. Alles Mögliche. Aber in den letzten Jahren hat er sich auf Unternehmen konzentriert, die im Bereich erneuerbare Energien forschen und Lösungen entwickeln, und sowohl die Bank als auch das Finanzinstitut haben in entsprechende Firmen investiert.«

»Klingt, als wäre er erfolgreich. Jedenfalls als Geschäftsmann.«

»Ja, er weiß, wie man Geld verdient. Er redet auch gern über sein vieles Geld und was er damit macht.«

»Ein Angeber?«

»Tja ...«

»Wie sieht's mit seiner politischen Karriere aus?«

»Er selbst bezeichnet sich nicht als Politiker, sondern als Geschäftsmann. Sein Mantra lautet, Politiker können den Planeten nicht retten, sondern nur innovative Menschen wie er. Für alle, die meinen, wir müssten unser Verhalten radikal ändern, wenn nicht alles den Bach runtergehen soll, hat er nur Hohn und Spott übrig. Von Forderungen wie Fleischverzicht und Umstieg auf den ÖPNV hält er dementsprechend nichts. Stattdessen sollen wir es ihm und seinen Gleichgesinnten überlassen, neue Lösungen für diese Probleme zu entwickeln. Das ist das einzig Nachhaltige, meint er.«

»Klingt ganz schön kontrovers.«

»Kannst du laut sagen. Außerdem ist er ein extrem guter Redner, charmant auf eine bulldozerhafte Weise, und er hat das Talent, Stillstand und sogar Rückschritt als große Siege fürs Klima zu verkaufen. Sagen jedenfalls seine Gegner.«

Nabiha legt auch das andere Bein hoch.

»Du weißt ja doch ganz schön viel. Hast du dich mit ihm befasst?«

Juncker schüttelt den Kopf. »Nein, überhaupt nicht.«

»Aber?«

»Ich lese Zeitung. Halte mich auf dem Laufenden. Nimm bitte die Füße runter.«

Der Sekretär des Ministerbüros ist ein junger Mann mit fahrigen Bewegungen und gehetztem Blick. Bemerkenswert jung, denkt Juncker und fühlt sich bemerkenswert alt. Er trägt die Arbeitskleidung aller jungen Männer, die in Schloss Christiansborg arbeiten: dunkler Anzug, messerscharfe Bügelfalten und weißes Hemd, dessen obere zwei Knöpfe offen sind.

»Das geht leider nicht. Der Minister ist in einer Besprechung«, sagt er und schaut Juncker an, obwohl Nabiha es war, die ihn um ein Gespräch mit dem Minister gebeten hat. Juncker sagt nichts und schielt zu seiner Kollegin. Nabiha, die an einem guten Tag um die eins fünfundsechzig groß ist, reckt den Kopf und holt tief Luft.

»Es wäre wohl am besten, Sie holen ihn aus der Besprechung«, sagt sie.

Der junge Mann schüttelt leicht abschätzig den Kopf und wendet sich abermals direkt an Juncker.

»Es ist ein wichtiges Meeting. Mit dem Umweltminister. Das kann ich nicht eben mal unterbrechen.«

Jetzt braucht Juncker Nabiha nicht mal anzusehen, um zu wissen, dass sie auf hundertachtzig ist.

»Hallo! Sie reden mit *mir*«, sagt sie eisig. »Und wissen Sie was, es ist mir scheißegal, mit wem der Minister in einem Meeting sitzt, und wenn es der Papst persönlich ist. Wir müssen mit ihm reden, und zwar sofort!«

Der junge Mann richtet den Blick erneut auf Juncker, der weiterhin schweigt, aber ihm bestätigend zunickt. Der Sekretär murmelt etwas Unverständliches und geht mit beleidigter Miene zu einer Tür, klopft an, tritt ein und schließt die Tür hinter sich.

Kurz darauf öffnet sich die Tür, und der Minister kommt ins Vorzimmer. Sein Blick fällt auf Nabiha und Juncker.

»Was zur Hölle ist los?«, blafft er.

Kapitel 9

Michael Bonner schließt die Tür seines Büros im Aalborger Polizeipräsidium und setzt sich an den Besprechungstisch, nur um im nächsten Moment wieder aufzustehen und stattdessen auf den ledernen Bürosessel hinter seinem Schreibtisch zu wechseln. Sekunden später kehrt er zum Besprechungstisch zurück und lässt sich erneut dort nieder. Die drei Ermittler, die bereits am Tisch sitzen, folgen ihrem rastlos umherwandernden Chef mit dem Blick.

Kristoffer wird nicht so recht schlau aus Bonner. Manchmal kommt es ihm vor, als sei sein Chef der Meinung, Kristoffer wäre ihm aufgezwungen worden. Denselben Eindruck hat er bei seinem Kollegen Peter Antonsen, der gemeinsam mit ihm und Justesen am Tisch darauf wartet, dass Bonner sich entscheidet, wo er sitzen will.

Antonsen, ein schmächtiger Mann, der einen Kopf kleiner ist als Kristoffer und fünf Jahre älter, hat verschiedentlich angedeutet, Kristoffer habe die begehrte Vertretungsstelle nur wegen der Erfahrungen in Sandsted und nicht aufgrund seiner Qualifikationen ergattert. Anfangs hat es Kristoffer etwas ausgemacht, aber jetzt nicht mehr. Ihm ist klar geworden, dass Bonners Unfähigkeit, Lob oder Anerkennung zu äußern, nicht nur ihn betrifft, sondern jeden in der Abteilung, und was Antonsen angeht, hat er beschlossen, dass das Verhalten des Kollegen ganz einfach Minderwertigkeitskomplexen geschuldet ist, und er es am besten ignoriert.

»Habt ihr es schon gehört?«, fragt Bonner plötzlich. Anscheinend hat er sich nun entschieden, am Besprechungstisch sitzen zu bleiben.

Die drei Männer wechseln einen Blick. »Was gehört?«, sagt Justesen.

»Auch in Deutschland gab es einen Drohnenangriff auf ein Kraftwerk. Und in Schweden wurden Brandanschläge auf drei Tankstellen verübt.«

»Herrje«, murmelte Justesen. »Gab es dort auch Tote?«

»Nein. Aber dieselbe Gruppe hat dort die Verantwortung übernommen: Nerthus.«

»Was bedeutet Nerthus?«

Bonner steht zum dritten Mal auf, geht zu seinem Computer und klickt ein paarmal.

»Ich hab es gegoogelt. Nerthus ist der Name einer urnordischen oder altgermanischen Göttin für Erde, Fruchtbarkeit, Frieden und Wohlstand.«

»Mutter Erde mit anderen Worten«, sagt Justesen. »Und was schreibt die Gruppe?«

»Moment.« Bonner klickt abermals. »In ihrer Pressemitteilung heißt es: ›Der Überkonsum und die massive Verbrennung fossiler Brennstoffe müssen aufhören. Wir stehen am Rande einer Katastrophe, die zunächst die Ärmsten und Bedürftigsten, letztlich aber uns alle treffen wird. Noch ist Zeit, unsere Kinder und Enkelkinder vor der Auslöschung zu bewahren, doch dazu müssen wir im reichen Teil der Welt unseren Lebensstil radikal ändern. Der Großteil der Politiker aber klammert sich an die Hoffnung, dass technologische Wunder vom Himmel fallen und uns retten werden, und weigern sich, die notwendigen Entscheidungen zu treffen.‹«

Bonner hält einen Moment inne und schaut seine Mitarbeiter an. Da niemand etwas sagt, fährt er fort:

»›Das Nordjütlandwerk zählt zu den größten CO_2-Verursachern Dänemarks. Plangemäß soll das Kraftwerk 2028 abgeschaltet werden, die Betreiber haben jedoch von sich aus angeboten, es bereits 2025 stillzulegen, wenn sie vom Staat finanziell kompensiert werden. Dies hat die Regierung abgelehnt, weshalb das Nordjütlandwerk weiterhin große Mengen CO_2 ausstoßen wird. Viel zu lange haben wir darauf gewartet, dass die Entscheidungsträger das Richtige tun, aber jetzt haben wir erkannt, dass dies erst geschehen wird, wenn jemand zu härteren Mitteln greift. Sollte die Regierung ihren Kurs nicht radikal ändern, werden wir durch zielgerichtete Operationen dafür sorgen, dass die Unterlassung richtiger und notwendiger Maßnahmen teuer wird. Der Angriff auf das Nordjütlandwerk ist die erste dieser Aktionen.‹« Bonner bleibt am Schreibtisch sitzen. »Das schreiben sie.«

»Und ganz unrecht haben sie ja nicht«, murmelt Justesen.

»Was soll das bitte heißen?«, fragt Bonner unwirsch.

Justesen lächelt. »Ich sage ja nicht, dass es okay ist, Bombenanschläge zu verüben, aber dass die Regierung die Hände in den Schoß legt, das stimmt doch, oder nicht?«

»Das kann uns egal sein. Wir sind einzig und allein dafür zuständig, die Verantwortlichen zu finden. Da sind wir uns doch einig?«

»Natürlich«, sagt Justesen.

»Sind wir schon an der Nachverfolgung, von wo die Pressemitteilung an die verschiedenen Medien geschickt wurde?«, fragt Antonsen.

»Bereits erledigt«, antwortet Bonner. »War nicht sonderlich schwer.«

»Was meinst du damit?«

»Dass die Kollegen vom Cyber Crime Center den Absender schon gefunden haben.«

»Wow, so schnell. Ist ja super.«

»Tja, nur dass die Mail mit der Pressemitteilung vom Computer des Direktors des Unternehmens geschickt wurde, dem das Kraftwerk gehört.«

»Wie bitte?«

»Ja. Die Kollegen halten es für ausgeschlossen, dass der Direktor selbst die Mitteilung geschickt hat, und auch, dass er hinter dem Angriff steht. Wie es aussieht, hat sich also jemand in seinen PC gehackt und die Mail von dort geschickt.«

»Clever«, meint Kristoffer.

»Ja, und nicht ohne Humor«, sagt Justesen.

»Bloß dass ihr Angriff einen Menschen das Leben gekostet hat, womit die Sache nicht mehr ganz so witzig wäre, oder was denkst du?«, versetzt Bonner.

»Das stimmt natürlich«, räumt Justesen ein. »Um wie viel Uhr wurde die Mail an die Medien geschickt?«

»Gegen elf.«

»War zu dem Zeitpunkt schon veröffentlicht, dass bei dem Anschlag jemand umgekommen ist?«

»Nein. Alle Angehörigen waren erst um die Mittagszeit informiert.«

»Also wusste Nerthus, als sie die Mail geschickt haben, wahrscheinlich nicht, dass ein Mann gestorben war, richtig?«

Bonner zuckt mit den Achseln. »Kann sein. Jedenfalls versuchen sie natürlich im Cyber Crime Center rauszufinden, wer sich in den Computer des Direktors gehackt hat. Was nicht leicht werden dürfte, wenn die Hacker was von ihrem Fach verstehen. Und danach sieht es aus.«

»Was ist mit dem Flughafen? Ist denen dort nichts auf dem Radar aufgefallen?«

Bonner schüttelt den Kopf. »Haben wir schon gefragt, aber die haben nichts bemerkt. Normalerweise können sie Drohnen auf dem Radar nicht sehen, weil sie zu tief fliegen. Und falls es eine Kampfdrohne war, die nutzen in der Regel Tarnkappentechnik, sind also schwer auf dem Radar zu orten.«

Der Chef steht zum x-ten Mal auf und kommt an den Besprechungstisch zurück. Vielleicht hat er Hämorrhoiden, denkt Kristoffer.

»Ich habe natürlich mit dem PET gesprochen«, fährt Bonner fort. »Zwei Leute sind auf dem Weg hierher.«

»Wissen sie etwas über Nerthus?«, fragt Antonsen.

»Nicht das Geringste.«

Justesen kratzt sich am Ohr und studiert eingehend die Spitze seines Zeigefingers. »Können unsere Freunde vom Geheimdienst sonst mit irgendwas beitragen?«

»Sie scannen natürlich die entsprechenden Kreise nach Personen, denen zuzutrauen wäre, dass sie zu derart radikalen Methoden greifen. In dem Zusammenhang haben sie uns jetzt schon drei Namen genannt, allesamt Betroffene von der Räumung des Jugendhauses 2007, die der PET seit Jahren im Auge hat. Anscheinend gehörten sie damals zu den hartgesottensten Autonomen, und alle drei sind gerade erst kürzlich nach Grønnevang hier in Nordjütland gezogen.«

»Wo oder was ist Grønnevang?«, fragt Kristoffer.

»Wie, das weißt du nicht?« Peter Antonsen schaut Kristoffer mit gespieltem Erstaunen an. »Dabei wurde Grønnevang doch in den letzten Jahren mehr als einmal in den Medien erwähnt.«

Ehe Kristoffer zu einer Antwort ansetzen kann, mischt sich Justesen ein.

»Ich würde aber mal sagen, vor allem hier in Nordjütland, oder?« Dann wendet er sich an Kristoffer. »Grønnevang ist eine Landkommune mit etwa hundert Einwohnern. Sie wurde vor fünf, sechs Jahren gegründet und liegt knapp zwanzig Kilometer nordwestlich von Aalborg. Die Mitglieder sind aus der etablierten Gesellschaft ausgestiegen, die Kinder werden zu Hause unterrichtet, und das Dorf versorgt sich meines Wissens vollständig selbst mit ökologischen Lebensmitteln und nachhaltiger Energie mittels Solaranlagen und einer selbst errichteten Windkraftanlage, die zum Wahrzeichen des Ortes geworden ist.«

»Klingt ein bisschen wie diese Tvind-Schulen«, meint Kristoffer. »Die hatten doch auch so ein Windrad.« Eigentlich weiß er nicht viel über die berüchtigte Reformbewegung, außer dass ihr Guru Amdi Pedersen jahrelang untergetaucht war und dann wegen Steuerhinterziehung angeklagt wurde, aber er hat das Bedürfnis, sich nach Antonsens Bemerkung zu rehabilitieren.

Justesen nickt. »Da bist du nicht der Erste, der das sagt. Auch weil die Bewohner von Grønnevang, was die Klimadebatte angeht, eine recht, wie soll ich sagen, aktivistische Einstellung haben. Mehrere von ihnen wurden verurteilt, weil sie an Aktionen gegen die Schiffe beteiligt waren, die Kohle ans Werk liefern – das waren die, von denen der Produktionsleiter uns erzählt hat. Einige haben auch bei Aktionen gegen Tierquälerei mitgemacht und sich an

Lastwagen gekettet, die Schweine zum Schlachthof fahren sollten, und sind in Nerzfarmen eingedrungen, wo sie die Tiere aus ihren Käfigen befreit haben.«

Kristoffer, der auf einem Schweinehof aufgewachsen ist, hatte noch nie viel für Tierschutzaktivisten übrig. Aber insbesondere die Nerzzucht lässt sich schwer verteidigen.

»So weit unser bisheriger Stand«, sagt Bonner. »Jemand einen Vorschlag, wo wir ansetzen?«

»Wie wär's, wenn Kristoffer und ich nach Grønnevang fahren?«, sagt Justesen. »Vielleicht findet sich ja jemand, der mit uns reden will.«

»Bis jetzt haben wir aber überhaupt nichts gegen sie in der Hand, oder?«, wendet Kristoffer ein. »Es gibt nichts, was konkret auf sie hinweist.«

»Nein, aber irgendwo müssen wir ja anfangen.«

»Worüber sollen wir mit ihnen reden?«

Justesen steht auf und klopft Kristoffer auf die Schulter.

»Notfalls übers Wetter«, sagt er und lächelt.

Kapitel 10

»Können wir uns irgendwo ungestört unterhalten?«, fragt Juncker Rasmus Donsberg.

Der rotgesichtige Minister schüttelt den großen Kopf, dass die struppige gelblich-weiße Mähne fliegt.

»Sagen Sie, was Sie zu sagen haben, damit ich weitermachen kann«, brummt er mit tiefer Bassstimme, doch Juncker insistiert.

Donsberg – ebenso groß wie Juncker, aber mindestens dreißig Kilo schwerer – starrt ihn an. Die Verblüffung darüber, dass man ihm offen widerspricht, steht ihm in die tief liegenden blauen Augen geschrieben. Ohne Füße oder Körper zu bewegen, dreht er den Kopf zu seinem Sekretär, der ihm zuraunt, dass es ein Stück den Flur runter ein freies Besprechungszimmer gibt.

Donsberg marschiert voran in den Raum, wo er sich mit demonstrativ verschränkten Armen aufbaut. Juncker schließt die Tür und schlägt vor, sich zu setzen.

»Ich bleibe stehen. Spucken Sie einfach aus, was es gibt.«

»Bitte setzen Sie sich«, sagt Nabiha ruhig.

Donsberg taxiert Nabiha, die den Blick nicht abwendet, sondern ihm weiter in die Augen sieht. Dann gibt er nach, geht zu dem langen Besprechungstisch, zieht einen Stuhl heraus und lässt sich darauf fallen. Juncker und Nabiha nehmen auf der anderen Seite des Tisches Platz.

»Also?« Donsberg lehnt sich zurück und faltet die Hände vor dem Bauch.

Juncker räuspert sich.

»Es tut mir leid, Ihnen mitteilen zu müssen, dass Ihr Sohn Karl tot ist.«

Es ist, als hätte der Minister ihn nicht gehört. Die einzige Regung in seinem Gesicht ist das ruhige, gleichmäßige Zwinkern der Augenlider. Er öffnet den Mund, bringt jedoch keinen Ton heraus. Nach einer halben Minute steht er auf und tritt ans Fenster. Der Verkehr vom Holmens Kanal ist nur als entferntes Rauschen zu hören. Lange bleibt er, den Rücken zu ihnen gewandt, so stehen. Nabiha schaut Juncker an, der kaum merklich den Kopf schüttelt. Endlich dreht der Minister sich um, kommt an den Tisch zurück und setzt sich.

»Wie?«, fragt er tonlos.

»Ihr Sohn wurde ermordet.«

»Ermordet? Wie?«

»Er wurde erschossen.«

Donsbergs Gesicht gleicht weiterhin einer Maske. Juncker weiß nicht zu sagen, ob der Mann ihm gegenüber tatsächlich so gefasst ist, wie es den Anschein macht, oder ob die Ruhe erzwungen ist. Er fragt sich, wie er selbst wohl reagieren würde, würde man ihm sagen, dass sein Sohn Kasper tot ist, kann den Gedanken jedoch nicht ertragen und versucht, sich stattdessen auf seine Aufgabe zu konzentrieren.

»Wann ist es passiert?«

»Das wissen wir nicht. Wahrscheinlich spät gestern Abend oder im Laufe der Nacht.«

»Wo?«

»In seinem Haus.«

Donsberg nickt. »Ich muss mit meinem Sekretär sprechen. Über meine Termine ... bin gleich zurück.«

Er lässt die Tür offen. Sie hören, wie er nach dem jungen Sekretär ruft.

»Ist er nicht merkwürdig ruhig?«, flüstert Nabiha.

Juncker zuckt mit den Achseln. Aber sie hat recht – er hat schon vielen Menschen die Nachricht vom Tod eines Angehörigen überbracht, aber noch nie eine derart gedämpfte Reaktion erhalten.

Zwei Minuten später ist der Minister zurück.

»Sie haben sicher viele Fragen«, sagt Juncker, »leider wissen wir bisher nicht viel. Ist es in Ordnung, wenn wir Ihnen ein paar Fragen stellen? Das wäre eine große Hilfe für die Ermittlungen.«

Donsberg nickt.

»Hatte Ihr Sohn Feinde?«, will Nabiha wissen.

Der Minister blickt sie etwas verwundert an. Es macht den Eindruck, als würde er seine Antwort abwägen.

»Karl ist nicht ganz einfach im Umgang. Ich denke, entweder liebt oder hasst man ihn.«

»Und wie war Ihr Verhältnis zu Ihrem Sohn?«

»Was meinen Sie?«

»Standen Sie beide sich nah?«

Juncker wirft Nabiha einen Blick zu, sagt jedoch nichts.

»Na ja, was heißt nah ...« Donsberg wiegt den Kopf. »Nah wäre vielleicht etwas zu hoch gegriffen.«

»Wie würden Sie es dann ausdrücken?« Auf sein Stirnrunzeln hin hakt Nabiha nach. »Haben Sie ihn geliebt?«

Das ohnehin schon gerötete Gesicht läuft noch weiter an. »Was ist das denn für eine Frage? Er war mein Sohn, verdammt.«

»Ihr Sohn hatte ein Foto von Ihnen auf seinem Schreibtisch liegen, bei dem jemand mit einem Bleistift oder Kugelschreiber die Augen ausgestochen hatte. Glauben Sie, das hat er getan?« Jetzt sieht der Minister aus, als würde er jeden Moment explodieren.

»Woher zum Teufel soll ich das wissen?«

Nabiha nickt. »Heißt das also ...«

Juncker unterbricht sie mit erhobener Hand. »Was hat er gemacht? Ich meine beruflich?«

»Er ist der Direktor von einem meiner Unternehmen.«

»Das was macht?«

»WindWind importiert unter anderem hocheffektive Photovoltaikanlagen und entwickelt verbesserte Energiespeicher für Windenergie. Und wenn ich sage ›mein Unternehmen‹, dann ist das eine alte Gewohnheit, denn dieses und meine anderen Firmen wurden an eine Stiftung übertragen, als ich Minister wurde. Eine Stiftung, auf die ich keinen Einfluss habe. Damit kein Zweifel an meiner Glaubwürdigkeit entsteht.«

»Kluger Schachzug«, sagt Juncker.

»Etlichen Linken passt es natürlich nicht, weil sie meinen, ich würde die Unternehmen immer noch kontrollieren. Ich kann dazu nur sagen, dass die Wähler den Umfragewerten zufolge kein Problem damit zu haben scheinen. Für viele klingt es nämlich durchaus logisch, dass es, wenn es Unternehmen wie WindWind gut geht, auch gut fürs Klima ist. Die Wähler belohnen es, wenn jemand Initiative zeigt.«

Juncker schweigt einen Moment. Nabiha wirft ihm einen Blick zu. »War Karl ein guter Direktor?«, fragt er dann.

Donsberg zuckt mit den Achseln. »Er war okay.«

Okay? Wir brauchen schleunigst Einblick in die Finanzen der Firma und die von Karl, denkt Juncker.

Nabiha beugt sich vor. »Haben Sie Feinde?«, fragt sie.

Ausdruckslos antwortet er: »Noch und nöcher.«

Kapitel 11

Kristoffer hat nur eine vage Vorstellung davon gehabt, wie eine ökologische Landkommune wohl aussehen könnte, und sie reicht nicht ansatzweise an die Wirklichkeit in Grønnevang heran.

Sie sind von der Landstraße abgebogen und haben auf einem Parkplatz geparkt, auf dem bereits fünf identische weiße E-Autos von BMW stehen. Kristoffer zählt insgesamt zehn Ladesäulen. Auf einem Feld erhebt sich ein riesiges weißes Windrad. Es herrscht Flaute, daher bewegen sich die drei Rotorblätter nicht. Weiter draußen kann er im Dunst ein von schwarzen Solarkollektoren bedecktes Feld erahnen.

Ein etwa fünfzig Meter langer, gepflasterter Weg führt zum eigentlichen Dorf. Die Häuser unterscheiden sich voneinander, sind aber augenscheinlich nach derselben Bauweise errichtet.

»Ich hab gelesen, dass sie alle aus Stroh gebaut sind«, sagt Justesen.

»Stroh?«

»Ja. Das mit Putz beschichtet ist. Soll angeblich hervorragend isolieren und viele Jahre halten.«

»Krass«, murmelt Kristoffer.

Die Häuser verteilen sich um eine Grünfläche mit einem Dorfteich und einem hufeisenförmigen Gebäude, das an einen kleinen Platz grenzt und aussieht, als würde es als Versammlungshaus dienen. Eine Tür öffnet sich, und ein Mann kommt auf sie zu.

»Wer seid ihr?«, fragt er und bleibt in zehn Metern Entfernung stehen.

»Guten Tag«, sagt Justesen freundlich. »Mein Name ist Thorkild Justesen, und das ist mein Kollege Kristoffer Kirch. Wir sind von der Polizei Nordjütland.« Er zeigt seinen Ausweis, und Kristoffer tut es ihm nach. »Und wer sind Sie?«

Kristoffer schätzt den Mann auf um die vierzig, vielleicht etwas jünger. Mittelgroß, schlank und gekleidet in eine kurze wattierte orangefarbene Jacke. Er kommt näher.

»Kann ich eure Ausweise noch mal sehen?«, sagt er.

»Klar, kein Problem.« Justesen hält ihm seinen Ausweis hin. »Und Sie heißen ...?«

»Johan«, sagt der Mann.

»Haben Sie auch einen Nachnamen?«

»Flakholm.«

Kristoffer erkennt den Namen als den von einem der drei Autonomen von der Räumung des Jugendhauses, die der PET beobachtet.

»Was wollt ihr?«, fragt Johan Flakholm.

»Haben Sie von der Explosion im Kraftwerk letzte Nacht gehört?«

»Ja, hab ich.«

»Das war kein Unfall, sondern ein Angriff von außen.«

»Ja, das hab ich im Radio gehört. Und was hat das mit mir oder Grønnevang zu tun?«

»Ich sage nicht, dass es etwas mit Ihnen zu tun hat. Haben Sie auch gehört, dass ein Mann bei dem Anschlag umgekommen ist?«

Flakholm nickt mit unbewegter Miene.

»Das macht den Fall unbestreitbar zu einer deutlich ernsteren Angelegenheit, finden Sie nicht?«, sagt Justesen.

»Kann schon sein. Aber das erklärt immer noch nicht, warum ihr hier angetanzt kommt. Was sollen wir damit zu tun haben?«

»Wie Sie sich ja bestimmt denken können, stehen wir noch ganz am Anfang der Ermittlungen. Wir sprechen deshalb mit Leuten, von denen wir annehmen, dass sie etwas über diejenigen Zweige der Klima- und Umweltschutzbewegungen wissen, die Erfahrung haben mit ... wie soll ich sagen ... eher radikaleren Aktionsformen. Ergibt das Sinn?«

»Keine Ahnung. Warum?«

»Mehrere von Ihnen wurden in der Vergangenheit wegen Störung der öffentlichen Ordnung und Vandalismus verurteilt. Einige sind wegen der Befreiung von Nerzen vorbestraft. Andere wegen der Beschädigung von SUVs ...«

»Das waren bloß ein paar aufgestochene Reifen.«

»Tja, das Gericht hat es als Vandalismus eingestuft.«

»Bei den Aktionen, von denen du redest, wurde nie jemand verletzt. Das war bloß Sachschaden. Ihr Bullen und das ganze etablierte System redet ja immer sofort von ›Gewalttaten‹ oder sogar ›Terror‹, aber es ist nichts anderes als Beschädigung von toten Dingen.«

»Was ist mit damals, als Sie und Ihre Kumpane während der Räumung des Jugendhauses Molotowcocktails auf Polizisten geschmissen haben? Waren die Beamten, die um ihr Leben rannten, auch bloß ›tote Dinge‹?«

Johan Flakholm schüttelt den Kopf, seine Augen funkeln wütend. »Die Bullen sind damals mit Abstand am brutalsten vorgegangen. Wir haben uns nur verteidigt. Außerdem ist das Jahre her. Seitdem hat sich viel verändert.«

»Wie gesagt, wir behaupten noch gar nicht, dass jemand von hier für den Anschlag auf das Kraftwerk verantwortlich ist. Aber ich nehme mal an, Sie kennen einige Klimaaktivisten. Ist jemand dabei, von dem Sie sich vorstellen könnten, dass er oder sie zu so etwas imstande wäre?«

»Nein.«

»Eine Gruppe namens Nerthus hat sich zu dem Anschlag bekannt. Sagt Ihnen der Name was?«

»Nein.«

»Alles klar.« Erneut lächelt Justesen freundlich. »Dann will ich Sie nicht weiter aufhalten. Ist es okay, wenn wir uns ein bisschen umschauen?«

»Macht ruhig. Aber bleibt weg von den Häusern. Wenn ihr da reinwollt, braucht ihr einen Durchsuchungsbefehl.«

»Das haben wohl kaum Sie zu bestimmen«, versetzt Kristoffer. »Die Leute können schließlich selbst entscheiden, ob sie uns reinlassen oder nicht.«

»Das werden sie nicht. *Trust me.*«

Eine halbe Stunde später kippt Justesen die Rückenlehne in beinah waagrechte Position zurück, während sie auf die Landstraße Richtung Aalborg fahren.

»Mann, hatte der 'ne Wut«, sagt Kristoffer.

»Jepp. Aber genug, um einen Menschen zu töten?«

»Bis jetzt spricht alles dafür, dass Jens Viggo Olesens Tod ein Unfall war.«

»Richtig. Nur: Wenn man zu Sprengstoff oder Waffen von diesem Kaliber greift, dann besteht praktisch immer ein Risiko, dass jemand schwer verletzt wird oder ums Leben kommt.«

»Stimmt«, gibt Kristoffer zu. »Außerdem hätte, wer auch immer die Drohne abgefeuert hat, durch die Kamera mitverfolgen können, ob sich an ihrem Angriffsziel Leute aufhalten, aber das haben sie offensichtlich nicht getan. Oder es war ihnen egal.«

»Okay«, sagt Justesen, beugt sich vor und klappt die Rückenlehne zurück in aufrechte Position. »So schlafe ich bloß ein. Na jedenfalls, wir müssen sie beobachten.«

»Beobachten? Wie beschattet man ein Dorf?«

»Haha, ein Dorf beschatten. Der war gut. Tja, wie es aussieht, gibt es nur einen Weg nach Grønnevang und hinaus. Wenn Bonner also einverstanden ist, stellen wir einen Streifenwagen an die Abzweigung zur Landstraße.«

»Für jeden sichtbar?«

»Ja, das macht nichts. Es geht ja hauptsächlich darum, sie ein bisschen unter Druck zu setzen. Ihnen zu zeigen, dass wir nicht zum Spaß hier sind.«

»Glaubst du wirklich, dass sie es waren? Die müssen doch gewusst haben, dass wir sie als Allererste verdächtigen würden.«

Justesen überlegt einen Moment.

»Sie müssen es nicht gewesen sein. Aber selbst wenn der Anschlag nicht auf ihre Kappe geht, würde es mich schwer wundern, wenn sie nicht wissen, wer es war.«

Kapitel 12

Die Leiche von Karl Christof Jæger liegt jetzt auf dem Rücken. Zwei Männer in orangefarbenen Hosen und Jacken stehen bereit, um den Toten in den Leichensack zu packen und auf die Trage zu heben. Ein Techniker geht umher und macht Fotos, ein anderer sucht die Tür nach Fingerabdrücken ab. Ein fünfter Mann in Schutzkleidung sitzt neben der Leiche in der Hocke. Er steht auf, als er Juncker und Nabiha entdeckt.

»Die Dame, der Herr«, grüßt Markman.

»Huch, welchem Umstand verdanken wir die Ehre?«, erwidert Juncker. »Ich dachte, du wärst bei dem Fall gar nicht dabei, sondern … ich hab ihren Namen vergessen.«

»Vera Lundstrøm heißt sie, und ja, es ist ihr Fall. Aber sie hat die Stelle ja erst seit Kurzem, deshalb dachte ich, ich gehe ihr ein bisschen zur Hand, zumal ich gehört habe, dass es um den Sohn eines Ministers geht«, antwortet Markman in seinem unverwechselbaren Kauderwelsch aus Dänisch und Schwedisch mit starkem schonischem Akzent.

»Und wo ist Vera?«

»Die ist zurück ins Rechtsmedizinische Institut gefahren. Mache ich auch gleich. Wir sind hier fertig.«

»Und, was sagst du?«

»Dasselbe wie Vera. Nur der eine Schuss ins Genick, und die Kugel ist durch den Mund ausgetreten.«

Juncker betrachtet das Gesicht des Toten. Das Projektil hat die Schneidezähne zerschmettert und die Oberlippe gespalten. Es sieht aus wie eine Hasenscharte. Alles in allem relativ bescheidene äußere Verletzungen, wenn man bedenkt, dass es sich um einen Kopfschuss handelt.

»Die Kugel?«, fragt er.

»Hier«, sagt Markman und hält ein Plastiktütchen hoch. »Hat dreißig Zentimeter über dem Boden im Schreibtisch gesteckt. Beeindruckendes Möbel übrigens.«

»Ja. Sieht aus wie eine Kopie vom Resolute Desk.«

»Von was?«, fragt Nabiha.

»Dem Schreibtisch im Oval Office des Weißen Hauses. Er war ein Geschenk von Königin Victoria an den Präsidenten Rutherford B. Hayes und wurde aus Eichenholz der *HMS Resolute* gezimmert.«

Markman und Nabiha starren Juncker an.

»Woher zur Hölle weißt du das?«, fragt Markman.

»Keine Ahnung.« Juncker geht zum Schreibtisch, setzt sich in die Hocke und studiert das Einschussloch. »Dreißig Zentimeter über dem Boden. Ganz schön weit unten.«

»Ja. Falls also der Mörder nicht einen Meter größer war als sein Opfer, können wir davon ausgehen, dass Jæger im Knien erschossen wurde. Dafür spricht auch, dass im Kniebereich der Hose ein paar Staubflusen und Fussel waren«, sagt Markman.

»Und die Waffe?«

»Kaliber .45, wie es aussieht. Wir haben keine Hülse gefunden.«

»Also wurde nur dieser eine Schuss abgefeuert?«

»Es gibt jedenfalls keine weiteren Kugeln oder Einschusslöcher.«

»Und die Todesursache? Na ja, das liegt auf der Hand.«

»Der Schuss hat vermutlich den oberen Teil der Wirbelsäule getroffen und das Rückenmark zerfetzt. Der Tod dürfte augenblicklich eingetreten sein. Jæger wurde mit absoluter Sicherheit hier am Auffindeort getötet.«

»Und der Todeszeitpunkt?«

»Nach Rigor und Körpertemperatur des Opfers zu schließen, würde ich sagen, irgendwann zwischen dreiundzwanzig Uhr und zwei Uhr nachts.«

»Okay. Bist du bei der Obduktion morgen dabei?«

»Ja.«

»Dann sehen wir uns da.«

Markman verabschiedet sich, und die beiden orange gekleideten Männer tragen die Leiche nach draußen zu einem unscheinbaren grauen Lieferwagen, der direkt vor dem Gartentor parkt. Die Techniker haben das Okay gegeben, dass sich die Ermittler vorsichtig im Haus bewegen dürfen. Sechs Leute sind mit der Durchsuchung beschäftigt. Bis jetzt haben sie weder Handys noch Computer gefunden, dafür aber mehrere Ladekabel.

»Es sieht nicht so aus, als hätte es irgendwo im Haus einen Kampf gegeben, und nirgends wurde eine Tür oder ein Fenster aufgebrochen«, sagt Nabiha.

»Nein. Vielleicht hat er seinen Mörder gekannt.«

»Ist das nicht ein bisschen komisch? Ich meine, würde man nicht mit aller Kraft um sein Leben kämpfen? Statt sich einfach hinzuknien und von hinten ins Genick schießen zu lassen?«

Ein Pleonasmus, denkt Juncker, man kann sich schlecht von vorn ins Genick schießen lassen. Oder doch? Er verbeißt sich einen Kommentar zu der sprachlichen Ungenauigkeit seiner Kollegin, er weiß aus Erfahrung, dass Nabiha, die im Übrigen ein schönes Dänisch spricht, etwas dünnhäutig ist, was sprachliche Korrekturen anbelangt.

»Bei Weitem nicht alle versuchen, sich zu wehren«, entgegnet Juncker. »Manche sind wie gelähmt. Andere geben angesichts eines übermächtigen Gegners auf. Vielleicht waren es auch mehrere Täter, sodass es keinen Sinn gemacht hat, Widerstand zu leisten. Wir müssen die Ergebnisse der Techniker abwarten.«

Sie gehen durchs Haus, und Juncker versucht, sich einen Eindruck davon zu machen, was für ein Mensch hier gelebt hat. Im ersten Stock befindet sich ein Schlafzimmer mit einem riesigen Doppelbett und einem begehbaren Kleiderschrank. Daneben gibt es zwei weitere Schlafzimmer, beide unpersönlich eingerichtet, vermutlich Gästezimmer, sowie ein Kinderzimmer, offenbar das eines Mädchens, und zwei Badezimmer. Im Erdgeschoss finden sich außer Wohnzimmer und Arbeitszimmer eine großzügige Küche, eine geräumige Gästetoilette und einen Hauswirtschaftsraum.

»Alles ziemlich unpersönlich«, sagt Nabiha.

»Ja, als wäre ein Innenarchitekt für die Gestaltung zuständig gewesen«, sagt Juncker. »Komm, fahren wir zurück nach Teglholmen. Merlin will, dass wir uns mit dem PET treffen und über den Stand der Dinge berichten.«

Merlin hat die Beine auf den Schreibtisch gelegt. Das tut er immer öfter, denkt Juncker und überlegt, ob es sich wohl um eine Freudsche Fehlleistung handelt – einen unbewussten physischen Ausdruck dafür, dass sein Chef mit dem Gedanken spielt, vorzeitig in Pension zu gehen.

Juncker hat keine Ahnung, was er machen soll, falls Merlin aufhört. Es ist schwer, wenn nicht unmöglich, sich vorzustellen, unter einem anderen Chef zu arbeiten. Zum einen wüsste er niemanden, der Merlin im Hinblick auf Fachkompetenz und menschliche Eigenschaften auch nur annähernd das Wasser reichen kann. Zum anderen hat er keine Lust, sich an einen neuen Vorgesetzten zu gewöhnen.

Hoffentlich interpretiert er nur nicht zu viel hinein. Er selbst hegt jedenfalls keinerlei Wunsch, in den Ruhestand zu gehen, auch wenn er bald das nötige Alter erreicht.

Er, Nabiha und der PET-Beamte Victor Steensen sitzen an dem runden Besprechungstisch in Merlins Büro. Juncker kennt den Kollegen vom Nachrichtendienst recht gut. Bei der Jagd auf die zwei Terroristen vor drei Jahren haben sie eng zusammengearbeitet. Victor ist kompetent und ein angenehmer Mensch, der nie die leicht herablassende Haltung ausstrahlt, die einige Leute vom Geheimdienst mitunter gegenüber ihren Quasi-Kollegen von der Polizei an den Tag legen.

»Victor, wie hoch schätzt ihr das Gefährdungspotenzial für Rasmus Donsberg ein?«, fragt Merlin.

»Relativ hoch. Er hat seit einem halben Jahr einen persönlichen Leibwächter.«

»Was war der Anlass?«, fragt Juncker.

»Er hat mehrfach anonyme Drohungen bekommen.«

»Ist es nicht normal, dass ein Minister immer mal Drohungen erhält?«

Victor nickt. »Doch. Und wir bewerten natürlich jedes Mal den Charakter der Gefährdung. In den sozialen Medien sind wüste Beschimpfungen ja an der Tagesordnung, und in den meisten Fällen ist es nichts als leeres Gerede. Aber der Klimaminister hat auch über die offizielle Mailadresse des Ministeriums Drohungen erhalten, die wir bedenklich finden, außerdem tauchen in letzter Zeit Formulierungen auf, die als Drohungen gegen seine Familie aufgefasst werden können.«

»Wie ist der Wortlaut?«

»Der Minister und die Regierung tun angeblich nicht genug gegen den Klimawandel. Ihr Versagen trifft uns alle, Jung und Alt, und die Politiker würden schon noch die Konsequenzen spüren. So in dem Stil.«

Juncker lehnt sich zurück. »Was denkt ihr, könnte ein Zusammenhang zwischen dem Mord an Karl Christof Jæger und dem bestehen, was sein Vater als Minister tut beziehungsweise nicht tut?«

Victor runzelt die Stirn. »Also ... so weit sind wir noch nicht.«

»Nein, denn es waren noch keinerlei Maßnahmen zum Schutz der Kinder in die Wege geleitet worden, richtig?«

»Stimmt.«

»Aber jetzt müssen wir diese Möglichkeit in Betracht ziehen, das sieht der PET bestimmt auch so?«, fragt Merlin.

Victor nickt.

»Also geht das Motiv irgendwie in die Richtung von wegen, wenn der Minister nichts unternimmt, um die Kinder des Täters und aller anderen zu retten, dann müssen eben die Kinder des Ministers dran glauben. Oder mit anderen Worten: Karl Jæger wurde umgebracht, um seinen Vater schwerstmöglich zu treffen«, sagt Juncker.

»Ja«, sagt Victor. »Diese Theorie müssen wir momentan jedenfalls in Betracht ziehen.«

Merlin nimmt die Beine vom Tisch und setzt sich aufrecht hin. »Apropos mögliche Verbindungen. Habt ihr gehört, was in Aalborg passiert ist?«

»Ich hab online ein bisschen was drüber gelesen«, sagt

Nabiha. »Irgendwas mit einer Explosion in einem Kraftwerk, oder?«

»Genau«, sagt Merlin. »In einem der letzten mit Kohle befeuerten Kraftwerke in Dänemark.«

»Aber was meinst du mit ›apropos mögliche Verbindungen‹?«, fragt Nabiha.

»Das Kraftwerk wurde anscheinend mit einer Drohne angegriffen, und eine Gruppe namens Nerthus hat sich zu dem Anschlag bekannt. Ich frage mich also: Wäre es denkbar, dass eine Verbindung zwischen dem Anschlag auf das Kraftwerk und dem Mord an Jæger besteht?«

»Wo sollte da der Zusammenhang sein?«, fragt Juncker.

Merlin zuckt mit den Achseln. »Ein Angriff auf eine der klimatechnisch kontroversesten Anlagen im Land, für den radikale Klimaaktivisten die Verantwortung übernehmen – und beinahe gleichzeitig wird der Sohn des Klimaministers ermordet. Da finde ich die Überlegung, ob die beiden Verbrechen irgendwie zusammenhängen, ehrlich gesagt nicht so abwegig. Ohne auf Anhieb sagen zu können, worin genau die Verbindung besteht.«

Juncker macht ein skeptisches Gesicht.

»Bei dem Anschlag ist jemand umgekommen, oder?«, fragt Nabiha.

Merlin nickt. »Die Kollegen aus Jütland denken aber, dass es ein Unfall war und der Angriff keine Menschen zum Ziel hatte. Der Tote war sozusagen *collateral damage*. Victor, habt ihr irgendwen – Organisationen oder Einzelpersonen – im Auge, die ihr verdächtigt, zu so einer Art von Anschlag imstande zu sein?«

»Da gibt es ein paar, ja. Darunter einige unserer alten Bekannten aus der autonomen Szene. Drei von ihnen sind vor ein paar Monaten nach Nordjütland gezogen, wo sie jetzt in einer Kommune auf dem Land leben. Wir haben mit den Kollegen aus Aalborg gesprochen, sie waren schon dort.«

»Wurden die drei überwacht?«

»Nein, konkret haben wir nichts gegen sie, was für einen richterlichen Beschluss reichen würde, aber na ja … wir haben sie im Auge behalten.«

»Gut. Juncker, rufst du bei unseren Freunden im Aalborger Präsidium an?«

Juncker nickt. »Mache ich. Für den Mord an Karl Christof Jæger hat bisher niemand die Verantwortung übernommen, oder?«

»Nein.« Merlin schaut auf seine Armbanduhr. »Es wird langsam spät, lasst uns hier Schluss machen. Wir sehen uns dann morgen früh zum Briefing.«

»Nabiha und ich gehen zu Jægers Obduktion. Und anschließend statten wir Jægers Mutter einen Besuch ab«, sagt Juncker.

Nabiha ist bereits halb aus der Tür. »Alles klar. Wir sehen uns dann in der Rechtsmedizin.«

Kapitel 13

Sie hat saumäßiges Glück und findet einen Parkplatz in der Gegend zwischen Mjølnerparken und dem alten Güterbahnhof. Trotz der späten Abendstunde ist es angenehm mild. Zehn Grad plus zeigt das Außenthermometer ihres Autos, und das Mitte Februar. Einerseits ist sie froh, nicht frieren zu müssen, die Wintermonate sind ihr immer ein Graus. Aber das hier ... das ist ein Zeichen dafür, dass irgendetwas ganz und gar nicht stimmt.

Sie hat immer das Gefühl gehabt, auf den Lauf ihres Lebens einwirken zu können. Dass nichts von außen Kommendes sie aus der Bahn werfen kann. Doch dass sich das Klima offensichtlich *big time* verändert, macht ihr Angst. Denn hier hat sie es mit einem Faktor zu tun, der ihr Leben zum Schlechteren wenden kann, ohne dass sie dem etwas entgegensetzen könnte. Klar, sie kann ein bisschen weniger Fleisch essen und etwas weniger Auto fahren, aber gegen all das, was emissionsmäßig richtig reinhaut, kann sie nichts ausrichten. Hätte sie Kinder – was in ihren Plänen nicht vorgesehen ist –, würde sie um deren Zukunft fürchten. Und sie glaubt im Leben nicht, dass die Politiker in der Lage sind, die notwendigen Maßnahmen zu ergreifen. Man nehme nur den Klimaminister, der scheint eine ziemliche Pfeife zu sein.

Nabiha geht zwischen den vertrauten Häuserblöcken

mit den roten Ziegeldächern und Klinkerfassaden hindurch zu dem Aufgang, hinter dem sich im dritten Stock die Wohnung befindet, in der sie aufgewachsen ist. Wie immer, wenn sie nach Mjølnerparken kommt, hat sie widersprüchliche Empfindungen. Einerseits ist da das starke Gefühl hierherzugehören, zu Hause zu sein, andererseits ein heftiger Drang, auszubrechen und zu fliehen. Viele Jahre hat sie dieser Zwiespalt verwirrt, selbst lange nachdem sie von zu Hause ausgezogen war. Aber inzwischen hat sie gelernt, dass sie die innere Zerrissenheit mit vielen Dänen teilt, ganz gleich ob sie in einem Sozialbauviertel mit ethnischer Schlagseite wie Mjølnerparken leben oder in einem der wohlhabenden Vororte im Norden Kopenhagens.

Sie schließt die Haustür auf und läuft die Treppen hoch. Die Wohnungstür ist verschlossen, daher fischt sie erneut den Schlüsselbund aus der Tasche und öffnet.

»Mama, ich bin's«, sagt Nabiha in halblautem Ton.

»Ich bin hier«, antwortet ihre Mutter aus dem Schlafzimmer.

Nabiha drückt die Tür auf. »Bist du schon im Bett?«

»Hab mich eben hingelegt. Aber ...«

Die Mutter macht Anstalten aufzustehen. Nabiha drückt sie sanft zurück, beugt sich zu ihr hinunter und gibt ihr einen Kuss auf die Stirn.

»Bleib ruhig liegen, Mama.«

»Magst du was trinken? Einen Tee?«

»Nein danke. Ich wollte nur sehen, wie es dir geht. Ich bleib nicht lange. War ein langer Tag.«

»Ein neuer Mord?«

Nabiha nickt.

Die Mutter schüttelt bekümmert den Kopf. »Ich begreife nicht, wie du das aushältst, Nabiha. Grausamkeit, Unfälle ...«

Nabiha legt eine Hand auf die Hände ihrer Mutter, die über der Decke gefaltet sind.

»Mama, das Thema hatten wir doch schon tausendmal. Was machen die Hände?«

»Nicht gut. Aber ich muss probieren, morgen arbeiten zu gehen. Ich hab Angst, mich schon wieder krankzumelden.«

»Tun sie jetzt gerade weh?«

Sie nickt.

»Hast du was gegen die Schmerzen genommen?«

»Nein. Du weißt doch, dass ich ...«

Nabiha geht ins Bad und nimmt die Packung mit den Schmerztabletten aus dem Medizinschrank. Sie drückt zwei Tabletten aus dem Blister, holt ein Glas Wasser aus der Küche und geht ins Schlafzimmer zurück, wo sie sich auf die Bettkante setzt.

»Hier. Wenn du arbeiten willst, musst du ausgeschlafen sein. Und nimm morgen früh noch mal zwei Tabletten, bevor du gehst.«

Gehorsam schluckt ihre Mutter die Tabletten. Nabiha steht auf.

»Ich muss jetzt los, muss auch früh raus morgen.«

»Kommst du morgen noch mal?«

»Weiß noch nicht. Je nachdem, wie spät es wird ... Bleib ruhig liegen, du brauchst nicht mit zur Tür kommen.«

Als sie fast beim Auto ist, kommen ihr zwei junge Typen entgegen. Sie starren sie an, und sie starrt zurück. Der eine murmelt etwas, das sie nicht richtig versteht, aber sie hat das starke Gefühl, dass es nichts Nettes war, vielleicht

»Bullenschlampe«. Normalerweise vertritt sie eine Nulltoleranzpolitik gegenüber jedweder Art von Beleidigung, aber gerade ist sie zu müde, um die beiden Rüpel zur Rede zu stellen.

Ihr Gelächter noch in den Ohren schließt sie das Auto auf und steigt ein. Wäre ihr Vater doch noch am Leben. Er war freigeistig, jedenfalls nach palästinensischem Maßstab. Er hätte es verstanden und akzeptiert. Ihre Mutter dagegen ... Nabiha seufzt und lässt den Motor an.

Sie ist die Heimlichtuerei langsam leid.

Kapitel 14

Es ist spät geworden, und Kristoffers freier Tag hat sich in Luft aufgelöst. Das ist ihm an sich nur recht, er arbeitet zehnmal lieber an einem spektakulären Fall, als im Umland von Aalborg auf seinem Mountainbike herumzukurven. Allerdings hat er darüber verschwitzt, dass er ja das Veteranencafé aufschließen wollte, und erst in allerletzter Sekunde einen anderen Veteranen erreicht, der den Dienst für ihn übernehmen konnte. Er überlegt, ob es trotz fortgeschrittener Stunde noch Sinn macht, dort vorbeizuschauen. Wahrscheinlich schließen sie gleich, andererseits liegt das Café auf dem Weg vom Präsidium zu seiner Wohnung, es wäre also kein großer Umweg. Und er verpasst ungern einen Abend.

Als er die Tür zu dem alten Ladenraum öffnet, in dem sich früher mal ein Blumengeschäft befand, sitzen immer noch fünf Männer zusammen.

»In der Kanne ist noch ein Rest Kaffee«, sagt Roffe, der auf Zypern stationiert war.

Kristoffer lehnt dankend ab, zieht einen Stuhl heran und setzt sich. Das Gespräch dreht sich um die Chancen des Aalborg BK nach einer miserablen Herbstsaison. Am Tisch herrscht allgemeine Einigkeit, dass es katastrophal laufen wird.

Kristoffer hat sich schon oft gefragt, warum die Besuche im Café sich so positiv auf seine Stimmung auswirken, denn normalerweise ist es so wie jetzt auch: Sie reden über Gott und die Welt, aber nur selten über das, was sie als Soldaten im Einsatz erlebt haben. Vielleicht ist es das Wissen, dass man, *falls* man eines Tages das Bedürfnis verspüren sollte, über das Erlebte zu reden, im Café mit Sicherheit jemanden findet, der weiß, wie es ist, und keine dämlichen Fragen stellt wie: »Hattest du keine Angst?« Kaum einem der Stammkunden des Cafés sind Albträume fremd. Oder Stunk zu Hause, weil sie so eine kurze Zündschnur haben.

Frederiksen, ehemaliger Oberfeldwebel und Kosovo-Veteran, wendet sich an Kristoffer.

»Na, Kirch, hast du mit der Explosion im Kraftwerk heute Nacht zu tun?«

Kristoffer weiß, dass er jetzt ins Kreuzverhör genommen wird. Seine Kameraden werden versuchen, Informationen aus ihm herauszukitzeln.

»Ja, hab ich. So viel kann ich ruhig sagen.«

»Denn da ist ja einer gestorben, stimmt's?«

»Ja, stimmt.«

»Und das war wohl kaum ein Unfall, oder?«

»Warum nicht?«

»Na ja, arbeitest du nicht fürs Morddezernat oder wie auch immer das heißt?«

»Abteilung für Gewaltkriminalität.«

»Meinetwegen. Aber da arbeitest du doch?«

»Ja.«

»Also warum solltest du mit dem Fall zu tun haben, wenn es kein Mord war, hä? Gib's zu, Kirch.«

Kristoffer grinst. »Ihr wisst, dass ich euch nichts sagen darf.«

»Ach, komm schon ...« Frederiksen lacht.

Sein Sitznachbar beugt sich vor. »Ich hab im Kraftwerk

gearbeitet, und es kommt mir reichlich spanisch vor, dass da einfach so was explodiert sein soll. Ein Feuer, okay, aber ...«

»Spart euch die Mühe, aus mir kriegt ihr nichts raus.«

»Mensch, schaut euch den Musterknaben an. Du bist vielleicht ein Langweiler, Kirch«, sagt Frederiksen. »Also schön, reden wir von was anderem. Habt ihr von dem Mord in Kopenhagen gehört?«

Einige am Tisch nicken.

»Wollt ihr hören, wer ermordet wurde? Ratet mal, wer es weiß.«

»Spuck's schon aus«, sagt Roffe.

»Der Sohn vom Klimaminister.«

»Woher hast du das? Soweit ich weiß, ist der Name noch nicht veröffentlicht worden«, sagt Kristoffer.

»Nicht alle Polizisten geizen so mit Informationen wie du, Kirch. Der Nachbar von meinem Bruder ist bei der Kopenhagener Polizei, mehr sage ich nicht.«

»Der Klimaminister ... Rasmus Donsberg, oder? Ist der nicht auch einer von uns? Ich meine, das hätte ich mal im Fernsehen gehört«, sagt Roffe.

»Ja, ist er«, sagt ein Mann, der bis jetzt geschwiegen hat.

Er heißt Niels Peter, wird NP genannt und ist relativ neu im Café. Ein wortkarger Typ. Kristoffer kennt ihn nicht sonderlich gut.

»Donsberg war '93 in Kroatien«, fährt NP fort.

»Warst du auch da?«

NP nickt.

»Selbe Einheit?«

»Ja. UNPROFOR.«

»Scheiße. Ihr durftet Waffen nur zur Selbstverteidigung einsetzen und dieser ganze UN-Kack, oder?«

»Ja, das trifft's in etwa«, sagt NP und steht auf. »So, ich mach jetzt mal vom Acker. Muss morgen früh raus. Bis dann.«

Etwas später schließt Kristoffer die Tür zu seiner leeren Wohnung auf. Schaltet das Licht im Wohnzimmer ein und spürt einen Hauch von Bedauern, weil niemand auf dem Sofa sitzt und auf ihn wartet. So geht es ihm selten, aber die beiden Male, die er bisher an den Ermittlungen in einem Mordfall beteiligt war, hat ihm jemand zum Reden gefehlt. Natürlich würde er nicht viel über den eigentlichen Fall erzählen können, aber allein schon die Freude und den Stolz über seine Arbeit mit einem anderen Menschen teilen zu können …

Er zieht sein Handy hervor. Kurz nach elf. Nur noch sechs Stunden, bis er aufwacht.

Kapitel 15

Als es galt, Nägel mit Köpfen zu machen, hatte Juncker nicht lange gezögert. In den ersten Monaten nach seinem Umzug aus dem Haus in den Kartoffelreihen in die Zweizimmerwohnung in Kopenhagen Nordvest hatte er jede Sekunde gehasst. Aber dann wurde ihm das Viertel immer sympathischer. Mit der Mischung aus stark in die Jahre gekommenen Wohngebäuden, Geschäften, Moscheen, Lokalen und der Hochbahn, die die Gegend zerteilt, ist Nordvest der einzige Ort in Kopenhagen, der ihn an Berlin erinnert. Und als der junge Kollege, von dem er die Wohnung zwischengemietet hatte, beschloss, länger als ursprünglich geplant bei Europol in Amsterdam zu bleiben und Juncker anbot, die Wohnung zu kaufen, schlug er zu.

Anschließend investierte er in eine neue Küche und die Renovierung des Badezimmers, und er ist recht zufrieden mit dem Ergebnis – auch wenn die bescheidene Größe der Wohnung symbolisiert, wie sein Dasein nach der Scheidung von Charlotte geschrumpft ist.

Er überlegt, ob er noch kurz auf ein Bier oder zwei in die Fliederbar gehen soll, entscheidet sich aber dagegen. So spät noch Alkohol wäre Gift für seinen Nachtschlaf, und den braucht er seit seiner OP. Die Zeiten, als er tagelang mit nur zwei, drei Stunden Schlaf pro Nacht auskam, sind vorbei, so ungern er es sich auch eingesteht.

Er könnte auch Malene anrufen und fragen, ob er noch bei ihr auf Amager vorbeikommen soll. Er ist sicher, dass sie Ja sagen würde, das tut sie immer. Aber so verlockend der Gedanke auch ist, würde es seinen Schlaf ebenfalls stark beeinträchtigen, wenn er im selben Bett wie sie übernachtet.

Sein Handy klingelt. Es ist Charlotte. Er seufzt und überlegt, es klingeln zu lassen, geht dann aber doch ran.

»Charlotte«, brummt er.

»Martin, wie geht's dir?« Es gibt nur noch zwei Menschen auf der Welt, die ihn konsequent Martin nennen: seine Schwester, mit der er so gut wie nie spricht, und Charlotte. Sie fährt fort, ohne eine Antwort abzuwarten: »Wir haben uns schon ewig nicht mehr gesehen, oder?«

»Joa, kann sein.«

»Wollen wir mal zusammen frühstücken? Oder du lädst mich zum Abendessen bei dir zu Hause ein? Ich muss doch endlich mal deine Wohnung sehen.«

Nein, musst du nicht, denkt Juncker.

»Schon, aber ... ich stecke gerade mitten in einem neuen Fall ...«

»Ja, davon hab ich gelesen. In Østerbro, stimmt's?«

»Ja.«

»Wer ist das Opfer?«

Charlotte ist Journalistin bei der größten Tageszeitung des Landes und sowohl von Natur aus als auch beruflich bedingt extrem neugierig.

»Die Identität wurde noch nicht veröffentlicht, das kann ich dir also nicht sagen.«

»Jemand Bekanntes?«

»Nein«, sagt Juncker und denkt, dass das gleichzeitig wahr und falsch ist.

»Gerüchten zufolge ist es der Sohn des Klimaministers. Oder besser gesagt: Wir wissen, dass es der Sohn des Klimaministers ist.«

»Charlotte, vergiss es. Und das mit unserem Treffen, das muss warten. Bis bald.«

Er legt auf, ehe seine Ex-Frau die Frage stellen kann, die sie jedes Mal stellt: Wann er zuletzt die Kinder gesehen hat? Seine zögerliche Antwort wäre mehr oder weniger dieselbe wie immer, nämlich dass es eine Weile her ist. Was bei seiner Tochter Karoline, die in Aarhus lebt, noch halbwegs verständlich ist, nicht aber im Falle von Kasper, der nur wenige Kilometer entfernt wohnt. Ob er denn wenigstens mit ihnen geredet habe?, pflegt Charlotte ihr kleines Verhör fortzusetzen, und auch in diesem Punkt hat er in der Regel nichts zu seiner Verteidigung vorzubringen.

Das Gespräch mit Charlotte hat ihn aus der Ruhe gebracht, und er überlegt, ob er vor dem Zubettgehen nicht doch noch einen Schluck trinken soll. Er entscheidet sich für einen Whiskey. Einen kleinen, ermahnt er sich, holt ein Glas und schenkt sich ein. Dazu legt er *Can't Buy a Thrill* von Steely Dan auf, deren Musik er nach Jahrzehnten wiederentdeckt hat.

Er lehnt sich auf dem Sofa zurück und nippt an seinem Glas. Seit Charlotte ihn zum ersten Mal rausgeworfen hat, hat er das Gefühl gehabt, der Kleinere in diesem Spiel zu sein. Dass Charlotte diejenige ist, die die Regeln und Bedingungen für ihre Beziehung aufstellt. Aber in letzter Zeit scheint sich etwas verschoben zu haben. Als würde nun sie und nicht mehr er darum bitten, dass sie sich sehen.

Um ehrlich zu sein, ein ziemlich gutes Gefühl, denkt er und leert sein Glas.

12. Februar

Kapitel 16

Vera Lundstrøm hat die Obduktion von Karl Christof Jæger durchgeführt, während Markman sich ganz untypisch im Hintergrund gehalten hat. Die systematische Untersuchung der inneren Organe des Toten hat nichts Auffälliges ergeben, abgesehen von einer fortgeschrittenen Fettleber. Allerdings sei das, wie Markman bemerkte, heutzutage kaum als ungewöhnlich zu bezeichnen, wenn man bedenke, welch großer Teil der Bevölkerung zu viel trinke, übergewichtig sei oder Diabetes Typ 2 habe – oder alles zusammen.

Auch im Hinblick auf die Todesursache gab es keine neuen Erkenntnisse. Die Kugel hat das Rückenmark durchtrennt und augenblicklich zum Tod geführt.

Jetzt näht der Sektionsassistent den aufgeschnittenen Leichnam zusammen. Markman nickt seiner jungen Kollegin anerkennend zu.

»Gute Arbeit, Vera.«

»Danke.«

»Ein kleiner Tipp nur.« Markman tritt an den Edelstahltisch. »Nielsen, darf ich kurz …«, sagt er zum Assistenten, der zur Seite tritt.

Markman nimmt ein Skalpell und beugt sich über Jægers Kopf, dem zu Beginn der Obduktion für die Entnahme des Gehirns der Schädel aufgesägt wurde, der jetzt aber wieder einigermaßen zusammengeflickt ist. Markman führt das Skalpell in eines der Nasenlöcher und schneidet mit einem schnellen Schnitt den Nasenflügel durch. Juncker muss an die Szene aus *Chinatown* denken, als die Nase von Jack Nicholson dieselbe Behandlung erfährt.

Markman legt das Messer weg und zieht den Flügel mit Daumen und Zeigefinger zur Seite, sodass die Nasenscheidewand offen liegt.

»Hier, Vera«, sagt er und macht ihr Platz. »Siehst du das? Da ist ein kleines Loch in der Nasenscheidewand. Was denkst du, wo kommt das her?«

»Hm ...« Sie richtet sich auf. »Kokain?«

»Ganz genau. Die Perforation der Nasenscheidewand ist eine typische Folge von regelmäßigem Kokainkonsum. Die Droge verengt die Blutgefäße, dadurch wird das Gewebe nicht ausreichend mit Sauerstoff versorgt und stirbt ab.« Er wendet sich an Nabiha und Juncker. »In jungen Jahren habe ich mal für ein Jahr in Miami gearbeitet. Da habe ich das gelernt. Immer die Nasenscheidewand untersuchen.«

»Also war Jæger kokainabhängig?«, fragt Juncker.

»Davon kannst du ausgehen. So ein Loch kriegt man nicht, bloß weil man alle Jubeljahre mal eine Line zieht.«

»Und so eine Verletzung kann keine anderen Ursachen haben?«

Markman schüttelt den Kopf. »Hab ich jedenfalls noch nie gehört.«

»Können wir eine Eilanalyse von seinem Blut machen, um gegebenenfalls Kokain oder andere Drogen nachzuweisen?«

»Sollte drin sein. Dann hätten wir das Resultat in zwei Tagen.«

»Kannst du nicht deine weitreichenden Beziehungen spielen lassen, damit wir das Ergebnis schon morgen kriegen?«

Markman lächelt schief. »Ich werd sehen, was sich tun lässt.«

Die erste Ex-Frau des Klimaministers lebt in der Gemini Residence, einer am Hafenbad des Stadtteils Islands Brygge gelegenen Wohnanlage. Das Gebäude ist ein ehemaliges Saatgutsilo einer Fabrik, die Speiseöl und Tierfutter aus Sojabohnen herstellte und daher im Volksmund allgemein Sojakuchen genannt wurde. Im Zuge eines umfassenden Makeovers wurden Luxuswohnungen an den Außenseiten der beiden Betonzylinder angebracht, während das Siloinnere Treppen und Aufzüge beherbergt und ansonsten größtenteils leer ist. Das dürfte der spektakulärste Aufgang Dänemarks sein, denkt Juncker. Eine etwas andere Liga als sein heruntergekommenes Treppenhaus in Nordvest.

»Wäre es nicht einfacher gewesen, das ganze Ding abzureißen und was Neues zu bauen?«, sagt Nabiha, als sie aus dem Aufzug treten.

»Tja, bestimmt. Aber du musst zugeben, dass es ziemlich außergewöhnlich ist.«

»Ja. Mehr außergewöhnlich als schön.« Nabiha klopft an die Tür.

Die Frau, die öffnet, ist groß und dünn, fast schon mager. Ihr zum Bob frisiertes Haar ist so schwarz, dass es gefärbt sein muss. Ihre Augen sind vom Weinen geschwollen, der Blick jedoch wachsam. Spontan macht Jeanette Jæger einen gequälten Eindruck auf Juncker, was verständlich ist, wenn man bedenkt, dass sie gerade ihren Sohn verloren hat. Aber sie strahlt noch etwas anderes aus als Trauer. Verbitterung.

Er stellt Nabiha und sich selbst vor und bekundet sein Beileid.

»Danke«, sagt sie mit belegter Stimme.

Die beiden Ermittler hängen ihre Jacken auf und folgen Jeanette Jæger in einen ausladenden Raum, dessen eine Längsseite aus einer durchgehenden Fensterfront und zwei Glastüren besteht. Die Aussicht aufs Wasser und den gegenüberliegenden Teil der Stadt ist atemberaubend. Sie setzen sich an einen drei Meter langen dunkelbraunen Esstisch.

»Danke, dass Sie trotz der Umstände bereit sind, mit uns zu reden. Wir würden uns gern ein Bild vom Leben Ihres Sohnes machen, unter anderem von seinem Bekanntenkreis, und hoffen, Sie können uns dabei helfen«, sagt Juncker.

Jeanette Jæger schaltet eine auf dem Tisch liegende E-Zigarette ein und zieht den Dampf in die Lunge.

»Mit wem haben Sie bisher gesprochen?«

»Nur mit Ihrem Ex-Mann.«

»Und was hatte Rasmus über seinen innig geliebten Sohn beizutragen?«

Sie macht sich nicht die Mühe, die Ironie zu verbergen.

»Wir haben ihm nur die Nachricht vom Tod Ihres Sohnes überbracht, wir hatten noch keine Gelegenheit, ausführlicher mit ihm zu reden.«

»Ich wette, er war am Boden zerstört?« Ihr Tonfall ist immer noch spöttisch.

Juncker räuspert sich. »Ihr Ex-Mann hat es sehr ... gefasst aufgenommen, um es mal so zu formulieren.«

Nabiha wirft ihm einen Blick zu. Dann wendet sie sich

an Jeanette. »Also ich würde eher sagen, er hat es *extrem* ruhig aufgenommen. Es klingt, als hätte Ihr Ex-Mann kein sonderlich enges Verhältnis zu seinem Sohn gehabt.«

Jeanette Jæger lacht höhnisch. »Karl hat den Großteil seines Lebens um die Anerkennung seines Vaters gekämpft. Er hat sie nie bekommen.« Tränen laufen ihr übers Gesicht. Sie wischt sie mit dem Handrücken weg.

»Hatten *Sie* eine enge Beziehung zu Ihrem Sohn?«, fragt Nabiha.

Sie nickt.

»Hat er deshalb Ihren Nachnamen statt den seines Vaters angenommen?«

»Den hat er immer schon gehabt.«

»Sie haben noch ein weiteres Kind mit Rasmus Donsberg, richtig?«

»Ja. Tanya. Sie ist zwei Jahre jünger als Karl.«

»Ihr Ex-Mann war wie oft verheiratet, dreimal?«

»Genau.«

»Und hat insgesamt fünf Kinder, oder?«

»Ja.«

»Wie war Karls Verhältnis zu seinen Stiefmüttern?«

»Soweit ich weiß, hat er sie so gut wie nie gesehen. Ich glaube nicht, dass er sich viel aus ihnen gemacht hat. In seinen Augen waren sie Goldgräberinnen, die Rasmus nur geheiratet haben, um ihn dann durch eine Scheidung ausnehmen zu können. Und genau das ist passiert.« Sie zieht an ihrer E-Zigarette. »Ich teile die Einschätzung meines Sohnes in Bezug auf diese Frauen voll und ganz.«

»Was machen Sie selbst eigentlich?«, fragt Juncker, während er sie eingehend mustert.

»Was ich mache?«

»Ja. Wovon leben Sie?«

Sie bedenkt ihn mit einem kühlen Blick. Dann lächelt sie freudlos. »Tja, ich lebe hauptsächlich von dem Geld, das ich nach der Scheidung von Rasmus bekommen habe.«

»Wahrscheinlich keine ganz kleine Summe. Ich meine ...« Nabiha weist mit einer ausladenden Handbewegung auf die Glasfassade und die Aussicht auf die Stadt. »Eine Wohnung wie diese ...«

»Ich kann nicht klagen. Wenn Sie aber damit andeuten wollen, dass ich keinen Deut besser bin als meine zwei Nachfolgerinnen ... natürlich denken Sie das. Ich möchte aber betonen, dass ich meinen Mann sehr geliebt habe und er *mich* verlassen hat. Im Gegensatz zu diesen beiden ... Schlampen, die allein auf sein Geld aus waren und sich von ihm haben scheiden lassen. Und apropos Geld, ob Sie's glauben oder nicht, als wir jung waren und es noch nicht so dicke hatten, habe ich phasenweise mehr verdient als Rasmus. Aber was haben meine finanziellen Verhältnisse mit dem Mord an meinem Sohn zu tun?«

»Wir versuchen, uns lediglich ein Bild von Karls Familienverhältnissen zu machen«, sagt Juncker.

»Ach so, stimmt ja ...« Sie nickt langsam. »Mit Abstand die meisten Morde werden von Familienmitgliedern begangen, richtig?«

»Richtig.«

»Und meistens handelt es sich bei den Mördern um Männer, oder?«

»Auch richtig«, bestätigt Juncker.

»Lieben Sie Ihren Ex-Mann immer noch?«, fragt Nabiha.

Jeanette Jæger starrt sie verdutzt an. Dann legt sie den Kopf in den Nacken und lacht schallend. »Sie müssen verrückt sein. Das tue ich schon lange nicht mehr.«

Juncker räuspert sich. »War Ihnen bekannt, ob Karl Probleme hatte?«

»Was meinen Sie?«

»Hatte er zum Beispiel Probleme am Arbeitsplatz?«

»Nicht dass ich wüsste. Jedenfalls hat er nichts erwähnt.«

»Und das hätte er getan, falls es etwas gegeben hätte?«

»Ich glaube schon.«

»Sie sagen, Sie beide standen sich nah?«

»Ja.«

»Haben Sie dann auch gewusst, dass er offenbar sehr viel Kokain konsumiert hat?«

Jeanette Jæger greift erneut nach der E-Zigarette auf dem Tisch, lässt die Hand jedoch wieder sinken.

»Ich weiß, dass er es ab und zu genommen hat. Bei Partys. Und wenn er in der Stadt feiern war. Aber sehr viel ...« Sie schüttelt den Kopf.

Eine Weile sagt keiner etwas. Nabiha schaut zu Juncker.

»Die Obduktion hat ergeben, dass Ihr Sohn allem Anschein nach regelmäßig Kokain genommen hat. Und zwar in einem solchen Ausmaß, dass es körperliche Folgen nach sich gezogen hat«, sagt Juncker.

»Wovon reden Sie? Was für körperliche Folgen?«

»Das spielt keine Rolle. Wir können nur feststellen, dass Ihr Sohn über einen längeren Zeitraum in erheblichem Maße Kokain geschnieft hat. Und davon haben Sie nichts gewusst, sagen Sie?«

Sie schaut weg und schweigt einen Moment. Dann nickt sie langsam.

»Sie haben recht. Karl hatte phasenweise Probleme, und nicht nur mit Kokain. Er hat auch zu viel getrunken. Er hat zweimal einen Entzug gemacht.« Erneut laufen ihr Tränen über die Wangen. »Er hatte es schwer.«

»Womit?«, fragt Nabiha. »Inwiefern schwer?«
»Mit sich selbst. Und mit seinem Vater.«
Nabiha nickt.
Juncker steht auf. »Dann wollen wir Sie nicht länger stören. Danke, dass Sie sich die Zeit für uns genommen haben.«
Jeanette Jæger winkt ab. »Finden Sie einfach das Schwein, das meinen Sohn ermordet hat.«

»Heftig.« Nabiha öffnet die Autotür und steigt ein. »Da denkt man, die eigene Familie ist verrückt, aber das ist nichts im Vergleich zu dem hier.«
»Mhm«, brummt Juncker und ruft Merlin an.
»Und, hat die Obduktion was ergeben?«, erkundigt sich der Chef.
»Ja. Karl Christof Jæger war kokainabhängig. Und laut seiner Mutter außerdem Alkoholiker.«
»Na, da sieh mal einer an.«
»Wie sieht sein Vorstrafenregister aus?«
»Weiß wie Schnee.« Merlin schnaubt. »Falls ich das so sagen darf.«

Kapitel 17

Kristoffer war mit klopfendem Herzen und innerer Anspannung aufgewacht, ohne sich daran erinnern zu können, was ihm im Traum widerfahren war. Eine Weile hatte er dagelegen und vergeblich versucht, es sich in Erinnerung zu rufen. Dann hatte er sich auf die andere Seite gedreht, um noch wie sonst auch eine Stunde zu dösen, aber keine Chance. Das Adrenalin rauschte durch seinen Körper, er konnte kein Auge mehr zutun, und so stand er auf.

Es lag bestimmt an der Arbeit. Dieser Fall war etwas völlig anderes als ein Tötungsdelikt bei einer Kneipenschlägerei. Vielleicht handelte es sich um den ersten Fall von Klimaterror in Dänemark. Falls dem so war, wäre er an einem historischen Ereignis beteiligt, da wunderte es wohl kaum, wenn man etwas unter Spannung stand.

Er machte sich einen Kaffee, setzte sich hin und nippte an seiner ersten Tasse des Tages, was ihm normalerweise ein stilles Wohlbehagen bereitet hätte, heute aber nicht. Ein paar Minuten lang starrte er ins Leere. Dann stand er auf, duschte, zog sich an und ging zur Arbeit.

Anderthalb Stunden später ist sein psychischer Zustand unverändert. Er hat rastlos die gestrigen Ereignisse Revue passieren lassen und nach einer Eingebung gesucht, wie sie in dem Fall weiterkommen könnten. Er würde alles dafür geben, in einer halben Stunde beim Briefing die Hand heben und den anderen in ruhigem Ton eben jenen Vorschlag zu unterbreiten, der sie unweigerlich zur Aufklärung des Falles führen wird.

Aber ihm ist kein Geistesblitz gekommen.

Justesen erscheint in der Türöffnung.

»Bonner will uns kurz sprechen«, sagt er.

Außer Bonner selbst wartet ein junger Ermittler im Büro des Chefs. Oliver heißt er. Kristoffer und Justesen nehmen Platz.

»Oliver hatte eine Idee, die sich als wirklich gut erwiesen hat. Oliver, erklärst du es den beiden?«

Kristoffer kennt seinen gleichaltrigen Kollegen nur oberflächlich, sie haben noch nicht zusammengearbeitet.

»Also ... ich hab ein bisschen auf YouTube geschaut, was es so an Videos von den größeren Klimaaktionen und Demos der letzten Jahre gibt. Wobei es mir weniger um die eigentlichen Videos ging, sondern mehr um die Kommentare dazu. Das hab ich auch bei anderen Fällen schon so gemacht, und man glaubt kaum, was die Leute da völlig unverhohlen von sich geben«, sagt Oliver.

»Und was hast du für uns Nützliches rausgefunden?«, fragt Justesen.

»Ein Video von einer Aktion von 2016, als ein Bündnis verschiedener aktivistischer Gruppen namens *Ende Gelände* ...«

»Das bedeutet so was wie ›bis hierher und nicht weiter‹«, erklärt Bonner die deutsche Redensart.

»Genau«, Oliver lächelt seinem Chef zu. »Jedenfalls, die Aktivisten von Ende Gelände hatten Zäune zerstört und waren in ein Kraftwerk eingedrungen, das sich im Südosten Brandenburgs befindet, nicht weit von der polnischen Grenze. Schwarze Pumpe heißt das Kraftwerk, das bedeutet ...«

»Danke, wir wissen, was das bedeutet«, sagt Justesen in halblautem Ton und lächelt freundlich.

»Äh, ja, jedenfalls ist es ein ziemlich großes Braunkohlekraftwerk und stößt dementsprechend massenweise CO_2 aus.«

»Und was hat ein vier Jahre altes Video mit dem Anschlag auf das Nordjütlandwerk zu tun?«, will Justesen wissen.

»Wie gesagt, das Video ist in dem Zusammenhang weniger interessant, dafür aber die Kommentare. Hier argumentieren nämlich einige dafür, dass der Kampf für Klima und Umwelt in Dänemark, Schweden und Deutschland auf eine nächste Stufe gehoben werden muss. Manche formulieren, wenn man bedenkt, dass es sich um eine öffentliche Plattform handelt, sehr konkret, an welche Möglichkeiten sie da so denken. Unter anderem ganz einfach Anlagen mit einem hohen CO_2-Ausstoß in die Luft zu sprengen. Oder Gasleitungen. Auch Sabotage gegen Schiffe, die Kohle transportieren, wird genannt.«

Justesen kratzt sich am Kopf. »Jemand dabei, der meint, dass Todesopfer gegebenenfalls in Kauf zu nehmen wären?«

»Nein, so weit geht es dann doch nicht. Dafür taucht mehrfach der Name von Rasmus Donsberg auf. Er wird als eines der schlimmsten Exemplare von Politikern angeführt, die leidenschaftlich Greenwashing betreiben. Also etwas als nachhaltig und umweltfreundlich darstellen, obwohl es dafür keine Anhaltspunkte gibt. Rasmus Donsberg gehört, so der Tenor, zu denen, die notwendige politische Maßnahmen verzögern oder gar verhindern«, erklärt Oliver.

»Okay«, sagt Justesen. »Gute Arbeit, Oliver. Jetzt wissen wir also, dass es da draußen Leute gibt, die bereit sind, zu radikalen Mitteln zu greifen. Aber von da bis zum Anschlag auf das Kraftwerk ist es dann doch noch ein ganzes Stück hin.«

Oliver nickt eifrig. »Ihr habt aber auch noch nicht alles gehört. Eine der Personen, die sich in der Kommentarspalte äußern, nennt sich RoMa. Und jetzt kommt's: Unter den drei Autonomen, die vor ein paar Monaten nach Grønnevang gezogen sind – die, die der PET im Auge hat –, ist eine Frau namens Rose Magdeburg.«

Justesen lehnt sich zurück und nickt Oliver anerkennend zu. »*Now you're talking.*«

Genau mit der Art solider Polizeiarbeit hätte Kristoffer selbst gern beigetragen.

»Reicht das für eine Durchsuchung von Rose Magdeburgs Haus?«, fragt er.

»Unwahrscheinlich«, meint Bonner. »Wir haben ja nichts wirklich Stichhaltiges. Okay, sie war früher mal Mitglied einer radikalen, militanten Bewegung. Und ja, eine Person mit dem Benutzernamen RoMa hat die Möglichkeit – und ich betone: die Möglichkeit – geäußert, im Klimakampf zu gewaltsamen Mitteln zu greifen. Erst mal müssen wir nachweisen, dass es sich bei RoMa tatsächlich um Rose Magdeburg handelt. Und selbst wenn uns das gelingt, ist fraglich, ob der Umstand, dass man sich auf einer öffentlichen Plattform wie YouTube an einer Debatte über Ziele und Mittel im Klimakampf beteiligt, schon als Planung einer Straftat gelten kann. Mehr haben wir im Moment nicht, und die paar Argumente dürfte jeder halbwegs fähige Anwalt im Handumdrehen zerpflücken.«

Justesen lächelt seinen Chef breit an. »Aber, Bonner,

wäre das nicht *die* Gelegenheit, um ›Gefahr im Verzug‹ geltend zu machen?«

Die Strafprozessordnung ermöglicht es der Polizei, auch ohne richterlichen Beschluss eine Durchsuchung durchzuführen, falls die Gefahr besteht, dass Beweise vernichtet oder aus dem Weg geschafft werden.

Bonner schweigt eine Weile. »Du scheinst dir ja sehr sicher zu sein, dass wir etwas finden«, sagt er dann.

»Na ja, sicher würde ich nicht gerade behaupten. Aber die hier ...« Er tippt sich auf die Nase. »Die sagt Ja, wir finden was.«

»Die hat sich früher schon geirrt«, versetzt Bonner.

»Stimmt«, gibt Justesen zu. »Trotzdem, was sagst du?«

Bonner seufzt. »Ich bin mir so gut wie sicher, dass auf dieser Grundlage kein Richter einer Durchsuchung zustimmt. Und falls ihr nichts findet, kassiere *ich* den Anschiss.«

»Ja, das ist die Krux, wenn man der Chef ist. Man muss Entscheidungen treffen.«

»Hm.« Der Chef starrt mit leerem Blick in die Luft, als würde er darauf warten, dass eine Lösung vom Himmel fällt. »Ich handle mir einen Sack voll Probleme damit ein. Aber schön, wir machen's. Alles muss strikt nach Vorschrift laufen.«

»Klar.« Justesen nickt. »Wie sieht's eigentlich mit den Ermittlungen in Deutschland aus? Und in Schweden?«

»Soweit ich informiert bin, ähnlich wie hier. In Schweden, aber vor allem in Deutschland ist die Anzahl radikaler Aktivisten natürlich größer als hier, dementsprechend gibt es auch mehr mögliche Verdächtige. Unsere Kollegen in beiden Ländern haben schon Dutzende Vernehmungen geführt, aber noch niemanden festgenommen. Wir arbeiten eng zusammen und halten uns gegenseitig auf dem Laufenden.«

»Super.« Justesen steht auf. »Dann lasst uns fahren.«

Justesen nickt den Beamten im Streifenwagen zu, als sie von der Landstraße auf den schmalen Weg nach Grønnevang abbiegen. Kristoffer parkt an derselben Stelle wie letztes Mal, die beiden Kollegen im zweiten Wagen daneben. Sie sind kaum ausgestiegen, da kommt Johan Flakholm, mit dem sie am Vortag gesprochen haben, bereits auf sie zugeeilt. Die vier Ermittler gehen ihm entgegen.

»Ihr könnt hier nicht dauernd aufkreuzen. Das ist Privatbesitz, ihr habt kein Recht, hier einzudringen«, herrscht Flakholm sie an.

»Das stimmt so nicht ganz. Wir sind hier, um eine Durchsuchung von Rose Magdeburgs Haus durchzuführen.«

»Habt ihr einen Durchsuchungsbefehl? Wenn nicht, muss ich euch auffordern, Grønnevang auf der Stelle zu verlassen.«

»Passen Sie mal auf«, sagt Justesen. »Paragraf 791c, Absatz 4 erlaubt es der Polizei, eine Durchsuchung durchzuführen, bevor ein Richter sie anordnet, falls zu befürchten ist, dass andernfalls Beweismaterial vernichtet oder beiseitegeschafft wird. Und genau das befürchten wir, daher ...«

»Ist ja nicht zu fassen, Dänemark entwickelt sich zum Polizeistaat«, schnaubt Flakholm.

»Das zu denken, ist Ihr gutes Recht.«

»Ich protestiere gegen diese Verletzung unseres Rechts auf Privatleben. Und ich will, dass ein Richter hierüber informiert wird.«

»Ist notiert.«

»Außerdem bestehe ich darauf, dass unser Anwalt während der Durchsuchung anwesend ist.«

»Da haben wir im Prinzip nichts gegen, aber wir warten nicht darauf, bis der Betreffende hier erscheint. Sie und die Bewohner des Hauses können aber gerne während der Untersuchung dabei sein, solange wir nicht bei unserer Arbeit behindert werden. Wären Sie so freundlich, uns zu zeigen, in welchem Haus Rose Magdeburg wohnt?«

Wie sich herausstellt, handelt es sich um eines der an die Grünfläche mit dem Teich grenzenden Häuser. Justesen klopft an die Tür. Sie wird von einem Mann geöffnet, der fast so groß ist wie Kristoffer. Er hat einen kahl rasierten Schädel und einen schwarzen Vollbart, durch den sich einige graue Haare ziehen.

»Was wollt ihr?«, fragt er mit einem Akzent, den Kristoffer fast sicher als Deutsch einordnen würde, und einem feindlichen Tonfall, der keinen Zweifel daran lässt, dass er weiß, wer sie sind.

Dennoch stellt Justesen sich und seine Kollegen vor.

»Und Sie heißen wie?«

»Heinz Schröder«, antwortet der Mann.

»Und Sie wohnen hier?«

»Ja.«

»Mit Rose Magdeburg?«

»Ja.«

»Sind Sie verheiratet?«

»Zusammen.«

»Können wir mit ihr sprechen?«

Schröder zögert einen Moment. »Nein«, sagt er dann.

»Und warum nicht?«

»Weil sie nicht da ist.«

»Wo ist sie?«

»Keine Ahnung.«

»Sie wissen nicht, wo Ihre Freundin ist?«

»Nein.«

»Ist das nicht ein bisschen merkwürdig?«

Heinz Schröder zuckt mit den Schultern. »Sie ist geschäftlich unterwegs. Aber wo genau, weiß ich nicht.«

»Was macht sie?«

»Sie hat eine Consultingfirma und berät Unternehmen und Gemeinden darin, wie sie nachhaltiger werden können.«

»Ist sie in einem der Autos gefahren, die dem Dorf gehören?«

»Ich nehme mal an, ja, das tut sie jedenfalls meistens.«

»Können Sie uns das Kennzeichen des Wagens beschaffen?«, fragt Justesen Johan Flakholm. »Und Sie«, wendet er sich erneut an Schröder, »was arbeiten Sie?«

»Ich bin Ingenieur und arbeite bei der Klima- und Umweltverwaltung der Gemeinde.«

»Warum sind Sie nicht arbeiten?«

»Ich arbeite heute von zu Hause.«

»Okay. Wir möchten mit Rose sprechen. Können Sie sie anrufen?«

»Kann ich machen. Muss nur mein Handy holen.« Schröder will sich schon umwenden.

»Moment«, sagt Justesen. »Ich komme mit.«

Der Mann stutzt. »Warum?«

»Gehen Sie einfach Ihr Handy holen.«

»Was, wenn ich Sie nicht in meinem Haus haben will?«

»Daran lässt sich leider nichts ändern. Wir werden das Haus dann sowieso gleich durchsuchen.«

»Habt ihr einen Durchsuchungsbefehl?«

»Noch nicht.«

»Aber dann könnt ihr doch nicht ...«

»Doch, können wir.« Justesen erklärt abermals geduldig, was es mit dem Gefahr-im-Verzug-Passus in der Strafprozessordnung auf sich hat.

Schröder schüttelt den Kopf. »Ich hätte nicht gedacht, dass so was in Dänemark möglich ist.«

»Ist es aber. Wollen Sie gar nicht wissen, worum es geht?«

»Das kann ich mir denken, bin ja kein Idiot.«

»Prima. Würden Sie dann Ihr Handy holen?«, erwidert Justesen.

Der Mann dreht sich um und geht ins Haus. Die Ermittler folgen ihm in einen großzügig geschnittenen Küche-Wohnbereich mit hoher Decke. Die meisten Möbel scheinen gebraucht zu sein. Eine braune Labradorhündin erhebt sich aus ihrem Korb und kommt schwanzwedelnd auf sie zu. Justesen krault sie hinter dem Ohr, und sie brummt voller Wohlbehagen.

»Wie heißt sie?«

»Gaia«, antwortet Schröder und greift nach seinem Handy, das neben einem aufgeklappten Laptop auf dem Esstisch liegt.

»Gaia? Ist das nicht die Göttin der Erde in der griechischen Mythologie?«, fragt Justesen.

Schröder nickt.

»Also dieselbe Göttin, die in anderen Mythologien Nerthus heißt?«

»Das weiß ich nicht«, sagt Schröder und wählt eine Nummer auf dem Handy. Nach einer halben Minute nimmt er es vom Ohr und steckt es in die Tasche. »Rose geht nicht dran.«

»Okay«, sagt Justesen. »Dürfte ich Ihr Handy haben?«

Heinz Schröder starrt ihn an. Dann zieht er sein Handy aus der Tasche und reicht es ihm.

»Danke. So, Jungs, fangen wir an.«

Eine Stunde später haben sie das ganze Haus durchsucht. Kristoffer hat ein Buch mit dem Titel *Sprengt alle Tankstellen der Welt in die Luft* im Regal gefunden, geschrieben von einem schwedischen Journalisten namens Håkan Mattson.

»Interessant«, brummt Justesen, als Kristoffer es ihm zeigt. »Das nehmen wir mit.«

Außerdem finden sie eine Drohne. Keine Angriffsdrohne wie die, die vermutlich für den Anschlag auf das Kraftwerk verwendet wurde, sondern eine gewöhnliche.

»Wozu benutzt ihr die?«, fragt Kristoffer Schröder.

»Um Luftaufnahmen zu machen, zum Beispiel um zu dokumentieren, wie sich die Landschaft durch den Klimawandel verändert.«

»Die konfiszieren wir auch«, sagt Justesen. »Und Ihren Laptop natürlich.«

»Das ist mein Arbeitscomputer.«

»Super. Dann macht es Ihnen ja bestimmt nichts aus, uns das Passwort zu geben?«

»Das muss ich mit meinem Arbeitgeber klären.«

»Tun Sie das.«

Auf dem Weg in den Flur bleibt Justesen stehen. Neben der Tür hängt eine Pinnwand. Zwischen Kassenzetteln, Postkarten und privaten Fotos deutet er auf das Schwarz-Weiß-Porträt einer Frau mit blondem Pony, schmalem Gesicht und großen, stark geschminkten Augen.

»Warum haben Sie hier ein Bild von Gudrun Ensslin hängen?«, will er wissen.

Heinz Schröder zuckt mit den Achseln. »Ist das verboten?«

»Nein. Aber sich ein Bild der abgebrühtesten RAF-Terroristin in die Küche zu hängen, das ist vielleicht ein bisschen ... seltsam. Bewundern Sie sie?«

»Vielleicht nicht die Mittel, die sie und die Gruppe gebraucht haben. Aber ihre Entschlossenheit und wie sie ihr Leben dem Ziel widmete, eine bessere Welt zu schaffen ...«

Justesen schaut den Hünen an, und jetzt ist jede Spur von Freundlichkeit aus seinem Gesicht verschwunden. So hat Kristoffer seinen Kollegen noch nie gesehen.

»Danke erst mal«, sagt Justesen, dreht sich um und geht.

Kapitel 18

»Bist du da, Justesen?«, ruft Merlin. »Kannst du uns hören?«

Das Bild auf dem großen Monitor im Videokonferenzraum ist gestochen scharf.

»Die Qualität ist super«, antwortet Justesen aus Aalborg.

»Gut«, brüllt Merlin, der dafür bekannt ist, unter hochgradiger Technikangst zu leiden.

»Merlin, es reicht, wenn du in normaler Lautstärke sprichst«, sagt Nabiha.

Juncker lächelt. Der letzte Mann am Tisch dagegen verzieht keine Miene: Geir Jensen, ein routinierter und humorloser Ermittler, der eine der drei Mordsektionen der Abteilung für Gewaltkriminalität leitet und dessen rotes Haar einem verlassenen Vogelnest gleicht. Juncker hat in mehreren Fällen mit ihm zusammengearbeitet, und in der Regel ist nichts Gutes dabei herausgekommen. Nicht weil Geir inkompetent wäre, sondern weil sie als Zweiergespann ganz einfach nicht funktionieren. Einmal kam Juncker der etwas unbehagliche Gedanke, es könnte womöglich daran liegen, dass sie beide humorlose, zugeknöpfte Pedanten sind. Aber diese Theorie hat er rasch wieder verworfen. Mag sein, dass er ein Pedant ist. Das finden jedenfalls einige seiner Kollegen. Und zugeknöpft trifft vielleicht auch auf ihn zu, aber humorlos – das ist er nun wirklich nicht.

Merlin ergreift das Wort. »Ich dachte, wir bringen uns kurz gegenseitig auf den Stand unserer Ermittlungen und klären, wer jeweils welche Spur verfolgt, da wir ja noch nicht wissen, ob zwischen eurem Fall, Justesen, und unserem eine Verbindung besteht. Ausschließen können wir es jedenfalls noch nicht. Juncker, fängst du an?«

Juncker braucht nicht lang, um zu berichten, wie weit sie im Mordfall Karl Christof Jæger bisher gekommen sind. Die vorerst wichtigste Spur ist die Erkenntnis, dass der Tote Kokain und möglicherweise andere Drogen konsumiert hat. Die Durchsuchung seines Hauses, das jetzt ein Tatort ist, läuft noch, und bislang sind weder Handys noch Computer noch sonstige wirklich brauchbare Spuren gefunden worden. Zwar jede Menge DNA-Material, doch bis das analysiert ist, werden Wochen vergehen.

»Außerdem sind wir natürlich dabei, die Angehörigen zu vernehmen, unter anderem den Klimaminister. Ein ziemlich bunter Haufen, wie es scheint«, sagt Juncker.

»Um eins noch zu ergänzen«, wirft Merlin ein. »Der PET und das Center für Cybersicherheit versuchen, die Absender der Drohungen zu identifizieren, die in sozialen Medien gegen den Minister gerichtet, aber auch per Mail ans Ministerium geschickt wurden. Vor allem eine E-Mail haben sie im Visier. Ich habe eine Kopie davon: ›Rasmus Donsberg, unsere Kinder und deren Kinder werden die Leidtragenden von deinem Versagen als Klimaminister sein. Wenn du nicht sofort anfängst, gegen den Klimawandel zu kämpfen, wird es Konsequenzen für dich und deine Familie haben.‹ Sie wissen noch nicht, wer der Absender ist, aber sie sind dran. Justesen, wie steht es bei euch?«

Justesen berichtet vom Anschlag und den gefundenen Wrackteilen der Kamikazedrohne und dass der Tod des

Kraftwerkmitarbeiters durch die Explosion allem Anschein nach ein Unfall war. Er berichtet auch, dass die Pressemitteilung, in der sich Nerthus zu dem Anschlag bekennt, vom Computer des Direktors der das Kraftwerk betreibenden Firma geschickt wurde.

»Wie zum Teufel ist das möglich?«, fragt Merlin.

»Tja«, sagt Justesen. »Der Direktor hat den Anhang in einer Mail angeklickt, die als Einladung zu einer Veranstaltung bei einem Kooperationspartner getarnt war. Damit hat er eine Malware gestartet und dem Hacker Zugriff auf die Server des Unternehmens gegeben.«

»Ist das nicht ein uralter Trick?«, sagt Merlin. »Reichlich unvorsichtig vom Direktor, oder?«

»Schon, aber ich habe die Mail gesehen und muss zugeben, auf die hätte ich auch reinfallen können. Was Datensicherheit angeht, bin ich selber keine Leuchte.« Justesen lacht schallend. »Na jedenfalls ist der Hacker längst über alle Berge. Die Außenstelle des Nationalen Cybercrime Center bei der Polizei Nordjütland hat untersucht, ob er ...«

»Wer sagt, dass es keine Frau ist?«, unterbricht ihn Nabiha.

»Was? Ach so, ja, das kann natürlich auch sein.« Justesen lacht erneut. »Also, sie haben untersucht, ob ... der oder die Betreffende seine/ihre Spuren sorgfältig verwischt hat. Und wie sich zeigt, war das nicht der Fall. Die Computernerds vom NC3 haben einen Code gefunden, der mit der Software verknüpft zu sein scheint, die der Hacker oder die Hackerin installiert hat, um das Konto des Direktors zu übernehmen.« Justesen hält einen Moment inne, dann fährt er fort. »Also, ich versteh ja nichts davon, deshalb gebe ich einfach die Mail wieder, in der mir einer vom NC3 netterweise erklärt hat, was Sache ist. Der Hacker hat die Software mitgenommen, als er – oder sie – sich zurückgezogen hat. Dabei hat er/sie aber, wie es in der Mail heißt, einen ›klassischen Fehler‹ begangen, indem er/sie nämlich nicht alles mitgenommen hat. Das NC3 vergleicht jetzt den zurückgelassenen Codefitzel mit Codes von anderen Hackerangriffen, bis jetzt gab es aber keine Übereinstimmung.«

Justesen macht erneut eine Pause.

»Zum Schluss sei noch erwähnt, dass wir derzeit eine Kommune auf dem Land namens Grønnevang im Fokus haben, wo mehrere Bewohner mit aktivistischem Hintergrund leben. Darunter drei Personen, die erst vor Kurzem aus Kopenhagen nach Nordjütland gezogen sind. Alle drei waren früher Teil der autonomen Bewegung und sind dem PET bekannt, der sich seit der Räumung des Jugendhauses im Jagtvej für sie interessiert. So, ich glaube, das war's von meiner Seite.«

»Danke dir«, sagt Merlin. »So wie ich das sehe, haben wir zwei Hauptspuren im Mordfall. Geir, du übernimmst bitte, was wir die Klimaspur nennen können: Steht der Mord in Verbindung mit den Drohungen gegen den Minister, und hat der Täter den Sohn getötet, um den Vater zu treffen? Solange wir einen Zusammenhang zwischen dem Drohnenanschlag und dem Mord hier in Kopenhagen nicht ausschließen können, bleibst du in engem Kontakt mit den Kollegen in Nordjütland und dem PET. Mascha soll dich unterstützen. Nabiha und Juncker, ihr kümmert euch um den Rest, um es mal so zu nennen. Hat das Mordmotiv etwas mit Jægers Drogenkonsum zu tun? Oder müssen wir in der Familie nach dem Mörder suchen? Holt euch natürlich an Leuten dazu, wen ihr braucht.«

Junckers Handy vibriert in der Jackentasche. Er zieht es hervor und schielt auf den Bildschirm. Charlotte. Schon wieder. Er schiebt das Telefon zurück in die Tasche.

»Was ist mit dem Pflegeheimfall?«, fragt er.

»Stimmt, den hätte ich fast vergessen«, sagt Merlin. »Ich dachte, den könnte Laust übernehmen. Vielleicht kannst du ihn ja kurz briefen ...«

»Mach ich«, sagt Juncker. Er würde den Teufel persönlich zwei Tage am Stück briefen, um sich den Fall vom Hals zu schaffen.

Merlin beschließt das Meeting, bittet Juncker jedoch, noch einen Moment zu bleiben.

»Mehrere Medien haben angerufen und wollten bestätigt haben, dass der Ermordete Rasmus Donsbergs Sohn ist«, sagt er.

»Was hast du geantwortet?«

»Kein Kommentar.«

»Aber warum wird es nicht einfach bekannt gemacht? Es ist doch Quatsch, etwas geheim halten zu wollen, was nicht länger geheim ist.«

»Richtig, aber der Polizeidirektor hat angeordnet, dass wir die Sache so lange wie möglich unter Verschluss halten sollen. Er wiederum wurde anscheinend vom Staatssekretär des Justizministeriums geschickt, und wir wissen ja, nach wessen Pfeife der tanzt.«

»Der des Ministerpräsidenten?« Juncker runzelt die Brauen.

»Jepp.« Merlin nickt. »Der Ministerpräsident und der Justizminister sind nervös. Der Sicherheitsausschuss wurde einberufen.«

»Der Sicherheitsausschuss? Ist das nicht ein bisschen übertrieben? Ich meine ...«

»Sie fürchten, dass der Mord an Jæger in Wahrheit ein Anschlag gegen seinen Vater und damit gegen die Regierung ist, und diese Möglichkeit ziehen wir ja schließlich selbst in Betracht. Außerdem ist wohl so gut wie entschieden, dass sie den Angriff auf das Kraftwerk als Terroranschlag einstufen werden. Alles in allem macht es also schon Sinn, den Ausschuss einzuberufen.«

»Okay, aber ...«

»Sie wollen deshalb, dass wir beide in Begleitung des Polizeidirektors bei ihnen erscheinen und sie über die Situation ins Bild setzen.«

»Wie bitte?«

»Du hast richtig gehört.«

»Das mussten wir doch noch nie. Dafür ist der Chef der Landespol...«

»Er ist im Ausland.«

»Dann eben der Polizeidirektor. Notfalls du. Aber ich, was zum ... läuft so was normal nicht per Videokonferenz, wenn sie mit anderen reden wollen als mit sich selbst?«

»Die Zeiten haben sich geändert, Juncker. Die Regierung ist immer noch aufgescheucht nach der Sache mit Peter Rolf.«

Peter Rolf war bis vor anderthalb Jahren der engste Berater des Justizministers und, wie es die Art Stellung erfordert, zuvor einer eingehenden Sicherheitsüberprüfung unterzogen worden. Leider stellte sich heraus, dass Rolf ein psychopathischer Serienmörder war, der sieben Menschen auf dem Gewissen hatte. Mindestens sieben. Die Behauptung, dass die Entlarvung Peter Rolfs die Regierung erschüttert hat, käme einer massiven Untertreibung gleich.

Wenn es eines gibt, worauf Juncker gerade keine Lust hat, dann eingesperrt mit Ministern und hohen Beamten in einem Raum zu sitzen und auf Fragen zu antworten, die sich zum gegenwärtigen Zeitpunkt aller Wahrscheinlichkeit nach nicht beantworten lassen.

»Aber warum soll ich mit? Ich kann nichts beitragen, was du nicht mindestens ebenso gut sagen kannst.«

Merlin lächelt. »In der Chefetage hast du dich vielleicht nicht sonderlich beliebt gemacht, als du auf sämtliche Regeln gepfiffen und Peter Rolf im Alleingang auf dem Turm der Erlöserkirche gestellt hast, aber bei den Politikern bist du eine Art Rockstar.«

»Hm«, brummt Juncker. »Wie viel Uhr?«

»Um sieben heute Abend. Es wäre wohl gut, wenn du pünktlich kämst. Wir treffen uns im Islandzimmer in der Staatskanzlei. Nenn dem Wachmann einfach deinen Namen.«

Kapitel 19

Um Punkt neunzehn Uhr setzt sich Juncker neben Merlin in den Flur vor dem Islandzimmer in der roten Zone der Staatskanzlei. Er nickt dem Kopenhagener Polizeidirektor und dem Chef des PET zu. Die beiden haben sich jeweils ans Ende der Stuhlreihe gesetzt, Juncker und Merlin als Puffer zwischen sich. Polizeiintern ist allgemein bekannt, dass die beiden Chefs einander nicht ausstehen können.

Fünf Minuten später öffnet sich die schallisolierte Tür.

»Bitte, kommen Sie rein«, sagt eine Frau, die Juncker noch nie gesehen hat.

Am Tisch sitzen zwölf Personen, von denen Juncker den Ministerpräsidenten sowie Justiz-, Außen-, Verteidigungs- und Finanzminister kennt. Unter früheren Regierungen saß der Finanzminister nicht im Sicherheitsausschuss, Gerüchten zufolge aber war er so beleidigt, weil er nicht zum Außenminister ernannt wurde, dass er als Trostpflaster wenigstens die Mitgliedschaft im Sicherheitsausschuss verlangte. Ganz uncharakteristisch hatte der Ministerpräsident nachgegeben und sich dem Wunsch des Finanzministers gefügt.

»Ich grüße Sie. Setzen Sie sich ... das heißt, falls Sie noch einen freien Stuhl finden. Wir haben heute Abend ja volles Haus«, sagt der Ministerpräsident, der den Chef der

Staatskanzlei zu seiner Rechten und den Justizminister zur Linken hat.

Der Justizminister ist seit anderthalb Jahren im Amt. Der vorige ist nach der Peter-Rolf-Affäre zurückgetreten, obwohl ihm kein Fehler nachzuweisen war. Er tat lediglich etwas für einen modernen Politiker höchst Ungewöhnliches, indem er ohne Zwang von außen persönlich Verantwortung für etwas übernahm, was unter seiner Aufsicht geschehen war.

Als die vier Gäste Platz genommen haben, fährt der Ministerpräsident fort: »In Kürze wird veröffentlicht, dass es sich bei dem in der Nacht von Montag auf Dienstag hier in Kopenhagen ermordeten Mann um Rasmus Donsbergs Sohn Karl Christof Jæger handelt. Natürlich sind wir zutiefst betroffen darüber, dass unser geschätzter Kollege auf solch tragische Weise seinen Sohn verloren hat, daneben aber macht uns Sorge, ob der Mord womöglich mit der Amtsausführung des Klimaministers in Verbindung steht und damit auch mit der Klima- und Umweltpolitik der Regierung. Ich denke hier in erster Linie an die Drohungen, die Rasmus Donsberg in letzter Zeit erhalten hat. Wie ist die polizeiliche Sicht dazu?«

Juncker rutscht tiefer in den Stuhl. Der Polizeidirektor wendet sich an Merlin. »Wollen Sie?«, sagt er leise.

Merlin nickt. »Diese Möglichkeit untersuchen wir natürlich, mehr lässt sich dazu im Moment aber noch nicht sagen. Überhaupt haben wir bisher wenig zu berichten.«

Es herrscht vollkommene Stille im Raum. Alle Beamten und Minister starren den Ministerpräsidenten an, der reglos mit auf dem Tisch gefalteten Händen dasitzt. Dann wendet sich sein Blick dem Chef des PET zu.

»Martensen, wie beurteilt der PET die gegenwärtige Gefährdungslage für den Klimaminister?«

Martensen regt sich unruhig.

»Ausgehend von den letzten Drohungen als relativ hoch. Deshalb haben wir auch den persönlichen Schutz des Ministers sowie seines Hauses verstärkt.«

»Gut.« Der Ministerpräsident wendet sich erneut an Merlin. »Der Anschlag auf das Kraftwerk bei Aalborg ... was lässt sich über einen möglichen Zusammenhang mit dem Mord am Sohn des Ministers sagen?«

»Auch hier wieder: Diese Möglichkeit haben wir im Blick. Bis jetzt gibt es keine Hinweise in diese Richtung, aber wir stehen in engem Kontakt mit den Kollegen in Nordjütland. Eine Gruppe namens Nerthus hat sich zu dem Anschlag bekannt –«

Der Ministerpräsident unterbricht Merlin, indem er sich abermals an den PET-Chef wendet: »Die Gruppe ist dem PET nicht bekannt, richtig?«

Martensen schüttelt den Kopf. »Wir haben noch nie von ihnen gehört.«

»Nein, das sehe ich.« Der Ministerpräsident greift nach einem Blatt Papier, das vor ihm auf dem Tisch liegt. »Das hier ist ein Entwurf für die aktuelle Bewertung der nationalen Bedrohungslage, die in einem Monat vom Center für Terroranalyse veröffentlicht wird. Zu den Verfassern gehören unter anderem Ihre Leute, stimmt's, Martensen?«

»Richtig.«

»Im Bericht wird Klima- und Umweltterror immerhin als eine Möglichkeit erwähnt, sonderlich viel Raum nimmt das Thema aber nicht ein. So kann man es doch sagen, oder?«

»Ja.«

»Lassen Sie mich kurz ein paar der sehr wenigen Zeilen vorlesen.« Der Ministerpräsident setzt seine Lesebrille auf. »›In Dänemark wurde Klimaaktivismus bisher ausschließlich mit gewaltfreien Mitteln geführt ...‹« Der Ministerpräsident schaut den PET-Chef über seine Brille hinweg an. »So weit, so gut, nicht wahr, Martensen? Ich lese weiter: ›... und dem PET ist nicht bekannt, dass Klimaaktivismus in Dänemark den Charakter von Terror angenommen hätte.‹« Der Ministerpräsident legt das Dokument vor sich auf den Tisch und nimmt die Brille ab. »Es wäre wahrscheinlich klug, wenigstens den letzten Satz vor der Veröffentlichung der Analyse umzuformulieren. Stimmen Sie mir da zu?«

»Ja.«

»Und jetzt frage ich Sie ganz direkt: Ist der PET überhaupt dafür gerüstet, Anschläge wie den, den wir nun in Aalborg erlebt haben, zu verhindern?«

»Diesem Gebiet müssen wir ganz klar unsere erhöhte Aufmerksamkeit widmen.«

»Klingt vernünftig, Martensen. Das wäre auch mein Rat.« Der Ministerpräsident klatscht in die Hände. »So, die Herren, dann möchte ich Sie nicht länger aufhalten. Danke für Ihre Zeit.«

Die vier Männer stehen auf.

»Ach so, Martensen, Sie bleiben bitte noch einen Moment.«

Merlin und Juncker gehen durch die aus zwei Glastüren bestehende Schleuse, die die Staatskanzlei vom Rest der Welt trennt, und nehmen die Treppe hinunter zum Prins Jørgens Gård, dem Platz zwischen Schloss Christiansborg, Schlosskirche und Thorvaldsen-Museum. Juncker ist erleichtert, es überstanden zu haben, noch dazu, ohne dass er ein Wort sagen musste.

»Was sollte das ganze Affentheater überhaupt? Sie haben doch nichts von dir erfahren, was du ihnen nicht auch am Telefon hättest sagen können. Und warum musste ich auch noch antanzen?«

»Signalwirkung. Die Regierung zeigt Tatkraft. Außerdem ist es ein Wink mit dem Zaunpfahl an die Führungsebene der Polizei, dass die Regierung ganz genau weiß, wer die eigentlich relevante Polizeiarbeit leistet.« Merlin steckt die Hände in die Manteltaschen. »Außerdem ist der Ministerpräsident ein Kontrollfreak.«

Kapitel 20

Rasmus Donsberg bewohnt eine riesige weiße Villa in Vedbæk mit allen Schikanen, Pförtnerwohnung, Türmchen und einer hohen Mauer, die das gesamte Grundstück umgibt – abgesehen natürlich von der Seite, die an einen Privatstrand und den Øresund grenzt.

Nabiha und Juncker zeigen dem Beamten, der den Eingang bewacht, ihre Ausweise. Sie gehen über einen kleinen gepflasterten Platz und eine Treppe hinauf zur Haustür. In der Dunkelheit glitzert das Haus wie ein großer Edelstein. Wie es aussieht, brennt in jedem einzelnen der vielen Zimmer Licht.

Juncker betätigt einen blank polierten Messingtürklopfer, und vielleicht bildet er es sich nur ein, aber es klingt, als würde es im Inneren des Hauses widerhallen.

Eine junge Frau öffnet die Tür. »Sie sind von der Polizei, oder?«

Juncker nickt und stellt sich und Nabiha vor.

»Ich bin Tanya. Karls jüngere Schwester. Kommen Sie rein.«

Sie gibt beiden die Hand. Mit festem Druck. Wie Nabiha, denkt Juncker, dem noch lebhaft in Erinnerung ist, wie sie ihm vor drei Jahren, als sie sich formell begrüßten, fast die rechte Hand zerquetscht hätte.

Die Eingangshalle ist mindestens fünf Meter hoch, und

von der Decke hängt ein Kronleuchter, der eines Schlosses würdig ist. Doch nicht er zieht die Aufmerksamkeit auf sich, genauso wenig wie das goldgerahmte Rokokogemälde, das über einem großen Kamin hängt und förmlich überquillt vor lauter Putten und üppigen, splitternackten Frauen. Nein, was dem Eintretenden unweigerlich zuallererst ins Auge springt, ist der große ausgestopfte Rothirsch, der in voller Größe auf dem schachbrettgemusterten Marmorboden steht und aussieht, als wolle er sich jeden Moment auf die Gäste stürzen.

»Ja, der ist heftig«, sagt Tanya mit einem entschuldigenden Lächeln. »Natürlich hat mein Vater ihn erlegt. Er erzählt jedem davon. Ich habe die Geschichte bestimmt hundertmal gehört.« Ihr Lächeln verblasst. »Aber heute ist vielleicht nicht der richtige Tag.«

Die Augen der Frau sind gerötet, ihr Gesicht ist fahl. Der Tod ihres Bruders geht ihr offensichtlich nah.

»Mein Vater ist im Wohnzimmer«, sagt sie und führt sie nach nebenan.

Der Raum ist wie erwartet ausladend und mit relativ wenigen Möbeln eingerichtet, die dafür allesamt *kingsize* sind, vor allem die Sofagruppe hat gigantische Ausmaße. Rasmus Donsberg erhebt sich umständlich von der Couch. »Setzen Sie sich«, sagt der Minister. Er trägt einen dunkelgrünen Frotteebademantel, der mit Ach und Krach um seinen Körper passt. Die Füße stecken in einem Paar lila Crocs. Seine Schienbeine haben in etwa dieselbe gelblichweiße Farbe wie sein Haar. »Wollen Sie ein Glas Wein?«

»Nein danke«, sagt Juncker.

»Ach so, stimmt, Sie sind ja im Dienst.«

Donsberg und seine Tochter setzen sich aufs Sofa, Juncker und Nabiha jeweils auf einen Sessel. Wie immer bei niedrigen Sitzmöbeln hat Juncker mit seinem schlaksigen Körper Schwierigkeiten, seine Gliedmaßen so zu sortieren, dass er nicht komplett lächerlich aussieht. Tanya schmiegt sich an ihren Vater, der den Arm um sie legt. Juncker nimmt eine Bewegung aus dem Augenwinkel wahr. Er dreht den Kopf und sieht eine langhaarige, beinah kugelrunde Katze, die über das Eichenparkett zu ihnen gelaufen kommt und Donsberg auf den Schoß springt. Der Minister krault sie hinter den Ohren, worauf sie schnurrt wie eine Nähmaschine.

Genau wie am Vortag im Ministerium fällt es Juncker schwer einzuschätzen, wie Donsberg sich fühlt. Seine wässrigen Augen schimmern merkwürdig intensiv in dem roten, aufgedunsenen Gesicht, ob der Glanz jedoch Ausdruck von Trauer ist oder von Trunksucht herrührt, weiß Juncker nicht zu sagen. Er beschließt, ohne Umschweife zum Punkt zu kommen.

»Wussten Sie beide, dass Karl Kokain genommen hat?«

Vater und Tochter nicken.

»Karl war nicht zurückhaltend, was den Konsum von Alkohol und Drogen anging«, sagt Donsberg. »Er hat sein Leben gelebt. Und zwar in einem Grad, dass er zweimal auf Entzug war.«

»Und wie war das für Sie?«, fragt Nabiha.

Donsberg schaut sie an. »Unschön natürlich. Es ist immer schlecht, wenn Leute sich nicht unter Kontrolle haben.«

»Was haben Sie getan, um Ihrem Sohn zu helfen?«

»Was ich getan habe? Seinen Entzug bezahlt, unter anderem. Aber Karl war erwachsen. Er hat seine eigenen Entscheidungen getroffen, da konnte ich mich weder einmischen, noch wollte ich es.«

Donsberg beugt sich vor, greift nach dem halb vollen Glas Rotwein auf dem Couchtisch und nimmt einen ordentlichen Schluck. Die Katze springt auf den Boden und verzieht sich zu einem Stuhl auf der anderen Seite des Zimmers.

»Aber was hat das mit der Sache zu tun? Ich meine, wie ich meinem Sohn geholfen habe, wenn er in Schwierigkeiten steckte, hat wohl kaum etwas mit der Frage zu tun, wer ihn ermordet hat. Oder hab ich da was missverstanden?«

Er schaut zunächst Nabiha an und dann Juncker, der sich räuspert.

»Wir versuchen, uns ein Bild vom Leben Ihres Sohnes zu machen«, sagt er.

Donsberg kneift die Augen zusammen. »Die meisten Morde werden von Familienmitgliedern begangen, stimmt's?«

Dieselbe Frage, wie seine Ex-Frau sie gestellt hat, denkt Juncker und nickt. »Stimmt. Außer wenn es gerade eine Phase mit vielen Bandenmorden gibt.«

»Das heißt, wenn Sie Morde aufklären, durchleuchten Sie immer die Familie?«

»Das kommt natürlich auf den Mord an. Aber normalerweise ja.«

»Und da ist dieser Fall wohl keine Ausnahme?«

»Nein.«

»Also wollen Sie bestimmt etwas über meine Familie wissen? Da gibt´s ja genug zu hören.« Der Minister lächelt schief.

»Genau. Sie waren dreimal verheiratet?«, fragt Juncker.

»Ja. Ich nehme an, mit Jeanette, meiner ersten Frau, haben Sie schon gesprochen.«

»Ja.«

»Dann ist Ihnen sicher nicht entgangen, welch innige Gefühle meine Ex-Frau für mich hegt. Na, jedenfalls mit Jeanette habe ich Karl und meine Tanya hier bekommen.«

»Was machen Sie beruflich?«, fragt Nabiha an Tanya gewandt.

»Ich bin Anwältin. Bei Ratsach & Molin.«

Soweit Juncker weiß, eine der größten Anwaltskanzleien des Landes.

»Und Ihre zweite Frau?«

»Heißt Vivi. Mit ihr habe ich Franziska und Franz, die beiden sind Zwillinge. Beide haben an der Copenhagen Business School studiert. Ich weiß gerade nicht genau, wie alt sie sind.« Er wendet sich an seine Tochter. »Sechsundzwanzig?«

»Siebenundzwanzig«, sagt sie.

»*If you say so, my dear*. Franz arbeitet in derselben Firma wie Karl, Franziska ist ... wie heißt das noch mal?«

»Influencerin«, sagt Tanya. »Und sie hat eine Eventagentur. Läuft ziemlich gut für sie.«

»Sie schlägt nach ihrem alten Vater«, sagt Donsberg.

»Und Ihre dritte Frau?«, erkundigt sich Juncker, der nicht den leisesten Schimmer hat, was eine Influencerin den lieben langen Tag so macht.

»Janina. Sie ist Polin. Wir haben uns scheiden lassen vor ... zwei Jahre müssten es inzwischen sein. Unsere Tochter heißt Stella, sie ist zwölf. Janina hat ein Möbelgeschäft in der Innenstadt, das ich finanziell unterstütze. Teures Vergnügen, kann ich Ihnen sagen.«

»Sie ist zwanzig Jahre jünger als mein Vater«, ergänzt Tanya.

»Ja.« Donsberg tut, als würde er sich den Schweiß von der Stirn wischen. »Ich bin schon groggy, wenn ich nur daran denke.« Er grinst. »Das war so weit die engere Familie. Jetzt müssen Sie nur noch rausfinden, wer von uns meinen Sohn ermordet hat.«

Tanya schüttelt den Arm ihres Vaters ab und funkelt ihn böse an. »Was ist los mit dir? Karl ist tot. Hast du das überhaupt kapiert? Er ist tot. Und du sitzt hier und reißt bescheuerte Witze.«

Tränen laufen ihr übers Gesicht. Donsberg streckt die Hand nach ihr aus, doch sie rutscht weg.

»Tut mir leid, mein Schatz«, sagt er, und jetzt ist seine Stimme weich. »Du hast recht. Ich bin ein Idiot. Es ist nur, du weißt, dass ich nicht gut ... tut mir leid.«

Einen Moment lang sagt keiner etwas. Dann bricht Juncker das Schweigen.

»Wir arbeiten mit verschiedenen Theorien. Eine davon ist, ob jemand womöglich versucht, Sie zu treffen, indem er Ihren Sohn tötet. Die Frage wäre also, ob die gegen Sie gerichteten Drohungen auch Ihre Familie umfassen, vielleicht vor allem Ihre Kinder.«

»Ja, da draußen laufen bekanntermaßen etliche geisteskranke Fanatiker rum.«

»Allerdings«, murmelt Nabiha, »vor allem die ganzen Leute, die trotz der Warnungen jahrzehntelang konsumiert haben, als gäb's kein Morgen.«

Alle drei starren sie an – der Minister verblüfft, Juncker leicht missbilligend, Tanya dagegen mit einem anerkennenden Lächeln.

Juncker schaut auf sein Handy. »Es ist spät, belassen wir es für heute dabei. Danke, dass Sie sich trotz der Umstände die Zeit genommen haben.«

»Jederzeit wieder.«

»Was zur Hölle sollte das eben?«, fährt Juncker Nabiha an, als sie wieder in seinem Auto sitzen.

Nabiha zuckt mit den Achseln. »Manchmal könnte ich einfach kotzen bei dieser ganzen Heuchelei. Die Erde ist kurz vor dem Kollaps, weil Typen wie dieser Rasmus Donsberg in Saus und Braus leben, und jetzt sollen wir einfach ›nach vorn sehen‹ und die Sünden der Vergangenheit vergessen. Konstruktiv sein. Echt ey, gebt einfach zu, dass ihr Scheiße gebaut habt, und haltet ansonsten die Fresse. Vollidioten.«

»Das zu denken, ist dein gutes Recht«, sagt Juncker kühl. »Aber das hat nichts mit unserer Arbeit zu tun. Abgesehen davon hat der Mann gerade seinen Sohn verloren.«

»Und du findest, er sieht aus, als wäre er in tiefer Trauer darüber?«

»Noch mal: Das hat nichts mit unserer Arbeit zu tun.« Noch während er die Worte sagt, hört er selbst, wie falsch sie klingen.

»Meinst du das im Ernst? Es spielt keine Rolle für unsere Ermittlungen, dass Donsberg zumindest nach außen hin scheinbar völlig unbeeindruckt vom Tod seines Sohnes ist? Ich finde das ziemlich interessant.«

Sie hat recht. Das Verhalten des Ministers ist auffällig. Für den Moment weiß er zwar nicht, was sie mit dieser Beobachtung anfangen sollen, aber interessant ist es zweifellos.

»Du nicht?«, beharrt sie.

»Doch«, sagt er leise.

»Dachte ich's mir doch.« Sie lächelt. »Und dann noch diese Katze. Er hatte echt Ähnlichkeit mit diesem Superschurken aus James Bond … mir fällt der Name gerade nicht ein.«

»Blofeld. Es ist sogar dieselbe Katze im Film. Eine Perserkatze.«

»Kennst du dich jetzt auch noch mit Katzen aus?«

Juncker schüttelt den Kopf.

»Woher weißt du das dann?«

»Hab's wahrscheinlich irgendwo gelesen.«

Sie wirft ihm einen Blick aus dem Augenwinkel zu. »Ja klar.«

Zwanzig Minuten später setzt er Nabiha vor ihrer Haustür ab.

»Bis dann«, sagt sie.

So spät am Abend sind es nur fünf Minuten von Nabiha bis zu ihm. Dafür gurkt er fast eine halbe Stunde durchs Viertel, bis er einen Parkplatz gefunden hat. Allein in der Zeit, die er hier wohnt, ist es erheblich schwieriger geworden. Die Gentrifizierung greift langsam aber sicher auch in dieser alten Kopenhagener Arbeitergegend um sich, und damit ziehen immer mehr Leute her, die ein Auto besitzen. Juncker geht es tierisch auf den Geist, andererseits kann er sich schlecht beschweren, schließlich fährt er selbst in einem dicken SUV herum.

Endlich zu Hause, geht er schnurstracks in die Küche, öffnet eine Flasche Wein und nimmt sie mit ins Wohnzimmer. Er kauft nicht länger Wein im Karton. Ihm ist zu gefährlich, dass er nicht sehen kann, wie viel noch drin ist. Er setzt sich mit dem Handy aufs Sofa. Vier entgangene Anrufe von Charlotte, aber er hat jetzt nicht den Nerv, mit ihr zu reden. Malene dagegen ...

Genau in diesem Moment ruft sie an.

»Wollen wir uns nicht bald treffen? Ich vermisse dich«, sagt sie.

»Sehr gern. Ich kann nur schwer sagen, wann ich es schaffe.«

»Ich weiß.«

»Lass uns morgen im Lauf des Tages schauen. Wer weiß, vielleicht …«

… klärt sich der Fall in den nächsten vierundzwanzig Stunden auf wundersame Weise auf? Wohl kaum, denkt Juncker.

»Okay, machen wir. Schlaf gut.«

»Du auch.«

Es schenkt sich ein, steckt den Korken in die Flasche, lehnt sich zurück und legt die Beine auf den Couchtisch.

Wenn Kasper ums Leben käme … Wie würde er reagieren? Ihm wird beinah schlecht beim Gedanken. Wie würde seine Trauer nach außen hin wirken? Wie würden andere sie wahrnehmen?

Würde er sich auch hinter einer Maske verstecken? Falls es das ist, was Donsberg tut.

13. Februar

Kapitel 21

»Oh Mann, ey, wo ist meine schwarze Hose?« Die Stimme der sechzehnjährigen Anne schneidet wie ein Laserstrahl durchs Haus, von ihrem Zimmer bis in die Küche, wo Signe Kristiansen gerade ein spätes Frühstück zubereitet. Anne und ihr jüngerer Bruder Lasse haben Winterferien.
»Mamaaa!«
Ruhig bleiben, ermahnt Signe sich selbst, legt das Brotmesser weg und geht den Flur entlang. Sie bleibt auf der Türschwelle von Annes Zimmer stehen, hauptsächlich, weil kein Durchkommen ist. Auf dem Boden türmen sich Klamotten, Schuhe, Kissen, Comichefte, Taschen, ein Pizzakarton, leere Cola-Dosen und anderer Kram.
»Und du hast schon gesucht?« Signe deutet auf die Haufen.
Die Teenagerin schaut ihre Mutter wütend an. »Die Scheißhose is hier nicht, ich bin ja wohl nicht total bescheuert.«
Das lässt Signe unkommentiert.
»Kein Grund zu fluchen«, sagt sie stattdessen und bietet Anne damit eine Steilvorlage.
Anne schnaubt verächtlich. »Das sagt die Richtige!«
Der Punkt geht an sie.
»Du meinst die mit den Löchern, oder?«
Ein weiteres Minenfeld: die physische Verfassung von

Annes Lieblingshose. So löchrig, wie sie ist, grenzt es an ein Wunder, dass die Fetzen überhaupt noch zusammenhängen, und in Signes Augen stellt sie eine völlig unzureichende Bekleidung für den Februar dar. Anne hat gerade erst eine Blasenentzündung hinter sich, die Signes Überzeugung nach genau daher rührt. Aber diese Schlacht ist verloren, das hat sie eingesehen.

»Und du bist sicher, dass du sie nicht in die Wäsche getan hast?«

Für den Bruchteil einer Sekunde bemerkt Signe ein unsicheres Flackern in Annes Blick, woraufhin sie in die Waschküche geht, drei Sekunden lang im Korb wühlt und die Hose herausfischt. Sie geht zurück ins Zimmer und wirft sie Anne zu, die sie vor sich hochhält und ihren Zustand begutachtet.

»Mamaaa, die ist voll dreckig.«

»Was du nicht sagst? Deshalb hast du sie wohl zur Wäsche getan. Zieh halt eine andere an.«

Signe kehrt in die Küche zurück und lässt ihre Tochter in deren Saustall zurück.

Niels sitzt mit einer Tasse Kaffee und der Tageszeitung am Tisch. Ihr Mann gehört einer vom Aussterben bedrohten Art an: Menschen, für die ein Leben ohne Papierzeitung undenkbar ist. Er steht auf und kommt zu ihr, legt von hinten die Arme um sie und presst sich mit dem Unterleib gegen ihren Hintern. Sie spürt seine Erektion. Er schiebt die Hände unter ihr T-Shirt, legt sie um ihre Brüste und zwickt ihr sanft in die Nippel. Sie schließt die Augen und lehnt den Kopf zurück.

»Heute Abend«, murmelt er mit ihrem Ohrläppchen im Mund, und ihr wird warm.

Jahr zwei nach Troels Mikkelsen.

Vor acht Monaten hat Niels seine Stelle als Leiter eines Sozial- und Gesundheitszentrums in Nørrebro gekündigt und seine eigene Beraterfirma gegründet. Die berufliche Neuorientierung hat seine Laune spürbar gehoben, auch wenn er ständig ein schlechtes Gewissen hat, weil er nicht mehr so viel im Haushalt macht wie früher. Dass Niels zufriedener ist, trägt viel zu einem harmonischeren Zusammenleben bei. Aber Signes Ansicht nach haben vor allem die Veränderungen in *ihrem* Leben den Ausschlag gegeben. Die Frage, wie sie sich an Troels rächen kann – dem Kollegen, der sie vor fünf Jahren nach einer Weihnachtsfeier in einem Hotelzimmer vergewaltigt hat –, stellt sich nach dessen Tod nicht mehr, und der Rest der Verbesserung ist dem Umstand geschuldet, dass sie zur Abteilung für Organisierte Kriminalität gewechselt ist, allgemein OK genannt. Die Abteilung wurde im Zuge der Polizeireform von 2007 eingerichtet, um verstärkt gegen Drogen- und Bandenkriminalität vorzugehen. »Eine operative Faust gegen jedwede Form der Straßenkriminalität«, wie Signes neuer Chef es ausgedrückt hat. Und eins muss man ihm lassen, den Worten sind Taten gefolgt. Allein im letzten Jahr wurden an die fünfzehnhundert Urteile wegen Drogen- und Bandendelikten gefällt und insgesamt knapp fünfhundert Jahre Gefängnisstrafe verhängt.

Sie arbeitet immer noch viel, aber ihre Arbeitszeiten bei der OK sind regelmäßiger als bei der Abteilung für Gewaltkriminalität, hauptsächlich da es sich beim Großteil der Einsätze um geplante Operationen handelt. Sie kann sich ihre Zeit einfach besser einteilen als während der vielen Jahre zuvor und an Tagen wie heute sogar ein paar Stunden später anfangen, ohne dass einer etwas sagt.

Dass sie ihren früheren Rang als Polizeikommissarin

zurückerlangt hat und damit um eine Gehaltsstufe gestiegen ist, war auch nicht ohne Bedeutung. Damit wurde das Loch in ihren privaten Finanzen, das entstanden ist, da Niels zumindest auf absehbare Zeit weniger verdienen wird als vorher, zu einem Gutteil gestopft.

Warum sie die Stelle überhaupt bekommen hat, ist ihr ein Rätsel. Ja, sie ist gut in ihrem Job. Aber inzwischen hat sie sich so vielen Befehlen widersetzt, dass sie sich mehr oder weniger damit abgefunden hatte, nie wieder höher als eine Polizeiassistentin 1. Grades aufzusteigen. Wer weiß, vielleicht wurde sie mit einem Hintergedanken befördert. Womöglich dachte jemand, sie wäre leichter zu kontrollieren, wenn sie eine Position mit Führungsverantwortung innehat.

Sie hört schwach, wie sich Robert Plant und Jimmy Page in *Black Dog* zu duellieren beginnen. Sie hat vor nicht allzu langer Zeit den Klingelton gewechselt. Led Zeppelin haben Deep Purple und *Smoke on the Water* nach vielen Jahren im Dienst abgelöst. Das Handy liegt im Schlafzimmer, sie eilt den Flur entlang und schafft es noch rechtzeitig.

»Hallo, hier ist Janus Nielsen. Ich bin Sozialarbeiter im Sjakket, der Sozialeinrichtung in Nørrebro. Haben Sie zwei Minuten, oder ist es gerade schlecht?«

»Nein, kein Problem. Schießen Sie los.«

»Ich bin auch als Mentor für ein ehemaliges Bandenmitglied namens Hamza Muhammed tätig, der gerade sechs Jahre wegen Drogen absitzt.«

»Das war dann offenbar ein größerer Fang.«

»Ja, bei ihm wurden anderthalb Kilo Kokain auf dem Dachboden gefunden. Jedenfalls ist Hamza im Aussteigerprogramm, und es läuft echt gut. Ich bin zuversichtlich, dass er den Ausstieg schafft. Jemand so Motivierten wie ihn habe ich selten gesehen. Jedenfalls, warum ich Sie anrufe: Er hat von dem Mord an Karl Christof Jæger gehört, also dem Sohn des Klimaministers, und hat etwas zu erzählen.«

»Worum geht es?«

»Das will er nicht sagen.«

»Okay. Aber was ...«

»Ich meine, er will es mir nicht sagen, nur Ihnen. Genauer gesagt, ich darf es nicht wissen, bevor Sie es nicht wissen.«

»Und warum?«

»Das wollte er mir auch nicht verraten. Aber ich kenne ihn gut, und er würde so etwas nicht machen, wenn es nicht ernst wäre. Sie kennen ihn überhaupt nicht?«

»Der Name sagt mir jedenfalls nichts. Wo sitzt er ein?«

»Im Storstrøm Gefängnis.«

»Okay. Ich muss noch ein paar Sachen erledigen, aber ich kann gegen zwölf hier los.«

»Super. Ich gebe im Gefängnis Bescheid, dass Sie als Besucherin kommen.«

Sie geht in die Küche zurück. Soll sie Merlin und Juncker wegen des Anrufs Bescheid geben? Nein, dazu besteht kein Grund, ehe sie nicht mehr weiß.

Aber was zur Hölle hat ein ehemaliges Bandenmitglied über einen Ministersohn zu erzählen?

Kapitel 22

Überwachungsvideos durchzusehen, ist häufig wichtiger Bestandteil der Aufklärungsarbeit. In Kristoffers Augen ist es eine der langweiligsten Ermittlungstätigkeiten überhaupt, deshalb ist er froh, dass nicht er den Großteil der Nacht damit verbracht hat herauszufinden, ob der Wagen, den Rose Magdeburg fährt, die Bezahlschranke an der Große-Belt-Brücke passiert hat. Was tatsächlich der Fall ist, genauer gesagt am Sonntagnachmittag um zehn nach drei, und seitdem ist sie nicht aufs Festland zurückgekehrt. Jedenfalls nicht über die Brücke. Und auch nicht mit der Fähre von Odden, wie die Fährgesellschaft angibt.

»Also könnte sie zum Zeitpunkt, als Karl Jæger ermordet wurde, in Kopenhagen gewesen sein«, sagt Kristoffer.

Justesen wiegt den Kopf. »Theoretisch könnte sie ja auch eine der kleineren Fähren von Fyn oder den Inseln zurück nach Jütland genommen haben. Das lässt sich natürlich herausfinden. Zumindest sofern sie im Auto gefahren ist. Aber nehmen wir mal an, sie war zum Tatzeitpunkt auf Seeland und möglicherweise in Kopenhagen ... das beweist nichts, stärkt aber andererseits die These, dass jemand aus Grønnevang mit dem Mord zu tun haben könnte.«

Kristoffer nickt. »Und wenn dem so ist, bedeutet das wiederum, dass sie nicht – jedenfalls nicht physisch – beim Start der Drohne beteiligt gewesen sein kann.«

»Richtig. Rufst du Juncker in Kopenhagen an und informierst ihn darüber?«

»Klar, kann ich machen.«

Er setzt sich an seinen Platz, nimmt sein Handy und spürt eine leichte Nervosität. Komisch, so geht es ihm immer noch jedes Mal, wenn er mit Juncker spricht. Denn auch wenn Juncker ihn während der Ermittlungen in Sandsted mehrfach harsch angegangen ist, hat sich sein Ton seitdem markant verändert, und es gibt überhaupt keinen Grund, weshalb Kristoffer sich so angespannt fühlen sollte wie jetzt, als er Junckers Nummer auf dem Handy antippt.

Juncker klingt wie üblich erfreut über den Anruf, und Kristoffer ist sich sicher, dass es seinen ehemaligen Chef aufrichtig interessiert, als er sich erkundigt, wie es bei ihm privat und beruflich läuft.

Nach einigen Minuten Small Talk berichtet Kristoffer, wie sie auf Rose Magdeburgs Namen gestoßen sind, dass sie eine der Autonomen ist, die der PET seit der Räumung des Jugendhauses auf dem Radar hat und sie vor Kurzem mit zwei weiteren Aktivisten aus der Szene nach Grønnevang gezogen ist.

»Es gibt Hinweise, dass sie sich zum Tatzeitpunkt in Kopenhagen befunden haben könnte«, sagt Kristoffer und erzählt von der Brückenüberquerung des Wagens.

»Interessant. Ich leiere eine interne Fahndung nach ihr und dem Wagen an.«

Als Kristoffer auflegt, tritt Justesen zu ihm.

»Die Sprengstoff- und Waffenexperten haben was Spannendes gefunden, sagen sie. Sie wollen, dass wir kommen.«

Die Experten haben einen Raum auf dem Aalborger Militärflugplatz in Beschlag genommen, wo die Wrackreste der mutmaßlichen Drohne auf dem Boden liegen.

»Und das ›mutmaßlich‹ können wir uns schenken«, sagt Jørgen Christiansen, ein wettergegerbter Sprengstoffexperte im grauen Overall mit grau meliertem Vollbart und kurz gestutztem Haar. »Es *sind* die Reste einer Drohne. Einer Kamikazedrohne.«

»Könnt ihr was über das Fabrikat sagen?«, fragt Justesen.

»Wir können zumindest eine Vermutung abgeben.«

Justesen lächelt entgegenkommend. »Ich bin ganz Ohr.«

»Es könnte sich um eine Drohne namens Hero handeln.«

»Ja? Noch etwas genauer vielleicht?«

»Die Hero-Drohnen gibt es in verschiedenen Größen. Wir sind ziemlich sicher, dass diese hier eine Hero 120 ist.«

»Gut. Lässt sich noch mehr darüber sagen? Zum Beispiel, wie groß ihre Sprengkraft ist?«

»Wenn es sich um eine 120er handelt, ist sie typischerweise mit einem Gefechtskopf von 4,5 Kilo ausgerüstet.«

»Das ist doch ganz ordentlich, oder?«

»Ja, genug, um selbst relativ schwer gepanzerte Fahrzeuge zu zerstören. Außerdem kann sie großen Schaden an Gebäuden und Ähnlichem anrichten.«

Jørgen Christiansen schaut Justesen an, der eifrig nickt.

»Und wie transportiert man so ein Teil?«, will er wissen.

»Vom Gewicht her kann eine Person allein sie tragen. Mitsamt dem Kanister, den man braucht, um sie abzufeuern. Habt ihr so etwas gefunden?«

»Nein. Wir haben aber auch nicht gesucht.«

»Dann solltet ihr das noch tun«, sagt Jørgen Christiansen.

»Danke für den Tipp«, erwidert Justesen. »Sagen Sie, wo wird die Drohne hergestellt?«

»In Israel.«

»Und wie kommt man an so was, wenn man keine Nation ist, sondern eine Gruppe Aktivisten, die ein Kraftwerk lahmlegen will?«

»Auf dem Gebiet bin ich kein Experte, aber ich weiß, dass man für Geld alles kaufen kann. Im Darknet gibt es digitale Marktplätze, wo selbst schwere Waffen feilgeboten werden. Und die Israelis sind nicht allzu wählerisch damit, an wen sie verkaufen, solange es nicht ihre eigenen Feinde sind.«

»Der Feind meines Feindes ist mein Freund.«

»Sie sagen es.« Jørgen Christiansen nickt. »Drohnen wie diese hier könnten also an Länder verkauft worden sein, in denen die Waffenbestände nur lax kontrolliert werden, von wo sie dann auf den Schwarzmarkt gewandert sind. Das soll kein Vorurteil sein, aber Kandidaten wären zum Beispiel die ehemaligen Sowjetstaaten. Oder der Balkan. Oder gewisse afrikanische Länder.«

»Aber ist so ein Ding nicht irrsinnig teuer?«, fragt Justesen.

»Ich glaube, Sie wären erstaunt, wie billig sie zu haben sind. Eine Otto Normalfamilie mit abgezahlter Hypothek könnte die Summe leicht zusammenkriegen.«

»Wir reden also von einer Waffe mit großer Sprengkraft, die sich mit hoher Präzision aus weiter Entfernung steuern lässt, leicht zu transportieren und zu verstecken ist, und nicht die Welt kostet. Klingt ja reizend«, sagt Justesen.

»Ja, diese Art Waffen haben die Bedingungen für moderne Kriegsführung erheblich verändert.«

Auf dem Weg zurück ins Präsidium klingelt Justesens Handy.

»Ja, Bonner? ... Ja, wir sind auf dem Rückweg. In zehn

Minuten sind wir ... Im Ernst? ... Na, da guck an ... Sollen wir versuchen, einen Durchsuchungsbeschluss für den ganzen Clan zu kriegen? ... Du glaubst nicht? ... Gut, aber wenn wir keinen fürs ganze Dorf kriegen, müssen wir uns eben damit begnügen, Rose Magdeburgs und Heinz Schröders Haus noch mal auf den Kopf zu stellen. Beim ersten Mal waren wir nicht sonderlich gründlich, aber das können wir jetzt nachholen ... Alles klar. Bis gleich.«

Kristoffer blickt zu seinem Kollegen. »Was war?«

»Im Speicherchip der Drohne, die wir aus Schröders und Magdeburgs Haus mitgenommen haben, wurden Aufnahmen des Kraftwerks gefunden.«

»Oha.«

»Und nicht nur Touristenbilder aus großer Höhe. Die Drohne war ganz nah dran und hat unter anderem ein paar hübsche Nahaufnahmen vom Transportband gemacht.«

Kapitel 23

Signe war noch nie im Storstrøm Gefängnis, dem neuesten Dänemarks und erst vor zwei Jahren in Betrieb genommen. Bisher hat sie nur Bilder gesehen, unter anderem Luftaufnahmen, und von oben betrachtet erinnert die Haftanstalt ein wenig an eine Festung oder vielleicht eher eine Wikingerburg mit Wallgraben und allem Drum und Dran.

Das Gefängnis wurde von einer bekannten Architektenfirma entworfen und ist mit großen Panoramafenstern in den Gemeinschaftsräumen, einer Sporthalle, Wandmalereien zeitgenössischer Künstler sowie geräumigen Zellen mit eigenem Badezimmer ausgestattet. Wenig überraschend machten bei der Einweihung insbesondere viele Politiker des rechten Flügels ihrem Unmut über die vornehmen Verhältnisse Luft. Das sei ja wie im Luxushotel, meinte beispielsweise ein ehemaliger Justizminister. Was Signe allerdings übertrieben findet, als sie von einem Vollzugsbeamten durch das Gefängnis zum Besuchsraum geleitet wird, wo sie Hamza Muhammed treffen soll. Es gleicht eher einer modernen Jugendherberge.

Der Name des Vollzugsbeamten ist Tobias. Sein roter Vollbart ist zu einem dicken Zopf geflochten, der bis zum Kragen seines hellblauen Uniformhemds reicht. Die Hemdärmel sind hochgekrempelt und enthüllen je eine große Tätowierung auf beiden Unterarmen: rechts Thor, wie er seinen Hammer schwingt, und links der einäugige Odin.

Er sieht aus, als wäre er den Walhalla-Comics entsprungen, die die Kinder gelesen haben, als sie kleiner waren, denkt Signe, während Tobias ihr auf dem Weg stolz die Anzahl an Kunstwerken, Mauersteinen, Kameras sowie Körperscannern und Mobilfunkdetektoren aufzählt, die entlarven, ob Besucher oder Insassen etwas bei sich tragen, was man nicht in einem Gefängnis haben möchte. An seinem Gürtel hängen Schlüssel, Transponder, Schlagstock, Alarmtelefon und Pfefferspray. Es klirrt beim Gehen.

»Und dann haben wir natürlich die Ringmauer und ein System aus gespanntem Stacheldraht, das verhindern soll, dass irgendwelche IS-Typen mit Helikoptern landen, um ein paar ihrer Islamistenfreunde zu befreien«, erklärt Tobias mit einer Bassstimme, die zu seinem massiven Körperumfang passt. »Gut, dass Sie ihn nicht vor zwei Monaten besuchen wollten. Das wäre umständlicher gewesen.«

»Warum das?«

»Da saß er in einer Abteilung nur für Bandenmitglieder, und wann immer die sich auch nur einen Zentimeter außerhalb der Abteilung bewegen, müssen vier von uns sie begleiten.«

Tobias öffnet die Tür zum Besuchsraum. Am Tisch sitzen zwei Männer. Beide stehen auf, als Signe und der Vollzugsbeamte eintreten.

»Hallo, ich bin Janus. Wir haben am Telefon gesprochen«, sagt einer der Männer, ebenfalls ein ziemlicher Schrank, der das aschfarbene Haar zu einem Man Bun gebunden hat. Er lächelt Signe freundlich an, die meint, ihn schon mal gesehen zu haben, jedoch nicht darauf kommt, wo das gewesen sein könnte.

Der andere Mann hält ihr eine Hand von der Größe einer Bratpfanne entgegen und begrüßt sie. In Gesellschaft der drei Männer kommt sich Signe vor wie eine Gnomin. Auf den nur wenigen Quadratmetern des Raums ist extrem viel Muskelmasse versammelt.

»Ich bin Hamza«, sagt er und rückt seine nach hinten gedrehte Baseballcap zurecht.

Tobias zieht sich zurück und schließt die Tür hinter sich. Die drei anderen setzen sich, und Janus ergreift das Wort.

»Ich weiß nicht, wie viel Sie über die Aussteigerprogramme wissen, aber wenn sich ein Mitglied entscheidet, eine Bande zu verlassen, bekommt derjenige einen Mentor zugeteilt. Hamza hat selbst darum gebeten, dass ich das bei ihm übernehme. Wir kennen uns vom Sjakket, wo ich als Sozialarbeiter tätig bin. Das Sjakket kennen Sie, oder?«

Signe nickt. Alle, die schon mal in den sozialen Brennpunkten Kopenhagens mit Kindern und Jugendlichen gearbeitet haben, kennen das Sjakket.

»Ich bin also nur so eine Art Begleitung für Hamza«, sagt Janus.

»Okay. Danke. Hamza, mich interessiert natürlich sehr, warum Sie sich an die Polizei wenden – genauer gesagt an mich.«

»Ja. Also ... die Gruppe, die ich gerade verlassen habe ...«

»Sie meinen Bande, oder?«

»Ist es nicht egal, wie ...«

»Finde ich nicht. Ich finde, man sollte die Dinge beim richtigen Namen nennen. Ich finde auch, man sollte die Hells Angels oder die Bandidos nicht als Motorradclubs bezeichnen, wenn es sich nun mal um kriminelle Banden handelt. Und Sie durchlaufen ein Aussteigerprogramm für

Bandenmitglieder, richtig? Also waren Sie wahrscheinlich auch Mitglied einer Bande und nicht nur irgendeiner Yogagruppe.«

Hamza starrt Signe an, und sein Blick verdüstert sich. Dann lächelt er.

»Okay, okay. Dann eben Bande. Wie auch immer, der Grund, warum ich Janus gebeten habe, Sie anzurufen, hat mit diesem Ministersohn zu tun, der ermordet wurde ... Ich hab auf dem Flur davon gehört.«

»Und was können Sie mir zu dem Mord erzählen?«

Hamza schweigt und macht auf einmal ein sehr ernstes Gesicht. »Also ... wenn ich das erzähle ... ihr schützt mich doch? Denn sonst ...«

Signe denkt: Ja, so gut wir können. Laut sagt sie: »Natürlich.«

»Und meine Familie.«

»Ja. Aber Sie sollten sich trotzdem gut überlegen, ob Sie wirklich mit uns zusammenarbeiten wollen. Sie wissen genauso gut wie ich, dass es sich in einem Gefängnis schnell rumsprechen kann, wenn ein Bulle zu Besuch da war.«

»Ich weiß. Und ich meine es ernst. Ich will raus aus der ganzen Sache.« Er schaut seinen Mentor beinah flehend an.

»Hamza hat während seiner Haft einen Sohn bekommen«, erklärt Janus. »Er will ein neues Leben mit seiner Familie anfangen. Er will eine Ausbildung machen und in geregelten Verhältnissen leben. Er hat angefangen, seine Bandentätowierungen entfernen zu lassen, und er steht auf der Warteliste für eine Wohnung. Er ist bereit, weit zu gehen, um der Polizei zu helfen. Und hofft natürlich auf eine Gegenleistung.«

»Das versteht sich von selbst«, sagt Signe. »Und wie können Sie uns helfen, Hamza?«

Er holt tief Luft. »Ich habe den Toten getroffen ... den Namen hab ich vergessen.«

»Karl Jæger. In welchem Zusammenhang haben Sie ihn getroffen?«

»In Verbindung mit einem Drogenhandel. Ich war da als so 'ne Art Bodyguard für meinen Boss dabei. Wir, ich und mein Boss, haben uns mit dieser anderen Bande getroffen ... wenn man die so nennen kann, aber das würden Sie wahrscheinlich ...« Er lächelt sie an, wird aber schnell wieder ernst. »Also, die waren total anders als wir. Sahen krass schick aus, so Oberklassenfuzzis. Typen, die mit 'nem silbernen Löffel im Mund geboren wurden.«

»Wo habt ihr euch mit ihnen getroffen?«

»Im Damhusengen.«

»Dem Naherholungsgebiet? Wie lang ist das her?«

»Das war ... kurz bevor ich geschnappt wurde. Schätze, bisschen mehr als ein Jahr.«

»Und ihr wart also zu zweit. Wie viele waren sie?«

»Auch zwei. Dieser Ministersohn und noch einer, kein Schimmer, wer das war.«

»Und Sie haben Ihren Boss nicht nach den Namen gefragt?«

»Das ging mich nichts an. Ich war nur als Bodyguard dabei.«

»Woher wissen Sie dann, dass einer der Sohn eines Ministers war?«

»Mein Boss hatte mir mal erzählt, dass einer von denen, mit denen wir gehandelt haben, dass sein Vater Minister war. Das fanden wir total *weird*. Aber ich wusste damals nicht, dass es einer von denen bei dem Treffen war. Das ist mir erst heut Morgen klar geworden, als ich ins Internet durfte und ein Bild von dem Toten gesehen habe, da hab ich ihn erkannt. Und dann habe ich Janus gefragt, ob er Sie anrufen kann.«

»Der andere, der noch dabei war … würden Sie den erkennen, wenn Sie ein Foto sehen?«

»Vielleicht.«

»Was habt ihr da draußen im Damhusengen gemacht?«

»Einen großen Deal vereinbart. Die haben Koks und Ecstasy gekauft. Ich glaube, sie hatten eine Art Kurierdienst in den Vororten im Norden, die Weißen Boten hieß der.«

»Hatten sie selbst auch einen Namen?«

»Wie, einen Namen?«

»Also, die Bande, hatte die einen Namen? Wie Loyal to Familia. Oder Brothas.«

»Ach so. Ja, ich hab jedenfalls mal gehört, wie mein Boss sie HTBG genannt hat.«

»HTBG? Und was bedeutet das?«

»Keine Ahnung.«

»Aber das wissen sie also noch … HTBG. Also ich weiß nicht, ob ich mich nach so langer Zeit noch daran erinnern würde.«

»Nie verkehrt, sich so was zu merken. Dachte, ist immer gut zu wissen, mit wem man zu tun hatte.«

»Clever.« Sie lehnt sich auf dem Stuhl zurück und streckt die Beine aus. »Toll, dass Sie mir das erzählt haben. Das ist enorm wichtig.«

»Sie müssen mir echt versprechen, mich zu beschützen. Wenn das rauskommt, bin ich tot.«

»Natürlich mach ich das.« Signe wendet sich an Janus. »Sie kamen mir vorhin gleich bekannt vor, aber ich wusste nicht mehr, woher. Als Hamza dann von dem Kurierdienst erzählt hat, musste ich an einen anderen Kurierdienst denken, der hat nicht Koks, sondern Hasch verkauft.«

Janus lächelt verlegen. »Die Braunen Kuriere. Ja, da war ich Miteigentümer.«

»Damals war ich beim Drogendezernat. Hab ich Sie nicht mal festgenommen?«

»Kann gut sein. Ich hatte auch einen Haschclub in der Guldbergsgade.«

»Waren Sie früher nicht auch Autonomer und haben sich mit Neonazis geprügelt und so, oder hab ich das falsch im Kopf?«

»Stimmt genau. Sie haben ein gutes Gedächtnis. Das ist Jahre her. Nachdem ich meine Strafe abgesessen hatte, habe ich Soziale Arbeit studiert.«

Signe steckt ihr Notizbuch in die Tasche. »Eine letzte Sache noch, Hamza, ich bin bloß neugierig. Warum wollten Sie ausgerechnet mit mir sprechen?«

»Signe Kristiansen. Der Name hat einen guten Ruf auf der Straße.«

»Okay, das war mir jetzt neu.«

»Sie sind natürlich immer noch Bulle, das darf man nicht vergessen. Aber Sie zeigen halt Respekt für Muslime, vor allem für unsere Mütter. Das tun die wenigsten Bullen, und so was wird auf der Straße nicht vergessen.«

Sie sitzt im Auto und spürt ihr Herz schneller schlagen als normal. Sie hat ein gutes Gefühl. Genau solche Momente sind es, weshalb sie immer noch Ermittlerin ist: das Kribbeln, wenn sie denkt, etwas herausgefunden zu haben, das einen Fall komplett wenden wird.

Sie nimmt ihr Handy und ruft Juncker an.

»Ich hab 'ne echt abgefahrene Geschichte für dich«, sagt sie. »Falls du noch nicht sitzt, nimm dir lieber einen Stuhl.«

Kapitel 24

Die Luft im Vernehmungsraum ist stickig und Heinz Schröder stumm wie ein Fisch.

Er und Kristoffer sitzen sich an einem rechteckigen Tisch gegenüber, Kristoffers Handy liegt mit eingeschalteter Aufnahmefunktion in der Mitte. Bisher vergebens, denn der Deutsche hat seit seiner Festnahme kaum ein Wort gesagt.

Justesen lehnt mit verschränkten Armen an der Wand, den Blick ins Leere gerichtet, während er auf einem Zahnstocher kaut. Auch er hat die letzte halbe Stunde weitgehend geschwiegen und die Vernehmung offensichtlich Kristoffer überlassen, was ihn etwas nervös gemacht hat.

Er unternimmt einen weiteren Versuch, dem störrischen Festgenommenen etwas zu entlocken.

»Heinz, wie Sie sich ja bestimmt denken können, finden wir es interessant, dass wir eine Drohne in Ihrem Haus gefunden haben, eine Drohne, auf der Bilder des Kraftwerks gespeichert sind, auf das gerade erst ein Anschlag verübt wurde. Und dass Sie sich weigern uns zu sagen, wofür die Bilder gedacht sind, oder wohl eher gedacht waren, macht es nicht weniger interessant. Um es also noch mal zu wiederholen: Es liegt in Ihrem eigenen Interesse, mit uns zu kooperieren.«

Heinz Schröder studiert seine Hände, die gefaltet auf

dem Tisch liegen. Dann hebt er den Kopf. »Die Bilder haben einen völlig unschuldigen Hintergrund«, sagt er. »Wir verwenden sie als Infomaterial. Wir dokumentieren, dass die Kohle- und Gasschweinerei noch Jahre so weitergehen wird, obwohl die Regierung dauernd erzählt, wie toll wir uns hier in Dänemark für den Klimaschutz einsetzen. Der Klimaminister prahlt ja förmlich damit, dass wir angeblich weltweit führend sind. Und die Regierung weigert sich, eine CO_2-Abgabe einzuführen, obwohl sämtliche Experten sich einig sind, dass das die einzig wirklich effektive Maßnahme ist, um den CO_2-Ausstoß zu reduzieren.«

»Die Bilder sind also Infomaterial, weiter nichts?«

»Ja, sage ich doch.«

»Auch die Nahaufnahmen vom Transportband?«

»Ja.«

»Und worüber genau sollen diese Bilder informieren?«

Heinz Schröder antwortet nicht, schüttelt bloß den Kopf.

Justesen nimmt den Zahnstocher aus dem Mund, geht zu einem Mülleimer neben der Tür und wirft ihn hinein.

»Ihre Freundin, Rose …« Er nimmt einen Ordner vom Tisch und nimmt erneut seine Position an der Wand ein. »Sie wissen immer noch nicht, wo sie ist?«

»Nein.«

»Sie haben nichts von ihr gehört?«

»Nein.«

»Dann wissen wir vermutlich mehr als Sie, wir sind nämlich ziemlich sicher, dass sie sich seit Sonntag in Kopenhagen befindet.«

»Aha.«

»Das interessiert Sie also nicht?«

Schröder zuckt mit den Achseln.

»Wir haben Roses Vorstrafenregister überprüft. Wollen Sie wissen, was wir erfahren haben?«

Heinz Schröder blickt Justesen ausdruckslos an.

»Rose wurde in den Nullerjahren mehrfach im Zusammenhang mit Demonstrationen und diversen Protestaktionen in Gewahrsam genommen, unter anderem bei der Räumung des Jugendhauses. Es wurde aber nie Anklage erhoben, so weit also noch alles im grünen Bereich.«

Justesen blättert in den Unterlagen und zieht ein Dokument heraus. Er rückt seine Brille zurecht.

»Weniger gut ist, dass sie im Mai 2008 bei einer Gegendemo gegen irgendeine Ansammlung von Neonazis mit einer Pistole in der Tasche festgenommen wurde, für die sie keinen Waffenschein hatte. Sie hatte einen guten Verteidiger, weshalb sie letztlich nur zu zwei Monaten verurteilt wurde, die sie mit einer elektronischen Fußfessel in ihrer Wohnung verbüßt hat. Die Argumente des Verteidigers lauteten, dass die Pistole nicht geladen war, auch in ihrer Wohnung keine Munition gefunden wurde und sie die Waffe daher höchstwahrscheinlich nur zur Drohung dabeihatte.«

Justesen erhascht Schröders Blick, der aber schweigt.

»Manch einer würde sagen, da ist sie billig davongekommen«, fährt der Ermittler fort. »Mir sind im Lauf meiner Karriere einige Kleinkriminelle begegnet, die das Rechtssystem weit weniger gnädig behandelt hat ...« Justesen zieht sein Handy aus der Tasche. »Entschuldigen Sie mich einen Moment«, sagt er und geht hinaus auf den Gang.

Keine Minute später kommt er zurück.

»Wir machen eine Pause. Kristoffer, komm mal kurz mit.«

Kristoffer nimmt sein Handy und beendet die Aufnahme.

»Ich will meinen Anwalt anrufen«, sagt Schröder.

»Das ist Ihr volles Recht«, erwidert Justesen. Draußen auf dem Flur bittet er den wachhabenden Beamten, sich in den Vernehmungsraum zu setzen, und informiert ihn, dass der Festgenommene einen Anruf an seinen Anwalt tätigen darf.

»Was ist los?«, fragt Kristoffer auf dem Weg zur Abteilung für Gewaltkriminalität.

»Sie haben was in Grønnevang gefunden.«

Eine Minute später sitzen sie in Bonners Büro.

»Erzähl«, sagt Justesen.

»Der Hundekorb«, sagt Bonner. »Bei Rose Magdeburg und Heinz Schröder. Unter einer verranzten Fleecedecke haben sie einen zerkauten Fetzen Papier gefunden, der aussieht wie von einer Gebrauchsanweisung oder so was. Anscheinend hat der Hund das Papier stibitzt, ohne dass sie es bemerkt haben.«

»Ja, und?« Justesen kann seine Ungeduld nicht verbergen.

»Viel lässt sich nicht mehr entziffern, aber das bisschen, was noch erkennbar ist, sieht aus wie ein Logo mit einigen Buchstaben.«

»Welche Buchstaben?«

Bonner schaut auf einen A4-Block auf dem Tisch vor sich. »›Uvisi‹ steht da, wenn ich das richtig sehe.«

»Und was zum Teufel bedeutet das?«

Der Chef hebt mit einem Ausdruck unverhohlener Selbstzufriedenheit den Blick. »Ich hab es gegoogelt. Wie der Zufall so will, heißt die israelische Firma, die die Hero-120-Drohne herstellt, UVision.«

Justesen schaut Kristoffer an und schlägt ihm kräftig auf die Schulter. »Jawoll! Und klasse, Bonner. So, wollen wir mal zurück zu unserem Freund?«

Kristoffer öffnet die Tür, und sie setzen sich wieder an den Tisch im Vernehmungsraum.
»Ein Hund bereitet seinem Besitzer viel Freude, nicht wahr?«, sagt Justesen und lächelt den Mann auf der anderen Seite des Tisches breit an.
Schröder runzelt die Stirn und schüttelt verständnislos den Kopf.
»Heinz Schröder, Sie werden beschuldigt, gegen Paragraf 114 Strafgesetzbuch – das ist der sogenannte Terrorparagraf – verstoßen zu haben. Sie werden außerdem des Totschlags ersatzweise der fahrlässigen Tötung beschuldigt. Sollten Sie es wünschen, besteht die Möglichkeit, in Kontakt mit der deutschen Botschaft zu treten.«
Justesen wendet sich an Kristoffer. »Erinnere mich daran, dass wir Gaia ein paar Leckerlies mitbringen, wenn wir das nächste Mal in Grønnevang sind.«

Kapitel 25

»Wie heißt es so schön, Pfarrers Kinder, Müllers Vieh, geraten selten oder nie.« Merlin lehnt sich zurück und faltet die Hände vor seinem Bauch, der in den letzten Jahren langsam und stetig gewachsen ist. »Aber trotzdem ... ein Sohn eines prominenten Ministers, der Drogenhändler ist ...«

»Der Sohn ist der Drogenhändler«, murmelt Juncker.

Merlin starrt ihn verdutzt an. Signe und Nabiha ebenfalls.

»Hä? Sag ich doch.«

»Nicht ganz«, erwidert Juncker, noch immer murmelnd. Er erwägt, einen kurzen Vortrag darüber zu halten, wie eine Vermeidung des Relativsatzes Wunderwerke für das Verständnis des Satzes getan hätte, kommt jedoch zu dem Schluss, dass jetzt nicht der richtige Zeitpunkt dafür ist.

Merlin schüttelt den Kopf. »Wollen wir nicht lieber weitermachen? Signe, toller Job.«

Signe macht eine abwehrende Handbewegung. »Ich hab nichts weiter getan, als auf einen Anruf zu reagieren, bei dem es ein Dienstvergehen gewesen wäre, nicht zu reagieren. Wenn jemand Lob verdient, dann Hamza. Er bringt sich echt in Gefahr, denn wenn das rauskommt, wird sich selbst der dümmste Bandenführer ausrechnen können, wer geredet hat. Merlin, versprich mir, dass du alle Hebel in Bewegung setzt, damit Hamza und seine Familie den Schutz bekommen, den sie brauchen. Und sie brauchen ihn reichlich.«

»Mache ich«, brummt Merlin. »Wir brauchen die Unterstützung der OK bei dieser Ermittlung. Signe, kannst du selbst mit an Bord kommen?«

»Sollte nichts dagegensprechen.«

Es ist über ein Jahr her, dass Juncker mit Signe an einem Fall zusammengearbeitet hat. Er fängt ihren Blick ein und lächelt sie auf eine Art an, die außer ihr kaum jemand bemerken würde. Sie erwidert es mit einem beinahe ebenso unmerklichen Lächeln.

»Ich brauche natürlich das Okay von meinem Chef«, sagt sie.

»Das regle ich«, sagt Merlin. »Hast du eine Ahnung, ob die OK zu irgendeinem Zeitpunkt wusste oder auch nur den Verdacht hatte, dass Karl Jæger in Drogenhandel involviert sein könnte?«

»Meines Wissens nicht. Und hätten wir es gewusst, wären wir spätestens nach dem Mord mit der Info herausgerückt. Aber es könnte durchaus sein, dass wir ihn zum Beispiel auf irgendwelchen Überwachungsbildern haben, bisher aber keinen Grund hatten, ihn wegen irgendwas Konkretem zu verdächtigen. Das bringe ich in Erfahrung.«

»Super. Dass Jæger Drogendealer war, behalten wir erst mal weitgehend für uns, bis wir mehr wissen. Auch wenn Hamzas Angaben glaubwürdig wirken, müssen wir sie erst von mehreren Seiten bestätigt kriegen, ehe wir es öffentlich machen. Juncker und Nabiha, was macht ihr jetzt?«

»Wir haben einen Termin mit einer von Karl Jægers Halbschwestern«, antwortet Juncker. »Die eine Hälfte des Zwillingspaars, das Rasmus Donsberg mit seiner zweiten

Frau hat. Die Zwillinge teilen sich, soweit ich weiß, eine Wohnung in der Innenstadt, in der Gammel Strand. Außerdem hat mich einer der Techniker aus Jægers Haus im Svanevænget angerufen. Sie haben einen Tresor im Keller gefunden.«

»Warum haben sie den erst jetzt gefunden?«, fragt Merlin.

»Sie sagen, er war gut versteckt. In die Wand eingebaut und hinter einem Schrank voller alter Klamotten versteckt. Die Rückwand des Schranks war eine raffinierte Doppelkonstruktion, hinter der der Tresor verborgen lag. Sie mussten alles auseinandernehmen, bevor sie ihn gefunden haben. Ich hab sie natürlich gebeten, ihn so schnell wie möglich zu öffnen. Sie ordern die nötige Unterstützung.«

Auf dem Weg von Teglholmen zur Gammel Strand erzählt Nabiha, was sie über Franziska Donsberg herausgefunden hat: dass sie eine Influencerin mit mehreren Hunderttausend Followern in den sozialen Medien ist. Juncker gibt sich einen Ruck und fragt, was eine Influencerin eigentlich macht, und Nabiha erklärt geduldig, wie Leute heutzutage ziemlich gut davon leben können, ihren Followern alles Mögliche zu empfehlen – von Kleidung über Kosmetikprodukte und Strickanleitungen bis hin zu veganen Lebensmitteln.

Juncker ist sich immer noch nicht ganz sicher, ob er das Geschäftsmodell versteht.

Außerdem hat Franziska eine Eventagentur, die laut Datenbank des Gewerbeamts im letzten Geschäftsjahr nach Steuern und an die Eigentümerin ausgezahltem Gehalt einen erklecklichen Überschuss von über drei Millionen Kronen zu vermelden hatte. Zu guter Letzt hat Franziska vor fünf Jahren *Paradise Hotel* gewonnen, schließt Nabiha ihr Referat.

»Sie wurde ziemlich berühmt. Hat sich mit einem Typen zusammengetan, mit dem sie das Bett und die Taktik geteilt hat. Die zwei haben sich immer wieder gegenseitig davor gerettet, nach Hause geschickt zu werden, bis zum Schluss nur sie beide übrig waren. Aber als es dann zum Treuetest kam, hat sie die Goldkugel geworfen und dreihunderttausend Kronen kassiert, während der Typ mit leeren Händen nach Hause fahren musste. Sie war die erste Frau, die im Finale Geld statt Loyalität gewählt hat. Erst gab es einen Riesenaufschrei, sie wurde Verräterin genannt, aber dann hat sie es geschafft, die Stimmung zu ihren Gunsten zu wenden und als die coolste Frau überhaupt zu erscheinen.«

»*Paradise Hotel* ist ziemlich angesagt, oder?«, fragt Juncker und fühlt sich alt wie Methusalem.

»Extrem. Heute ist sie ein Idol, vor allem für junge Frauen.«

Die Frau, die ihnen öffnet, würden viele mit Sicherheit für sehr attraktiv halten. Groß, schlank, eine kühle Blondine. Glatt, findet Juncker, zu perfekt für seinen Geschmack. Doch bereits während der kurzen Zeit, die es dauert, das Begrüßung- und Vorstellungsritual hinter sich zu bringen, erkennt Juncker, dass er seine stereotype Vorstellung über Franziska Donsberg gleich wieder revidieren kann.

Es liegt in erster Linie an ihren Augen, die mit intensiver Glut brennen. Sie grüßt Juncker mit heiterem Blick. Auf der Oberseite ihres rechten Unterarms hat sie eine Tätowierung. *Women first,* steht dort. Juncker hat das Gefühl, dass sie ihn direkt durchschaut. Genau dasselbe Gefühl hat er bei seiner Tochter und Charlotte.

Franziska macht nicht den Eindruck, als würde sie trauern.

Auch sie nicht.

Sie gehen ins Wohnzimmer und setzen sich.

»Schöne Wohnung«, sagt Nabiha.

»Ja, die ist toll. Sie gehört meinem Vater. Mein Zwillingsbruder Franz und ich haben sie von ihm gemietet.«

»Klingt nach einer vernünftigen Regelung.«

»Ja, wir können uns nicht beschweren. Bloß dass wir keinen Anteil an der Wertsteigerung haben, weil wir nur Mieter sind.«

»Aber wenn die Miete an euren Vater geht, bleibt das Geld ja in der Familie. Dasselbe gilt für die Wertsteigerung.«

»Total. Aber worüber wollen Sie mit mir reden?«

»Wir sprechen mit Karls nächsten Angehörigen, um uns ein Bild davon zu machen, was für ein Leben Ihr älterer Bruder gelebt hat«, erklärt Juncker.

»Kein sonderlich tolles, wenn Sie mich fragen.«

»Warum nicht?«

Sie denkt lang über die Antwort nach.

»Weil es kein schönes Leben ist, ständig der Anerkennung seines Vaters nachzujagen, ohne sie je zu bekommen. Weil es nicht schön ist, nur in der Firma seines Vaters arbeiten zu können. Weil es nicht schön ist, Alkoholiker und kokainsüchtig zu sein. Reicht das?«

Allerdings, denkt Juncker. »Wie standen Sie zu Karl?«

Wieder denkt sie relativ lange nach.

»Er ist mein Bruder, oder genauer Halbbruder, und älter, aber wir hatten nie eine besonders enge Beziehung. Wir sind fünf Jahre auseinander und nur wenige Jahre unserer Kindheit miteinander aufgewachsen, und diese Zeit erinnere ich nicht als sonderlich glücklich. Auch als Erwachsene haben wir uns nicht viel gesehen. Ich hatte immer Schwierigkeiten damit, dass Karl meine Mutter so offen gehasst hat.«

»Warum war das so?«

»Weil sie seiner Meinung nach viel zu gut an der Scheidung von meinem Vater verdient hat. Das zeigt recht gut, wie Karl war. Uns Kindern hat es nie an etwas gefehlt, weil unser Vater mehr als genug Geld verdient hat, und trotzdem hat Karl ein Theater gemacht, als ginge die Welt unter, nur weil er ein paar Millionen weniger erben würde.« Sie schaut Juncker direkt in die Augen. »Also nein, ich habe meinen Bruder nicht sonderlich gemocht.«

Sie sitzen schweigend da, bis Nabiha fragt: »Wann haben Sie Karl zuletzt gesehen?«

»Schon eine Weile her. Vielleicht am Geburtstag von meinem Vater vor einem halben Jahr, da waren wir am Hafen in Rungsted Mittag essen … Ja, das müsste hinkommen.«

»Wo waren sie Montagabend und in der Nacht auf Dienstag?«

Franziska lächelt. »Glauben Sie, ich hätte meinen Bruder erschossen? Ganz ehrlich, so sehr habe ich ihn dann auch wieder nicht gehasst.«

»Das ist eine Routinefrage«, sagt Nabiha reserviert. »Bitte antworten Sie.«

»Ich war hier.«

»Allein?«

»Ja, in der Nacht habe ich allein geschlafen.«

»Also kann niemand bestätigen, dass Sie hier waren?«

»Ich habe meinem Bruder Gute Nacht gesagt, als ich gegen Mitternacht ins Bett bin. Aber danach …? Nein, niemand.«

»Okay.«

»Eine letzte Frage«, sagt Juncker. »Fällt Ihnen irgendjemand ein, von dem Sie sich vorstellen könnten, dass er oder sie Ihren Bruder ermordet hat?«

Sie schaut ihn an, und nun ist ihr Blick ernst. »Etliche. Karl war kein sonderlich netter Mensch.«

Kapitel 26

Bei der Kaffeemaschine stößt Signe auf Baldur Øysteinsson.

»Genau dich hab ich gesucht«, sagt sie.

»Na, dann trifft sich das ja gut. Magst du auch einen Kaffee?«

Signe nickt und holt ihren Becher aus dem Schrank. Alle auf Teglholmen wissen, dass der weiße Becher mit dem schwarzen S Signe Kristiansen gehört und man besser die Finger davon lässt, wenn man es sich nicht mit ihr verscherzen will. Der Becher ist das erste Geburtstagsgeschenk, das Anne vor inzwischen vielen Jahren von ihrem ersten Geld für ihre Mutter gekauft hat.

»Was wolltest du?«

Signes Knie werden ein ganz klein wenig weich beim Klang von Baldurs nordatlantischem Akzent. Überhaupt mag sie den stattlichen Färinger mit dem langen blonden Haar, das er stets zu einem Pferdeschwanz gebunden trägt. Seine Arbeit für die OK füllt den Großteil seines Daseins aus, den Rest der Zeit verbringt er damit, Death Metal zu hören.

Signe, deren Vorliebe für den härteren Teil der Rockmusik bei Led Zeppelin beginnt und endet, hatte sich eines Tages letzten Sommer in eine heftige Diskussion mit Baldur darüber verstrickt, inwieweit Death Metal überhaupt als Musik gelten könne. Das Wortgefecht endete damit, dass Baldur ihr ein Tagesticket für Copenhell kaufte, damit sie die dänische Band Baest sehen konnte, die Baldur leidenschaftlich gerne hört. Signe hatte das Ticket und die Herausforderung gehüllt in einen Panzer aus Skepsis angenommen, doch der Auftritt hatte sie vollkommen vom Hocker gehauen – die Musik, wie sie nach einer Stunde Konzert mit pfeifenden Ohren und leicht aus der Fassung zugeben musste, hatte etwas. Und das Publikum; Leute, die aussahen wie solche, die sie während ihrer Zeit bei der Bereitschaftspolizei fast schon reflexmäßig in Bauchlage fixiert hätte, sich aber als selten freundlich, höflich und hilfsbereit herausstellten.

Baldur ist das wandelnde Bandenlexikon der Abteilung. In einer Excel-Datei führt er systematisch Buch über die Mitglieder sämtlicher Banden und Gruppierungen, wo sie wohnen, wann sie gerade nicht im Knast sitzen, wer ihre Angehörigen sind, welche Vorstrafen sie haben und wer sich gerade in einem Aussteigerprogramm befindet.

»Erst mal wollte ich fragen, ob du gerade mit irgendwelchen Fällen beschäftigt bist?«, fragt Signe.

»Nichts, was nicht warten könnte.«

»Perfekt. Dann hab ich hier was, was dir gefallen wird. Kennst du eine Bande namens HTBG?«

»HTBG?« Baldur zieht die Stirn kraus, schüttelt dann aber den Kopf. »Nee, sagt mir nichts.«

»Anscheinend handelt es sich um eine ziemlich untypische Bande oder vielleicht eher Gruppierung, die aus weißen Oberklassetypen besteht.«

»Hm, keine Ahnung. Weißt du etwas über die Mitglieder ... wie sie heißen, wo sie wohnen und so?«

»Ich weiß nur, dass Karl Christof Jæger offenbar dabei war.«

»Der Ministersohn?«

»Jepp.«

»Woher weißt du das?«

»Kann ich dir leider nicht sagen.«

»Ziemlich dürftig, was du mir da als Anhaltspunkt gibst, Kristiansen.«

»Wer hat gesagt, dass es einfach wird? Ich bin sicher, du kriegst das hin.«

»Hm, hm«, grunzt er in seinen Becher. »Kurioser Zufall. Heute Vormittag, als wir zusammengesessen und über den Mord geredet haben, hat einer erwähnt, dass er mit einem Kollegen von der Sektion für Sexualverbrechen gesprochen hat, der ziemlich sicher war, den Sohn des Ministers auf einem Überwachungsvideo aus dem Zombie gesehen zu haben. Das war im Zusammenhang mit einer anderen Ermittlung. Irgendwas mit Menschenhandel in Verbindung mit Prostitution.«

»Was ist das Zombie?«

»Ein Club in der Innenstadt, in der Nähe vom Nikolaj Plads und einer der bevorzugten Spielplätze der Oberklasse. Es wäre natürlich schon arg viel Glück, aber wer weiß, wenn wir die Aufnahmen noch mal durchsehen, könnte es ja sein, dass wir ihn in Gesellschaft mit anderen erwischen, die interessant für uns sind.«

»Klingt gut, macht das. Und sag Bescheid, falls du Hilfe brauchst.«

Kapitel 27

Der Hauptsitz von WindWind liegt in dem neu entwickelten Stadtgebiet, in dem einst die Tuborg-Brauerei ansässig war. Jetzt befinden sich hier einige der teuersten Wohnungen Dänemarks, neben Anwaltskanzleien, Investmentbanken und anderen Betrieben. Das Gebäude des Unternehmens, in dem Karl Direktor war, schreit architektonisch so laut danach, sich abzuheben, dass es auf kuriose Weise all den anderen Häusern gleicht.

Franz Donsberg hat ein Büro mit Blick auf den Yachthafen, der dort entstanden ist, wo früher Getreide und weitere von der Brauerei benötigte Rohstoffe gelöscht wurden. Nabiha und Juncker haben auf zwei überraschend unbequemen Gästestühlen an Franz' Schreibtisch Platz genommen.

»Und welchen Titel haben Sie noch mal genau in der Firma?«, fragt Juncker.

»Ich bin Direktor der Finanzabteilung.«

»Nicht schlecht für jemanden, der so jung ist wie Sie«, bemerkt Nabiha.

Franz bedenkt sie mit einem kühlen Blick. »Ich sitze auf diesem Stuhl, weil ich für die Stelle qualifiziert bin.«

»Das bezweifle ich gar nicht«, erwidert Nabiha mit einem Lächeln.

»Unser Beileid für Ihren Verlust«, beschwichtigt Juncker.

Franz nickt, sagt jedoch nichts. Juncker kann sich nicht

entsinnen, jemals Zwillinge getroffen zu haben, die sich so unähnlich waren wie Franz und Franziska. Mit seinem konturlosen bleichen Gesicht, dem schwarzen Anzug, dem weißen Hemd und der schwarzen Krawatte sieht Franz aus wie eine Mischung aus einem Leichenbestatter und einem jungen sozialdemokratischen Karrierepolitiker.

»Was wollen Sie?«, fragt er kurz angebunden.

»Unsere Finanzexperten hatten die Gelegenheit, einen Blick in die Geschäftsbücher von WindWind zu werfen«, sagt Juncker.

»Ja, das weiß ich. Und?«

»Ihnen sind ein paar, wie soll ich es nennen ... Unregelmäßigkeiten aufgefallen, die einige Fragen aufwerfen.«

»Aha?«

»Unter anderem wurden mehrfach beträchtliche Summen auf das Konto Ihres älteren Halbbruders überwiesen. Und zwar, soweit wir sehen können, zusätzlich zu seinem monatlichen Gehalt.«

»Laut den Unterlagen waren das Bonuszahlungen.«

»Bonuszahlungen wofür?«

»Dafür, dass er einen erheblich höheren Gewinn erzielt hat als erwartet. Ist alles in Übereinstimmung mit Karls Vertrag gelaufen.«

»Wer hat ihn eingestellt?«

»Mein Vater. Das war vor meiner Zeit in der Firma und dementsprechend auch bevor mein Vater Minister wurde.«

»Wie wir außerdem gesehen haben, hatte Karl zusätzlich hohe Abbuchungen mit seinen Firmenkreditkarten.«

Franz lehnt sich zurück und legt die Fingerspitzen beider Hände aneinander. »Wenn Ihre Experten gründlich waren, dann werden sie festgestellt haben, dass entsprechende Darlehensverträge erstellt wurden ...«

»Das schauen wir uns gerade alles an, und ich behaupte auch gar nicht, dass irgendetwas Ungesetzliches abgelaufen ist. Für uns zeichnet sich lediglich das Bild, dass Karl trotz eines, man muss sagen, guten Gehalts höhere private Ausgaben hatte, als sich durch seine Einkünfte aus der Firma finanzieren ließen.« Juncker mustert den jungen Finanzdirektor. »Wie würden Sie Karls finanzielle Situation beschreiben?«

»Dazu habe ich keine Meinung.«

»Ach kommen Sie«, sagt Nabiha.

»Schön. Es stand miserabel um seine Finanzen. Ich habe Karl tausendmal gesagt, dass es so nicht weitergehen kann, dass er seine Angelegenheiten regeln und die Schulden abbezahlen soll.«

»Was hat er dazu gesagt?«

»Dass er sich darum kümmern würde.«

»Wann haben Sie zum letzten Mal mit ihm darüber gesprochen?«

»Vor einer Woche etwa. Ich habe ihm gesagt, dass ich es unserem Vater erzählen würde, wenn er seine Geldprobleme nicht in den Griff bekommen würde.«

»Wie hat er darauf reagiert?«

»Er meinte, das wäre nicht nötig, er würde schon alles regeln.«

Juncker nickt und wechselt das Thema. »Wie läuft die Firma?«

»Gut. Das müssten Sie anhand der Geschäftsbücher eigentlich sehen können.«

»Das heißt abgesehen von dem, worüber wir eben gesprochen haben, hatten Sie keine Probleme damit, Ihrem Bruder unterstellt zu sein?«

»Nein, warum sollte ich?«

»Er war ein guter Chef?«

Franz zögert den Bruchteil einer Sekunde, und Juncker bemerkt es.

»Ja, war er.«

Nabiha verschränkt die Arme. »Fällt Ihnen jemand ein, der Grund gehabt haben könnte, Ihren Halbbruder umzubringen?«

»Nein, wirklich nicht.«

»Sie wissen, dass Karl Kokain und andere Drogen konsumiert hat?«

»Natürlich weiß ich das. Er hat versucht, davon loszukommen. Es ist mir natürlich nah gegangen, wenn er wegen seiner Sucht gelitten hat.«

Nabiha nickt. »Das ist verständlich. Wie war davon abgesehen Ihr Verhältnis zu ihm?«

»Er war mein Bruder.«

»Ihr Halbbruder, aber ich habe gefragt, wie Ihr Verhältnis zu ihm war.«

Wieder dieses Zögern.

»Wir haben uns gut verstanden.«

Selbst wenn man Franz' offenkundig reservierte Art mit einbezieht, klingt seine brüderliche Zuneigungsbekundung in Junckers Ohren ungewöhnlich schwach.

»Eine letzte Frage«, sagt er. »Wo waren Sie Montagabend und in der Nacht auf Dienstag?«

»Da war ich zu Hause.«

»Haben Sie Montagabend Ihre Schwester gesehen?«

»Äh, lassen Sie mich kurz ... ja, doch, müsste ich.«

»Das klingt, als wären Sie nicht ganz sicher?«

»Doch, ich bin sicher.«

»Okay. Wissen Sie noch, um wie viel Uhr Sie Ihre Schwester gesehen haben?«

»Also … am späteren Abend?«
Er schaut Nabiha fragend an, die seinen Blick ausdruckslos erwidert.
»Ich weiß nicht mehr, wann genau.«
»Aber Sie sind sich sicher, dass Sie sie gesehen haben?«
»Äh, ja, sage ich doch.«
»Ganz sicher?«
»Ja verdammt.«
»Kann jemand bestätigen, wo Sie an diesem Abend und in der Nacht waren? Ich meine, außer Ihrer Schwester?«
Er schüttelt den Kopf.

»Das war eine etwas andere Beschreibung von Karl als die, die wir von der Schwester gehört haben«, sagt Nabiha, als sie wieder im Auto sitzen.
Juncker nickt. »Definitiv.«
»Jedenfalls an der Oberfläche.«
»Hm.«
Sie schüttelt den Kopf. »Nicht sehr überzeugend, das Alibi, das die beiden Zwillinge einander geben, oder?«
»Mhm.«
»Also echt, diese Familie … dagegen wirken die Osbournes wie eine gesunde Kernfamilie.«
»Die Osbournes?«
»Ja. Die Fernsehshow.«
»Ozzy Osbourne?«
»Jepp.«
»Von Black Sabbath.«
»Wenn du das sagst.«
»Hab mir damals *Paranoid* gekauft. Großartiges Album. Kam 1970 raus, wenn ich mich recht entsinne.«
»Schön für dich.«

Kapitel 28

Signe war überrascht, als Charlotte sie vor einer Stunde anrief, denn auch wenn sie beide mittlerweile so etwas wie gute Freundinnen geworden sind, vergeht häufiger mal eine längere Zeit, bis sie voneinander hören.

Näher kennengelernt hat sie Junckers Ex-Frau, als sie im Spätsommer 2017 auf etwas unorthodoxe Weise an einem Fall zusammenarbeiteten. Für ihre Artikel über den Fall gewann Charlotte schließlich den Cavlingpreis, den prestigeträchtigsten dänischen Journalistenpreis.

Inzwischen kennt Signe Charlotte gut genug, um unterscheiden zu können, wann sie einfach nur so anruft und wann sie etwas mit ihr besprechen will. Und Signe ist sich ganz sicher, dass dieser Anruf in die letzte Kategorie fällt.

Sie klopft an, und wenige Sekunden später öffnet Charlotte die Tür. Zu sagen, dass sie beschissen aussieht, wäre übertrieben – dafür bräuchte es bei Charlotte schon einiges –, aber sie wirkt fertig. Die beiden Frauen umarmen sich zur Begrüßung, und Signe merkt, dass Charlotte leicht zittert.

»Wie geht's dir?«, fragt sie.

»Gut«, sagt Charlotte, geht zum Kühlschrank und holt zwei Flaschen Weißwein heraus, die eine der beiden fast leer. Sie kippt den Rest in ihr eigenes Glas, schraubt den Deckel der zweiten Flasche ab und schenkt Signe ein.

»Nur ein halbes. Ich bin mit dem Auto da.«

Charlotte fährt sich durch ihren knallroten Pagenhaarschnitt, der fast schon ihr Markenzeichen ist. »Und dir?«

»Alles gut so weit.«

»Mit Niels?«

»So gut wie schon lange nicht mehr. Sex bis zu zwei, drei Mal die Woche.«

»Meine Güte. Bist du nicht schon ganz wund?«

»Nix da. Gleitcreme.«

Charlotte grinst. »Haha, ein Hoch auf chemische Lösungen für die Segen der Wechseljahre.«

»Wie ist es bei dir?«

»Das ist schnell erzählt. Bei mir ist tote Hose.«

»Echt jetzt, Charlotte, eine Frau wie du …«

»Die auf die sechzig zugeht. Da ist die Auswahl nicht mehr so groß. Nette Singlemänner sind Mangelware, jedenfalls da, wo ich so hinkomme.«

»Selbst wenn man ein schönes Einfamilienhaus in den Kartoffelreihen zu bieten hat?«

»Ganz ehrlich, ich hab überhaupt keine Lust, mein Haus mit irgendwem zu teilen.« Charlotte nimmt einen großen Schluck aus ihrem Glas.

»Und wie läuft's mit der Arbeit?«

Charlotte zuckt mit den Achseln. »Alles super. Bisschen sehr derselbe Trott. Ich überlege, ob ich auf meine letzten Berufsjahre noch was anderes versuchen sollte.«

»Was zum Beispiel?«

»Weiß noch nicht. Vielleicht muss ich mir einfach eingestehen, dass ich im journalistischen Bereich alles ausprobiert habe, was Spaß macht. Und zwar damals, als es tatsächlich noch Spaß gemacht *hat*. Vielleicht sollte ich einen Krimi schreiben. Das ist doch jetzt groß in Mode unter Journalisten, und ich hab jede Menge gute Quellen, auf die ich zurückgreifen kann.« Sie lächelt, leert ihr Glas und schenkt sich nach. Schaut Signe fragend an, die den Kopf schüttelt.

»Siehst du Juncker manchmal?«, fragt Charlotte.

»Nicht sehr oft. Wir arbeiten ja nicht mehr in derselben Abteilung. Aber wie es aussieht, werden wir jetzt an einem Fall zusammenarbeiten.«

»Der ermordete Sohn des Klimaministers?«

Signe ist drauf und dran, es zu bestätigen, beißt sich aber gerade noch rechtzeitig auf die Zunge. Charlotte kennt die Organisationsstruktur der Kopenhagener Polizei gut genug, um sich zusammenzureimen, dass, wenn Signe mit Juncker an einem Mordfall zusammenarbeitet, Banden- oder Drogenkriminalität im Spiel sein muss, und das soll bis auf Weiteres möglichst kein Journalist wissen.

»Charlotte, du weißt, dass ich dir nicht sagen darf, woran ich arbeite.«

»Schon gut, schon gut.«

Charlotte lächelt, und Signe sieht ihr an, dass sie Bescheid weiß. Verdammt.

»Charlotte, das musst du echt für dich behalten. Versprich mir das.«

»Jaja, keine Sorge.« Charlotte nimmt eine Zigarette aus dem Päckchen, das auf dem Tisch liegt, geht zur Dunstabzugshaube, schaltet sie ein und zündet die Zigarette an.

»Ist Juncker immer noch mit dieser Psychologin zusammen?«, fragt sie.

»Malene Hanslev? Keine Ahnung. Juncker ist ja nicht gerade der Typ, der herumerzählt, mit wem er ins Bett geht. Davon abgesehen, dass ich ihn wie gesagt kaum noch sehe.«

»Kannst du ihn nicht mal fragen?«

»Kann ich machen. Und er wird antworten, dass mich das nichts angeht. Warum fragst du ihn nicht selbst?«

»Weil er sagen wird, dass es mich nichts angeht.«

Beide lachen.

Die alte Geschichte, denkt Signe. Wenn der, mit dem Schluss gemacht wurde, plötzlich eine andere findet, dreht sich der Spieß um.

Charlotte schaltet die Dunstabzugshabe ab, drückt die Kippe in der Spüle aus, wirft sie in den Müll und setzt sich wieder zu Signe an den Tisch.

»Ich wollte noch über was anderes mit dir reden.«

»Ja?«

»Es ist ziemlich abgefahren. Peter Rolf hat sich bei mir gemeldet. Er hat mir einen Brief geschrieben.«

»Peter Rolf? Was wollte er von dir?«

»Wir kennen uns ja von damals, als ich politische Redakteurin fürs Christiansborg-Ressort war. Weißt du noch, wie er hier bei mir vorbeigekommen ist, an dem Abend, bevor Martin ihn gefasst hat?«

»Ja.«

»Zu dem Zeitpunkt hatte ich ja keine Ahnung, dass er ein Serienmörder war und ihr kurz davor, ihn zu schnappen.« Sie schüttelt sich. »Ich kannte ihn nur als den Berater des Justizministers. Als Grund, warum er mich besucht, meinte er, dass er eine tolle Story für mich hätte. Ich hatte noch nie erlebt, dass mich ein Spindoktor wegen so was privat aufsucht, und letztlich war es dann auch nichts Besonderes ... irgendeine politische Belanglosigkeit, ich weiß schon gar nicht mehr, worum es ging. Aber das war natürlich auch nur ein Vorwand. Eigentlich ging es ihm wahrscheinlich darum, euch und vor allem Martin zu zeigen, dass er die Macht hat, mir zu schaden, ohne dass ihr es verhindern könnt.«

»Ja, ganz sicher. Ich hab noch nie eine so glasklare Beschreibung eines Psychopathen gelesen wie in seinem psychiatrischen Gutachten. Pathologischer Lügner. Pervers, stark gestörte Sexualpräferenz und Persönlichkeit mit ausgeprägten narzisstischen Zügen. Die volle Palette.«

»Was hat er noch mal gekriegt? Lebenslang?«

»Sicherungsverwahrung auf unbestimmte Zeit. Der kommt nie wieder raus. Was wollte er von dir?«

»Keine Ahnung. Er hat nur geschrieben, dass er mit mir reden will. Theoretisch könnte es ja sein, dass er mir irgendeine politische Story liefern will, einfach nur um zu demonstrieren, dass er immer noch davon überzeugt ist, eine gewisse Macht zu haben. Ich meine, er fühlt sich wohl kaum länger an seine Schweigepflicht gebunden, also kann er bestimmt aus dem Nähkästchen plaudern. Aber vielleicht hat es auch etwas mit seinen Verbrechen zu tun.«

Signe spürt Unruhe in sich aufsteigen.

»Er schreibt, ich soll eine Besuchserlaubnis beantragen, dann erzählt er mir etwas Interessantes ...«

»Ich bezweifle, ob du die Erlaubnis überhaupt bekommen würdest. Und selbst wenn, würde der Besuch wahrscheinlich überwacht, sodass ihr nur eingeschränkt reden könntet. Scheiße, Charlotte, ein Psychopath, der von Aufmerksamkeit lebt. In seiner Situation ist das Beste, was ihm passieren kann, dass er in einem Zeitungsartikel erscheint, und wenn der auch noch von einer bekannten und angesehenen Journalistin wie dir geschrieben ist ...«

»Das stimmt natürlich. Aber es kann ja nicht schaden, mir anzuhören, was er will.« Charlotte hebt ihr Glas. »Bist du gar nicht neugierig?«

Vielleicht hat Charlotte recht. Vielleicht will Peter Rolf nur seinen alten Arbeitsplatz, das Justizministerium, in Misskredit bringen. Aber was, wenn er sich an Charlotte gewandt hat, weil ihn etwas wundert, was auch mehreren ihrer Kollegen – darunter Juncker und Merlin – aufgefallen ist: Wie konnten zwei Haare, die nachweislich von einem Mann stammten, der zwei unaufgeklärte schwere Vergewaltigungen begangen hatte – einem Mann, bei dem es sich laut DNA-Analyse *nicht* um Peter Rolf handelte –, wie konnten diese beiden Haare auf die Leiche einer der von Rolf getöteten Frauen gelangen?

Es gab nur zwei Menschen auf der Welt, die diese Frage mit Sicherheit hätten beantworten können, und der eine, Troels Mikkelsen, ist Gott sei Dank mausetot. Und sie selbst wird es ganz bestimmt niemandem erzählen.

Aber was, wenn Peter Rolf allmählich eins und eins zusammenzählt? Ist er dabei, systematisch sämtliche theoretischen Möglichkeiten zu eliminieren, bis zum Schluss die einzig plausible übrig bleibt?

Scheiße.

Wo gerade alles so gut läuft.

»Nein, Charlotte. Mich interessiert nicht, was in diesem Schwein vor sich geht.«

Kapitel 29

Er hat überlegt, ob es so spät wirklich noch Sinn macht, und ist zu dem Schluss gekommen, dass es das tut. Denn er hat sie vermisst, und es ist lange her, dass er jemanden vermisst hat und es auf Gegenseitigkeit beruht. Das ist ein schönes Gefühl, auch wenn er hundemüde ist.

Malene wohnt in einem Zweifamilienhaus in der Nähe vom Sundbyvester Plads. Sie hat zwei Kinder mit ihrem Ex-Mann, die Tochter ist von zu Hause ausgezogen, aber ihr siebzehnjähriger Sohn wohnt in einem Zimmer im Keller. Obwohl Malene und Juncker sich seit über einem Jahr regelmäßig treffen, hat er seine Zurückhaltung gegenüber dem neuen Mann im Leben seiner Mutter noch nicht ganz überwunden.

Oder vielleicht ist es auch umgekehrt, denkt Juncker.

Malene hat Tapas gemacht und eine Flasche Rotwein geöffnet. Sie plaudern über dies und das, und sie erzählt ihm von dem Abendessen mit ihren Freunden, das Juncker beschämenderweise vergessen hatte. Der Abend war toll, sie gibt ihm jedoch in keiner Weise das Gefühl, ein schlechtes Gewissen haben zu müssen. Es klingt wie ein Klischee, aber sie akzeptiert ihn ganz einfach so, wie er ist, mit allen Fehlern und Macken.

»Bleibst du die Nacht hier?«, fragt sie.

Er überlegt abermals, ob es nicht besser wäre, nach

Hause zu fahren und richtig durchzuschlafen, entscheidet sich aber allein schon deshalb dagegen, weil er bereits zwei Gläser Wein getrunken hat.

»Wollen wir dann nicht einfach ins Bett gehen?«, fragt Malene. »Du siehst ganz schön kaputt aus.«

Sie kuschelt sich an ihn, und er spürt ihre steifen Nippel an seiner Brust.

»Hast du eine Tablette genommen?«, flüstert sie.

Er schüttelt den Kopf. Ab und zu kriegt er ihn tatsächlich ohne Viagra hoch, aber in der Regel muss er seiner Erektion etwas auf die Sprünge helfen. Das klappt so weit auch einigermaßen – bloß dass er die Tablette eine Stunde im Voraus nehmen muss und die Nebenwirkungen häufig in hämmernden Kopfschmerzen und einer verstopften Nase bestehen. Außerdem tut er sich ganz allgemein schwer damit, dass ein Mechanismus, der vor Entfernung der Prostata stets tadellos funktioniert hat, nun Starthilfe durch Chemikalien benötigt.

Sie umfasst sein Glied und liebkost es. Ihre Zunge findet seine, er atmet ihren Duft ein und spürt einen Tsunami der Erregung durch seinen Körper wogen.

Der einzige Teil von ihm, der die Ansage nicht verstanden hat, ist sein verdammter Schwanz.

Nach einigen Minuten küsst sie ihn sanft auf den Mund und streicht ihm über die Wange.

»Das ist total okay. Du bist müde.«

Müde? Nein, unzureichend – so fühlt er sich.

Sie dreht sich um, sodass sie in Löffelchenhaltung liegen, nimmt seine Hände und legt sie auf ihre Brüste. Er massiert ihre Brustwarzen und küsst sie im Nacken, sie stöhnt, greift nach hinten und berührt sein Glied, und plötzlich spürt er – oh Wunder –, wie seine Schwellkörper endlich das Einzige tun, wofür sie da sind.

»Hurra«, flüstert sie.

Er hebt ihr Bein an, und sie reibt sanft seinen Penis an ihrer Klitoris.

Er wägt ab, ob er steif genug ist, um einen Versuch zu wagen, da kommt sie ihm zuvor, spreizt die Beine noch etwas mehr, nimmt sein Glied und führt es von hinten in sich ein. Er hält den Atem an, stößt und gleitet mühelos vollständig in sie hinein.

Da klingelt sein Handy.

»Das ist nicht wahr«, murmelt er.

Sie kichert und presst ihren Hintern gegen seinen Unterleib. »Ich lass dich nicht entkommen.«

»Ich muss da rangehen.«

»Okay. Wo ist dein Handy?«

»Auf dem Nachttisch.«

»Probier, ob du hinkommst, ohne …«

Er beugt den Oberkörper vor, sie spannt die Muskeln um ihn herum an, er streckt den Arm und tastet nach seinem Handy, erwischt es und schaut aufs Display. Es ist einer der Techniker, und er hat gute Lust, das Telefon quer durch den Raum zu schleudern.

»'n Abend, Juncker. Tut mir leid, dass ich so spät noch anrufe.«

»Was gibt's?«

»Wir haben den Safe geöffnet.«

Malene streichelt seine Hoden mit einer Hand und mit der anderen sich selbst, während sie langsam und rhythmisch ihren Unterleib vor und zurück bewegt. Er versucht, sich auf das Gespräch zu konzentrieren, aber es fällt ihm wahrlich nicht leicht.

»Und was«, er unterdrückt ein Stöhnen, »tut mir leid ... was war drin?«

»Ein Riesenhaufen Bargeld, Euros, Dollar und Dänische Kronen, außerdem zwei nicht ganz neue Nokia-Handys und einige Papiere. Sieht aus wie eine Telefonliste.«

»Gut. Lassen Sie alles nach Teglholmen bringen, dann ... dann schau ich es mir morgen früh an«, stammelt er hervor, legt auf und das Handy zurück auf den Nachttisch. Er wird einen Teufel tun und jetzt das Bett und Malene verlassen! Das kann bis morgen warten.

Sie rutscht ein Stück von ihm weg, er gleitet heraus, und sie schwingt ein Bein über seinen Kopf und Oberkörper, sodass sie unter ihm auf dem Rücken liegt. Er stützt sich auf die Arme, sie legt die Beine auf seine Schultern und ist weit geöffnet für ihn, und ihm ist unbegreiflich, wie man so weich und geschmeidig sein kann. Er selbst fühlt sich steif wie ein Brett, zum Glück aber auch dort, wo es gerade von Bedeutung ist. Sie packt seine Hinterbacken und drückt ihn weiter in sich hinein, und er empfindet einen kindischen Stolz darüber, dass er steif genug ist. Sie starrt ihm mit einem Blick, der glasig vor Begierde ist, in die Augen, hebt eine Brust an seine Lippen und kneift ihm mit den Fingern der anderen Hand in seine Nippel, bis alles in einer Explosion aus Sonnen, Monden und Sternen in sich zusammenstürzt und er ihr den Mund zuhalten muss, damit der Sohn unten im Keller nicht denkt, Juncker würde seine Mutter umbringen.

Sie schließt die Augen und lächelt. Dann hebt sie den Kopf und küsst seine schweißnasse Stirn und die Wangen.

»War es für Sie auch gut, Herr Kommissar?«, fragt sie und hält seinen Kopf mit beiden Händen umfasst.

Gleich wache ich auf, denkt er.

14. Februar

Kapitel 30

Zweimal musste er in der Nacht auf Toilette. Das ist der Preis, wenn er so kurz vor dem Schlafengehen noch Alkohol trinkt, und damit ist er ehrlicherweise billig davongekommen. Denn wenigstens wacht er auf, wenn er Wasser lassen muss, und braucht im Gegensatz zu vielen anderen nach einer Prostata-OP weder Windeln noch Einlagen.

Und davon abgesehen hat er gut geschlafen. Es ist erst sechs. Er schwingt die Beine auf den Boden und bleibt einen Moment auf der Bettkante sitzen, während ihm von seinem Glied ihr Duft in die Nase steigt. Er versucht, sich zusammenzureißen und aufzustehen, am liebsten würde er eine dieser verdammten Pillen schlucken und sich zurück ins Bett legen, eng an Malene gedrückt, und darauf warten, dass die Medizin ihre Wirkung tut. Aber das geht nicht.

Malene wacht auf, als er zwischen den Bettlaken nach seiner Unterwäsche wühlt, und sieht aus wie die dem Meer entstiegene Aphrodite. Er weiß nur zu gut, wie er selbst direkt nach dem Aufwachen aussieht. Zu keiner anderen Tageszeit sind die fünfzehn Jahre Altersunterschied so eklatant wie am Morgen.

Was will jemand wie sie mit einem wie ihm? Der Gedanke streift ihn jedes Mal, wenn sie sich sehen, und lässt ihn sich schwach und verwundbar fühlen.

»Schlaf weiter«, flüstert er.

Sie schüttelt den Kopf, steht auf, und er muss an sich halten, um sich nicht auf sie zu stürzen. Sie schlüpft in einen seidenen Kimono und geht in die Küche.

Als er aus der Dusche kommt, hat sie bereits Kaffee gemacht und ihm ein Brötchen mit Schinken und Käse geschmiert. Er kämpft mit einer leichten Übelkeit, doch sie besteht darauf, dass er das Brötchen isst, was er folgsam tut. Sie füllt eine Thermoskanne mit Kaffee und einem Schuss Milch und drückt sie ihm in die Hand, bevor sie ihn zweimal auf den Mund küsst.

»Bis bald«, sagt sie.

Als er im Auto sitzt, ist er beschwingt – so beschwingt wie lange nicht mehr, aber auch etwas wehmütig. Vielleicht, weil ihn die ganze morgendliche Szene an damals erinnert, als Charlotte und er jung, frisch verheiratet und verliebt waren.

Auf Teglholmen angekommen, begibt er sich auf direktem Weg zur Asservatenkammer, wo er die Papiere aus dem Safe ausgehändigt bekommt, während er die beiden Nokias mit einem Streifenwagen zu den Kriminaltechnikern nach Ejby schickt, damit sie die Handys noch am Morgen untersuchen können. Um Punkt acht ruft ein Kollege von der Station Bellahøj an und meldet, dass eine Streife Rose Magdeburgs Wagen im Nygårdsvej in Østerbro gefunden hat.

Juncker dankt und wendet sich an Nabiha, die soeben eingetroffen ist.

»Nygårdsvej?«, fragt sie. »Ist das nicht ganz nah am Tatort?«

»Tja, einen Kilometer Luftlinie oder so, vielleicht etwas weniger. Könnte Zufall sein.«

»Könnte es. Oder auch nicht«, erwidert Nabiha. »Was

machen wir mit dem Auto? Lassen wir es zur Kriminaltechnik transportieren oder ...«

Juncker überlegt. »Ich glaube, ich wäre eher dafür, es observieren zu lassen, um zu schauen, ob sie auftaucht. Vielleicht nur heute. Wer weiß ...«

Sie gehen zu Merlin und erzählen ihm vom Fund des Tresors und Rose Magdeburgs Auto. Er ist mit der Observation einverstanden.

»Und die Telefonliste«, sagt Juncker. »Ich weiß, es ist eine elende Arbeit, zu so vielen Nummern die zugehörigen Namen rauszufinden, und wahrscheinlich ist es für die meisten gar nicht möglich, aber müssen wir es nicht probieren? Ich meine, es geht hier um einen Mordfall und nicht nur darum, einen Drogenkurierdienst hochzunehmen. Es wäre durchaus denkbar, dass der Täter auf der Liste steht.«

»Gibst du sie mir? Ich beauftrage jemanden damit«, sagt Merlin.

»Und wir müssen Rose Magdeburg durchleuchten.«

»Ja. Aber das müssen wir mit Aalborg abstimmen. Und mit dem PET.«

»Schön«, sagt Juncker. »Aber wäre es nicht sinnvoll, wenn wir in Bezug auf sie das Ruder übernehmen?«

»Hast du kein Vertrauen in unsere nordjütischen Freunde?«

»Doch, doch, Justesen ist in Ordnung, beziehungsweise mehr als in Ordnung. Aber Herrgott noch mal, sie hat den Großteil ihres Lebens in Kopenhagen verbracht und befindet sich womöglich in diesem Augenblick in der Stadt. Nordjütland kümmert sich natürlich weiter um Grønnevang und Magdeburgs Freund.«

Merlin schweigt einen Moment. Dann nickt er.

»Okay, macht Sinn. Ich spreche mit ihnen. Und dann setze ich Geir und Mascha auf Rose an.«

Kapitel 31

Sie hat gestern Abend nur zwei Gläser Weißwein getrunken, verteilt auf fast zwei Stunden, und war vollkommen klar im Kopf und in der Lage, mit dem Auto von Charlotte nach Hause zu fahren. Sprich, sie war nicht ansatzweise betrunken.

Trotzdem fühlt sie sich jetzt am Morgen wie nach einem Vollrausch. Die Zeiten sind vorbei, als sie bis spät in die Nacht einen draufmachen und trotzdem topfit aufstehen konnte. Jetzt braucht sie bloß an einem Korken zu riechen, schon ist ihr am nächsten Morgen übel und sie kann nicht mal die einfachsten Sätze formulieren. Verdammte Wechseljahre. So was Ungerechtes, dass sie bei ihr schon mit fünfundvierzig einsetzen.

Außerdem lässt sie nicht los, was Charlotte von Peter Rolf erzählt hat, auch wenn sie versucht, nicht daran zu denken.

Signe bleibt in der Tür zu der offenen Bürolandschaft stehen. Baldur sitzt an einem Tisch in der Mitte, den Kopf hinter einer Barrikade aus benutzten Kaffeebechern, Wasserflaschen und leeren Chips- und Süßigkeitentüten auf die Arme gelegt. Signe macht kehrt, geht in die Teeküche, eine Kanne frischen Kaffee kochen, schenkt sich ihren eigenen Becher sowie einen zweiten für Baldur voll und geht damit zurück.

»Guten Morgen. Bist du wach?«

Der Färinger hebt den Kopf, starrt sie aus zu schmalen Schlitzen zusammengekniffenen Augen an und grunzt etwas Unverständliches. Vielleicht »Guten Morgen« auf Färöisch. Sie reicht ihm den Becher, er nimmt ihn und trinkt einen ordentlichen Schluck des brühendheißen Gebräus. Der muss sich doch total die Zunge verbrennen, denkt sie, doch ihr Kollege verzieht keine Miene.

»Hast du die ganze Nacht hier gesessen?«

Er nickt.

»Und hat es sich gelohnt?«

Er nickt wieder. »Das Material ist ziemlich umfangreich. Sie beobachten den Club seit Wochen. Bis jetzt hatte ich das Zombie noch gar nicht richtig auf dem Schirm, aber anscheinend entwickelt es sich zum neuen Treffpunkt für alle möglichen Kriminellen.«

»Und hast du Aufnahmen von Karl Jæger gefunden?«

»Ja, eine ganze Reihe sogar. Auf den meisten kommt oder geht er allein. Dann gibt es einige, wo er in Begleitung von Frauen ist, meist von einer einzelnen, aber ein paarmal verlässt er den Club auch mit einer an jedem Arm.« Baldur grinst. »Den Rest kann man sich ja denken.«

»Du hast eine schmutzige Fantasie, junger Mann.«

»Wenn du das sagst. Aber dann sind da noch diese Clips von letzter Woche ...«

Er klickt ein paarmal mit der Maus. Signe rollt ihren Stuhl neben ihn und setzt sich.

»Sowohl Freitag als auch Samstag kommt er mehrfach im Laufe des Abends mit demselben Mann nach draußen ... hier zum Beispiel.«

Die Bildqualität ist erstaunlich gut, und es besteht keinerlei Zweifel, dass es sich bei dem Mann auf den Bildern um den Ermordeten handelt. Bei ihm steht ein großer, schlanker und sehr gut gekleideter Mann. Die Türsteher wissen offenkundig, wer die beiden sind, denn sie scheinen den Club nach Belieben betreten und verlassen zu dürfen, ohne sich in die beträchtliche Schlange auf dem Gehweg stellen zu müssen. Beide halten einen Drink in der Hand. Sie scheinen sich recht gut zu kennen. Zwischendurch klopft Karl seinem groß gewachsenen Begleiter gutmütig auf den Rücken.

»Aber jetzt schau dir das hier an …« Baldur spult ein Stück vor. »Die gute Laune geht augenscheinlich flöten.«

Signe beugt sich vor. Offenbar sagt der große Mann etwas zu Karl, das ihn aufregt. Auch wenn die Aufnahme keinen Ton hat, lässt Karls Körpersprache keinen Zweifel daran, dass er wütend ist. Irgendwann tätschelt der große Typ Karl nach Mafiabossmanier die Wange. Karl schlägt seinen Arm weg, dreht sich um und marschiert durch die Tür in den Nachtclub. Sein Begleiter zieht ein Zigarettenetui aus der Innentasche seines Jacketts und zündet sich eine an. Er nimmt ein paar Züge, wirft die halb aufgerauchte Kippe auf den Bürgersteig und geht ebenfalls in den Club.

Baldur spult weiter.

»Fünf Minuten später fährt Karl Jæger dann.«

Auf dem Video sieht man, wie er sich an dem Pulk auf dem Gehweg vorbeidrückt, ein Taxi anhält und einsteigt.

»Sieht aus, als wäre er immer noch ganz schön wütend, oder?«

Signe nickt. »Auf jeden Fall.« Sie steht auf. »Und wer der Typ ist, mit dem Karl redet, wissen wir nicht?«

»Ich habe ihn jedenfalls noch nie gesehen.«

»Okay. Kannst du einen Ordner mit einer möglichst großen Auswahl der Aufnahmen von Karl erstellen und mir schicken?«

»Hab ich längst gemacht und dir einen Download-Link geschickt.«

»Baldur, was würde ich ohne dich tun.«

»Tja, weiß ich auch nicht.«

Einer der Vorteile mit der Stelle bei der OK ist, dass sie nicht im Großraumbüro sitzen muss, sondern nur mit zwei Kollegen ein Büro teilt. Keiner der beiden ist gerade an seinem Platz.

Sie setzt sich, schaltet den Computer ein und checkt als Erstes, ob die Mail von Baldur auch wirklich da ist. Anschließend sucht sie im Gewerberegister nach dem Zombie. Als Eigentümer des Clubs ist eine Personengesellschaft aufgeführt, die offenbar noch weitere Lokale und Cafés in Kopenhagen betreibt. Anschließend geht sie ins Fallregister, um zu schauen, ob schon mal gegen das Unternehmen ermittelt wurde, und zum Schluss, nachdem sie den Eigentümerkreis ermittelt hat, prüft sie im Strafregister, ob jemand davon vorbestraft ist, findet jedoch keinerlei Einträge. Sie ruft Baldur an.

»Kommst du mit auf einen Abstecher zu den Reichen und Schönen?«

»Immer doch. Jetzt gleich?«

»Yes. Kannst du ein Bild von dem Mann ausdrucken, mit dem Karl redet? Möglichst eine gut erkennbare Nahaufnahme vom Gesicht.«

»Wird gemacht, Boss.«

Zwischen einem Porsche und einem Mercedes von der Größe eines Schlachtschiffs finden sie einen Parkplatz direkt vor dem glänzenden gepflegten Palais in der Amaliegade, in dem die Betreiber des Zombie ihren Sitz haben –

nur einen guten Steinwurf von Schloss Amalienborg entfernt.

Die Frau in der Türsprechanlage spricht ein so demonstratives Oberklassendänisch, das Signe denkt, sie will sie verschaukeln. Als sie jedoch kurz darauf am Empfang stehen, stellt sie fest, dass die Sekretärin, die sie hereingelassen hat, keineswegs scherzt.

Sie trägt ein bronzefarbenes Kleid, einen schwarzen Blazer, schwarze Stilettos und eine einfache Perlenkette um den Hals. Baldur sieht aus, als käme er direkt von einer der Grindwaltötungen auf den Färöern. Signe hat zerschlissene Jeans und eine schwarze Lederjacke über einem alten braunen Wollpullover an, den ihre Mutter ihr vor mindestens zehn Jahren gestrickt hat. Ihre Füße stecken in einem Paar Wanderschuhen, die sehr viele Kilometer in den Sohlen haben. Wie immer, wenn sie frontal mit der Oberklasse und deren Lakaien zusammenstößt, ist sie versucht, laut zu rülpsen oder zu furzen, aber sie zügelt sich.

»Wir würden gern mit Filip Steenvig sprechen«, sagt sie und hält ihren Ausweis hoch.

Die Sekretärin schüttelt nachsichtig den Kopf. »Der Direktor ist in einer Besprechung und will nicht gestört werden, das ist also leider nicht möglich.«

»Wetten doch?«, murmelt Signe.

»Wie bitte?« Eine der scharf gezupften Augenbrauen der Sekretärin fährt mindestens einen Zentimeter in die Höhe.

»Wir wollen jetzt mit Steenvig sprechen. Es ist wichtig. Wenn Sie also die Güte hätten, ihn aus der Besprechung zu holen?«

Die Frau scheint die Bedeutung des Gehörten nicht ganz verstanden zu haben.

»Jetzt sofort!«, wiederholt Signe kühl, um ihr auf die Sprünge zu helfen.

»Wen darf ich melden?«

»Sie dürfen Polizeikommissarin Signe Kristiansen und Polizeiassistent Baldur Øysteinsson melden.«

Keine Minute, nachdem die Frau hinter einer großen weißen Altbautür verschwunden ist, kommt sie wieder heraus.

»Bitte sehr«, sagt sie reserviert.

Als Signe an ihr vorbeigeht, legt sie eine Hand auf den Unterarm der Sekretärin und drückt ihn leicht.

»Allerbesten Dank. War doch gar nicht so schwer.«

Die Sekretärin sieht aus, als würde sie am liebsten ihren Arm desinfizieren.

Filip Steenvig erhebt sich von seinem Schreibtischstuhl, kommt ihnen entgegen und gibt beiden mit einem Lächeln die Hand. Er ist mittelgroß, braun gebrannt und durchtrainiert. Offenbar hat sich die Besprechung, in der der Direktor laut Sekretärin saß, in Luft aufgelöst.

»Ach, Simone«, richtet sich Steenvig an seine Sekretärin, die nach wie vor auf der Türschwelle steht, »würdest du unseren Gästen bitte etwas zu trinken holen?« Dann wendet er sich wieder den beiden Ermittlern zu. »Wollen wir uns setzen?« Er zeigt auf zwei schwarze Ledersofas, die sich mit einem Couchtisch dazwischen gegenüberstehen.

Baldur und Signe setzen sich auf das eine, Steenvig auf das andere. Nachdem er ein Bein über das andere geschlagen hat, zupft er mit Daumen und Zeigefinger der rechten Hand die Bügelfalte seiner Hose zurecht.

Alter Geldadel, denkt Signe. Diese Art Rituälchen stecken in der DNA.

»Was kann ich für Sie tun?«, fragt er.

»Wir brauchen Ihre Mithilfe bei einer laufenden Ermittlung«, erklärt Signe. »Es geht um die Identifizierung einer Person, von der wir Grund zur Annahme haben, dass sie den Nachtclub Zombie frequentiert.« Sie nickt Baldur zu, der ein zusammengefaltetes Blatt Papier aus der Tasche zieht und es dem Direktor reicht.

Steenvig faltet es auseinander und studiert mit gerunzelter Stirn das Bild.

»Wissen Sie, wer das ist?«, fragt Signe.

»Ja. Er kommt tatsächlich häufiger ins Zombie.«

»Und Sie auch? Ich meine während der Öffnungszeiten?«

»Natürlich. Das gilt auch für unsere übrigen Lokale. Erstens halte ich es grundsätzlich für wichtig, dass die Leitung präsent ist, egal um welches Unternehmen es geht. Zweitens versuchen wir, dem Zombie einen Touch von Exklusivität zu verleihen. Wir lassen nicht jeden rein, und diejenigen, die reindürfen, haben die Erwartung, Teil von etwas Größerem und Einzigartigem zu sein … einer Gemeinschaft.«

Bullshit, denkt Signe.

»Daher ist meine häufige Anwesenheit *paramount*.«

»›Paramount‹?«

»Ja.« Steenvig nickt ernst. »Von größter Bedeutung.«

»Alles klar. Und Sie erkennen den Mann also. Wissen Sie auch, wie er heißt?«

Steenvig schaut sich das Bild abermals an. »Ja. Das ist Daniel … Alexander heißt er mit Nachnamen.«

»Und Sie sagen, er kommt öfter ins Zombie?«

»Ja, er ist einer unserer VIPs.«

»Kennen Sie ihn gut?«

»Wir sind … Bekannte, würde ich sagen.«
»Haben Sie zufällig Daniel Alexanders Telefonnummer?«
»Ja, die müsste ich tatsächlich haben. Moment.«
Er steht auf und geht sein Handy holen, das auf dem Schreibtisch liegt.
»So, Moment … ja, da ist sie.« Er diktiert die Nummer, und Baldur speichert sie auf seinem Handy.
»Danke. Dann wollen wir Sie nicht länger stören.«
»War das alles?« Filip Steenvig macht ein verdutztes Gesicht.
»Ja. Vorerst zumindest.«
»Ich bin natürlich neugierig. Was ist das für ein Fall, in dem Sie ermitteln?«
»Das können wir leider nicht sagen.«
Signe versucht einzuschätzen, ob die Anwesenheit von ihr und Baldur den Direktor nervös macht, doch es ist unmöglich, hinter seine aalglatte Fassade zu dringen.
»Aber Daniel Alexander ist in den Fall verwickelt?«, unternimmt er einen Versuch.
»Fürs Erste möchten wir nur mit ihm reden. Danke für Ihre Hilfe.«

Zurück auf Teglholmen hat Signe schnell herausgefunden, dass Daniel Alexander in Ordrup wohnt. War ja klar. Sie überlegt, ob sie sich an das Personal im Storstrøm Gefängnis wenden soll, entscheidet sich aber dagegen. Auch wenn sie keinen Grund hat zu glauben, dass einer der Angestellten Informationen an die Häftlinge verraten könnte, will sie das Risiko nicht eingehen. Stattdessen ruft sie bei der Polizei in Nykøbing Falster an und bittet die Kollegin am Apparat, ob jemand von ihnen in Zivil zum Gefängnis fahren und Hamza Muhammed Bilder von fünf verschiedenen Männern zeigen kann.

»Er soll bloß sagen, ob der Mann, über den ich mit ihm gesprochen habe, unter den fünf ist, und falls ja, auf den Betreffenden zeigen.«

»Sie haben Glück. Zwei Kollegen fahren sowieso gleich hin, einen Insassen abholen, der wegen eines Berufungsverfahrens zum Landgericht gebracht werden muss. Also schicken Sie mir schnell die Bilder.«

Eine knappe Stunde später geht eine SMS auf Signes Handy ein. *Er sagt ja zu Nummer 4*, steht da. Bingo.

»Sollen wir Daniel Alexander anrufen und sagen, dass wir kommen?«, fragt Baldur.

»Nein. Hoffen wir, dass er freitags früher Feierabend macht und zu Hause ist. Er soll nicht wissen, dass wir im Anmarsch sind.«

»Mister Paramount wird ihn wahrscheinlich schon angerufen und von unserem Besuch erzählt haben, oder?«

»Garantiert. Aber das ist dann halt so.«

»Können wir ein Ermittlungsverfahren gegen Alexander einleiten, weil Hamza ihn im Zusammenhang mit einem Drogenhandel identifiziert hat?«

»Können wir machen, aber ich bin mir ziemlich sicher, dass es nicht für eine U-Haft reicht. Wir haben nichts außer Hamzas Bestätigung, dass es sich bei dem Mann, den er im Damhusengen mit Karl Jæger gesehen hat, um Daniel Alexander handelt. Und bei allem Respekt für Hamza, aber er ist ein verurteilter Drogenkrimineller und hat ein eindeutiges Motiv, uns zu helfen, weil wir ihm nämlich helfen sollen, dieser Bandenscheiße zu entfliehen.«

»Aber warum sollte er uns etwas Falsches erzählen?

Früher oder später würden wir es ja merken, und dann würde es ihm mehr schaden, als dass es ihm hilft.«

»Stimmt«, räumt Signe ein. »Trotzdem, ich denke, einem Richter wird das nicht reichen. Aber lass uns erst mal sehen, was für ein Typ der liebe Herr Alexander ist.«

Kapitel 32

»Schon Wahnsinn. Damit hätte ich echt nie gerechnet.«
Justesen kann immer noch nicht ganz glauben, dass die Richterin nicht nur die Durchsuchung einzelner, sondern *sämtlicher* Häuser und *sämtlichen* Grund und Bodens in Grønnevang angeordnet hat.
Der Staatsanwalt hatte unter anderem damit argumentiert, dass Grønnevang sich schließlich als kollektive Einheit präsentiere und davon auszugehen sei, dass die Bewohner zusammenhielten. Das hatte der Richterin genügt.
Justesen und Kristoffer sitzen auf einer Bank am Dorfteich und machen eine Pause von der Durchsuchung. Die Sonne lugt hinter den Wolken hervor, eine Amsel zwitschert verblüfft, und ein Hauch von Frühling hängt in der Luft, obwohl in der Nacht eine Mischung aus Schneeregen und dicken, nassen Flocken gefallen ist, die noch immer auf dem Boden liegt.
»Außerdem würde ich stark vermuten, dass das T-Wort die Entscheidung der Richterin positiv beeinflusst hat. Also positiv für uns, meine ich.«
Kristoffer schaut Justesen an. »Das T-Wort?«
»Ja«, sagt sein Kollege. »Terror. Zitier mich nicht damit, aber inzwischen ist es doch so, wenn jemand, und erst recht die Regierung oder ein Politiker, das Wort Terror auch nur

flüstert, dann ist so ein Durchsuchungsbeschluss ruckzuck unterschrieben. Und der Ministerpräsident hat den Drohnenangriff schließlich als Terroranschlag bezeichnet.«

Justesen blinzelt in die Sonne. »Was nicht heißen soll, dass ich es in diesem Fall nicht gerechtfertigt fände.«

Sie haben den Kanister, der zum Start der Drohne benutzt wurde, noch nicht gefunden. Der oder die Täter könnten ihn am Abschussort, den die Polizei bislang nicht lokalisiert hat, zurückgelassen haben. Oder sie haben ihn in einen beliebigen Mülleimer geworfen oder vergraben, vielleicht in Grønnevang. Letzteres dürfte am unwahrscheinlichsten sein, denkt Kristoffer.

Außerdem suchen sie nach der Verpackung, in der die Drohne geliefert wurde.

»Kriegt man so ein Teil in einem Pappkarton?«, fragt Justesen. »Wie ein Möbelstück von Ikea?«

»Keine Ahnung«, sagt Kristoffer. »Aber das kann uns der Hersteller bestimmt sagen.«

Unweit vom Dorfteich hat Grønnevang eine Feuerstelle, und wie es aussieht, wurde hier vor nicht allzu langer Zeit etwas verbrannt. Zwei Männer haben die Asche durchsucht und mögliche Reste von Wellpappe gefunden, doch keinen Hinweis darauf, wofür sie benutzt worden sein könnte. Es macht fast den Eindruck, als hätte jemand sorgfältig darauf geachtet, dass keinerlei identifizierbare Stücke in der Asche zurückbleiben.

Kurz gesagt: Sie haben nichts gefunden, was jemanden aus Grønnevang mit dem Angriff oder mit Nerthus in Verbindung bringen würde. Wenn also auf einem oder mehreren der beschlagnahmten Computer nichts entdeckt wird, hängt der Fall an einem Fitzel Papier, das eine junge Labradorhündin namens Gaia zerkaut hat.

»Reicht das nicht, um Anklage zu erheben ... zumindest gegen Schröder und Magdeburg?«, fragt Kristoffer.

»Schwer zu sagen«, meint Justesen. »Ich denke aber eigentlich schon, denn wie man es auch dreht und wendet, es ist doch eher unwahrscheinlich, dass ein Labrador eigenhändig eine Waffe auf dem Schwarzmarkt gekauft hat. Also wie ist ein Stück Papier in ihrem Haus gelandet, das offenkundig vom Hersteller der Drohne stammt, die für den Anschlag auf das Kraftwerk benutzt wurde? Am besten, wir fahren ins Präsidium und fragen Heinz Schröder. Vielleicht ist ihm seit gestern Abend ja was eingefallen.«

Kapitel 33

Laust Larsen kommt an Junckers Tisch.
»Hast du fünf Minuten?«, fragt der junge Ermittler.
Juncker nickt. »Der Pflegeheimfall?«
»Ja.«
»Lass uns schauen, ob Merlin gerade Zeit hat.«
Merlin ist in seinem Büro. Sie setzen sich zu ihm an den Schreibtisch.
Merlin faltet die Hände über dem Bauch. »Schieß los, Laust.«
Laust räuspert sich, und Juncker schielt zu ihm hinüber. Sein junger Kollege macht seinen Job gut. Und er ist sehr selbstsicher. Mehr als Juncker es in seinem Alter war. Das hier ist sein erster Fall als Ermittlungsleiter, und Juncker erinnert sich noch gut daran, wie nervös er selbst war, als er vor vielen Jahren erstmalig an der Spitze einer Mordermittlung stand. Laust scheint indes nicht sonderlich von Nervosität geplagt.
»Der Medikamentenbestand des Pflegeheims wurde geprüft, und es scheint nichts zu fehlen«, sagt er.
»Und die Obduktion des alten Mannes? Du warst dabei, oder?«
»Ja. Aber die hat auch nichts groß ergeben.«
»Keine Ausdehnung der Lunge?«, fragt Juncker.
»Ein klein wenig. Genug für den Verdacht, dass er

erstickt wurde, aber nicht, um es mit Sicherheit sagen zu können.«

»Abdrücke um Nase und Mund?«

»Nein. Allgemein keinerlei physische Hinweise darauf, dass ein Verbrechen begangen wurde.«

»Das heißt, die Todesursache …?«

»Wir müssen noch das Ergebnis der toxikologischen Untersuchung abwarten, aber wenn da auch nichts bei rauskommt, wird der Obduzent ›Plötzlicher Herztod‹ in den Autopsiebericht schreiben.«

»Und die Vernehmungen des Personals?«, fragt Juncker.

»Haben auch nichts ergeben. Weder von den jeweils drei Mitarbeitern, die in den entsprechenden Nächten Dienst hatten, noch vom übrigen Personal. Das Zugangskartensystem wurde auch überprüft, und außer denen der Nachtschichtmitarbeiter wurden in den jeweiligen Nächten keine Karten verwendet. Es sei denn, jemand aus der Nachtschicht hat eine oder mehrere Personen durch den Hintereingang reingelassen, oder es gibt eine Lücke im System, die ich noch nicht entdeckt habe. Außer dem Personal war niemand auf den Stationen.«

»Möglich wäre ja, dass einer oder mehrere der Mitarbeiter die Morde ausgeführt haben. Theoretisch könnten sogar alle mit drinstecken, oder?«, fragt Juncker mit Blick zu Laust.

»Stimmt«, erwidert der. »Wir können es bloß nicht beweisen.«

»Und nur mal angenommen, alle drei Mitarbeiter der Nachtschicht haben es zusammen getan«, führt Juncker den Gedanken fort, »dann lässt es sich praktisch unmöglich beweisen. In ähnlichen Fällen aus der Vergangenheit wurde der Täter fast immer durch Kollegen entlarvt, entweder weil ihnen etwas Ungewöhnliches aufgefallen war, oder weil der Täter oder die Täterin mehr oder weniger auf frischer Tat ertappt wurde, so wie in Nykøbing Falster, wo die Krankenschwester von einer Kollegin überrascht wurde, als sie versuchte, eine Spritze zu verstecken, in der ein potenziell tödliches Medikament aufgezogen war. Aber wenn alle aus der Schicht mitschuldig sind, wird es schwierig.«

»Ja, ich weiß jedenfalls nicht weiter«, sagt Laust. »Ihr?«

Eine Weile schweigen alle drei. Schließlich schüttelt erst Juncker, dann Merlin den Kopf.

»Ich muss passen«, sagt Juncker.

»Sie *könnten* ja auch alle eines natürlichen Todes gestorben sein«, sagt Merlin. »Möglicherweise liegt überhaupt kein Verbrechen vor, und wir sollten den Fall schließen. Was meint ihr?«

Laust zuckt mit den Achseln. »Tja, ich weiß nicht.«

»Was sagst du, Juncker?«

Merlin und Laust schauen ihn an.

»Ich glaube, sie wurden ermordet. Aber es lässt sich halt nicht beweisen.«

»Warum glaubst du das?«

»Ihr wisst, wie ich normalerweise zu Gefühlen und Vorahnungen stehe. Die bringen einen in aller Regel nicht weit. Es ist albern, aber ich habe in diesem Fall nichts anderes als ein Gefühl zu bieten.«

»Bei allem Respekt, aber wir brauchen wohl etwas Handfesteres. Warten wir erst mal ab, was die toxikologische Untersuchung ergibt. Dann sehen wir weiter«, sagt Merlin.

Juncker verlässt Merlins Büro mit einem seltsamen und äußerst unangenehmen Gefühl im Magen. Er ist Polizist, und das Gesetz lässt sich natürlich nicht beugen, schon gar nicht, wenn es um Mordfälle geht. Mörder müssen dingfest gemacht und vor Gericht gestellt werden. Aber will er das auch in diesem Fall? Wenn jemand aus Barmherzigkeit das Leben einiger sehr alter, kranker und verzweifelter Menschen beendet hat ... soll er dann überführt, festgenommen und ins Gefängnis gesteckt werden?

Polizeikommissar Martin Junckersen sagt natürlich Ja. Der Mensch Martin Junckersen hat Zweifel.

Oder besser gesagt: Der Mensch und Mörder Martin Junckersen hat Zweifel.

Kapitel 34

Rasmus Donsberg macht ihnen selbst die Tür auf. Er sieht müde, fast schon erschlagen aus und nickt Nabiha und Juncker reserviert zu. Sie gehen an dem Rothirsch vorbei ins Wohnzimmer zu der riesigen Sofagruppe und setzen sich auf dieselben Plätze wie vor zwei Tagen.

»Sind Sie allein?«, fragt Juncker. »Ich meine, im Haus?«

»Mutterseelenallein«, sagt Donsberg. »Abgesehen von ihr.«

Er weist mit dem Kinn auf die Katze, die durchs Wohnzimmer auf sie zugeschlichen kommt. Das Biest starrt die beiden Gäste anklagend an, springt auf den Schoß ihres Herrchens und macht es sich dort bequem.

»Was kann ich für Sie tun?«

»Wir haben das Blut Ihres Sohnes auf Kokain getestet«, sagt Nabiha. »Er hatte große Mengen im Körper.«

Donsberg nickt. »Ich kann nicht sagen, dass mich das überrascht, auch wenn ich eigentlich dachte, er wäre zurzeit clean. Da habe ich mich offenbar getäuscht.«

»Scheint so. Und Sie haben nichts bemerkt?«, fragt Juncker.

»Nein. Wie Sie sich bestimmt denken können, haben wir nicht gerade aneinandergeklebt. Haben Sie sonst noch Fragen?«

»Ja.« Juncker versucht, auf dem niedrigen tiefen Sessel

nach vorn zu rutschen, um eine Position zu finden, in der er nicht aussieht wie ein Badetourist am Strand. Er gibt das Unterfangen auf, lehnt sich resigniert zurück und legt die Arme auf die fast einen halben Meter breiten Armlehnen.

»Wir haben im Haus Ihres Sohnes einen Safe im Keller gefunden ...«

»In meinem Haus«, unterbricht ihn Donsberg.

»Tut mir leid. In Ihrem Haus. Der Safe war gut verborgen. Wussten Sie davon?«

»Überhaupt nicht. Ich war erst ein paarmal in dem Haus, hauptsächlich in Verbindung mit der Kaufabwicklung.« Er schaut Juncker leicht gereizt an. »Von dem Safe hatte ich keine Ahnung. Und was ist damit?«

»Es lag eine Menge Geld darin ...«

»Was ja vorkommen soll bei Safes. Das ist schließlich Sinn und Zweck der Sache.«

»Genauer gesagt zweihundertfünfzigtausend Dänische Kronen, zwanzigtausend Euro und fünfundzwanzigtausend Dollar. Insgesamt also über eine halbe Million Kronen. Hübscher Batzen Bargeld, finden Sie nicht?«

Donsberg wiegt den Kopf. »Tja, kann schon sein. Aber nicht verboten, oder?«

»Nein«, sagt Nabiha. »Nicht, solange sich beweisen lässt, dass das Geld legal erworben wurde. Im Safe lagen noch andere Dinge. Zwei ältere Handys und eine Telefonliste.«

»Meines Wissens ebenfalls keine verbotenen Gegenstände.«

»Sie wissen also nicht, woher das Geld stammt, oder wofür es gedacht war?«

»Nein, keine Ahnung.«

»Kann es mit Karls Arbeit zu tun gehabt haben?«

»Das kann ich Ihnen auch nicht sagen. Wie Sie wissen,

habe ich schon länger nicht mehr mit dem Unternehmen zu tun. Und selbst als es mir noch gehört hat, war ich nicht in die täglichen Betriebsabläufe involviert. Da müssen Sie Franz fragen.«

Nabiha sitzt, die Hände auf den Knien, ganz vorn auf der Stuhlkante. Ihr Rücken ist durchgedrückt, die Augen glühen. Wie bei einem Raubtier kurz vor dem Sprung. Sie wirft Juncker einen Blick zu, und er nickt.

»Wir glauben, dass Ihr Sohn mit Drogen gehandelt hat«, sagt sie.

Donsberg starrt sie an.

»Im großen Stil«, fährt sie fort.

»Was zum Teufel reden Sie da?«

Juncker bemerkt, wie die ohnehin rötliche Gesichtsfarbe des Ministers einen dunkleren Ton annimmt.

»Wissen Sie irgendetwas darüber?«, fragt Nabiha.

»Natürlich nicht. Das ist ja völlig absurd.« Donsberg sieht aus, als würde er jeden Moment platzen. »Wie kommen Sie auf den Schwachsinn?«

Nabiha schnaubt. »Sie meinen, abgesehen vom Bargeld, den Handys und der Telefonliste im Safe?«

»Wir haben außerdem Informationen erhalten, die bestätigen, dass Ihr Sohn mit Drogen gedealt hat«, sagt Juncker.

»Von wem?«

»Das können wir Ihnen nicht sagen, aber wir halten die Angaben für glaubwürdig.«

»So, so. Es ist aber nicht wahr.« Der Minister hebt die Katze von seinem Schoß, legt sie neben sich aufs Sofa und steht auf. Er macht einen Schritt auf die beiden Ermittler zu. »Das ist eine infame Lüge. Sie haben kein Recht, etwas derart Ungeheuerliches zu behaupten. Verschwinden Sie.«

»Setzen Sie sich«, sagt Juncker ruhig.

Der Klimaminister stiert ihn mit wildem Blick an. Dann ruckt er mit dem Kopf, als würde er von einer wütenden Wespe attackiert – und beruhigt sich ebenso schnell, wie er sich erbost hat. Er setzt sich.

Der Mann ist betrunken, wird Juncker klar.

»Sie haben keinen Hehl daraus gemacht, dass das Verhältnis zu Ihrem Sohn kein enges war. Sie dachten zum Beispiel, er hätte aufgehört zu koksen, was nicht gestimmt hat, ganz im Gegenteil sogar. Sie geben zu, ihn nur selten gesehen zu haben. Woher wollen Sie so sicher wissen, dass Karl nicht auf die schiefe Bahn geraten ist?«, fragt Nabiha.

Donsberg blickt sie wütend an. »Er war mein Sohn, verdammt.«

Nabiha lacht auf. »Es gibt etliche Väter, die keinen Schimmer haben, was ihre Söhne machen. Die sich aus irgendeinem Grund auch nicht dafür interessieren.«

»Und Sie meinen, ich bin so ein Vater?«

Darauf gibt sie keine Antwort.

»Nur weil ich nicht gewusst habe, dass mein Sohn mit Drogen gedealt hat? Falls es überhaupt stimmt.«

»Tut es«, erwidert Nabiha ruhig.

»Haben Sie Kinder?«, fragt Donsberg.

Sie schüttelt den Kopf.

»Und Sie?« Er schaut Juncker an.

»Zwei. Eine Tochter und einen Sohn.«

»Erwachsen, nehme ich an?«

Juncker nickt.

»Und wissen Sie genau, was sie treiben?«

»Nicht immer.«

»Wissen Sie, was Ihr Sohn über sein Leben denkt? Was seine Träume sind?«

Juncker blickt irritiert zu Nabiha, die mit verschränkten Armen dasitzt und Donsberg lächelnd betrachtet. Sie sagt nichts. Juncker räuspert sich und wechselt das Thema.

»Wissen Sie, wie es um die privaten Finanzen Ihres Sohnes bestellt war?«

»Nicht im Detail, nein. Ich weiß, dass er deutlich über eine Million verdient hat und dank einer erfolgsabhängigen Bonusvereinbarung sein Grundgehalt spielend verdoppeln konnte. Was in praktisch all seinen Jahren in der Firma der Fall war. Aber was er mit seinem Geld gemacht hat ... das weiß ich nicht.«

»Sie hatten also nicht den Eindruck, dass er höhere Ausgaben hatte, als er mit seinem Gehalt decken konnte? Dass er sein Direktorensalär irgendwie aufstocken musste?«

»Dazu kann ich Ihnen nichts sagen.«

»Okay.« Juncker steht auf. Seine Knie knirschen. »Ich denke, das war's erst mal. Kann sein, dass wir noch mal ...«

»Jaja, kommen Sie einfach vorbei.« Nach seinem kurzen Ausbruch wirkt der Minister wieder erschöpft, aber ruhig. »Sagen Sie, muss diese Sache an die Öffentlichkeit gelangen? Ich meine, dass Karl mit Drogen gehandelt hat? Was ich nach wie vor bezweifle.«

»Wir hängen es nicht an die große Glocke. Aber in Zusammenhang mit den Ermittlungen wird es sich nicht vermeiden lassen, dass es früher oder später publik wird.«

»Nein, wahrscheinlich nicht. Haben Sie schon Verdächtige?«

»Bisher niemand Konkretes. Dafür scheint es mehrere zu geben, die ein denkbares Motiv hätten.«

»Jemand aus der Familie?«

»Dazu können wir nichts sagen.«

Juncker startet den großen Volvo. Sie fahren schweigend auf den Strandvejen.

»Was war das eben?«, fragt er dann.

»Was?«

»Das mit dem Vater-Sohn-Verhältnis. Was hat das mit dem Fall zu tun?«

Nabiha starrt ihn wütend an.

»Du findest es also nicht interessant, dass er uns einerseits sagt, praktisch nichts über Karls Leben gewusst zu haben, und kaum erzählen wir ihm von den Schattenseiten seines Sohnes, regt er sich auf einmal furchtbar darüber auf, dass es etwas im Leben des Toten gab, wovon er nichts gewusst hat. Ist das etwa ohne Belang?«

»Das ist vielleicht interessant für einen Psychologen, der das Verhältnis zwischen Eltern und ihren Kindern analysieren ...«

»Vätern und Söhnen, Juncker. Vätern und Söhnen.«

»Meinetwegen. Aber was hat das mit unserem Mordfall zu tun? Glaubst du wirklich, Donsberg ist in den Mord an seinem Sohn verwickelt?«

Sie zuckt mit den Achseln.

»Welches Motiv sollte er denn bitte haben, seinen Sohn umzubringen?«

»Ich sage ja nicht, dass er die Waffe abgefeuert hat.«

Juncker schüttelt den Kopf. »Meinst du nicht, das ist ein bisschen arg weit hergeholt?«

Kapitel 35

Das Haus, das in einer Seitenstraße der Jægersborg Allé liegt, ganz in der Nähe des Bernstorffsparken, ist gar nicht mal so hässlich. Jedenfalls verglichen mit den vielen anderen Protzbauten in der Gegend. Vom Stil her erinnert es Signe ein bisschen an ihren und Niels' Bungalow zu Hause in Vanløse. Nur dass es zwei-, wenn nicht dreimal so groß ist.

Zusammen mit Baldur geht sie den gefliesten Gartenweg entlang am Rasen vorbei, auf dem Kinderfahrräder und knallbuntes Plastikspielzeug verstreut liegen. Ein mildernder Umstand, wie sie widerstrebend zugeben muss. Im doppelten Carport steht ein Porsche Cayenne neben einem Tesla. Umweltsünde und Ablass, Seite an Seite.

Sie klingeln, und eine kleine, zierliche Frau, dem Aussehen nach aus Südostasien stammend, öffnet die Tür.

»*One moment*«, sagt sie, als Signe und Baldur sich vorgestellt haben, und schließt die Tür.

Kurz darauf wird sie von einem Mann geöffnet, der eindeutig Jægers Begleiter von den Überwachungsvideos ist. Die beiden Ermittler halten ihre Ausweise hoch.

»Wie kann ich Ihnen helfen?«, fragt Daniel Alexander. Die beiden obersten Knöpfe des blütenweißen Hemdes sind aufgeknöpft und lassen erkennen, dass sich die Bräune nicht auf das Gesicht beschränkt. Alexander wirkt entspannt und erstaunlich wenig überrascht angesichts der Tatsache, dass die Polizei an einem frühen Freitagabend bei ihm auf der Matte steht.

»Dürfen wir reinkommen?«, fragt Signe.

»Ja, natürlich«, sagt Alexander und geleitet sie in einen großen Wohnbereich mit offener Küche. Am Esstisch sitzen zwei Jungs von fünf oder sechs Jahren und schauen einen Disneycartoon auf dem iPad. Eine hellblonde Frau bereitet zusammen mit dem Au-pair das Abendessen zu. Sie ist größer als Signe und beneidenswert elegant, obwohl sie barfuß ist und einen gelben Jogginganzug trägt. Die ganze Szene erinnert an einen gewöhnlichen Freitagabend zu Hause bei Signe und Niels, damals als die Kinder noch klein waren. Abgesehen vom unverkennbaren Geruch nach Geld.

Daniel Alexander stellt seine Frau vor. Signe bemerkt, dass er das Au-pair keines Blickes würdigt.

Auch die Ehefrau scheint nichts daran zu finden, dass freitagabends die Polizei in ihrer Küche auftaucht. Sie grüßt die beiden Beamten freundlich.

»Gehen wir in mein Büro«, sagt Daniel Alexander.

Das Büro befindet sich in einem Anbau neueren Datums im hinteren Teil des gepflegten Gartens, umgeben von Staudenbeeten und großen, alten Obstbäumen. Alexander öffnet die Tür.

»So, da wäre mein Arbeitsplatz. Kommen Sie rein.«

»Was machen Sie beruflich?«, fragt Signe.

»Ich bin Eigentümer einer Kleidermarke namens Kudu. Wir lassen unsere Kleidung in China, Pakistan und Bangladesch nähen, und jetzt denken Sie bestimmt Kinderarbeit und miserable Bedingungen, aber ich arbeite ausschließlich mit Fabriken zusammen, die Erwachsene beschäftigen,

faire Löhne zahlen und überhaupt für anständige Arbeitsbedingungen sorgen. Außerdem wird all unsere Kleidung aus nachhaltigen Stoffen und Materialien hergestellt.«
»Klingt teuer«, sagt Baldur.
»Meine Kleidung konkurriert nicht in Sachen Preis, sondern Qualität.«
»Und das Geschäft läuft gut, wie wir sehen.«
»Ich kann nicht klagen.«
»Und Ihre Frau, was macht die?«
»Sie war viele Jahre als Fotomodell tätig, aber jetzt übernimmt sie nur noch ausgewählte Jobs. Unter anderem für Kudu. Außerdem studiert sie Jura und unterstützt mich bei der Arbeit.« Er wippt mit dem Schreibtischstuhl zurück. »Was kann ich für Sie tun?«
»Es geht um den Mord an Karl Christof Jæger. Wir sind dabei, seine Aktivitäten nachzuverfolgen, und sind in dem Zusammenhang auf Sie gestoßen«, sagt Signe.
Daniel Alexander nickt. »Ich dachte mir schon, dass es mit dem Mord an Karl zu tun hat. Furchtbare Sache.«
»Sie kannten ihn?«
»Ja, wir kannten uns seit vielen Jahren.«
»Woher?«
»Wir bewegten uns in denselben Kreisen und liefen uns daher relativ häufig über den Weg.«
»Wo?«
»Was meinen Sie?«
»Wo liefen Sie sich über den Weg?«
»An allen möglichen Orten. Bei Abendessen und Empfängen. Bei Vernissagen. In Clubs.«
»Im Zombie?«, fragt Signe.
»Ja, da auch. Kennen Sie den Club?«
»Wir haben davon gehört.«

»Ich bin häufig dort, und Karl auch. Das heißt ... er war es.«

»Waren Sie befreundet?«

»Befreundet? Na ja, eher sehr gute Bekannte, würde ich sagen.«

Er blickt durch die großen Panoramafenster in den dunklen Garten hinaus.

»Darf ich fragen, woher Sie von meiner Verbindung zu Karl wissen?«

»Eigentlich sind wir mehr aus Zufall auf Sie gestoßen. Im Zusammenhang mit einer anderen Ermittlung sind Bilder von Ihnen und Karl aufgetaucht.«

»Bilder von wo? Aus dem Zombie?«

»Vor dem Zombie, ja. Hat Karl Jæger jemals erwähnt, dass er sich bedroht fühlte?«

»Kein Wort.«

»Auf dem Video sieht es so aus, als würden Sie beide streiten. War das der Fall?«

Daniel Alexander schüttelt langsam den Kopf. »Nein ... nicht dass ich mich entsinne.«

»War Ihnen bekannt, dass er Kokain konsumiert hat, und zwar nicht zu knapp?

»Ja. Und andere Drogen. Ich habe ihn gewarnt, wie gefährlich das ist. Soweit ich weiß, war er mehrfach auf Entzug. Tragisch, dass er es nicht in den Griff bekommen hat. Kann der Mord etwas mit seiner Abhängigkeit zu tun haben?«

»Das wissen wir nicht. Wir gehen verschiedenen Spuren nach.«

»Hoffentlich erwischen Sie den, der das getan hat.«

»Darauf können Sie sich verlassen«, sagt Signe.

»Hast du das gesehen?«, sagt Baldur, als sie zehn Minuten später auf dem Weg zu Signes Auto sind. »Wie er das Aupair komplett ignoriert hat. Als wäre sie Luft.«

»Ja«, sagt Signe. »Richtig unangenehm. Und die Liebe zu seiner Ehefrau schien sich auch eher in Grenzen zu halten.«

»Kein sonderlich netter Kerl, würde ich sagen.«

»Das sind die wenigsten Verbrecher, die mit Drogen zu tun haben, so jedenfalls meine Erfahrung. Und der hier ist gefährlich, da gehe ich jede Wette ein. Richtig gefährlich.«

»Glaubst du, er hat sich zusammengereimt, was wir über ihn und Karl wissen? Ich meine, über ihre Geschäfte?«

»Kann sein, dass er etwas ahnt. Aber er weiß ja nicht, was Hamza uns erzählt hat. Dass wir einen Zeugen haben, der bei einem ihrer Deals dabei war.«

»Der Typ ist kalt wie ein Fisch.«

»Eiskalt. Wir müssen Merlin Bescheid geben und Alexander observieren lassen.«

Kapitel 36

Es ist nach dreiundzwanzig Uhr. Kristoffer steht auf und räumt Becher und Gläser in die Spülmaschine. Als er fertig ist, hat sich das Café geleert, nur an einem der Tische sitzt noch jemand. Niels Peter, genannt NP, der Mann, der 1993 mit derselben Einheit wie der Klimaminister in Kroatien war. Er macht keine Anstalten zu gehen.

Kristoffer hat mit der Zeit einen guten Riecher dafür entwickelt, wann einem Veteranen nach Reden zumute ist.

»Magst du noch ein Bier?«, fragt er. »Ist schließlich Freitagabend.«

NP nickt. »Gern.«

Kristoffer nimmt zwei Bier aus dem Kühlschrank und öffnet sie. Sie stoßen an, trinken und stellen die Flaschen auf dem Tisch ab. NP starrt auf seine Hände, die um die Flasche liegen.

»Wie war er eigentlich, der Minister?«, fragt Kristoffer. »Ich meine, als Mensch?«

NP atmet durch die Nase aus. »Ausgesprochen unangenehm. Ein Arschloch, wenn du's genau wissen willst.«

»Okay. Welchen Rang hatte er denn?«

»Oberleutnant. Er hatte kaum Einsatzerfahrung, hat sich aber aufgespielt, als hätte er eine ganze Kompanie am D-Day geführt.«

»Und wo wart ihr noch mal stationiert?«

»In einer Region namens Krajina.« NP trinkt einen Schluck. »Unser Camp lag in Dvor, einem Dorf an der Una, einem Fluss, der zum Teil die Grenze zwischen Kroatien und Bosnien bildet.« Er schaut Kristoffer an. »Die meisten würden es als schöne Gegend bezeichnen, aber mir wird schon schlecht, wenn ich nur Bilder von dort sehe. Du glaubst nicht, wie viele Leichen ich in diesem Fluss habe vorbeitreiben sehen. Ich wurde schon mehrfach gefragt, ob ich mir nicht vorstellen könnte, noch mal hinzufahren, einfach um zu sehen, wie es heute aussieht. Aber da kann ich gern drauf verzichten.«

Kristoffer nickt. »Kenne ich gut, das Gefühl. Mir geht es mit Gereshk genauso. Überhaupt mit der ganzen Helmand-Provinz.«

»*Been there, done that.*«

»Ja, so ungefähr.«

NP prostet ihm zu und leert die Flasche halb. Eine Weile schweigen beide. Dann streicht sich der Veteran ein paarmal durch seinen rotblonden Bürstenschnitt und macht ein geheimnisvolles Gesicht.

»Was ich dir jetzt sage, hab ich noch keinem erzählt. Nicht meiner Frau und auch keiner Freundin. Nicht meiner Familie. Keinem anderen Veteranen.« Er schaut Kristoffer in die Augen. »Keinem.«

Kristoffer nickt. »Na los, raus damit.«

NP leert die Flasche. »Trinken wir noch eins?«

»Klar.« Kristoffer geht zwei neue Bier aus dem Kühlschrank holen.

NPs Blick schweift in die Ferne. »Wir waren zu viert mit einem 240 GD in der Gegend zwischen Dvor und Kostajnica auf Aufklärungspatrouille und auf dem Weg zurück zum Camp. Ich weiß noch, es war bullenheiß, wie so oft. Wir sind durch ein kleines Dorf gefahren, höchstens zwanzig, dreißig Häuser, da sehen wir, wie serbische Milizen dabei sind, die Bewohner zu vertreiben. So sah es jedenfalls aus. Zu dem Zeitpunkt war die ethnische Säuberung von Kroaten und Bosniaken durch die Serben in vollem Gang. Wir haben natürlich angehalten und sind ausgestiegen. Wir haben schnell gesehen, dass viele der Serben betrunken und aggressiv waren. Sie hatten die bosnischen Bewohner auf einem kleinen Platz in der Mitte des Dorfs zusammengetrieben.«

»Wart ihr bewaffnet?«

»Ja, mit unseren G3s. Aber die durften wir ja nur zur Selbstverteidigung benutzen, also nur wenn wir selbst direkt angegriffen wurden. Das wussten die Serben ganz genau und hatten natürlich null Respekt vor uns. Wir waren uns einig, dass das einzig Vernünftige wäre, in Dvor anzurufen und das Ganze an einen Offizier weiterzugeben, das war das übliche Prozedere in so einer Situation, und deshalb kam zwanzig Minuten später Rasmus Donsberg angefahren.«

»Okay.«

»Zu dem Zeitpunkt bestand kein Zweifel mehr, dass die Bewohner in Lebensgefahr schwebten. Die Serben bedrohten sie und schossen mehrfach über ihre Köpfe hinweg. Frauen und Kinder haben geweint, die hatten natürlich panische Angst.«

»Was hat Donsberg gemacht, als er kam?«

»Nachdem wir ihm die Situation geschildert hatten – was nicht lang dauerte, denn es war ja für jeden offensichtlich –, sprach er den Mann an, der offenbar das Kommando über die Serben hatte. Ein Riese von einem Kerl in T-Shirt und Camouflagehose, die in den Stiefeln steckte, Mordsvollbart und einem Kopftuch, mit dem er aussah wie ein Pirat. Die anderen übrigens auch alle. Mit ihm hat Donsberg also versucht zu reden, was aber schwer war, weil wir keinen Dolmetscher dabeihatten und keiner von uns Serbokroatisch sprach. Zwei von den Serben konnten ein paar Brocken Englisch und Deutsch, das war's aber auch. Dann haben sie uns Alkohol angeboten. Die waren wie gesagt alle hackedicht. Wir vier haben abgelehnt, aber Donsberg hat Ja gesagt, also wurde ihm ein ordentliches Glas eingeschenkt – Raki oder Sliwowitz, nehme ich mal an –, und dann steht er da vor den Augen dieser armen Leute und trinkt fröhlich mit einem Mann, der ihnen offensichtlich nichts Gutes will.«

»Hat er den Serben gesagt, dass die Bewohner unter seinem Schutz stehen oder so was in der Richtung?«

»Das Einzige, was ich ihn auf Englisch zu den Serben hab sagen hören, war, dass sie sich jetzt anständig und zivilisiert benehmen sollen.«

»Aber was hättet ihr sonst groß tun können? Euer Mandat war doch ...«

»Jaja, schon. Laut UN-Mandat durften wir nur eingreifen, wenn wir direkte Übergriffe auf die Zivilbevölkerung sahen oder, wie gesagt, selbst bedroht oder angegriffen wurden. Das war ja das Schlimme. Aber dann ...« NP schüttelt den Kopf. »Dann meinte Donsberg, wir sollten jetzt fahren. Ich habe widersprochen, und meine drei Kameraden auch. ›Wir können sie doch nicht einfach so hier zurücklassen‹, hab ich gesagt. Donsberg hat geantwortet, der serbische Kommandant hätte ihm sein Wort gegeben, dass sie den Zivilisten nichts tun würden, und im Übrigen könnten wir wegen dem Scheißmandat sowieso nichts machen. Wir haben eine Weile gestritten, bis Donsberg zum

Schluss auf seinen Rang verwies und einen Befehl erteilte. Als den Bosniaken klar wurde, dass wir vorhatten, sie allein mit den Serben zurückzulassen, schrien die Männer uns nach, und die Frauen weinten. ›Nur die Ruhe‹, hat Donsberg ihnen auf Englisch zugerufen, ›euch passiert nichts.‹ Dann sind wir gefahren.«

NP lehnt sich mit geschlossenen Augen zurück. So sitzt er lange da. Dann öffnet er die Augen.

»Wir waren gerade mal ein paar Hundert Meter gefahren, da haben wir die ersten Schüsse von Automatikwaffen gehört. Ich saß am Steuer und habe gebremst. Donsberg war direkt hinter uns. ›Fahrt!‹, hat er gebrüllt. ›Das ist ein Befehl!‹ Und ich bin gefahren. Ich bin weggefahren.«

Er sinkt noch tiefer in den Stuhl und starrt Kristoffer mit leerem Blick an, der den Schmerz des Veteranen und das Gefühl, die Menschen im Stich gelassen zu haben, beinah am eigenen Leib spürt. Und er weiß, dass er nichts sagen kann, um dieses Gefühl verschwinden zu lassen.

»Klingt ein bisschen wie Srebrenica, nur in kleinerem Umfang«, sagt er, und NP nickt.

»War es auch.«

»Was ist dann passiert?«

»Nichts. Als wir zurück im Camp waren, nahm Donsberg uns zur Seite und meinte, was da passiert wäre, sollte unter uns bleiben. Es käme nichts Gutes bei raus, anderen davon zu erzählen, weil keiner verstehen würde, dass wir nichts tun konnten, um das Leben dieser Menschen zu retten.«

»Das stimmt wahrscheinlich auch.«

NP zuckt mit den Achseln. »Ändert jetzt sowieso nichts mehr. Wir vier haben während der restlichen Zeit, die wir in Dvor waren, nicht mehr davon geredet, und zwei Wochen später wurde unsere Einheit zurück nach Dänemark beordert. Wir haben zwar von dem Massaker in dem Dorf gehört, aber das war bloß eines von vielen damals und hat nicht mehr Aufmerksamkeit erregt als die übrigen.«

»Wie viele Serben waren es eigentlich?«

»Um die zwanzig, würde ich sagen.«

»Also wart ihr klar in der Unterzahl.«

»Ja. Aber wir hätten trotzdem versuchen können, sie zu retten, oder? Statt den Schwanz einzuziehen.«

»Aber dann hättet ihr euer eigenes Leben riskiert.«

»Ja, und?« NP schaut Kristoffer an. »Macht man das nicht als Soldat? Waren wir nicht genau deshalb da, um die Schwachen zu beschützen? Aber als es darauf ankam, haben wir gekniffen.«

»Du hast einen Befehl ausgeführt.«

»Ja, und es ist nicht ein Tag vergangen, an dem ich es nicht bereut habe.«

Kristoffer fühlt sich leer und unzulänglich. »Scheiße«, sagt er und hört selbst, dass das eine ziemlich unzureichende Beschreibung ist.

»Ja.« NP grinst ironisch. »Kann man so sagen.«

»Weißt du, wie es den drei Kameraden ergangen ist, die noch dabei waren?«

»Einer hat Selbstmord begangen, einen Monat nachdem wir nach Hause gekommen waren. Der zweite hat sich totgesoffen. Was wohl auch eine Art Selbstmord ist. Vom dritten weiß ich nichts. Und dann ich. Dreimal verheiratet und ebenso oft geschieden. Und arbeitslos.«

»Weißt du, wie viele Bosniaken massakriert wurden?«

»Bis vor zwei Monaten wusste ich es nicht, aber jetzt schon. Insgesamt dreiundzwanzig. Neun Kinder unter fünfzehn Jahren.«

Kristoffer sieht NP fragend an. »Was meinst du damit,

bis vor zwei Monaten hast du es nicht gewusst? Was ist da passiert?«

»Ich wurde von einem Mann kontaktiert, der dabei war. Er war damals erst acht und wurde am Oberschenkel und am Kopf getroffen. Er lag unter den Leichen seiner Familie, deshalb haben die Serben nicht bemerkt, dass er noch gelebt hat.«

»Fuck.«

»Ja. Als die Serben das Dorf verlassen hatten, konnte er sich wegschleichen und während der Nacht ins nächste Dorf schleppen, wo er Verwandte hatte. Es war ein Wunder, dass er überlebt hat. Seine Verwandten haben ihn in ein Krankenhaus gebracht, und als sie einige Zeit später geflüchtet sind, haben sie ihn mitgenommen. Dass sie in Dänemark gelandet sind, war Zufall.«

»Also ist er hier aufgewachsen?«

»Ja, in Næstved.«

»Wie heißt er?«

»Er hat gesagt, er heißt Mirza. Einen Nachnamen hat er nicht genannt.«

»Warum hat er dich aufgesucht?«

»Er hat erzählt, dass er lange nach uns dänischen Soldaten gesucht hat, die damals nichts getan haben, um ihm und den anderen zu helfen.«

»Was wollte er von euch?«

»Verstehen, warum wir nicht versucht haben, sie zu retten. Verstehen, wie wir hilflose Menschen so einfach in den Tod schicken konnten.«

Kristoffer schüttelt den Kopf. »Das habt ihr nicht. Nicht ihr habt sie in den Tod geschickt, sondern die Serben.«

»Doch. Wir waren mit schuld.« NP leert sein Bier. »Ich will noch eins. Du?«

»Nein danke, ich muss morgen arbeiten.«

NP steht auf und holt sich noch eine Flasche.

»Woher wusste er eigentlich, dass ihr aus Dänemark wart?«

»Wir hatten die dänische Flagge auf unseren Uniformärmeln. Außerdem wusste jeder in der Gegend, wer wir waren.«

»Und wie hat er dich gefunden?«

NP lächelt und zeigt auf seinen Kopf. »Meine Haare. Inzwischen sind sie etwas heller geworden, aber damals waren sie fast schon leuchtend rot. Er wusste noch, dass einer von uns knallrote Haare hatte, und ich war der Einzige aus der Einheit, auf den das zutraf. Er hat erzählt, dass er bei Dutzenden Veteranenorganisationen im ganzen Land nachgefragt hat, bis er auf einen Veteranen gestoßen ist, der in derselben Einheit war wie ich, und meinte, ich wäre wohl der, den er sucht.«

»Was hast du ihm gesagt?«

»Mehr oder weniger dasselbe, was ich dir erzählt habe.«

»Auch, welche Rolle Donsberg dabei gespielt hat?«

»Ja. Er meinte, er hätte damals schon den Eindruck gehabt, dass wir vier ihnen eigentlich helfen wollten, Donsberg es aber verhindert hat.«

Kristoffer schaut NP skeptisch an. »Und das konnte ein kleiner Junge wie er erkennen?«

»Er hat ja gesehen, wie Donsberg mit den Serben getrunken und gelacht hat. Und dass wir uns mit ihm gestritten haben. Da war es nicht schwer, eins und eins zusammenzuzählen. Selbst für einen achtjährigen Jungen.«

»Hm, stimmt wahrscheinlich.« Kristoffer denkt einen Moment nach. »Hat er das nie irgendwo gemeldet? Das ist doch eindeutig ein Kriegsverbrechen.«

»Das hab ich ihn auch gefragt, aber nein, hat er nicht. Was sollte das auch bringen? So viele von denen, die in diesem Krieg ihre Waffen abgefeuert und Zehntausende unschuldige Zivilisten getötet haben, wurden nie belangt. In Den Haag hat man nur die großen Fische zur Rechenschaft gezogen, die kleineren sollten eigentlich vor Ort vor Gericht gestellt werden, aber das ist nur in Einzelfällen geschehen. Die, die dieses Massaker und vermutlich etliche weitere verübt haben, befinden sich wahrscheinlich entweder in Serbien oder in der Republika Srpska, wo sie frei durch die Straßen spazieren, die Namen von Milošević und Mladić an Hauswände sprühen und ein ganz normales Leben führen.«

Kristoffers Wissen über die Kriege auf dem Balkan in den Neunzigern ist begrenzt, reicht aber, um sagen zu können, dass NP vermutlich recht hat. Es ist dasselbe wie bei etlichen anderen Kriegen und Konflikten überall auf der Welt: Die einfachen Henker kommen oftmals ungeschoren davon.

»Wusste Mirza, wer Donsberg ist?«

»Nein. Erst, als ich es ihm gesagt habe.«

»Aber er muss den Klimaminister doch schon mal im Fernsehen oder in der Zeitung gesehen haben?«

»Hat er vielleicht auch. Aber Donsberg hat sich seit damals ganz schön verändert.«

»Warum hast du es ihm überhaupt erzählt? Ich meine, dass es Donsberg war, der damals mit den Serben getrunken hat?«

NP schaut Kristoffer erstaunt, aber auch wütend an. »Ganz im Ernst, findest du nicht, er hat das Recht zu wissen, wer ihn und seine Familie damals dem Schicksal überlassen hat? Ich schon.«

»Stimmt auch wieder«, räumt Kristoffer ein. »Hattest du

den Eindruck, er will Donsberg mit dem, was damals passiert ist, konfrontieren?«

NP schüttelt den Kopf.»Nein. Ich habe ihn aber auch nicht danach gefragt, und er hat nichts dergleichen erwähnt. Er hat nur wie zu sich selbst genickt, als ich ihm vom Minister erzählt habe. Aber mit dem Gedanken gespielt hat er bestimmt. Mich hat er schließlich auch aufgesucht.«

»Schien er wütend auf Donsberg?«

»Wäre komisch, wenn nicht, oder?«

»Schon, aber ich meine, ob er ... hm, rachsüchtig gewirkt hat?«

»Nee, eigentlich nicht. Jedenfalls nicht mir gegenüber. Er schien eher dankbar, dass ich es ihm erzählt habe.«

»Ich meinte jetzt auch mehr in Bezug auf Donsberg.«

»Was Donsberg getan hat – oder besser gesagt *nicht* getan hat –, das hat Mirzas Leben zerstört. Stell dir mal vor, als kleiner Junge von acht Jahren so was Schreckliches zu erleben. Unter deinen toten Angehörigen zu liegen, bedeckt von ihrem Blut, und selbst zwei Kugeln abbekommen zu haben, eine davon in den Kopf. Wenn man so was durchgemacht hat, kann ich mir schon vorstellen, dass man sich wünscht, dass nicht nur die Täter, sondern auch die, die es vielleicht hätten verhindern können, in irgendeiner Weise zur Verantwortung gezogen werden. Fände ich jedenfalls absolut nachvollziehbar.«

NP steht auf, um auf die Toilette zu gehen.

»Aber ... ich weiß es nicht«, sagt er und schwankt leicht. »Er hat nichts in die Richtung gesagt.«

»Also hat er nicht gefragt, wo Donsberg jetzt ist?«

»Nein. Aber wenn er in der Lage ist, mich aufspüren, meinst du nicht, dass er dann auch einen dänischen Minister findet?«

15. Februar

Kapitel 37

Es ist mehrere Jahre her, seit er zuletzt hier war. Als er noch mit Charlotte in den Kartoffelreihen gewohnt hat, sind sie oft in das kleine Café um die Ecke gegangen. Vor allem als die Kinder noch klein waren, und häufig, so wie jetzt, samstags zum Frühstücken. Wenn er nicht gerade an einem Fall arbeitete. Was er meistens tat.

»Wir haben uns schon so lange nicht mehr gesehen. Wäre doch schön«, hatte Charlotte gestern Abend am Telefon gesagt.

Mit Ersterem hat sie absolut recht. Was Zweiteres anging, war er sich nicht so sicher. Trotzdem hat er zugestimmt.

Er ist vor ihr da und hat sich an den Tisch ganz hinten im Café gesetzt, an dem sie immer saßen, wenn er frei war. Sie erscheint wenige Minuten nach der vereinbarten Zeit. Für seine Ex-Frau eine bemerkenswert kleine Verspätung.

Sie nimmt den Raum ein, wie Charlotte Junckersen jeden Raum einnimmt, den sie betritt, und zu seinem Ärger spürt er dasselbe Ziehen im Bauch wie immer, seit er sie vor vielen, vielen Jahren das erste Mal gesehen hat. Die grünen Augen, das rote Haar, die Lachfältchen ...

Er steht auf, und sie strahlt, als sie ihn entdeckt, kommt zielstrebig zu ihm an den Tisch und drückt ihm einen Kuss auf die Wange.

»Dieser Tisch ... natürlich«, sagt sie, und er bereut, dass

er keinen anderen ausgesucht hat. Eine junge Frau mit geblümter Schürze kommt zu ihnen. Charlotte bestellt einen Americano, eine Portion Joghurt mit Müsli und Obst und ein Croissant, Juncker einen schwarzen Kaffee.

»Willst du nichts essen?«, fragt sie besorgt.

Dann hätte ich wohl was bestellt, denkt er, schüttelt aber nur den Kopf.

Wie immer seit der Scheidung bleiben sie auf neutralem Boden und reden darüber, wie es Kasper und Karoline und vor allem dem Enkelkind Malik geht. Oder besser gesagt: Charlotte redet, während Juncker zuhört und ab und an ein kurzes, zustimmendes Brummen oder ein Kopfnicken beisteuert. Karoline wohnt mit ihrem pakistanisch-stämmigen Mann Majid in Aarhus und ist im fünften Monat schwanger mit Nummer zwei.

Als sie Juncker seinerzeit erzählte, dass sie ihr erstes Kind erwarte, war er selbst überrascht über seine Reaktion; darüber, wie berührt und dankbar er war. Er, der sich nie groß Gedanken über Begriffe wie »die Linie weiterführen« und »einen Fußabdruck hinterlassen« gemacht hatte ... doch als seine Tochter ihm sagte, dass er Großvater werden würde, war er den Tränen nah gewesen. Als Karoline dann vor zwei Monaten verriet, dass ein neues Enkelchen unterwegs sei, hatte er sich gefreut wie schon lange nicht mehr und war gleichzeitig stolz auf seine Tochter, die ganz offenkundig eine so gute Mutter ist. Aber es hat ihn auch traurig und wehmütig gemacht. Dass er einen Enkel bekommen hat, ist nämlich eine konstante Erinnerung, wie lausig er darin ist, den Kontakt zu seiner Familie zu halten. Um die Wahrheit zu sagen, hat er Malik erst wenige Male gesehen. Außerdem ist ein Enkelkind einer von vielen Indikatoren dafür, wie schnell die Zeit vergeht. Besonders seit seiner Krebserkrankung kommt es ihm vor, als sei ein Jahr schon wieder rum, kaum dass er die neue Jahreszahl verinnerlicht hat. Es ist noch gar nicht lange her, da hat er seinen neugeborenen Enkel im Arm gehalten. Jetzt sieht er auf den Bildern, die Karoline ihm regelmäßig schickt, dass Malik auf eigene Faust herumstolpert.

»Ich hab heute Morgen mit Karoline gesprochen«, sagt Charlotte. »Sie hat angerufen, ich soll dich ganz lieb grüßen.«

»Danke«, sagt Juncker und führt die heiße Tasse zum Mund. »Da hat sie ja ganz schön früh angerufen.«

»Ja, sie wollte nur gratulieren.«

»Gratulieren, warum?« Juncker stellte die Tasse ab.

Charlotte schüttelt lächelnd den Kopf. Viel zu langsam dämmert ihm, welcher Tag heute ist. Der 15. Februar. Charlottes Geburtstag. Die Schamesröte steigt ihm ins Gesicht.

»Gott, stimmt ja …«, stammelt er. »Herzlichen Glückwunsch, Charlotte.«

»Danke, Martin.«

Es ist nicht das erste Mal, dass er ihren Geburtstag vergisst.

»Und Malik hat ja am Donnerstag«, fährt sie fort.

»Richtig«, sagt er und versucht zu klingen, als hätte er das natürlich auf dem Schirm.

»Magst du was zu einem Geschenk dazugeben? Oder willst du selbst …?«

»Ich geb gern was dazu, wenn du sowieso …«

»Ich kaufe was. Ich hatte überlegt, ob ich mir ein paar Tage freinehme und hinfahre. Du kannst natürlich gern mitkommen. Aber ich vermute mal, du …«

»Ja, das lässt sich wahrscheinlich schwer einrichten.«

Charlotte isst von ihrem Joghurt. Juncker starrt auf die

Tischplatte. Früher konnten sie stundenlang schweigend dasitzen, ohne dass es einem von ihnen unangenehm oder gar peinlich gewesen wäre. Jetzt steht das Schweigen sinnbildlich für ihre gescheiterte Beziehung. Er vermeidet es, ihr in die Augen zu sehen.

»Wie läuft's mit dir und Malene?«, fragt sie auf einmal.

Charlotte und Malene sind sich ein Mal begegnet. Es war kurz vor Weihnachten, im Kaufhaus, wohin Malene ihn mitgeschleppt hatte, um auf den letzten Drücker Geschenke zu kaufen. Die beiden Frauen hatten einander förmlich und freundlich begrüßt, während sich Juncker verzweifelt nach einem Mauseloch umsah, in das er sich verkriechen konnte.

»Gut«, sagt er.

Charlotte ist nicht länger seine Vertraute, und Malene ist es noch nicht ganz geworden. Nur mit einem Menschen spricht er über Persönliches, und das ist Markman, doch nicht mal mit ihm redet er über seine Beziehung zu Malene, es sei denn, der Freund besteht darauf – was er hin und wieder tatsächlich tut.

Juncker hat dementsprechend nicht die Absicht, Charlotte in sein Liebesleben einzuweihen.

Erneutes Schweigen.

Plötzlich beugt sie sich vor und legt eine Hand auf seine. Fast schon aus Reflex wendet er die Hand und drückt ihre sanft. Ein paar Sekunden lang halten sie Händchen, während sie einander in die Augen sehen.

»Das ist gut«, sagt Charlotte, lächelt und lässt seine Hand los.

Juncker steht auf. »Ich muss jetzt los.«

Kapitel 38

Außer ihm sind nur zwei Kollegen auf Teglholmen. Er spürt immer noch Charlottes Hand in seiner und bereut, dem Treffen zugestimmt zu haben. Am liebsten würde er Malene anrufen, lässt es aber bleiben. Denn sie würde natürlich fragen, wann sie sich sehen, und er würde, wie ein Echo dessen, was er schon viel zu häufig gesagt hat, bloß wiederholen, dass er im Augenblick nicht sagen kann, wann er Zeit hat.

Juncker weiß, dass sie nicht sauer auf ihn wäre, aber er weiß auch, dass er sauer auf sich selbst wäre.

Sein Handy klingelt.

»Kristoffer«, sagt er überrascht. Normalerweise hören sie nur alle paar Monate voneinander, jetzt ist es das zweite Mal innerhalb von drei Tagen, und beide Male hat Kristoffer ihn angerufen.

»Was gibt's?«

»Äh, also ... ich ...«

»Ja?«, sagt Juncker.

Stockend beginnt Kristoffer irgendetwas vom Klimaminister und einem Massaker zu erzählen, das sich 1993 in Kroatien ereignet hat, doch einmal in Fahrt gekommen, redet er eine Viertelstunde.

»Ich dachte, du solltest das wissen«, beendet er seinen Monolog.

»Himmel, ja. Gut, dass du es mir erzählt hast. Und wie, sagst du, hieß dieser Bosniake?«

»Mirza. NP, also der Veteran, von dem ich das alles habe, weiß nicht, wie er mit Nachnamen heißt.«

»Und Mirza kommt aus ...?«

»Næstved.«

»Hm. So viele Mirzas kann es in der Gegend von Næstved ja nicht geben. Und wissen wir, woher aus Bosnien er stammt?«

»Wenn ich es richtig verstanden habe, war es Kroatien, aber nah an der Grenze zu Bosnien. Keine Ahnung, wie das Dorf hieß, aber das müsste sich ja rausfinden lassen.«

»Denke ich auch«, sagt Juncker.

»Außerdem wissen wir ja, dass Mirza acht oder neun war, als er nach Dänemark kam. Mit dieser Info müsste es möglich sein, ihn zu finden.«

»Ja. Kannst du mit deinem Veteranenfreund wegen einer Personenbeschreibung sprechen?«

»Klar, mache ich. Glaubst du, dass ...?«

»Glaube ich was?«

»Na ja, also ... dass ...«

Juncker begreift, worauf Kristoffer anspielt. »Dass der Mord an Karl mit der Vergangenheit seines Vaters in Kroatien zu tun hat?«

»Ja«, sagt Kristoffer.

»Das können wir nicht wissen.«

»Nein, klar.«

»Aber noch mal, es war gut, dass du mich informiert hast. Versuch, ob du Mirza ausfindig machen kannst, und dann reden wir wieder.«

Er legt das Handy auf den Tisch und nimmt einen Stoß Papiere aus einem Schnellhefter. Die Techniker haben die beiden Nokias aus dem Safe geknackt und etliche SMS gefunden. Außerdem wurden so weit möglich die zu den Telefonnummern auf der Liste gehörigen Namen ermittelt. Juncker lässt den Blick über die erste, dann über die zweite und schließlich die dritte Seite gleiten, da bleibt sein Blick an einem Namen und einer Nummer hängen, die er kennt.

Einem Namen und einer Nummer, die hier überhaupt nichts zu suchen haben.

Kapitel 39

»Ich würde sagen, jeder berichtet kurz über den Stand der jeweiligen Spuren, die wir gerade verfolgen«, sagt Merlin und blickt in die Runde der Ermittler, die sein Büro füllen. Nabiha, Signe und Mascha sitzen am Besprechungstisch, Geir und Baldur am Schreibtisch, und Juncker lehnt mit dem Rücken an der Tür.

Das macht er oft, denkt Nabiha, als wollte er sich den nächstgelegenen Fluchtweg offenhalten.

»Juncker, fängst du an?«, fragt Merlin.

Der Mann an der Tür scheint in Gedanken verloren.

Nabiha räuspert sich. »Juncker, hallo.«

»Hm«, macht er zerstreut. »Tut mir leid. Ich war ...«

Signe lächelt ihm zu.

»Juncker, ich glaube, du sollst zusammenfassen.«

»Ja, äh, klar.« Er strafft die Schultern und räuspert sich. »Nabiha und ich haben mehrere Angehörige von Karl vernommen, und die Familie wirkt ziemlich ... dysfunktional. Kann man doch so sagen, oder, Nabiha?«

»Auf jeden Fall.«

»Insgesamt ergibt sich kein sonderlich sympathisches Bild des Toten, und wie es scheint, hatte er einen Haufen Probleme.«

»Mehrere der von uns Befragten geben an, er hätte sich immer nach der Aufmerksamkeit und Liebe seines Vaters gesehnt, sie aber nie bekommen«, fügt Nabiha hinzu.

»Und darunter hat er gelitten.«

»Ja.« Juncker starrt geistesabwesend aus dem Fenster.

»Sonst noch was?«, fragt Merlin.

»Ähm, ja … Laut den Kollegen von der Wirtschaftskriminalität sieht es aus, als hätte Karl seine Kreditkarten missbraucht und vielleicht auch mehrfach widerrechtlich Darlehen erhalten. Sein jüngerer Halbbruder Franz ist der Finanzchef des Unternehmens.«

»Steht er unter Verdacht?«

»Tja … Er sagt, er hätte ein gutes Verhältnis zu seinem Bruder gehabt und dass Karl die Firma gut geleitet hätte. Ich weiß nicht … irgendwie hat er merkwürdig schüchtern und zurückhaltend gewirkt. So ein Buchhaltertyp.«

»Ein Buchhalter kann wie jeder andere unter gewissen Umständen imstande sein zu töten«, sagt Merlin. »Sonst noch was?«

»Ja, wir haben auch mit Franz' Zwillingsschwester Franziska gesprochen«, sagt Juncker. »Sie ist das komplette Gegenteil von ihrem Bruder und hat keinen Hehl daraus gemacht, dass die Beziehung zu Karl nicht die beste war. Sie meinte, sie hätte ihn seit einem halben Jahr nicht gesehen …«

»Ja, und das müssen wir noch mal checken«, wirft Nabiha ein.

»Warum?«

»Die Befragungen der Anwohner haben etwas ergeben. Franziska wurde Montagabend gegen dreiundzwanzig Uhr vor Karls Haustür gesehen.«

»Was? Von wem?«

»Von der siebzehnjährigen Nachbarstochter.«

»Und sie ist sich sicher, dass es Franziska war?«

»Hundertprozentig.«

»Kennt sie sie?«, fragt Merlin skeptisch.

»Es gibt wohl kaum ein Mädchen in Dänemark zwischen zwölf und fünfundzwanzig, das nicht weiß, wer Franziska Donsberg ist. Sie ist eine der bekanntesten Influencerinnen im Land und hat vor ein paar Jahren *Paradise Hotel* gewonnen«, erklärt Nabiha.

»Das heißt also, womöglich hat sie sich in dem Zeitfenster, das Markman und seine Leute als Tatzeitpunkt bestimmt haben, im Haus befunden«, konstatiert Merlin. »Warum konnte Franziska ihren Bruder nicht leiden?«

»Sie schien ihn ganz allgemein für einen dummen, raffgierigen Arsch zu halten.«

»Die Probleme der Reichen«, sagt Signe kopfschüttelnd.

»Wir müssen natürlich rauskriegen, warum sie gelogen hat. Nur weil Karl ein dummer Arsch war, heißt das noch lange nicht, dass sie ihn gleich umbringt. Aber vielleicht hat sie uns nicht alles erzählt.«

»Okay. Wir fühlen ihr noch mal auf den Zahn«, sagt Nabiha.

»Tut das. Mal abgesehen von Donsbergs jüngster Tochter ... wie alt war sie noch mal, zwölf?«

»Ja.«

»Außer ihr gibt es noch eine weitere Tochter, oder?«

»Genau«, sagt Juncker. »Tanya. Fürs Erste hat sie ein wasserdichtes Alibi für die Nacht von Montag auf Dienstag. Sie war im Marienlyst Strandhotel, wo die Anwaltskanzlei, bei der sie arbeitet, eine interne Mitarbeiterkonferenz abgehalten hat. Ihr Mann war auch dabei, er arbeitet in derselben Sozietät. Wir haben die Überwachungsvideos von Rezeption und Lobby überprüft, und keiner von beiden hat das Hotel verlassen. Jedenfalls nicht über den normalen Weg, und ihr Zimmer lag im zweiten Stock, da sind sie wohl kaum aus dem Fenster gesprungen.«

»Okay.« Merlin tippt sich mit dem Zeigefinger gegen die Nase und schweigt einen Moment. »Was ist mit dem Minister?«, fragt er dann.

»Du meinst als Verdächtigem?« Juncker sieht ihn skeptisch an.

»Ja.«

»Also, dass *er* seinen Sohn umgebracht hat?«

Merlin zuckt mit den Schultern. »Ja, warum nicht?«

»Welches Motiv sollte er gehabt haben?«

»Nur weil wir noch keins gefunden haben, heißt das ja nicht, dass es keines gibt.«

»Väter bringen ihre Söhne nicht um«, sagt Juncker leise. »Söhne, die ihre Väter töten ... das kommt vor, aber umgekehrt so gut wie nie. Jedenfalls nicht, wenn die Söhne erwachsen sind.«

»Ach komm, ein, zwei Beispiele werden sich schon finden, wenn man in den Archiven guckt«, sagt Merlin. »Und selbst wenn nicht, einmal ist immer das erste Mal. Bei dieser Familie halte ich ehrlich gesagt alles für denkbar. Geir, Mascha, was ist mit den Klimaaktivisten?«

Geir setzt sich aufrecht hin und fährt sich durch die sowieso schon verstrubbelten Haare.

»Die meisten Online-Drohungen gegen den Minister haben wir zurückverfolgt, und wie es aussieht, ist unter den Absendern keiner dabei, der mehr ist als ein verwirrter Spinner. Aber es wurden auch Drohungen an die offizielle Mailadresse des Ministeriums geschickt, da arbeiten wir auf Hochtouren an der Rückverfolgung. Vor allem in einer Mail wird dem Minister sehr direkt damit gedroht, dass sein Handeln im Klimabereich Konsequenzen haben wird.«

»Und dann wäre da noch Rose Magdeburg«, sagt Merlin.

»Ja, die ist wie vom Erdboden verschluckt«, sagt Geir. »Wir wissen, dass sie sich zu dem Zeitpunkt, als Karl Jæger getötet wurde, östlich des Großen Belts aufgehalten hat, und der Wagen, mit dem sie gefahren ist, wurde nicht allzu weit entfernt vom Tatort gefunden. Außerdem wissen wir, dass sie vor einigen Jahren wegen unerlaubten Waffenbesitzes verurteilt wurde. Wir haben mit mehreren Leuten gesprochen, die sie von früher kennen, und alle beschreiben sie als nettes, einfühlsames Mädchen, das in einer Kommune in Hellerup aufgewachsen ist. In der Oberstufe ging sie zuerst aufs Øregård Gymnasium, hat dann aber komplett den Bekanntenkreis geändert, als sie nach der Elften ans Freie Gymnasium in Nørrebro gewechselt ist. Sie wurde in der autonomen Szene aktiv und kam häufig ins Jugendhaus im Jagtvej. Diese Phase hast du dir angeschaut, oder, Mascha?«

»Genau. Ich bin Artikel und Bilder durchgegangen von der Zeit vor, während und nach der Räumung des Jugendhauses am 1. März 2007, und ein bestimmtes Foto haben mehrere Zeitungen gebracht. Darauf sind zirka fünfzig Jugendliche zu sehen, die von uns eingekesselt wurden und nach der Festnahme mit auf den Rücken fixierten Armen auf dem Boden sitzen. Das war an der Ecke Sjællandsgade und Nørrebrogade. Hier, ich habe Kopien von einem Zeitungsartikel mitgebracht ...« Sie reicht Signe einen Stoß Papiere, die sich ein Blatt nimmt und den Rest weitergibt. »Das Foto ist dreizehn Jahre alt, trotzdem habe ich die Frau, die ganz vorne sitzt, sofort erkannt. Ihr auch?«

Nabiha studiert das Bild. Die junge Frau, die Mascha meint, starrt mit fast schon hasserfülltem Blick in die Kamera.

»Ist das Astrid Peitersen?«, fragt Juncker.

»Ganz genau«, sagt Mascha.

Trotz ihres jungen Alters ist Peitersen eine der erfolgreichsten Strafverteidigerinnen des Landes, die unter anderem dadurch Bekanntheit erlangt hat, im vergangenen Jahr einem Klienten eine Entschädigung von nicht weniger als zwei Millionen Kronen erstritten zu haben, da er anderthalb Jahre in U-Haft saß, obwohl die Polizei den starken Verdacht hatte, dass er in dem betreffenden Fall von Bandenkriminalität nicht der Schuldige war.

»Und jetzt guckt mal, wer direkt hinter Astrid Peitersen sitzt und versucht, sich zu ducken. Genau, das ist sie. Nur weil Rose Magdeburg und Astrid Peitersen zusammensitzen, muss das natürlich nicht heißen, dass sie heute noch miteinander zu tun haben, aber ich denke, es wäre den Versuch wert, Peitersen zu fragen, ob sie Rose kennt und eine Ahnung hat, wo sie steckt.«

»Ja, mach das«, sagt Merlin. »Peitersen feiert wahrscheinlich noch, dass Jamaal Rashad dank ihr gestern vor dem Amtsgericht in der Sache mit der Messerstecherei auf dem Balders Plads vom Vorwurf des Totschlags freigesprochen und stattdessen wegen Notwehrexzess verurteilt wurde. Geir, hattest du in dem Fall nicht die Ermittlungen geleitet?«

»Doch«, sagt Geir und zieht ein Gesicht, als hätte er in eine Zitrone gebissen. Viele Ermittler hassen Fälle mit Bandenkriminalität. »Aber ich hätte eine Frage.«

»Ja?«

»Warum genau glauben wir, dass Rose Magdeburg etwas

mit dem Mord an Karl Jæger zu tun hat? Wir haben nichts, was sie mit diesem Verbrechen in Verbindung bringt, und so langsam verwenden wir echt viele Ressourcen darauf, sie zu finden.«

Merlin nickt. »Völlig berechtigte Frage, Geir, aber unsere Kollegen in Aalborg sind sich sehr sicher, dass die Täter hinter dem Kraftwerkanschlag in dieser Landkommune namens Grønnevang zu finden sind, in der auch Rose Magdeburg wohnt. Eine Frau, die nach allem, was wir wissen, bereit ist, im Kampf gegen den Klimawandel zu radikalen Mitteln zu greifen, und die noch dazu auf mysteriöse Weise verschwunden ist, während gleichzeitig der Sohn des Klimaministers umgebracht wird. Wir wissen, dass Rose Magdeburg sich zum Zeitpunkt des Mordes östlich des Großen Belts befunden hat, und wir wissen, dass der Klimaminister in Aktivistenkreisen verhasst ist und Drohungen sowohl gegen sich selbst als auch gegen seine Familie erhalten hat. Das heißt, auch wenn wir nichts Konkretes dafür haben, dass Rose Magdeburg in den Mord an Karl Jæger verwickelt ist, müssen wir die Möglichkeit in Betracht ziehen. Okay, dann wäre da noch die Drogenspur. Baldur, Signe?«

Signe ergreift das Wort.

»Der Inhalt des Safes, den wir in Karls Keller gefunden haben, deutet darauf hin, dass er neben seinem Job als Direktor ein Drogengeschäft laufen hatte. Das bekräftigt ein Tipp, den ich von jemandem aus der Szene bekommen habe, einem ehemaligen Bandenmitglied. Der Typ sitzt im Moment im Gefängnis und ist in einem Aussteigerprogramm. Er war vor einem Jahr bei einem Treffen dabei, das zwischen seinem früheren Bandenführer, Karl Jæger und einem dritten Mann stattfand. Bei dem Treffen wurde ein Handel abgeschlossen, der darauf hinauslief, dass die Bande einen Arschvoll Stoff an Karl und seinen Partner liefert, die ihn dann wiederum über den Kurierdienst, von dem die beiden Miteigentümer waren, verkaufen wollten.«

»Wo hat das Treffen stattgefunden?«

»Im Damhusengen. Tja, und dann hatten wir saumäßiges Glück, weil sich nämlich einer aus unserer Abteilung daran erinnert hat, Karl schon mal auf Überwachungsaufnahmen aus einem Club namens Zombie in der Innenstadt gesehen zu haben, das war im Zusammenhang mit einem Fall, bei dem es um Menschenhandel ging. Baldur hat mehrere Aufnahmen gefunden, die Karl Jæger mit einem gewissen Mann zeigen, den unser inhaftiertes Ex-Bandenmitglied anschließend als ebenjenen dritten Mann identifiziert hat, der mit Karl bei dem Handel im Damhusengen dabei war. Der Typ heißt Daniel Alexander und wirkt nach außen hin wie ein unbescholtener Familienvater. Baldur und ich haben ihm einen Besuch zu Hause abgestattet, ohne zu verraten, was wir über seine Drogengeschäfte wissen. Jetzt lassen wir ihn observieren. Wir wollen erst noch ein bisschen mehr wissen, ehe wir ihn in die Mangel nehmen. Ach so, eins noch: Das Ex-Bandenmitglied sagt, in seiner Bande hätten sie Karls und Daniels Organisation HTBG genannt.«

»HTBG? Wofür steht das?«

»Keine Ahnung. Wir haben noch nie davon gehört, stimmt's, Baldur?«

Der Färinger schüttelt den Kopf.

»Okay. Und die Untersuchung des Tatorts? Hat die was ergeben, Juncker?«

Juncker starrt schon wieder aus dem Fenster.

Merlin räuspert sich. »Juncker?«

Juncker wendet ihm den Blick zu. »Was?«

»Die Untersuchung des Tatorts? Kannst du was dazu sagen?«

»Ja, natürlich«, sagt Juncker. »Die Techniker haben jede Menge DNA und Abdrücke von Schuhprofilen gefunden. Die Putzfrau, die den Toten entdeckt hat, hatte zum Glück noch nicht mit dem Saubermachen angefangen, aber bis wir die Resultate der DNA-Analyse kriegen, dauert es ja in der Regel Wochen. Außerdem haufenweise Fingerabdrücke, dafür aber keine brauchbaren Schuhabdrücke, weder im Haus noch im Garten. Der oder die Täterin hat sich vor dem Reingehen offenbar sorgfältig die Schuhe abgestreift. Eine Tatwaffe wurde auch nicht gefunden, wir wissen nur, dass es Kaliber .45 und Munition mit harter Spitze war. Eine Hülse wurde auch nicht gefunden, wir wissen also nicht, ob es ein Revolver oder eine Pistole war.«

Nabiha schaut zu Juncker hinüber. Er wirkt merkwürdig unkonzentriert, als wäre er mit den Gedanken ganz woanders. Sie schielt zu Mascha, die neben ihr sitzt, und spürt, wie ihre Verwunderung von einem warmen Gefühl im Bauch ersetzt wird.

»Was uns in diesem Fall jedenfalls nicht fehlt, sind Verdächtige und Leute mit einem Motiv«, sagt Merlin. »Fürs Erste widmen wir uns weiter allen Spuren, und dann schauen wir mal, was der Tag so bringt. Im Moment scheint mir die Drogenspur zweifellos die vielversprechendste, da stocken wir mit noch ein paar mehr Leuten auf. Die Observation von Daniel Alexander läuft wie erwähnt schon, außerdem müssen wir mehr über die Verbindung zwischen ihm und dem Toten in Erfahrung bringen.« Er schaut in die Runde. »Sonst noch was?«

Keiner reagiert.

»Alles klar, dann …«

»Doch, halt«, wirft Juncker ein. »Ich habe mit einem Kollegen aus Aalborg telefoniert, Kristoffer Kirch ... Nabiha und Signe, ihr kennt ihn ja ... wobei, gehört habt ihr wahrscheinlich alle schon mal von ihm. Jedenfalls, Kristoffer war damals als Soldat in Afghanistan, und jetzt hat er sich mit einem anderen Veteranen unterhalten, der in den Neunzigern in derselben Einheit wie der Klimaminister in Kroatien stationiert war. Laut diesem Veteranen hat der Minister damals – vorsichtig formuliert – eine sehr unglückliche Rolle in Verbindung mit einem Massaker in einem kleinen Dorf gespielt. Vor Kurzem wurde der Veteran von einem Überlebenden des Massakers kontaktiert. Der Betreffende, der vor Jahren als Flüchtling nach Dänemark kam, will anscheinend ergründen, was genau bei dem Massaker passiert ist. Er wusste nicht, dass einer der dänischen Soldaten, die damals dabei waren, unser jetziger Klimaminister Rasmus Donsberg ist, aber jetzt weiß er es, und laut Kristoffer ist nicht auszuschließen, dass er sich mit Donsberg in Verbindung setzen möchte ...«

»Entschuldigung«, sagt Geir«, »das klingt ja alles sehr spannend, aber was hat das mit unserem Mordfall zu tun?«

»Keine Ahnung«, gibt Juncker zu. »Wahrscheinlich gar nichts. Aber wenn wir uns nun schon aus guten Gründen für mögliche Drohungen gegen Donsberg interessieren, wäre es wohl sinnvoll, mit diesem Überlebenden zu sprechen, der vielleicht, vielleicht auch nicht einen Groll gegen den Minister hegt. Kristoffer will versuchen, den Mann zu finden. Ich wollte es nur erwähnen und bleibe natürlich mit Kristoffer in Kontakt. Sind wir dann fertig?«

»Äh, ja, ich dachte ...«

Juncker ist aus der Tür, ehe Merlin den Satz zu Ende gesprochen hat. Einen Augenblick später steht Nabiha auf und folgt ihm.

»Juncker!«, ruft sie.

Er ist bereits ein gutes Stück den Flur hinunter, bleibt jedoch stehen und wendet sich um.

»Ja? Was ist?«

»Wo willst du hin?«

»Ich muss was erledigen.«

Sie folgt ihm mit dem Blick, bis er um die Ecke verschwunden ist.

Kapitel 40

Er setzt sich ins Auto, steckt das Handy in den Halter und ruft eine Nummer an. Keiner nimmt ab. Einen Moment lang überdenkt er die Situation. Dann trifft er eine Entscheidung, startet den Wagen und fährt auf die Teglholm Allé.

Es herrscht mäßiger Verkehr, und er braucht eine knappe Viertelstunde bis zur Haraldsgade in Østerbro. Er findet einen Parkplatz in der Nähe und geht über die Straße zu dem schon etwas älteren roten Klinkerhaus. Wie üblich weiß er das Stockwerk nicht mehr und muss die Brille aus der Innentasche seiner Jacke fummeln, um nach dem richtigen Namensschild zu suchen. Er drückt auf die Klingel und wartet, klingelt erneut. Wenig später knistert es in der Gegensprechanlage, und eine Stimme brummt: »Ja?«

»Ich bin's«, sagt Juncker.

Eine ... zwei ... drei Sekunden vergehen, dann ertönt der Summer, und das Schloss klickt auf. Die Wohnung liegt im vierten Stock, und Juncker ist aus der Puste, als er oben ankommt. Kasper steht in Boxershorts und einem schwarzen T-Shirt in der Tür. Seine Augen sind klein und rot gerändert, und überhaupt sieht er aus, als hätte er einen heftigen Kater.

»Hi, Papa«, sagt er mit kratziger Stimme. »Äh, tut mir leid, ist spät geworden gestern.«

Kasper hat sich von der Copenhagen Business School

beurlauben lassen, wo er ein Fach studiert, dessen Namen Juncker immer wieder vergisst ... irgendwas mit BWL und Politik. Zurzeit arbeitet sein Sohn in Vollzeit als Bedienung in einem Café in der Istedgade.

»Ein paar von uns sind nach Feierabend noch länger geblieben«, erklärt Kasper und schließt die Wohnungstür. Er legt seinem Vater eine Hand auf die Schulter. »Magst du einen Kaffee?«

Juncker schüttelt den Kopf.

»Okay. Gehen wir ins Wohnzimmer?«

Es ist eine Dreizimmerwohnung – einfach, fast schon spartanisch möbliert. Kasper hat sie vor einem Jahr gekauft, als Charlotte eine Hypothek auf das Haus aufnahm und beiden Kindern eine stattliche Vorauszahlung aufs Erbe gab. Die wenigen Male, die Juncker bisher hier gewesen ist, hat er stets gedacht, dass sein Sohn um einiges schöner wohnt als er selbst.

Kasper macht es sich auf dem Sofa bequem.

»Welchem Umstand schulde ich die Ehre? An einem Samstagvormittag?« Er streckt sich. »Setz dich doch.«

»Nimmst du Kokain?«, fragt Juncker ausdruckslos.

Kasper starrt seinen Vater verblüfft an, der vor ihm im Wohnzimmer steht. »Hä? Was meinst du?«

»Was ich sage. Nimmst du Kokain?«

Er schaut seinem Sohn in die Augen. Kasper senkt den Blick.

»Ja, ab und zu. Bei Partys und so. Nicht oft.«

Juncker setzt sich auf einen Sessel.

»Papa, das ist nicht so ungewöhnlich. Total viele machen das.« Kasper setzt sich aufrecht hin.

Juncker schüttelt den Kopf. Als ob ...

»Darf ich dich außerdem daran erinnern, dass ich erwachsen bin. Ich bin sechsundzwanzig, ich treffe meine eigenen Entscheidungen und bin dir keine Rechenschaft schuldig.«

»Und darf ich dich daran erinnern, dass Kokain eine illegale Droge ist und ich für die Polizei arbeite. Also doch, gerade bist du mir Rechenschaft schuldig.«

Kasper seufzt. »Jaja, und Haschisch ist auch illegal. Wie oft bin ich schon runter in die Küche gekommen, wenn ihr Gäste hattet, und es hat nach Dope gerochen? Aber da hat der Herr Kommissar ein Auge zugedrückt, oder was? Oder hast du deinen Gästen auch eine Moralpredigt gehalten?«

Es besteht ein himmelweiter Unterschied darin, gelegentlich einen Joint zu rauchen oder sich eine Line Kokain zu ziehen. Aber Juncker schweigt.

»Wie kommst du eigentlich darauf?«

Juncker überlegt, wie viel er preisgeben darf, gelangt jedoch zu dem Schluss, dass er es ebenso gut sagen kann, wie es ist.

»Dein Name und deine Telefonnummer sind in einem Fall aufgetaucht, in dem ich ermittle.«

»Einem Mordfall?«, fragt Kasper erstaunt.

Juncker nickt.

»Der mit dem Sohn des Ministers?«

»Kanntest du Karl Christof Jæger?«

»Nein.« Kasper erwidert den Blick seines Vaters. »Ich hab ihn nicht gekannt, aber ich kann mir schon fast denken, dass ich das Koks dann wohl von ihm gekauft habe.«

»Es sieht so aus, ja. Er hat einen Drogenkurierdienst betrieben. Deine Handynummer steht auf einer Liste, die wir bei ihm zu Hause gefunden haben.«

»Die Weißen Boten?«

»Ja«, sagt Juncker.

Kasper steht auf. »Willst du auch ein Wasser?«

»Nein danke.«

Er geht in die Küche und kommt mit einem Glas Wasser zurück.

»Du brauchst dir keine Sorgen um mich zu machen, Papa. Ich bin nicht süchtig.«

Du läufst aber Gefahr, es zu werden, mein Lieber, ohne dass du es richtig merkst, ist Juncker drauf und dran zu erwidern. Es ist schwer, sich keine Sorgen zu machen, wenn man als Polizist genau weiß, was für ein verdammt hohes Suchtpotenzial Kokain hat.

»Werd ich jetzt in den Fall verwickelt?«, fragt Kasper.

»Keine Ahnung. Aber vielleicht gibt es ein Nachspiel in Form einer Geldstrafe, weil du Drogen gekauft hast.« Juncker steht auf. »Ich muss jetzt los. Es könnte sein, dass du noch gefragt wirst, wie der Kurierdienst in der Praxis für dich funktioniert hat.«

»Okay. Hast du es schon jemandem von deinen Kollegen gesagt? Ich meine, dass ich ... involviert bin?«

»Nein, noch nicht, aber ich kann und werde das natürlich nicht verschweigen.«

»Hat es Auswirkungen auf deine Beteiligung an den Ermittlungen?«

»Weiß ich noch nicht. Das muss Merlin entscheiden.«

»Hoffentlich nicht.«

Kasper schaut ihn mit einem Ausdruck in den Augen an, den Juncker nicht deuten kann.

»Also bist du nur deshalb gekommen?«, fragt er.

Juncker geht in den Flur und öffnet die Wohnungstür. Kasper folgt ihm.

»Na dann, tschau«, sagt er.

Juncker nickt, ohne seinen Sohn anzusehen.

Kapitel 41

Kristoffer sitzt auf dem Fahrrad und ist viel zu dick angezogen, denn die Temperatur ist auf über sechzehn Grad geklettert. Im Februar, einem der härtesten Wintermonate.

NP wohnt in einer Einzimmer-Sozialbauwohnung am südlichen Rand von Aalborg.

»Tut mir leid, das Bett ist nicht gemacht«, sagt er.

»Stört mich nicht, ich bin froh, dass du Zeit hast«, sagt Kristoffer.

»Klar doch. Bei dem Wetter könnten wir uns eigentlich fast auf den Balkon setzen.«

»Stimmt, wenn es nicht so windig wäre.«

Sie nehmen an einem kleinen runden Esstisch Platz, der in eine Ecke gequetscht ist.

»Der Ordnung halber sollte ich vielleicht sagen, dass ich heute im Gegensatz zu gestern Abend als Polizist hier bin«, beginnt Kristoffer.

NP schaut verwirrt. »Was heißt das? Hab ich was verbrochen?«

»Nein, nein, gar nicht. Es ist nur einfach, damit du weißt, dass … dass du jetzt mit der Polizei und nicht mit deinem Veteranenkameraden sprichst.«

»Ich war eigentlich davon ausgegangen, dass alles, was ich dir gestern Abend erzählt habe, vertraulich ist, wie immer, wenn wir uns im Café unterhalten. Was im Café gesagt wird, bleibt im Café, oder nicht?«

Kristoffer rutscht unruhig auf dem Stuhl herum. Verdammt. NP hat ja recht. Er kann seine Geschichte nicht einfach für seine polizeilichen Ermittlungen benutzen. Jedenfalls nicht, ohne ihm erst zu erklären, worum es geht.

»Aber was ist los, Kristoffer? Warum wolltest du noch mal mit mir reden?«

»Ich möchte gerne Mirza finden.«

»Warum das?«

»Weil ...«

Ja, warum eigentlich, denkt er. »Weil ... wir ... weil wir einfach sichergehen wollen, dass Mirza sich in Bezug auf Rasmus Donsberg nicht in Schwierigkeiten bringt. Du hast selbst gesagt, du könntest verstehen, wenn er ihn aufsucht ...«

»Wenn ich mich richtig erinnere, habe ich auch gesagt, dass es mir nicht schien, als ob Mirza auf Rachefeldzug war. Er will bestimmt bloß mit Donsberg reden. So wie er auch mit mir geredet hat. Damit wir uns dem stellen, was wir damals getan haben.«

»Du hast mit Sicherheit vollkommen recht, und wenn ich ihn finde, kann ich ihm vielleicht helfen, mit dem Minister in Kontakt zu kommen.«

NP sieht immer noch skeptisch aus.

»Falls Mirza tatsächlich vorhaben sollte, sich irgendwie an Donsberg zu rächen ... und du und ich hätten es vielleicht verhindern können ... das wäre doch beschissen, oder?«, fragt Kristoffer.

»Ja ... klar, natürlich. Aber was willst du von mir wissen?«

»Wo wohnt er noch mal?«

»Næstved. Oder jedenfalls da in der Nähe.«

»Und seinen Nachnamen weißt du nicht, oder?«

»Nein.«

»Kannst du beschreiben, wie er aussah?«

»Tja, wie sah er aus? Ungefähr so groß wie ich, so etwa eins paar-und-achtzig, schätze ich. Dafür um einiges schlanker und durchtrainierter als ich. Schwarze Haare. Braune Augen, glaube ich, aber da bin ich mir nicht ganz sicher. Gepflegter Vollbart, auch schwarz, aber mit etwas Grau. Ein gut aussehender Mann, würde meine Mutter vermutlich sagen.«

»Irgendwelche besonderen Merkmale?«

»Er hatte eine ziemlich deutliche Narbe, unterhalb des linken Auges am Jochbein.«

»Sonst noch was?«

»Hm, nein ... oder doch, mit dem einen Bein hat er leicht gehinkt, das ist mir aufgefallen, als er gegangen ist. Ob die Narbe und das mit dem Bein noch alte Verletzungen von dem Massaker sind?«

»Wahrscheinlich. Fällt dir sonst noch was ein?«

»Nee, glaube nicht.«

»Okay. Danke dir für die Hilfe.«

»Kein Problem. Magst du noch einen Kaffee?«

»Nein danke.«

»Ich kann schnell noch was beim Bäcker holen.«

»Das ist nett, aber ich hab leider noch zu tun.«

»An einem Samstag?«

Kristoffer lächelt. »So ist das bei der Polizei. Ermittlungen nehmen in der Regel keine Rücksicht aufs Wochenende.«

»Ach, stimmt ja.«

Kristoffer spürt einen Stich von schlechtem Gewissen,

weil er einen Job hat, während sein Veteranenkamerad schon ziemlich lange arbeitslos ist.

»Na ja, dann will ich dich nicht länger aufhalten«, sagt NP. »Aber versprich mir, dass Mirza keine Probleme kriegt. Davon hat er in seinem Leben mehr als genug gehabt. Und auf mich hat er einen netten, angenehmen Eindruck gemacht.«

»Solange er nicht vorhat, Donsberg etwas anzutun, passiert ihm nichts, versprochen.«

Die Abteilung ist so gut wie leer. Justesen und der Großteil der anderen sind immer noch auf der Suche nach Beweisen dafür, dass der oder die Täter hinter dem Kraftwerkanschlag in Grønnevang zu finden sind.

Kristoffer fährt den Computer hoch und öffnet das Einwohnermelderegister. Schnell hat er herausgefunden, dass es in der Gegend von Næstved drei Männer namens Mirza gibt. Der eine ist dreiundachtzig Jahre alt, der andere fünf. Der dritte ist fünfunddreißig und heißt Jović mit Nachnamen. Kristoffer lehnt sich zurück und rechnet. Acht Jahre alt im Jahr 1993? Das passt. Das muss er sein.

Als Nächstes schaut er ins Telefonbuch, ob für Mirza Jović eine Nummer verzeichnet ist, wird aber nicht fündig. Auch die polizeiinternen Systeme ergeben nichts.

Eine Weile starrt er in die Luft. Dann greift er nach seinem Handy, ruft Juncker an und erzählt ihm von seiner Entdeckung.

»Sehr gut, Kristoffer. Ich finde, du solltest weiter versuchen, Mirza aufzuspüren. Falls du Zeit hast, natürlich. Nach dem, was du mir erzählt hast, ist mir nicht wohl dabei, dass er frei herumläuft.«

»Okay«, sagt Kristoffer. »Am sinnvollsten wäre doch, es

erst mal bei der Adresse zu probieren, an der er gemeldet ist, oder?«

»Ja, klingt vernünftig. Kannst du das übernehmen?«

»In Næstved? Wäre es nicht einfacher, wenn das jemand von der dortigen Polizei macht?«

»Schon, aber wenn sie ihn da nicht antreffen, könntest du direkt anfangen Erkundigungen über ihn einzuziehen ... mit den Nachbarn und eventuellen Arbeitgebern reden und all das, nachfragen, was für ein Typ er ist. Wir können hier in Kopenhagen keinen entbehren, und ich weiß, dass die Situation bei den Kollegen in Südseeland ähnlich angespannt ist.«

»Also, ich kann es gern machen, nur ...«

»Stimmt natürlich, es ist ein bisschen unkonventionell.« Juncker klingt, als erwäge er das Für und Wider. »Weißt du was, ich kläre schnell mit Bonner und Justesen, ob das in Ordnung geht.«

Als er aufgelegt hat, bleibt Kristoffer einen Moment sitzen und überdenkt die Situation. Riecht das hier ein bisschen nach Beschäftigungsprojekt von Junckers Seite? Und werden sich seine Kollegen nicht erneut darin bestätigt sehen, dass er eine Sonderbehandlung bekommt?

Scheiß drauf. Er will diesen Mann finden.

Kapitel 42

Kommt Mama nicht mit?, hatte Kasper gefragt.

Nein, antworteten Charlotte und Juncker, das sei nicht Sinn der Sache. Das Konfirmationsgeschenk an ihren Sohn war eine Reise nach London allein mit seinem Vater. Ein Männertrip. London Eye. Lokalderby zwischen Tottenham und Arsenal. Madame Tussauds. Burger und Pommes morgens, mittags und abends.

Danke, sagte Kasper, der sich offenkundig Mühe gab, begeistert zu klingen, seine Skepsis aber nur schwer verbergen konnte.

Die Reise lief dann zwar richtig gut. Jede Menge tolle Momente. Kein Anflug von Streit. Für Juncker wurde im Laufe dieser Woche jedoch auch zur Gewissheit, was er schon lange gespürt hatte: Er kannte seinen Sohn nicht. Hatte keine Ahnung, was im Kopf des vierzehnjährigen Kasper vorging.

Erst hatte er versucht, seine Sorge abzutun: Es sei völlig normal, dass sich Teenager und Eltern voneinander entfernen. So müsse es sein. Dass Jugendliche geistig in ihrer eigenen Welt leben, die sich klar von der der Eltern abgrenzt, sei wohl fast schon ein Naturgesetz. Doch während ihm die Entfremdung zwischen Vater und Sohn bewusst wurde, kam ihm noch eine weitere Erkenntnis.

Er hatte seinen Sohn noch nie gekannt. Und sein Sohn

kannte ihn nicht. Erst schob er die Schuld auf sein soziales Erbe. Das alles ließ sich zurückführen auf sein eigenes schlechtes Verhältnis zu seinem Vater.

Als er sich selbst gegenüber schließlich zugeben musste, dass es dann doch eine Nummer zu jämmerlich war, einfach jede Verantwortung von sich zu weisen, suchte er die Ursache in seiner Arbeit als Mordermittler. Einem offenkundig notwendigen Job, essenziell für das Rechtsgefühl der Bevölkerung und unbestreitbar schwierig mit einem normalen Familienleben zu vereinbaren.

Heute, fast zwölf Jahre später, muss er sich eingestehen, dass er nie ernsthaft versucht hat, seine Beziehung zu Kasper zu verbessern. Was auch immer der Grund dafür sein mag, Unvermögen oder mangelnde Tatkraft.

Außerdem muss er sich eingestehen, dass es keine Entschuldigung gibt. Nicht das soziale Erbe. Nicht seine Arbeit. Nicht dass Kasper zwei Jahre lang in Kanada und den USA war und als *Ski Bum* gearbeitet ist. Es gibt nur einen einzigen Grund dafür, dass ihr Verhältnis ist, wie es ist: Er hat versagt. Ist ein Arsch gewesen.

Trotzdem ist er in diesem Augenblick wütend auf Kasper. Wütender als er es seiner Erinnerung nach je zuvor gewesen ist. Wütend und ängstlich.

Mascha und Geir kommen an seinen Tisch. Geir will etwas sagen, zögert jedoch, als er Junckers Gesicht sieht.

»Ja?«, sagt Juncker. »Was gibt's?«

»Wir haben was gefunden«, sagt Geir. »Am Tag vor dem Mord an Karl Jæger wurde Rose Magdeburg von einer Kamera an einer Tankstelle in der Sibeliusgade gefilmt. Das ist nicht weit vom Tatort.«

»Ist sie den Wagen gefahren, mit dem sie nach Seeland gekommen ist?«

»Nein. Sie war mit einem Mann namens Anton Clausen zusammen. Es war sein Wagen. Er hat auch das Tanken bezahlt. Roses Karte wurde nicht benutzt, seit sie Grønnevang verlassen hat, außer für die Maut auf der Große-Belt-Brücke.«

»Anton Clausen?« Juncker schüttelt den Kopf. »Der Name sagt mir, glaube ich, nichts.«

»Wir kannten ihn auch nicht«, sagt Geir. »Der PET dafür schon. Anton Clausen war bei Dutzenden Aktionen und Demos der Autonomen dabei, unter anderem bei der Räumung des Jugendhauses. Es gibt praktisch nichts, was er der Polizei nicht schon an den Kopf geschmissen hätte, von Plastiktüten voller Urin über Backsteine bis hin zu Molotowcocktails. Seitdem war er bei mehreren der Umwelt- und Klimaaktionen dabei, an denen auch Rose und die anderen aus Grønnevang beteiligt waren. Der PET verwendet keine Mordsressourcen auf ihn, aber er gehört zu denen, die sie im Auge haben. Er wohnt in der Baggesensgade.«

»Wäre bestimmt nicht verkehrt, ihm einen Besuch abzustatten«, sagt Juncker. »Was ist mit der Verteidigerin, Astrid Peitersen?«

»Mit ihr habe ich heute Abend einen Termin«, antwortet Mascha. »Nabiha kommt wahrscheinlich mit.«

»Gut.«

»Es war ein bisschen komisch, als ich sie angerufen habe. Hat fast gewirkt, als hätte sie erwartet, dass wir uns bei ihr melden.«

»Hm. Interessant«, meint Juncker.

Nachdem Mascha und Geir gegangen sind, bleibt er noch einen Moment sitzen und starrt in die Luft. Dann steht er auf, geht zu Merlins Büro und klopft an.

»Ich muss dir was sagen«, beginnt er.
»Ja?«
»Kaspers Handynummer steht auf der Telefonliste, die in Karl Jægers Tresor lag.«
Merlin runzelt die Brauen. »Oh verdammt. Hast du mit ihm geredet?«
»Ja. Er sagt, ich solle mir keine Sorgen machen. Er hätte bloß mal ab und zu was vor einer Party gekauft.«
Merlin lehnt sich zurück und legt ein Bein auf den Schreibtisch. »Und du glaubst ihm?«
Juncker hebt resigniert die Arme. »Bleibt mir was anderes übrig?«
»Als was?«
»Als meinem Sohn zu vertrauen?«
»Nein, wahrscheinlich nicht.«
»Ich habe noch nie erlebt, dass Kasper mich angelogen hätte.« Juncker blickt aus dem Fenster. Es hat angefangen zu regnen, die Tropfen klatschen gegen die Scheibe. »Oder besser: Ich habe ihn noch nie dabei ertappt, dass er mich anlügt.«
»Wie geht es ihm?«, fragt Merlin.
Juncker zuckt mit den Achseln. Er hat keine Lust zuzugeben, dass er es nicht weiß.
»Bist du sonst wegen irgendwas bei ihm beunruhigt?«
»Beunruhigt? Tja, er hat sein Studium unterbrochen und arbeitet jetzt als Kellner«, antwortet Juncker.
»Ich kenn das gut. Man wird nervös, wenn die Kinder den eingeschlagenen Weg verlassen. Aber er ist ja erst … wie alt ist Kasper noch mal?«
»Sechsundzwanzig.«
»Sechsundzwanzig, das ist gar nichts, Juncker. Das System dreht die jungen Leute früh genug durch den Wolf,

aber in dem Alter ist es völlig in Ordnung, sich auszuprobieren. Macht dir außer dem Studium sonst noch irgendwas Sorgen?«

Ja. Dass er seinen Sohn nicht kennt. Dass er keine Ahnung hat, wer er ist.

»Nein, eigentlich nicht.« Juncker zögert. »Hat das mit Kasper ...?«

»... Konsequenzen für dich und deine Beteiligung an den Ermittlungen?«

Juncker nickt. Merlin tippt sich einige Sekunden lang mit dem Zeigefinger gegen die Nasenspitze.

»Nein, ich denke nicht. Was Kasper getan hat, war natürlich illegal, aber falls überhaupt, dürfte das höchstens eine Geldstrafe nach sich ziehen. In meinen Augen macht dich das nicht befangen. Du machst also weiter wie gehabt. Ich übernehme die Verantwortung.«

»Alles klar«, sagt Juncker. »Danke.«

Kapitel 43

»Das macht so richtig Laune.«

Justesen blickt mit ungewöhnlich missmutigem Ausdruck über die Felder von Grønnevang. Kristoffer nickt. Etwa zwanzig Leute und vier Hunde waten durch knöcheltiefen Matsch, und das nun schon seit mehreren Tagen. Grønnevang umfasst fünfundsechzig Hektar Boden, und das Dorf besteht aus fünfundfünfzig Häusern und Gärten. Die Arbeit ist also umfangreich, das Wetter beschissen und die allgemeine Moral im Keller, zumal jeder sich ausrechnen kann, dass die Chancen dafür, dass der Kanister oder anderes wichtiges Beweismaterial hier vergraben ist, reichlich schlecht stehen.

Die Sache ist nur die, dass Justesen und seine Kollegen keine Ahnung haben, wo sie sonst suchen sollen. Den Ermittlern ist es bisher nicht gelungen zu lokalisieren, wo die Drohne gestartet wurde, und innerhalb eines Radius von vierzig Kilometern um Aalborg gibt es etliche dünn- oder unbesiedelte Gegenden, die dafür infrage kämen.

Rose Magdeburgs Freund, Heinz Schröder, wurde am gestrigen Nachmittag dem Richter vorgeführt, der die Haft um zweiundsiebzig Stunden verlängert hat. Daher ist es wichtig, dass sie weitere Beweise finden, die Schröder, Magdeburg oder andere Bewohner von Grønnevang mit dem Drohnenangriff in Verbindung bringen. Schröder schweigt sich weiterhin aus – sowohl in Bezug auf den Anschlag als auch auf den Aufenthaltsort seiner Freundin. Zwar ist das zerkaute Stück Papier, das in Gaias Korb gefunden wurde, stark belastend, die Staatsanwaltschaft hat jedoch Zweifel, ob es ausreicht, damit der Richter in zweieinhalb Tagen eine Verlängerung der Untersuchungshaft anordnet. Daher stapfen Polizisten und Hunde nach wie vor in der Hoffnung, irgendetwas zu finden, in Grønnevang durch den Schlamm. Im Aalborger Polizeipräsidium sind andere Ermittler unterdessen damit beschäftigt herauszufinden, wo und von wem die Drohne gekauft worden sein könnte, doch auch diese Spur ist mühsam zu verfolgen. Sie haben sich bei der israelischen Firma erkundigt, die die Hero 120 herstellt, aber die hat jegliche Auskunft über Kundendaten verweigert. Auch die Nachfrage bei der israelischen Polizei hat bislang keine konkreten Informationen ergeben. Am vielversprechendsten ist der Kontakt, den einer der beiden CIA-Mitarbeiter der US-amerikanischen Botschaft in Kopenhagen ihnen zum Ministerium für Innere Sicherheit der Vereinigten Staaten vermittelt hat. Dort haben sie umfassende Erfahrung damit, Waffenhändler im Netz zu infiltrieren, und ein vergleichsweise hochrangiger Beamter hat sich überraschend entgegenkommend gezeigt und wird ihnen eventuell bei den Nachforschungen, von wo und an wen der Handel mit der Kamikazedrohne erfolgt ist, zur Hand gehen. Doch auch diese Möglichkeit wird nicht auf Anhieb etwas Brauchbares ergeben.

Justesen und Kristoffer haben unter dem Vordach von einem der Häuser Schutz vor Wind und Regen gesucht, beide mit einem Plastikbecher lauwarmem Kaffee in der Hand. Kristoffer hat sein Gespräch mit Juncker noch nicht erwähnt, und er ist unsicher, wie sein Kollege reagieren wird. Er nimmt gerade all seinen Mut zusammen, um es zur Sprache zu bringen, da kommt Justesen ihm zuvor.

»Juncker hat heute Morgen angerufen.«

»Ah ja?« Kristoffer wirft seinem Kollegen einen verstohlenen Blick zu.

»Er hat gefragt, ob er dich ein paar Tage ausleihen darf. Du weißt sicher, worum es geht.«

»Ja. Und was hast du geantwortet?«

»Dass es okay ist. Streng genommen ist das natürlich nicht Sache der Abteilung für Gewaltkriminalität, weder hier noch in Kopenhagen, aber was soll's. Mit Bonner habe ich es auch schon abgeklärt, passt also alles.«

»Und du bist sicher, dass ihr ohne mich …« Kristoffer beendet den Satz nicht. Er hört selbst, dass es völlig verkehrt klingt.

»Wir werden schon irgendwie klarkommen.« Justesen lächelt. »Mach dir keinen Kopf.«

»Okay. Denn ich will ja nicht …«

»Hör mal zu. Du bist mehr oder weniger zufällig auf eine Spur gestoßen, die vielleicht wichtig für eine Mordermittlung sein kann. Natürlich muss man dem nachgehen. Und wenn unsere Freunde in Kopenhagen nicht genug Leute haben, macht es absolut Sinn, dass du rüberfährst. Und um ehrlich zu sein, glaube ich kaum, dass unser Fall hier von heute auf morgen gelöst wird, du wirst also Gelegenheit haben, daran weiterzuarbeiten.« Er zieht sein Handy aus der Tasche. »Also fahr ruhig nach Hause, pack deine Tasche und kauf ein Ticket für den Abendflieger.«

Kristoffer kippt den Rest seines halb vollen Bechers weg.

»Okay, dann bin ich ja beru…«

»Jaja.« Justesen klopft ihm auf den Rücken. »Los, verschwinde schon.«

Kapitel 44

Juncker wirkt immer noch total neben der Spur. Auf der ganzen Fahrt zum Gammel Strand hat er kein Wort gesagt, und auch wenn Nabiha ihn inzwischen gut genug kennt, um zu wissen, dass längere Phasen von Schweigsamkeit bei ihm nichts Ungewöhnliches sind, ist es diesmal anders. Irgendetwas macht ihm zu schaffen. Er ist bedrückt. Normalerweise würde sie ihn geradeheraus fragen, was los ist, aber ihre Intuition sagt ihr, dass nichts Gutes dabei herauskäme. Jetzt ist nicht der Moment.

Auch auf dem Weg die Treppe mit den schiefen Stufen hinauf sagt Juncker nichts.

Die Wohnungstür steht offen.

»Ich bin in der Küche!«, ruft Franziska.

Sie folgen dem Klang ihrer Stimme, erst durch ein Wohnzimmer, dann durch ein zweites und weiter einen langen Flur mit mehreren Türen entlang, und erst jetzt erkennt Nabiha, wie groß die Wohnung eigentlich ist. Die Küche befindet sich am Ende des Flurs. Franziska steht mit dem Rücken zu ihnen und bedient eine Espressomaschine.

»Möchten Sie auch einen Kaffee?«, fragt sie.

Beide Ermittler schütteln den Kopf.

»Nein danke«, sagt Nabiha.

Sie setzen sich an den Esstisch und warten, während

Franziska Milch für ihren Latte erhitzt. Als sie fertig ist, lehnt sie sich gegen die Küchenanrichte.

»Ich habe Probleme mit dem linken Knie. Eine alte Tanzverletzung. Deshalb bleibe ich lieber stehen.«

»Schöne Wohnung«, sagt Nabiha. »Und Platz haben Sie und ihr Bruder jedenfalls genug.«

»Ja, die Wohnung ist echt groß. Ursprünglich waren es zwei, die dann zusammengelegt wurden, damit Franz und ich jeweils unseren eigenen Bereich haben. Sonst würde ich es nicht aushalten, mit meinem Bruder zu wohnen.«

»Ganz schön privilegiert, oder?«, sagt Nabiha.

»Tja, es ist nun mal besser, reich und gesund zu sein statt krank und arm. Sie sind sicher, dass Sie keinen Kaffee wollen?«

»Ganz sicher«, sagt Juncker.

Nabiha wirft ihm einen Blick zu. Das waren die ersten Worte aus seinem Mund seit fast einer Stunde.

»Was führt Sie eigentlich her?«, fragt Franziska.

»Wir wüssten gern, warum Sie uns nicht erzählt haben, dass Sie Montagabend spät noch bei Ihrem älteren Halbbruder zu Besuch waren.«

Franziska hebt die Tasse zum Mund und nimmt einen Schluck, während sie Nabiha wachsam über den Rand der Tasse beäugt.

»Weil Sie nicht gefragt haben«, erwidert sie dann.

»Das stimmt nicht. Wir haben gefragt, und Sie haben geantwortet, dass Sie Ihren Halbbruder zuletzt vor etwa einem halben Jahr gesehen hätten.«

»Ups, *silly me*«, sagt sie mit aufgesetzter Kleinmädchenstimme, schlägt sich gegen die Stirn und geht anschließend zur Spüle, um den Rest ihres Kaffees wegzuschütten. »Schmeckt fürchterlich. Gut, dass Sie keinen wollten.«

Sie stellt sich erneut mit dem Rücken an die Arbeitsplatte, verschränkt die Arme und lächelt breit.

Nabiha nickt langsam. »Mit anderen Worten haben Sie uns letztes Mal also nicht die Wahrheit gesagt.«

»Ja, da hab ich wohl was durcheinandergebracht. Oder ich habe die Frage nicht richtig verstanden. Aber es stimmt, ich war Montagabend von elf bis zirka halb zwölf bei ihm.«

»Okay. Was wollten Sie so spät noch bei Ihrem Bruder?«

Franziska lächelt abermals und lässt einen beträchtlichen Teil ihrer weißen, regelmäßigen Zähne aufblitzen. »Ich wollte Geld eintreiben.«

Nabiha hebt eine Braue. »Sie wollten was?«

»Sie haben schon richtig gehört. Ich war so dumm, Karl fünfzigtausend Kronen zu leihen, und die wollte ich gern wiederhaben.«

»Warum haben Sie Ihrem Bruder Geld geliehen?«

»Tja, gute Frage. Finanziell sah es bei meinem Bruder echt scheiße aus, sorry, aber kann man nicht anders sagen. Vielleicht, weil er mehr gekokst als gearbeitet hat.«

»Das deckt sich nicht mit dem, was wir von Ihrem Vater und Ihrem Bruder gehört haben. Als wir Franz gefragt haben, ob Karl ein guter Chef war, hat er es bejaht.«

Franziska schnaubt. »*Yeah right.*« Dann zuckt sie mit den Achseln. »Aber was weiß ich. Die Frage kann Franz besser beantworten.«

»Haben Sie Ihr Geld bekommen?«

Franziska lacht schallend. »Was glauben Sie wohl? Natürlich nicht.«

»Also sind Sie gegangen?«

»Ja, bin ich. Übrigens, ohne ihn abzuknallen, auch wenn ich echt Lust dazu gehabt hätte.«

Juncker räuspert sich. Nabiha schaut ihn angesichts dieses unerwarteten Lebenszeichens überrascht an.

»Wussten Sie, dass Ihr Bruder mehrere Hunderttausend Kronen Bargeld in seinem Safe liegen hatte?«, fragt er.

Franziska starrt ihn verblüfft an. Ehrlich verblüfft, denkt Nabiha. Oder sie ist eine gute Schauspielerin.

»Nein, davon wusste ich nichts. Ich hatte auch keine Ahnung, dass Karl einen Safe hat. Wo kommt das Geld her?«

»Das können wir Ihnen nicht sagen.«

»Haben Sie einen Verdacht?«

»Wie gesagt …«

»Okay. Mehrere Hunderttausend Kronen …« Franziska legt den Kopf in den Nacken und blickt zur Decke. »Dieser Dreckskerl«, murmelt sie.

»Eine Sache vom letzten Mal ist mir nicht aus dem Kopf gegangen«, sagt Nabiha. »Sie meinten, Sie hätten Ihren Halbbruder nicht gemocht, weil er Ihrer Mutter vorgehalten hat, zu viel Profit aus der Scheidung geschlagen zu haben. Ehrlich gesagt scheint mir das eine etwas schwache Begründung dafür, seinen Halbbruder nicht zu mögen.«

»Wenn Sie das denken, bitte. Aber soweit ich weiß, gibt es kein Gesetz, dass man seinen Bruder oder seine Familie automatisch mögen muss. Und ich mochte Karl einfach nicht. Punkt. Eine Sache ist, dass er jämmerlich und armselig war, deswegen braucht man kein dummes Schwein zu sein. Aber Karl war alles drei zusammen: jämmerlich, armselig und ein selten dummes Schwein.«

Nabiha schielt zu Juncker, der in seinen apathischen Zustand zurückverfallen ist, wendet den Blick dann aber wieder Franziska zu.

»Und so haben viele über Ihren Bruder gedacht, richtig?«

»Wollen Sie mich verarschen?«

»Ich nehme an, das heißt Ja.«

»Richtig.«

»Und als Sie Montagabend bei ihm waren, ist Ihnen nichts Ungewöhnliches aufgefallen? An ihm oder im Haus?«

»Nein. Er war derselbe Vollidiot und genauso ekelhaft wie immer. Und seine scheißlangweilige Hütte war genauso scheißlangweilig wie immer. Mir ist jedenfalls nichts aufgefallen.«

»Wie sind Sie hin- und zurückgekommen?«

»Mit meinem Auto.« Franziska schaut sie an. »Wollen Sie sonst noch was wissen? Falls nicht, ich bin nämlich verabredet.«

»Glauben wir ihr?«

Nabiha kippt die Rückenlehne des Beifahrersitzes mehrere Zentimeter zurück und legt einen Fuß aufs Armaturenbrett. Juncker beugt sich hinüber, fasst ihr Schienbein und drückt es hinunter.

»Hey«, ruft sie aus.

»Nein«, sagt er und richtet sich auf.

»Ähm ... nein was?«

»Nein, wir glauben ihr nicht. Nicht vorbehaltlos jedenfalls. Erstens könnte sie Karl in der Zeit zwischen elf und halb zwölf sehr wohl erschossen haben. Zweitens wissen wir nicht, ob sie tatsächlich zu der Uhrzeit nach Hause gekommen ist, die sie uns gesagt hat. Franz kam ja offensichtlich ins Schlingern, als wir ihn gefragt haben, ob er seine Schwester an dem Abend gesehen hätte. Er hat es zwar bestätigt, aber das war garantiert gelogen. Kurz gesagt hat sie also nicht mal ansatzweise ein Alibi.«

»Franz auch nicht.«

»Nein.«

»Was machen wir also mit den beiden?«

»Abwarten und sehen, was passiert. Unter anderem, wenn wir die Ergebnisse der DNA-Analysen bekommen.«

»Das kann noch lange dauern.«

»Geduld bringt Rosen.«

Nabiha schaut ihn wütend an. »Was ist das bitte für ein bescheuerter Spruch?«

Kapitel 45

Signe lässt die Sorge nicht los, worüber der eingesperrte Psychopath Peter Rolf mit Charlotte reden will.

Vielleicht will er sich, wie Charlotte überlegt hat, bloß gegenüber einer Starjournalistin mit irgendeiner Story aus seiner Zeit als Spindoktor aufspielen. Aber was, wenn er dahintergekommen ist, wie zwei Haare eines nicht identifizierten Vergewaltigers auf Katja Lütsachs Leiche gelangt sind?

Bei näherer Betrachtung gibt es drei mögliche Erklärungen: Entweder befanden sich die beiden Haare bereits auf der Kleidung des Opfers, bevor es getötet wurde. Oder das Verbrechen wurde von zwei Männern gemeinsam verübt – Peter Rolf und ebenjenem Mann, von dem die Haare stammten und von dem man daher weiß, dass er die beiden aufgeklärten Vergewaltigungen begangen hat. Oder aber, das wäre die dritte Erklärung, die beiden Haare wurden nach Katja Lütsachs Tod auf deren Leichnam platziert.

Ersteres ist gelinde gesagt unwahrscheinlich. Was Zweiteres angeht, so weiß Peter Rolf natürlich, dass er die Schauspielerin allein ermordet hat. Womit nur eine Möglichkeit übrig bleibt.

Rolf hat durch seinen Verteidiger Zugang zu sämtlichen Fallakten und weiß daher, wer am Tatort in der Nähe der Leiche war: Markman, ein Team von Kriminaltechnikern, zwei Streifenbeamte sowie zwei Ermittler aus der Abteilung für Gewaltkriminalität: Juncker ... und sie selbst, Signe Kristiansen.

Was, wenn Peter Rolf irgendwie herausgefunden hat, dass Troels Mikkelsen sie vergewaltigt hat? Schließlich waren die beiden Männer in der Vergangenheit Buddys – damals, als sie ihren abscheulichen Vergewaltigungsclub hatten. Was, wenn die zwei in den letzten Jahren in Kontakt miteinander standen und Troels damit geprahlt hat, eine Kollegin vergewaltigt zu haben? Und vielleicht auch mit den beiden unaufgeklärten Vergewaltigungen, die er begangen hatte?

Sollte das der Fall sein, dann weiß Peter Rolf, dass von all den Menschen, die in der Nähe von Katja Lütsachs Leiche waren, Signe ein sehr starkes Motiv hatte, Troels schaden zu wollen. Zum Beispiel, indem sie zwei seiner Haare auf der Leiche drapiert.

Sie versucht, sich zu beruhigen. Selbst wenn Peter Rolf schlussfolgert, dass sie das mit den Haaren war, was sollte er mit diesem Wissen groß anfangen können? Wer würde einem geisteskranken Serienmörder schon Gehör schenken?

Nein. Er kann ihr nichts anhaben. Vergiss es, sagt sie sich. Konzentrier dich auf die Arbeit.

Sie ist allein im Büro. Die OK-Abteilung ist samstagnachmittags wie ausgestorben. In den letzten vierundzwanzig Stunden haben vier Beamte der Observationseinheit Daniel Alexander überwacht. Hätten sie etwas Wichtiges bemerkt, hätte Signe direkt von ihnen gehört. Sie loggt sich ins interne System ein und ruft den Hintergrundcheck auf, der von Karl Jæger erstellt wurde. Er war auf dem Internat Herlufsholm. War ja klar.

Dann öffnet sie den Hintergrundcheck von Daniel Alexander. Auch er ist Herlovianer, wie die Schüler genannt werden, und wie Karl hat er keine Vorstrafen.

Sie ruft Baldur an, der ein Stück den Gang runter im Großraumbüro sitzt.

»Baldur, kannst du rausfinden, mit wem Karl und Daniel in Herlufsholm in einem Jahrgang waren? Sie haben 2005 ihren Abschluss gemacht.«

»Signe, es ist Samstagnachmittag.«

»Dir fällt schon was ein, Baldur. Ich weiß, du wirst mich nicht enttäuschen«, sagt sie und lächelt in sich hinein.

Nicht viel länger als eine halbe Stunde später landet eine Mail von Baldur mit einem angehängten PDF in ihrem Posteingang. Sie schickt einen erhobenen Daumen zurück, öffnet die Datei und lässt den Blick über die Namen auf der Liste gleiten.

Die Nummer zwölf von oben ist Filip Steenvig.

Signe schnaubt. Von wegen, sie kennen sich nur oberflächlich und sind »gute Bekannte« – alles gelogen.

Sie geht zwei Stockwerke nach unten zu Juncker in die Abteilung für Gewaltkriminalität.

»Karl, Daniel Alexander und Filip Steenvig waren alle auf Herlufsholm«, sagt sie, »noch dazu in derselben Klasse. Sie kennen sich seit ihrer Kindheit.«

»Da schau an«, sagt Juncker. »Was hat dein Mann im Gefängnis noch mal gesagt, wie wurde Karls und Daniels Bande in der Szene genannt?«

»HTBG.«

»Hm ...« Juncker öffnet Google Chrome und gibt »Herlufsholm« ein. Er beugt sich näher zum Bildschirm und nickt für sich selbst. »Hatte ich es doch richtig im Kopf«, murmelt er und richtet sich auf.

»Was hattest du richtig im Kopf?«

»Herlufsholm wurde von einem Adeligen namens Herluf Trolle und seiner Frau Birgitte Gøye gegründet. Im Jahr 1565. Die Initialen der beiden Namen ergeben HTBG.«

Signe schüttelt den Kopf. »Wenn es irgendwann mal so weit ist, will ich bei deiner Obduktion dabei sein. Nur um zu sehen, was in deinem Kopf ist, wo andere Leute ein normales Gehirn haben.«

Er zuckt mit den Achseln. »HTBG ist vielleicht ein Netzwerk oder ein Club ... eine Loge aus Männern, die sich aus Internatszeiten kennen.«

»Und sich ein paar Groschen extra verdienen, indem sie mit Drogen dealen.«

Eine Weile schweigen beide.

»Wie machen wir weiter?«, fragt sie. »Was haben wir eigentlich gegen sie in der Hand?«

»Wir haben das Wort eines wegen Drogenhandels verurteilten Ex-Bandenmitglieds, dass er bei einem Geschäft zugegen war, bei dem Karl und Daniel große Mengen von Drogen gekauft haben. Würde Hamza vor Gericht als Zeuge aussagen?«

»Das habe ich ihn noch nicht gefragt. Ich wollte ihm nicht gleich Todesangst einjagen. Was er bisher getan hat, ist für Angst schon Grund genug.«

»Okay. Was noch? Wir wissen, dass sie uns nicht die Wahrheit darüber gesagt haben, wie gut sie sich kennen, aber das ist ja kein Verbrechen. Dann wäre da der Inhalt des Tresors, der Karl belastet, aber nicht Daniel ... und das war's auch schon mehr oder weniger.«

»Was ist mit Karls privaten Finanzen?«

»Die von der Wirtschaftskriminalität sind noch lange nicht fertig, aber es lässt sich jetzt schon sagen, dass Karls Situation ruinös war. Sämtliche Konten überzogen. Inkassoforderungen. Anscheinend hat er diverse Reisen an die französische Riviera unternommen. Allen gemeinsam ist, dass Flugtickets, Mietwagen und Hotels immer mit Karte bezahlt wurden, darüber hinaus aber wurden die Karten in den Zeiträumen, die er weg war, kaum benutzt. Weder für die Zahlung von Restaurantrechnungen noch für den Kauf von Kleidung oder Sonstigem. Praktisch keine privaten Ausgaben. Ein paar Kleinigkeiten hier und da, aber nichts Nennenswertes.«

»Er hat wohl kaum wie ein Mönch gelebt, also können wir wohl annehmen, dass Essen und Trinken und sonstige Vergnügungen bar bezahlt wurden«, sagt Signe. »Mit Drogengeld.«

»Vermutlich.«

Juncker lehnt sich zurück und legt die Beine auf den Schreibtisch, stützt den Kopf auf die Rückenlehne und schließt die Augen. Signe weiß, dass sie jetzt den Mund halten soll.

Nach einer Minute öffnet er die Augen wieder.

»HTBG kauft Kokain und vielleicht auch andere Drogen von der Bande, in der Hamza Mitglied war. HTBG bildet das letzte Glied der Kette, nämlich den Direktverkauf an die Kunden. Nehmen wir mal an, es kam zu Unstimmigkeiten zwischen Karl und Daniel ...«

»Wegen was?«

»Tja, das gilt es herauszufinden. Aber in Anbetracht von Karls finanzieller Situation wäre naheliegend, dass er Geld von den Drogengeschäften für sich abgezweigt hat.« Juncker hält kurz inne. »Wer weiß? Vielleicht hat er auch damit gedroht, ihr kleines Nebengewerbe auffliegen zu lassen.«

»Warum hätte er das tun sollen? Damit hätte er sich ja selbst ans Messer geliefert.«

»Keine Ahnung. Aber er war drogensüchtig, und Drogensüchtige reagieren nicht immer rational. Schon gar nicht, wenn sie unter Druck stehen. Karl könnte also zu einer Belastung geworden sein, mit der sie nicht länger leben konnten.«

»Was machen wir?«

»Sie unter Druck setzen. Daniel Alexander dürfte inzwischen garantiert klar geworden sein, dass wir wissen, dass Karl mit Drogen gedealt hat. Vielleicht hat er auch gewusst, dass Karl einen Tresor im Haus hatte, in dem er Bargeld und Listen mit den Telefonnummern ihrer Kunden aufbewahrt hat. Außerdem müssen wir damit rechnen, dass inzwischen zu den Häftlingen im Storstrøm Gefängnis durchgesickert sein könnte, dass du da warst und mit Hamza gesprochen hast ...«

»Gott, hoffentlich nicht.«

»Nein. Aber es lässt sich leider nicht ausschließen. So wie sich auch nicht ausschließen lässt, dass diese Information Daniel und seine Kumpane erreicht hat. Kommt es dazu, wissen sie, was die Stunde geschlagen hat.«

Signe streckt sich.

»Du meinst also, wir sollten Daniel Alexander mit dem, was wir wissen, konfrontieren?«

Juncker nickt.

»Hätte das nicht einfach zur Folge, dass er die Fühler einzieht?«

»Das hat er garantiert schon getan. Es sei denn, er wähnt sich so selbstgewiss und unantastbar, dass es ihn nicht juckt, ob wir ihn durchschauen. Weil wir außer Hamzas Aussage nichts Belastendes gegen ihn haben.«

»Wäre ihm zuzutrauen. Er ist auf jeden Fall der Typ dafür. Gigantisches Selbstvertrauen. Glaubt, dass alles nach seinem Willen geht. Ist es gewohnt, dass alle Welt auf den kleinsten Wink von ihm reagiert.« Sie steht auf. »Baldur und ich fahren jetzt nach Ordrup.« Sie zieht ihr Handy aus der Hosentasche, um auf die Uhr zu schauen. »Jetzt könnte er eigentlich zu Hause sein. Es ist zu früh für den Club.«

Signe legt Juncker eine Hand auf die Schulter. Sie gehört zu dem exklusiven Verein, dessen Mitglieder ihn berühren dürfen, ohne dass es ihm sichtlich unangenehm ist.

»Wir sind uns sicher, dass er es ist, oder? Der Karl entweder selbst ermordet oder jemanden damit beauftragt hat?«

»Im Augenblick ist das jedenfalls das Beste, was wir haben.«

Kapitel 46

Kristoffer hat die U-Bahn vom Flughafen genommen, und Juncker sammelt ihn beim Bahnhof Nørreport ein.
»Schön, dich zu sehen«, sagt Juncker.
»Gleichfalls«, erwidert Kristoffer und rutscht mit dem Sitz so weit zurück, wie es geht.
»Alles in Ordnung in Aalborg?«
»Ja, denke schon.«
»Und wie läuft's mit den Ermittlungen zum Drohnenanschlag?«
»Wir sind uns so gut wie sicher, dass er mit Grønnevang in Verbindung steht ... das ist eine Landkommune, wo ...«
»Hab davon gehört. Wir wüssten ja zu gern, was Rose Magdeburg so gemacht hat, seit sie Grønnevang verlassen hat.«
»Nichts Neues über sie?«
»Wir haben eine Überwachungsaufnahme von ihr bei einer Tankstelle in der Nähe von Karl Jægers Haus, anderthalb Tage vor seiner Ermordung, aber mehr haben wir nicht von ihr gesehen. Wir lassen intern auf ganz Seeland nach ihr fahnden.«
»Meinst du, ihr findet sie?«
»Klar finden wir sie.«
Kristoffer schaut durchs Seitenfenster in die abendliche Dunkelheit. Es nieselt und ist immer noch ungewöhnlich

mild für die Jahreszeit. Juncker schielt zu seinem jungen Kollegen.

»Erzähl Donsberg einfach dieselbe Geschichte, die dein Veteranenfreund dir erzählt hat«, sagt er.

Kristoffer nickt. »Warum soll er die hören?«

»Weil er mit den Konsequenzen von dem, was er damals getan hat, konfrontiert werden muss, und weil eine der Konsequenzen darin bestehen könnte, dass er jetzt von einem Mann bedroht wird.«

»Macht Sinn«, sagt Kristoffer.

»Das hoffe ich doch.«

Es ist nicht viel Verkehr, und die Fahrt Richtung Norden den alten Strandweg entlang nach Vedbæk dauert nur zwanzig Minuten. Juncker nickt dem Beamten zu, der aus seinem Auto ausgestiegen ist, als sie hinter ihm geparkt haben.

»Ist der Minister allein?«

»Ja. Geht einfach rein.«

Falls überhaupt möglich, sieht Rasmus Donsberg noch schlechter aus als am Mittwoch, als Juncker mit Nabiha da war. Sein Gesicht ist aufgedunsen und puterrot, als würde er jeden Moment explodieren. Juncker stellt Kristoffer vor, und der Minister nickt ihm reserviert zu. Juncker bleibt vor dem Rothirsch stehen.

»Als wir das erste Mal hier waren, meinte Ihre Tochter, es wäre eine gute Geschichte, wie Sie ihn erlegt haben.«

»Gute Geschichte? Keine Ahnung, ob sie gut ist.«

»Wo haben Sie ihn geschossen?«

»In Blekinge. Ein guter Freund von mir hat einen großen Hof mit irre viel Land drumrum. In der Regel bin ich zweimal im Jahr zum Jagen da. Den hier habe ich vor fünf Jahren erlegt.«

Donsberg klopft dem ausgestopften Tier auf den Rücken.

»Ich hatte ihn zwei Tage hintereinander aus weiter Entfernung in einer Gegend mit Mischwald und Feldern gesehen und versucht, mich an ihn ranzuschleichen, aber er war zu schlau. Am dritten Tag gehe ich früh morgens über eine Wiese, da tritt er plötzlich aus dem Wald. Ich glaube, er war genauso überrascht wie ich. Ich hatte leichten Gegenwind, deshalb hatte er mich nicht gerochen oder gehört. Wir standen so zwanzig, fünfundzwanzig Meter voneinander entfernt und haben uns angestarrt. Ich weiß nicht, wie lange, aber ich glaube, sehr lang. Meine Büchse hing über der Schulter, und nach einer Weile habe ich sie ganz langsam abgenommen und angelegt. Er stand bloß weiter da und hat mir in die Augen geschaut. Ab und zu hat er geschnaubt, sodass sein Kopf und sein Geweih in eine Dampfwolke gehüllt wurden, und mit dem Huf gescharrt, als wollte er mir sagen, dass er vor so einem Mickerling wie mir keine Angst hat. Als ich ihn mit der Büchse ins Visier nahm, hat er den Kopf gehoben und stand vollkommen reglos. Ich habe geschossen, und er hat gezuckt, ist aber stehen geblieben. Dann hat er drei, vier Schritte auf mich zugemacht, bevor er tot umgekippt ist. Als ich ihn aufgebrochen habe, habe ich gesehen, dass ich ihn direkt ins Herz getroffen hatte.«

Er verstummt, und es scheint, als hätte er vergessen, dass außer ihm noch jemand da ist.

»Warum musste er sterben?«, fragt Juncker.

Donsberg dreht den Kopf und antwortet prompt. »Weil ich Jäger bin, und Jäger töten. Ich hatte die Macht, sein Leben zu nehmen, und habe es getan. Und er wusste, dass es dazu kommen könnte. Er hatte die Möglichkeit, umzudrehen und in den Wald zu verschwinden, bevor ich einen Schuss abgebe, aber er hat sie nicht genutzt. Er ist stehen geblieben und hat mir getrotzt.«

»Warum haben Sie ihn ausstopfen lassen?«

»Weil ...« Donsberg verliert sich erneut in Gedanken. »Um mich daran zu erinnern, dass wir uns, wenn wir irgendwann abtreten, würdevoll vom Leben verabschieden sollten. Sofern wir dazu imstande sind. So wie er es getan hat.« Donsberg streicht dem Hirsch über die Stirn. »Wollen wir ins Wohnzimmer gehen?«

Auf dem Sofatisch stehen eine halb leere Flasche Rotwein und ein Glas. Juncker ist kein großer Weinkenner, doch so viel weiß er – wenn man an einem gewöhnlichen Samstagabend allein Château La Fleur-Pétrus trinkt, dann hat man einen ziemlich exklusiven Geschmack.

»Möchten Sie auch?«

Beide schütteln den Kopf.

»Ich kann ihn sehr empfehlen«, sagt Donsberg und schenkt sich ein Glas ein.

»Das glaube ich gern, aber nein danke«, sagt Juncker.

Der Minister schwenkt den Wein im Glas, führt es zur Nase und schnuppert mit geschlossenen Augen.

»Gibt's was Neues?«

»Nicht wirklich«, sagt Juncker. »Jedenfalls nichts, was sich als Durchbruch bezeichnen ließe. Wir gehen immer noch verschiedenen Spuren nach.«

»Der Drogenspur, nehme ich an. Und den Klimafanatikern?«

»Ich kann leider nichts Genaueres zu den Ermittlungen sagen.«

»Verstehe. Aber was führt Sie dann her?«

Juncker schaut zu Kristoffer. »Mein Kollege ist Veteran. Er war in Afghanistan.«

»Ich bin auch Veteran. Kroatien '93.«
»Das wissen wir. Kristoffer, magst du …?«
»Ja, ähm«, sagt Kristoffer und räuspert sich. »Also, ich betreibe mit anderen ein Veteranencafé in Aalborg … ich arbeite bei der Polizei in Aalborg. Neulich Abend habe ich mich mit jemandem unterhalten, der mit Ihnen im Einsatz war.«
»Und zwar wer?«
Kristoffer schaut zu Juncker, der kaum merklich den Kopf schüttelt.
Donsberg bemerkt es und lächelt. »Darauf können wir später noch zurückkommen. Erzählen Sie weiter.«
Kristoffer braucht fast eine Viertelstunde, um NPs Geschichte von seinem Treffen mit Mirza wiederzugeben. Als er endet, steht Donsberg auf und tritt an eines der Fenster zum Garten. Eine Weile blickt er mit verschränkten Armen in die Dunkelheit. Dann kommt er zurück zum Sofa, setzt sich und leert sein Glas.
»Es gab keine andere Möglichkeit, als so zu handeln, wie ich es getan habe.«
Donsberg Gesichtsausdruck ist unverändert, aber Juncker bemerkt, dass seine Stimme zittert.
»Es wäre blanker Wahnsinn gewesen, hätten wir versucht, uns rund zwei Dutzend stockbesoffenen und blutdurstigen serbischen Paramilizen entgegenzustellen. Sie hätten uns ruckzuck erledigt und unsere Leichen verschwinden lassen, und kein Mensch hätte je erfahren, was passiert ist.«
»Hätten Sie nicht Verstärkung rufen können?«
»Vielleicht schon, aber bis die da gewesen wäre … Ich habe zuallererst an die Sicherheit meiner Männer gedacht. Und an meine eigene, zugegeben. Das Problem war ja ganz einfach, dass wir kein Mandat hatten, um unsere Waffen

zu benutzen, außer wir wurden direkt angegriffen und konnten die Angreifer identifizieren. Das war natürlich eine vollkommen schwachsinnige Regelung, aber so war es nun mal. Wir waren bewaffnet, um uns selbst zu schützen, nicht die Zivilbevölkerung.«

»Stimmt es, dass Sie Ihren Männern anschließend gesagt haben, sie sollen niemandem davon erzählen?«

»Absolut richtig. Das habe ich gesagt, weil ich wusste, dass niemand, der nicht selbst schon in einer solchen Situation war, auch nur ansatzweise hätte verstehen können, warum ich so gehandelt habe. Nehmen Sie nur mal den niederländischen Offizier, Karremans, der Kommandant der niederländischen UN-Blauhelme in Srebrenica. Er wurde zum Sündenbock gemacht, hat Morddrohungen erhalten und musste aus seinem Heimatland fliehen.« Donsberg schenkt sich den letzten Rest Wein ein. »Was ist mit Ihnen?« Er schaut Junckers Kollegen an. »Wie hätten Sie gehandelt?«

Kristoffer starrt auf seine Hände. »Ich weiß nicht. Ich war damals nicht unter UN-Mandat im Einsatz.«

»Seien Sie froh. Und Sie, Junckersen. Ich vermute mal, Sie waren noch nie in einem Krieg. Wie hätten Sie wohl reagiert?«

Juncker schüttelt den Kopf.

Donsberg lächelt. »Sie finden, ich habe mich wie ein Feigling verhalten, stimmt's?«

»Vielleicht hätte ich mir selbst die Frage gestellt, wie der Hirsch wohl gehandelt hätte.«

Donsberg starrt ihn verblüfft an. Dann bricht er in schallendes Gelächter aus.

»Bravo, Junckersen. Touché. Und was hätte der Hirsch getan?«

»Er wäre wahrscheinlich stehen geblieben, denken Sie nicht?«

Der Minister lächelt. »Ja, vermutlich. Und er ist jetzt tot, während ich am Leben bin.« Sein Lächeln erstirbt. »Wissen Sie, ich denke noch oft daran. Nicht jeden Tag, aber oft. Wenn man so etwas erlebt, muss man irgendwie damit umgehen, sonst geht man daran zugrunde. Natürlich habe ich großes Mitleid mit den Menschen, die getötet wurden. Aber ich fühle keine persönliche Schuld. Schuld sind meiner Meinung nach in allererster Linie die serbischen Schweine, die das Massaker verübt haben, und dann die Politiker, die uns mit einem derart hirnverbrannten Mandat in den Krieg geschickt haben. Wir Soldaten wurden zu Geiseln der fehlgeschlagenen Politik der internationalen Gemeinschaft auf dem Balkan.« Donsberg lehnt sich auf dem Sofa zurück.

»Ist das nicht immer so?«, sagt Juncker.

»Was?«

»Dass man immer ein Versagen findet, das das eigene Versagen übertrifft.«

Der Minister starrt Juncker wütend an. Dann wendet er sich Kristoffer zu.

»Ich vermute mal, es war Niels Peter, mit dem Sie gesprochen haben? Er hatte damals schon eine Mordswut auf mich.«

Juncker hebt die Hand, ehe Kristoffer antworten kann. »Dazu können wir uns wie gesagt nicht äußern.«

»Ist auch egal. Aber sagen Sie, warum erzählen Sie mir das alles? Ich kann mir natürlich denken, dass so eine Geschichte über so jemanden wie mich rasend spannend sein muss, aber hat das irgendwas mit dem Mord an meinem Sohn zu tun?«

»Das wissen wir nicht. Aber angesichts der Drohungen, die Sie erhalten haben, und die sich auch als Drohungen gegen ihre Familie deuten lassen ...«

»Wissen Sie, wo sich Mirza befindet?«, fragt Donsberg.

»Nein.«

»Oder was er ganz allgemein für ein Typ ist?«

»Nein, auch nicht. Wir wissen nur, was Kristoffer gerade erzählt hat.«

Donsberg hängt eine Weile seinen Gedanken nach. »Wenn meine Rolle damals bei dem Massaker bekannt wird, bin ich fertig als Politiker. Nicht dass das ein Drama wäre, ich komme auch ohne den Ministerwagen aus. Aber was haben Sie vor zu tun?«

»Soweit wir sehen können, haben Sie nichts Ungesetzliches getan, jedenfalls nicht nach dänischem Recht. Das Einzige, was uns im Moment interessiert, ist also, Mirza zu finden und sicherzugehen, dass er nicht meint, sich irgendwie rächen zu müssen. Sicherheitshalber habe ich auch den PET informiert.«

»Muss ich mir Sorgen machen?«

Juncker kommt nicht zum Antworten.

»Ach, wissen Sie was, scheiß drauf ... einer mehr oder weniger, der mich nicht ausstehen kann. Wen juckt das noch.«

Kapitel 47

Die Strafverteidigerin Astrid Peitersen wohnt im dritten Stock eines Hauses in der Valdemarsgade, und Nabiha ist außer Puste, als sie und Mascha oben anlangen. Mascha scheint die Anstrengung nichts ausgemacht zu haben.

»Boah, bin ich schlecht in Form«, stöhnt Nabiha und schwört sich, die Laufschuhe aus dem Schrank zu holen, sobald dieser Fall abgeschlossen ist.

»Ist mir bisher nicht aufgefallen«, sagt Mascha und lächelt.

Nabiha erwidert das Lächeln mit einem Kopfschütteln. Sie klopft an die Tür, die beinah augenblicklich von einer Frau in ihrem Alter geöffnet wird.

Nabiha hat Astrid Peitersen noch nie persönlich getroffen, trotzdem hat sie das Gefühl, sie zu kennen. Die Anwältin ist Stammgast in den Fernsehnachrichten. Selbst in dem armygrünen Schlabber-T-Shirt, abgetragenen Jeans und barfuß strahlt sie dieselbe Seriosität und Autorität aus wie in ihrer üblichen Arbeitsuniform: weiße Bluse, schwarzes Kostüm und schwarze hochhackige Pumps.

»Setzen Sie sich«, sagt sie und räumt einen Laptop und zwei dicke Aktenordner von einem weißen Superellipsentisch, sodass eine Hälfte frei wird.

Nabiha schaut zu Mascha, die Notizblock und Kugelschreiber aus der Tasche geholt hat.

»Als wir telefoniert haben, hat es fast gewirkt, als hätten Sie sowieso vorgehabt, sich an uns zu wenden«, sagt Mascha.

»Das stimmt auch. Seit ich von dem Mord an Karl Jæger gehört habe, und dass nach Rose gefahndet wird, habe ich überlegt, ob ich mich bei der Polizei melden soll. Aber dann kamen Sie mir zuvor.«

Nabiha hebt die Hand. »Wenn ich kurz unterbrechen darf ... Woher wissen Sie, dass Rose zur Fahndung ausgeschrieben ist? Die Fahndung ist intern.«

Astrid Peitersen lächelt. »Das würde ich gern für mich behalten. Sagen wir einfach, ich habe meine Quellen. Auch bei der Polizei.«

»Okay. Mascha, machst du weiter?«

»Alles klar. Astrid, in welcher Beziehung stehen Sie zu Rose?«

»Wir haben uns in der zwölften Klasse am Freien Gymnasium kennengelernt. Sie war vom Øregård Gymnasium dorthin gewechselt, und ich war natürlich neugierig, was sie für eine Person ist. Irgendwie wirkte sie unheimlich zart, nicht nur vom Wesen her, sondern auch äußerlich. Ein bisschen wie eine Porzellanpuppe ... ganz weiße Haut und große Augen. Aber ich habe schnell gemerkt, dass sie es sowohl fachlich draufhatte als auch wortgewandt und schlagfertig bei Diskussionen und Debatten war. Sie war in einer Kommune aufgewachsen und hat sich sehr für Klima- und Umweltfragen interessiert. Das hatte sie von ihrem Vater, der für Greenpeace gearbeitet hat. Rose und mich hat vor allem verbunden, dass wir uns beide sehr für Menschenrechte und besonders für die Rechte von Frauen engagiert haben.«

»Klingt ziemlich ...« Mascha sucht nach dem richtigen Wort.

»… idealistisch?« Astrid Peitersen lächelt. »Na ja, wir haben auch wirklich dafür gebrannt, die Dinge zu verändern. Wir waren sehr leidenschaftlich, und ich habe schnell gemerkt, dass vor allem der Kampf um Frauenrechte ein wahres Feuer in Rose entfacht hat. Wie gesagt, sie wirkte sehr zerbrechlich, aber männlicher Chauvinismus konnte sie wirklich zur Weißglut treiben. Ich war richtig erschrocken, als ich es das erste Mal mitgekriegt habe. Ihre Reaktion war so heftig, dass ich mich gefragt habe, ob sie … irgendetwas erlebt hat. Und so war es natürlich, wie ich dann rausgefunden habe. Eines Tages haben ein paar Jungs in der Pause irgendeinen sexistischen Witz gerissen. Ich fand es einfach nur bescheuert und wieder mal ein Beispiel dafür, wie groß das Problem ist, wenn man sich selbst auf dem Freien Gymnasium so eine Kacke anhören muss. Aber Rose … sie hat angefangen zu weinen. Und ich dachte, wow, da stimmt irgendwas nicht. Also habe ich sie ein paar Tage später, als sie bei mir war, direkt gefragt, ob ihr irgendetwas zugestoßen sei. Erst hat sie es abgestritten, aber ich habe nicht lockergelassen, weil ich mir meiner Sache sicher war, und ich hatte recht. Rose hat wieder angefangen zu weinen, und dann hat sie es mir erzählt.« Astrid Peitersen hält kurz inne. »Sagt Ihnen der Begriff Frischlingsbankett etwas?«, fragt sie dann.

Mascha nickt. Nabiha zögert.

»Nicht so richtig.«

»Das ist ein Ritual an einigen Gymnasien, vor allem in den reicheren Gegenden von Nordseeland, sowie auch an einigen der Internate. Grob gesagt geht es darum, dass die Mädchen, die gerade in die Oberstufe gekommen sind und Frischlinge genannt werden, ihren Platz in der Hierarchie als Sexobjekte für die älteren Jungs lernen sollen.

Das geschieht bei einem großen Fest, wo die sexuell attraktivsten Mädchen ausgewählt werden, um die Jungs zu bedienen, und diversen Übergriffen ausgesetzt sind.«

Nabiha schüttelt den Kopf. »So was gibt's immer noch?«

»Ich weiß nicht genau, wie schlimm es heutzutage ist. Es gab mehrfach Berichte darüber in den Medien, und ich weiß, dass einige Gymnasien Beschränkungen eingeführt haben, wie wild es zugehen darf. Aber damals, als wir in der Oberstufe waren, wurde an manchen Schulen wirklich die Sau rausgelassen. Die Prozedur, um als Kellnerin für die Jungs ausgewählt zu werden, was als große Ehre galt, bestand in einer Aufnahmeprüfung, bei der die Mädchen unter anderem Auskunft geben mussten, mit wie vielen Jungs sie schon geschlafen haben. Für Rose war das extrem grenzüberschreitend, aber wie andere unsichere, schüchterne Jugendliche in dem Alter war sie bereit, weit zu gehen, um Anerkennung zu erlangen. Ihren Eltern hatte sie nichts davon erzählt, weil sie wusste, dass sie ihr verbieten würden, daran teilzunehmen. Jedenfalls, Rose wurde ausgewählt ... ich denke, sie war eine attraktive Beute, weil sie süß und unschuldig und hübsch auf so eine glasartige Weise war. Das Frischlingsbankett fand in einem Festsaal am Skovshoved Yachthafen statt. Eines der Rituale besteht darin, dass die Jungs den Mädchen mit Filzstift irgendwelche schmierigen Sprüche auf den Körper schreiben. Rose hatte Panik davor, dass irgendwer auf ihr rumkritzelt, deshalb hat sie versucht, keine Aufmerksamkeit zu erregen, aber ein Junge, den sie noch nie gesehen hatte, hat sie entdeckt und kam zu ihr. Eine Mitschülerin hat ihr erzählt, dass er zu einer Gruppe von Herlufsholm gehörte, die eingeladen waren, weil sie mit ein paar Leuten vom Øregård befreundet waren. Sie können sich wahrscheinlich denken, wer es war?«

»Karl Jæger?«, fragen Mascha und Nabiha wie aus einem Munde.

»Genau, wer sonst. Es ist damit geendet, dass er ihr die Bluse und den BH runterzieht, ihr einen Penis auf die Brust malt und seinen Namen reinschreibt, während seine Kumpels im Kreis drumherum stehen und ihn anfeuern.«

»Warum ist Rose nicht einfach gegangen?«, fragt Mascha.

»Sie war betrunken. Hatte viel mehr Alkohol intus, als sie vertragen konnte. Trotzdem hat sie es schließlich geschafft, sich ihre Sachen zu schnappen und ein Taxi zu bestellen, aber als sie den Saal verlassen hat, um nach Hause zu fahren, stand Karl vor der Tür und hat auf sie gewartet. Und jetzt war sein Ton ein anderer. Er war lieb und nett, hat sich bei ihr entschuldigt und sie überredet, einen Spaziergang im Garten mit ihm zu machen.«

»Dumm von ihr mitzugehen«, sagt Nabiha.

»Ja, das kann man so sehen, aber sie wusste, dass ihr Vater wahrscheinlich noch wach war und auf sie wartete, und sie wollte noch etwas klarer im Kopf werden, bevor sie ihm begegnete. Waren wir nicht alle schon mal in dieser Situation?«

Nein, denkt Nabiha.

»Doch«, sagt Mascha.

»Irgendwann kommen sie ans Ende der Mole und setzen sich auf eine Bank. Er versucht, sie zu küssen, sie wehrt ab, aber er macht weiter, fasst ihr an die Brüste und in den Schritt, und zum Schluss hat sie keine Kraft mehr, Widerstand zu leisten, alles dreht sich, er drückt sie auf die Bank und zerreißt ihren Slip. Und dann vergewaltigt er sie.«

Astrid Peitersen hält abermals inne, und einen Augenblick lang sitzen die drei Frauen schweigend da.

»Rose lag ganz still und hat darauf gewartet, dass es überstanden ist. Sie erinnert sich noch daran, wie sie nebeneinander die Mole entlanggegangen sind, ohne ein Wort zu sagen, und dass sie dann irgendwie ein Taxi erwischt hat.«

»War ihr Vater noch wach?«

»Nein, und darüber war Rose froh.«

»Also hat sie es ihren Eltern nicht erzählt?«, fragt Nabiha.

»Damals jedenfalls nicht, aber ich weiß natürlich nicht, ob sie es inzwischen wissen. Ich habe seit Jahren keinen Kontakt mehr mit Rose. Sie wusste, dass ihre Eltern zur Polizei gehen würden, sollten sie es erfahren, und das wollte sie um jeden Preis vermeiden. Sie wollte einfach nur, dass es vorbeigeht. In den ersten Tagen danach hatte sie Schmerzen und panische Angst, dass sie schwanger sein könnte. Das war sie zum Glück nicht, aber das Erlebnis hat natürlich tiefe Spuren hinterlassen, und ich weiß nicht, ob sie es jemals verarbeitet hat. Jedenfalls hat sie entschieden, nicht weiter aufs Øregård zu gehen. Sie hat die Elfte beendet und ist dann ans Freie Gymnasium gewechselt.«

»Sagen Sie, wie haben Sie reagiert, als Sie Roses Geschichte gehört haben?«, fragt Nabiha.

»Ich war außer mir und habe versucht, sie zu überreden, den Typen anzuzeigen, aber das wollte sie auf gar keinen Fall, und so lange Zeit danach hätte es ja auch nichts gebracht. Ich musste ihr versprechen, es niemandem zu erzählen, und dieses Versprechen habe ich bis jetzt gehalten. Aber als sie mir alles erzählt hatte und nach Hause gegangen war, habe ich es aufgeschrieben.«

Nabiha nickt. »Ich wollte gerade fragen, wie es sein kann, dass Sie sich noch an so viele Details erinnern.«

»Ja. Ich wusste natürlich nicht, ob ich es jemals brauchen würde. Ich glaube, ich hatte das Bedürfnis, dass diese Geschichte nicht einfach in der Versenkung verschwindet.«

»Und der Grund, weshalb wir jetzt hier sitzen …?«

»… ist natürlich, dass ich vom Mord am Sohn des Klimaministers gehört habe und neugierig wurde. Vom Alter her passte es, und es war nicht schwer herauszufinden, dass er auf Herlufsholm war. War das also derselbe Karl, der damals Rose vergewaltigt hat? Ich habe ein paar Freunde und Kollegen angerufen, die entweder auf dem Øregård oder auf Herlufsholm waren, und wie sich herausgestellt hat, war er es.«

Sie schaut von Nabiha zu Mascha.

»Das hier ist nicht ganz einfach für mich. Ich breche das Versprechen, das ich einer alten Freundin gegeben habe.«

»Und zwar, indem Sie zur Polizei gehen, zu der Sie beide, nehme ich mal an, ein recht angestrengtes Verhältnis hatten, als Sie damals für das Jugendhaus und alles andere gekämpft haben«, sagt Nabiha.

Astrid Peitersen lächelt. »Das ist noch untertrieben. Wir haben die Polizei leidenschaftlich gehasst. Aber es dürfte klar sein, dass sich mein Verhältnis zur Polizei und dem Rechtswesen erheblich gewandelt hat, seit Rose und ich in Handschellen auf der Nørrebrogade saßen … Auch wenn ich die Art, wie ihr agiert, heute noch manchmal kritisch sehe. Langer Rede kurzer Sinn, ich möchte kein Wissen zurückhalten, das eventuell einen Mordfall betrifft. Aber können Sie mir sagen, warum nach Rose gefahndet wird? Hat das etwas mit dem Mord an Karl zu tun?«

»Wie Sie wissen, können wir Ihnen nicht viel über eine laufende Ermittlung erzählen«, sagt Nabiha.

Mascha schaut sie an. »Sind wir dann nicht fertig hier?«

»Doch«, sagt sie und steht auf. »Eine letzte Frage noch. Können Sie sich vorstellen, dass Rose imstande wäre, jemanden umzubringen?«

Astrid Peitersen zögert. »Nicht die Rose, die ich damals gekannt habe. Aber heute ...? Ich kenne sie ja gar nicht mehr. Und sind nicht die meisten imstande zu töten, wenn sie stark genug unter Druck stehen? Oder ausreichend mies behandelt wurden?«

Sie verabschieden sich von der Anwältin. Noch auf dem Weg die Treppe hinunter holt Nabiha ihr Handy aus der Tasche und ruft Juncker an.

»Hör zu«, sagt sie. »Du wirst es nicht glauben, aber du kannst die Fahndung nach Rose Magdeburg getrost ausweiten.«

Kapitel 48

Es ist dasselbe Spiel wie beim letzten Mal: Das Au-pair öffnet die Tür, sagt »*One moment*« und verschwindet wieder, woraufhin wenig später Daniel Alexander in der Türöffnung erscheint. Anders als am Vortag ist es jedoch nicht der geschliffene, professionell freundliche und entgegenkommende Familienvater und Geschäftsmann, der sie empfängt.

Sondern das Raubtier.

Er lächelt, als er sie sieht. Signe kann sich nicht entsinnen, jemals ein derart eiskaltes Lächeln gesehen zu haben. Nicht bei einem einzigen der inzwischen recht vielen kaltblütigen Typen, die sie im Laufe ihrer Karriere eingebuchtet hat. Nicht mal bei Peter Rolf, und dem hat das Psychopathenlächeln quasi das gesamte Gerichtsverfahren hindurch im Gesicht geklebt. Sie ermahnt sich, Daniel Alexander niemals den Rücken zuzuwenden.

»Wie nett. Was führt Sie her?«, fragt er.

»Wir möchten gern über ein paar Dinge mit Ihnen reden«, sagt Signe. Jegliche Zweifel, inwieweit ihm nun klar ist, dass die Polizei über seine kriminellen Machenschaften im Bilde ist oder nicht, sind verschwunden. Sie sieht ihm an, dass er Bescheid weiß. Und es amüsiert ihn. Das hier ist ein Spiel.

»Und wenn ich keine Lust habe, mit Ihnen zu reden?«

»Ganz einfach. Dann nehmen wir Sie fest und befragen Sie auf dem Revier. Dürfen wir reinkommen?«

Die Ehefrau und die Kinder sind nirgends zu sehen, als Signe und ihr Kollege Daniel Alexander durchs Haus und den Garten zu seinem Büro folgen.

Er setzt sich an den Schreibtisch, kippt den Stuhl zurück und legt die Beine hoch. Signe nimmt ihm gegenüber Platz. Ihr Schulterholster drückt, und sie schiebt eine Hand unter die Daunenjacke und rückt es zurecht. Alexander bemerkt die Bewegung, und sein Lächeln wird noch breiter. Baldur lehnt mit verschränkten Armen an der Tür. Signe weiß, dass er seine Waffe in einem Holster am Gürtel trägt.

Auf der anderen Seite der Panoramafenster herrscht pechschwarze Dunkelheit. Es ist vollkommen still. Signe erhascht Daniel Alexanders Blick. Zehn Sekunden lang starren sie einander in die Augen. Sein Lächeln ist unverändert, es ist wie eine Maske, die er aufgesetzt hat. Sein Blick weicht keinen Zentimeter. Sie spürt ihr Herz hinter der Daunenjacke und dem unförmigen Sweatshirt pochen. Sie ist protzige, großmäulige Drogengangster gewohnt, die wie Pavianmännchen lärmend ihr Territorium gegen Eindringlinge verteidigen. Er hier … Er droht nicht nur. Er lässt Taten folgen.

»Sie waren auf Herlufsholm.«

Er starrt ihr weiter in die Augen, und es kostet sie Überwindung, den Blick zu halten. Du weichst ihm nicht aus, sagt sie sich selbst.

»Zusammen mit Karl.«

Eine Sekunde. Zwei. Drei. Vier. Fünf.

»Sie waren in einer Klasse.«

Ein Nerv beginnt an seinem Jochbein unter dem einen Auge zu zucken. Erst ignoriert er es, aber dann wird es doch zu lästig, und er hebt die Hand und massiert die Stelle mit kleinen, irritierten Bewegungen. Sie spürt seinen Zorn über den Verrat, den sein Nervensystem soeben begangen hat, und er lächelt nicht mehr. Sie dafür schon. Sie kann ihre Schadenfreude nicht unterdrücken. Sie starren sich weiter in die Augen, und in seinen spiegelt sich ein immenser Hass wider. Nicht der erlernte, fast schon ritualisierte Hass, den sie so gut von Verbrechern kennt. Dies hier geht tiefer. Daniel Alexanders Hass auf sie entspringt einem Urinstinkt.

Es ist nicht die Polizistin Signe Kristiansen, die er hasst. Es ist ein niederes Wesen, das lächelnd vor ihm sitzt und ihn demütigt.

»Also wäre es nicht zutreffend zu behaupten, dass Karl und Sie sich sehr gut gekannt haben? Dass Sie Freunde waren?«

Weiterhin Schweigen.

»Ich meine, dieser ganze Schwachsinn von wegen Sie kennen sich, weil Sie sich immer mal wieder über den Weg laufen ... ›sehr gute Bekannte‹, war das nicht der Ausdruck, den Sie benutzt haben?«

Er schnaubt. »Ob wir Freunde waren ... ich denke, das ist Definitionssache, oder?«

»Können Sie uns etwas zu HTBG sagen?«

Signe erkennt ein Aufblitzen von Überraschung. Er nimmt die Beine vom Schreibtisch und beugt sich vor.

»Das ist ein Netzwerk. Wir sind einige Ehemalige von Herlufsholm und treffen uns hin und wieder zu einem guten Abendessen oder Unternehmungen.«

»Wie zum Beispiel?«

»Alles Mögliche. Ein Kletterkurs. Paintball. Ein Spiel des FCK im Parken. Oder anderswo, solange sie in Europa spielen. Solche Dinge.«

»Also nichts, was mit der Arbeit zu tun hat?«
»Nein, außer dass wir uns gegenseitig helfen.«
»Und zwar wie?«
»Wir teilen zum Beispiel unsere Verbindungen miteinander. Es ist, wie gesagt, ein einzigartiges Netzwerk fürs Leben.«
»Eine Art Loge?«
»Wenn Sie so wollen.«
»Ich dachte nur, der Begriff Loge entspricht mehr dem Geiste von Herlufsholm, wenn Sie verstehen, was ich meine. Wer ist Mitglied dieser Loge?«
»Ich glaube, das würde ich gern für mich behalten.«
»Es wäre aber ratsam, wenn Sie uns Auskunft geben. Gehört Filip Steenvig dazu?«

Daniel Alexander starrt auf einen Punkt über Signes Kopf.
»Was ist mit Karl Jæger? War er dabei?«
Keine Antwort.

Baldur, der bisher reglos an der Tür gestanden und Signe und den Verdächtigen beobachtet hat, rührt sich. »Dealt HTBG auch mit Drogen?«, will er wissen.

Die Frage scheint Daniel Alexander nicht sonderlich zu überraschen.

»Nein«, sagt er und lächelt den jungen Färinger aufgesetzt freundlich an.

Signe steht auf. »Wir würden Sie doch gern mit aufs Revier nehmen.«

Er blickt von ihr zu Baldur. Dann zuckt er mit den Schultern. »Wenn es sein muss. Aber dann möchte ich meinen Anwalt dabeihaben.«

»Ganz wie Sie wollen. Wir gehen kurz nach draußen, dann können Sie ihn anrufen. Sagen Sie ihm, dass wir Sie zunächst mit nach Teglholmen nehmen.«

Sie stellen sich so, dass sie ihn durch die Fenster im Auge behalten können. Er dreht sich mit dem Rücken zu ihnen und telefoniert. Als er auflegt, gehen sie wieder hinein.
»Wie heißt Ihr Anwalt?«, fragt Signe.
»Markus Bohn.«
Der Name sagt ihr nichts.
»Ist er auch Mitglied von HTBG?«
Statt zu antworten, fragt er: »Bin ich festgenommen?«
»Noch nicht«, sagt Signe. »Aber es wäre vielleicht nicht verkehrt, wenn Sie Zahnbürste und Schlafanzug mitnehmen.«

Markus Bohn ist schlecht gelaunt, was Signe durchaus verstehen kann. Sie wäre auch nicht erfreut, würde sie am späten Samstagabend aufgefordert, eine Abendgesellschaft in Hellerup zu verlassen, um auf das nicht sonderlich charmante Teglholmen zu fahren und sich in einen Vernehmungsraum zu setzen.
»Das hätte doch wohl verdammt noch mal bis morgen Zeit gehabt«, schnaubt der Anwalt, der einen halben Kopf kleiner, aber um einiges beleibter ist als Signe. Er entledigt sich wütend seines Mantels und wirft ihn über einen Stuhl, ehe er sich neben seinen Klienten setzt.
»Darf ich Sie daran erinnern«, sagt Signe, »dass diese Vernehmung Teil einer Ermittlung in einem größeren Verfahrenskomplex ist, der unter anderem Mord beinhaltet?«
Vielleicht etwas dick aufgetragen angesichts der derzeit mehr als dürftigen Beweislage für Daniel Alexanders Beteiligung.
»Deshalb müssen wir die Vernehmung Ihres Klienten jetzt durchführen, und er, nicht wir, hat um Ihre Anwesenheit gebeten.«

»Und da hat er schon recht getan. Sie drohen damit, ihn festzunehmen, ohne ihm, wenn ich es richtig verstanden habe, den kleinsten Beweis für eine begangene Straftat vorzulegen. Sein einziges Vergehen besteht offenbar darin, den Toten gekannt zu haben.«

Signe setzt sich Daniel Alexander und seinem Anwalt gegenüber. Baldur lehnt sich abermals mit verschränkten Armen an die Tür.

»Wir sind uns zweifelsfrei sicher, dass Karl Jæger mit Kokain und möglicherweise auch anderen Drogen gehandelt hat«, sagt Signe. »Wir haben Beweismaterial dafür in seinem Haus gefunden. Wussten Sie davon?«

Daniel Alexander schüttelt den Kopf. »In keiner Weise.«

»Das ist komisch. Wir haben nämlich einen Zeugen, der dabei war, als Sie in Begleitung von Karl Jæger den Kauf einer größeren Menge Kokain mit einem bekannten Bandenführer und Drogendealer vereinbart haben, aber davon wissen Sie vielleicht auch nichts?«

Er schüttelt den Kopf. »Nein.«

Markus Bohn hebt eine Hand. »Darf ich fragen, wer dieser Zeuge ist? Und wo und wann dieser angebliche Handel stattgefunden haben soll?«

»Das können wir Ihnen leider nicht sagen.«

»Dann ist mein Rat an meinen Klienten, dass er keine weiteren Fragen beantwortet.«

»Das ist völlig in Ordnung.«

Signe schaut zu Baldur, der ein paar Handschellen aus der Halterung an seinem Gürtel nimmt und an den Tisch tritt.

»Daniel Alexander. Es ist ...« Er schaut auf die Uhr an der Wand. »... 23.17 Uhr, und Sie sind hiermit festgenommen, da Sie im Verdacht stehen, eine größere Menge

Kokain erworben zu haben, mit der Absicht, es weiterzuverkaufen. Sie sind nicht verpflichtet, eine Aussage zu machen, und ...«

Der Anwalt erhebt sich halb. »Das können Sie nicht auf so dünner Grundlage.«

»An Ihrer Stelle wäre ich mir da nicht so sicher«, entgegnet Signe lächelnd und wendet sich an Daniel Alexander.

»Ihr Handy bitte.«

»Ruf meine Frau an und sag ihr, wo ich bin«, sagt er tonlos zu seinem Anwalt.

Während Baldur dem Verdächtigen Handschellen anlegt, mustert Signe Markus Bohn eingehend.

»Und Sie, sind Sie auch Mitglied in diesem HTBG-Verein?«

Bis Signe und Baldur Daniel Alexander im Vestre Gefängnis abgeliefert hatten, war Mitternacht vorbei. Weder auf der kurzen Fahrt zur Untersuchungshaftanstalt noch während der Aufnahme dort gab der Verhaftete einen Ton von sich.

Anschließend hat sie Baldur zurück nach Teglholmen gefahren, wo er sein Auto stehen hatte, und jetzt ist sie auf dem Heimweg nach Vanløse, mit einem Bild vor Augen, das sich ihr eingebrannt hat: Als sie Daniel Alexander den Vollzugsbeamten überließen und er weggeführt wurde, blieb er plötzlich stehen, drehte sich um und starrte sie an. Als wolle er sich ihre Gesichtszüge genauestens einprägen.

Sie erschauert. Er gehört eingesperrt. Für viele Jahre.

Kapitel 49

Im Schlafzimmer ist es kühl, trotzdem läuft ihr der Schweiß herunter. Sie liegen auf dem Rücken, blicken an die Decke und halten einander an der Hand. Ihr Herz pocht, noch nie zuvor hat sie so etwas erlebt. Allerdings hält sich ihre Erfahrung auf dem Gebiet zugegebenermaßen in Grenzen.

»*Holy Shit*«, flüstert Mascha. »Das müssen wir wiederholen.«

»Mhm.«

»Jetzt?«

»Das macht mein Herz nicht mit.« Nabiha dreht den Kopf und küsst Mascha auf die Schulter. »Magst du ein Glas Wein?«

»Her damit.«

Sie steht aus dem Bett auf und spürt Maschas Blick auf ihrem Körper. In der Tür dreht sie sich um.

»Was gibt's da zu gucken?«, sagt sie und grinst.

»Die schönste Frau der Welt.«

»So ein Quatsch.«

»Ist da jemand verlegen?«

»Ich, verlegen? Ha!«

Sie geht in die Küche, holt eine Flasche aus dem Kühlschrank und nimmt zwei Gläser mit ins Schlafzimmer.

»Prost«, sagt Mascha.

»Auf was?«
»Auf uns.«
»Sehr gut. Prost auf uns.«
Nabiha zupft an der Decke. »Geh mal kurz hoch. Mir ist kalt.«
Sie kriecht unter die Decke, und Mascha schlüpft zu ihr.
»Glaubst du, jemand von der Arbeit hat was gemerkt?«
Nabiha stellt ihr Glas neben dem Bett auf den Boden. »Keine Ahnung. Ich bin mir jedenfalls ziemlich sicher, dass Juncker nichts mitgekriegt hat.«
»Meinst du, er würde es jemals mitkriegen, wenn wir nicht gerade direkt neben ihm miteinander rummachen?«
Nabiha muss lachen. »Fast hätte ich Lust, es auszuprobieren. Aber täusch dich mal nicht. Er mag vielleicht weltfremd und zerstreut wirken, aber er ist der scharfsinnigste Mensch, den ich kenne.«
»Und wir müssen es geheim halten, oder?«
»Ja. Es sei denn, du hast Lust, die Abteilung zu wechseln.«
»Ich!? Du kannst sie doch genauso gut wechseln.«
»Vergiss es. Keine Chance.«
Mascha mustert sie prüfend.
»Mein Ernst«, sagt Nabiha und beugt sich hinunter zu ihrem Glas.
»Du bist ja hart«, sagt Mascha und boxt ihr gegen die Schulter.
»*I know.*«
»Was ist mit deiner Familie?«
»Was meinst du?«
»Wann erfahren sie, dass du lesbisch bist?«
»Moment, Moment. Reicht es nicht erst mal, wenn wir sagen, dass ich bi bin?«

»Quatsch. Du bist lesbisch.«

Nabiha lächelt. »Wer weiß. Es hängt ja auch vom Angebot ab.«

»Ernsthaft jetzt, wann erzählst du es deiner Mutter ... und deinem Bruder?«

Nabiha wird ernst. Dreht das Glas zwischen Daumen und Zeigefinger. »Schwierig. Meine Mutter ist so sensibel geworden, und falls das rauskommt ...«

»*Wenn* das rauskommt ...«

»Okay, wenn das rauskommt, dann bricht für sie die Welt zusammen.«

»Ach komm, ist das nicht ein bisschen übertrieben?«

Nabiha schüttelt den Kopf. »Ich fürchte nein.«

»Deine Mutter liebt dich doch, oder?«

»Ja. Aber so einfach ist das nicht. Sie ist extrem abhängig von ihrer palästinensischen Gemeinschaft, und wenn bekannt wird, dass ich mit dir zusammen bin ... Nicht mal bei allen Bio-Dänen läuft so was immer stressfrei ab, selbst heutzutage noch. Und in palästinensischen Kreisen, da wäre das ein Riesenskandal. Ein gigantischer Schmutzfleck auf der Familienehre. Meiner Mutter würde die soziale Isolation drohen. Glaub mir. Da wären wir nicht die Ersten.«

»Aber du hast mir doch auch erzählt, wie deine Eltern dich unterstützt haben, als du klein warst ... und als Jugendliche, als du Sachen gemacht hast, die arabische Mädchen normalerweise nicht dürfen.«

»Das war vor allem mein Vater. Als er gestorben ist, hat meine Mutter sich verändert. Sie wurde von der Familie unter Druck gesetzt, und das wird wieder passieren, wenn rauskommt, dass ich auf Frauen ...«

Ihr Handy klingelt. Es liegt im Wohnzimmer. Leise fluchend steht sie auf. Erstaunt liest sie den Namen auf dem Display und nimmt ab.

»Kris, spinnst du, so spät noch anzurufen?«

»Äh ... 'tschuldige ... äh ...«

Sie lächelt ob Kristoffers Verlegenheit. »Kris, das war nur Spaß. Wie geht's dir? Lange nicht mehr gehört. Wo bist du?«

»In Kopenhagen.«

»In Kopenhagen? Was machst du hier?«

»Hat Juncker nichts gesagt?«

»Mir jedenfalls nicht.«

»Okay, pass auf ...«

»Spannend«, sagt Nabiha, als Kristoffer einige Minuten später fertig erzählt hat. »Aber warum rufst du an? Um meine liebliche Stimme zu hören?«

»Nein. Oder, auch deshalb natürlich. Aber vor allem brauche ich einen Schlafplatz. Ich dachte, ich nehme mir ein billiges Hotelzimmer, aber das kannst du komplett vergessen. Gerade ist irgendeine große Konferenz, und alles ist ausgebucht. Deshalb wollte ich fragen, ob ich auf deinem Sofa pennen darf?«

Eigentlich passt es ihr überhaupt nicht, nicht heute Nacht, aber sie bringt es nicht über sich, Nein zu sagen. Seit den Ereignissen in Sandsted vor drei Jahren sind Kristoffer und sie Freunde.

»Juncker möchte ich ungern fragen«, schiebt er nach.

»Ja, das verstehe ich.« Sie hört ihm an, dass das mit den ausgebuchten Hotelzimmern nicht der einzige Grund ist. Er hat auch das Bedürfnis, sie zu sehen. »Klar, komm gern her.«

»Cool. Bin in einer halben Stunde da.«

Sie geht zurück ins Schlafzimmer.

»Kriegst du Besuch?«, fragt Mascha.
»Ja«, seufzt sie und erklärt kurz, was Sache ist.
Mascha steht auf.
»Dann sollten wir uns wohl besser was anziehen.«
»Wäre wahrscheinlich gut.«

Zwanzig Minuten später klingelt es an der Tür. Sie umarmt Kristoffer im Flur. Das war schon immer etwas umständlich. Er ist fast zwei Kopf größer als sie. Er und Mascha begrüßen sich.
»Wir sind Kolleginnen bei der Gewaltkriminalität«, erklärt Nabiha.
Sie setzen sich ins Wohnzimmer, Nabiha holt die Flasche Wein aus dem Schlafzimmer und schließt die Tür hinter sich. Vielleicht bildet sie es sich nur ein, aber sie hat das Gefühl, als würde es da drin nach Sex riechen.
Sie trinken Wein und unterhalten sich zwei Stunden lang. Vor allem über die Arbeit. Über die Fälle, an denen sie in Aalborg und Kopenhagen sitzen, und darüber, wie vertrackt im Augenblick alles ist, jedenfalls was die Ermittlungen in Kopenhagen anbelangt.
Mascha geht gegen halb zwei.
»Sie ist nett«, sagt Kristoffer, während Nabiha das Sofa zurechtmacht.
»Ja.«
»Seid ihr befreundet?«
Sie zögert kurz. »Tja ... so was in der Art. Aber wir kennen uns ja noch nicht so lang.«
Kristoffer sitzt im Sessel, die Quadratlatschen auf dem Sofatisch, und macht keine Anstalten aufzustehen, aber sie kann jetzt nicht mehr. Sie ist so viele Stunden Sozialkontakt am Stück nicht gewohnt.

»Ich muss jetzt ins Bett. Sonst bin ich morgen total zerstört.«

Das Bett duftet immer noch nach Mascha. Es ist schön, Kristoffer zu sehen, auch wenn es die Sehnsucht nach Mascha und das Verlangen, sie jetzt hier neben sich liegen zu haben, nicht ganz aufwiegt. Nabihas Hand wandert zu ihrem Schritt. Aber sie sieht schnell ein, dass sie dafür viel zu müde ist. Zwei Minuten später ist sie eingeschlafen.

16. Februar

Kapitel 50

Juncker wacht schlecht gelaunt auf. Er kann sich nicht entsinnen, etwas Unangenehmes geträumt zu haben, andererseits erinnert er sich aber nur selten an seine Träume. Vielleicht geht ihm auch der Besuch bei Rasmus Donsberg nach. Es ist unschön mitanzusehen, wie es mit dem Klimaminister bergab geht und das miserable Verhältnis zu seinem Sohn immer offener zutage tritt. Vor allem, da es Juncker zunehmend wie ein Abbild seiner eigenen Beziehung zu Kasper vorkommt. Ein verzerrtes Bild zwar, dennoch sind die Parallelen nicht von der Hand zu weisen.

Er steht auf, geht auf Toilette und anschließend in die Küche, wo er sich eine Tasse Kaffee macht und sich an den kleinen Klapptisch setzt. Es ist kurz vor acht, und im Haus herrscht Totenstille. Was ungewöhnlich ist, da zwei Stockwerke unter ihm ein junges Paar mit zwei Kindern wohnt, die eigentlich nicht zur schweigsamen Sorte gehören. Juncker mag sich gar nicht vorstellen, wie es sein muss, zu viert auf so wenig Raum zu leben. Er würde vollkommen wahnsinnig werden, hätte er keinen Rückzugsort, wo er die Tür schließen und allein sein könnte. Nichtsdestoweniger wirkt keiner der Eltern auch nur im Entferntesten wahnsinnig, wenn er sie auf der Treppe grüßt, und auch die Kinder machen einen fröhlichen, zufriedenen Eindruck. Sie scheinen eine glückliche Familie zu sein.

Er hat keine Ahnung, welcher Tag heute ist, und konsultiert sein Handy. Sonntag. Kurz überlegt er, ob er sein iPad holen soll, um Zeitung zu lesen, verwirft den Gedanken aber wieder. Er ist zu rastlos und kann sich auf nichts anderes konzentrieren als den Fall.

Während er an dem brühend heißen Kaffee nippt, denkt er über Nabihas Bericht von ihrem und Maschas Besuch bei Astrid Peitersen nach. Nach Rose Magdeburg wird nun öffentlich landesweit gefahndet.

Kann eine Vergewaltigung das Opfer wirklich so viele Jahre später dazu bewegen, Rache zu nehmen? Eine Weile sitzt er grübelnd am Tisch. Dann ruft er Malene an.

Wie immer klingt sie erfreut, obwohl er ihrer Stimme anhört, dass er sie geweckt hat. Anders als er ist sie in der Lage, lange zu schlafen. Er überlegt, etwas Nettes zu sagen. Dass er sie vermisst, zum Beispiel, aber seine Zunge ist wie verknotet. Wenn er solche Dinge zu sagen versucht, bleiben ihm die Worte immer im Hals stecken. Außerdem wäre es auch gar nicht wahr. Sie haben sich ja vor drei Tagen erst gesehen.

»Darf ich dich was fragen?«, sagt er. »Wegen der Arbeit?«

Sie lacht. »Immer doch, Herr Polizeikommissar. Ich kann mir nichts Schöneres vorstellen, als sonntagmorgens direkt nach dem Aufwachen über die Arbeit zu reden. Das kostet Sie aber eine Runde im Bett, wenn wir uns das nächste Mal sehen.«

Er räuspert sich. »Ist es denkbar, dass eine Frau, die in jungem Alter vergewaltigt wurde, jahrelang nichts gegen den Täter unternimmt, um ihn dann plötzlich zu ermorden? Wie wahrscheinlich ist das?«

»Auf dem Gebiet bin ich keine Expertin, aber ... hm, vielleicht. In dem Fall würde ich denken, dass es irgend-

eine Art von Trigger braucht. Also ein dramatisches Ereignis als Auslöser. Und ein zugrunde liegendes Trauma.«
»Wie zum Beispiel?«
»Es könnte sein, dass die Frau mehr als dieses eine Mal vergewaltigt wurde. Sie könnte anderweitig missbraucht worden sein, vielleicht sogar von jemandem aus der Familie … Aber das ist natürlich nur gemutmaßt, ein mögliches Szenario, mehr nicht.«
»Mach dir keinen Kopf, alles, was du mir sagst, bleibt unter uns.«
»Gut. Ich weiß ja nicht, wer die Frau ist, aber sie könnte auch selbst eine Persönlichkeitsstörung haben und über geringe Empathie verfügen.«
»Auch Psychopathen können vergewaltigt werden, willst du das damit sagen?«
»Na ja, sehr überspitzt ausgedrückt, ja.«
»Der Täter hat sich also an der falschen Frau vergriffen. Er hat eine tickende Zeitbombe vergewaltigt, die Jahre später detoniert ist.«
»So könnte man es sagen. Jedenfalls wäre das theoretisch möglich, also dass sie eine emotional instabile Persönlichkeitsstörung hat, entweder vom impulsiven oder vom Borderline-Typ.«
Na, prost Mahlzeit!, denkt Juncker.
»Aber wie gesagt, das ist nicht mein Spezialgebiet. Besser, du fragst jemanden, der sich wirklich damit auskennt. Da kann ich dir gern Kollegen empfehlen.«
»Danke. Ich melde mich, falls nötig.«
»Und ich vermute mal, du weißt nicht, wann wir uns sehen.«
»Leider nicht, aber hoffentlich bald.«
»Das hast du nett gesagt, Juncker.« Sie lacht wieder.

Er legt auf und bleibt eine Weile mit dem Handy in der Hand sitzen, ihr Lachen noch immer in den Ohren.

Wie erwartet ist Merlin an diesem Sonntag im Büro, und seine Tür steht offen. Juncker steckt den Kopf hinein.
»Morgen. Was Neues?«
»Ja, tatsächlich«, sagt Merlin. Juncker tritt in den Raum und setzt sich. »Nämlich?«
»Die Computernerds haben es geschafft, diese eine sehr direkte Drohung gegen den Klimaminister und seine Familie nachzuverfolgen, die an die offizielle Mailadresse des Ministeriums geschickt wurde.«
»Sehr gut. Woher kam sie?«
»Von einem falschen Hotmail-Konto, das über einen öffentlich zugänglichen Computer in der Hasseris-Bibliothek in Aalborg erstellt wurde.«
»Okay. Wissen sie auch, wer das Konto erstellt hat?«
»Ja. Der Betreffende hatte nämlich übersehen, dass die Bibliothek videoüberwacht ist, und da in der Mail ja steht, wann sie gesendet wurde, musste man nur auf den Videoaufnahmen zum entsprechenden Zeitpunkt vorspulen und schauen, wer da gerade an den Computern saß. Kinderleicht.«
»Und ziemlich amateurhaft von … ja, von wem denn eigentlich?«
»Einem Mann, der zwar eine Kapuze übergezogen hatte, den unsere Kollegen in Aalborg aber trotzdem problemlos identifizieren konnten, zumal er schon bei ihnen einsitzt – Heinz Schröder nämlich.«
»Rose Magdeburgs Freund?«
»Genau der.«
»Ich werd verrückt.«

»Das heißt, er kann jetzt sowohl mit dem Anschlag auf das Kraftwerk als auch mit den Drohungen gegen Donsberg und seine Familie in Verbindung gebracht werden. Wenn das mal kein Durchbruch ist«, sagt Merlin und sieht schwer zufrieden aus.

»Macht ganz den Anschein«, pflichtet Juncker ihm bei.

»Und Rose Magdeburg ist verschwunden, um anschließend von einer Überwachungskamera in der Nähe des Tatorts gefilmt zu werden, anderthalb Tage vor Karl Jægers Ermordung. Ihr Freund hat den Minister und seine Familie bedroht. Sie ist vorbestraft wegen illegalen Waffenbesitzes ...«

»Und du hast das Neueste noch gar nicht gehört.« Juncker erzählt von Nabihas und Maschas Besuch bei Astrid Peitersen.

Merlin reißt die Augen auf. »Wahnsinn, dann hat sie ja wirklich ein dickes Motiv gehabt, ihn umzubringen.«

»Kannst du laut sagen.«

»Wir müssen sie unbedingt finden. So viele Zusammentreffen, das kann kein Zufall sein.«

»Nein. Wir können bloß nicht viel mehr tun als ohnehin schon. Es wird großflächig nach ihr gefahndet, und Geir und Mascha haben heute Morgen mit Anton Clausen gesprochen, dem Mann, der mit ihr an der Tankstelle war.«

Es klopft an der Tür, und Mascha schaut herein.

»Gerade haben wir von dir gesprochen«, sagt Merlin.

Sie setzt sich neben Juncker.

Merlin nickt ihr zu. »Und? Was hat er gesagt, dieser Anton Clausen?«

»Wir sind schon um sieben hingefahren und haben ihn buchstäblich aus dem Bett geklingelt. Irgendwie hat es was, früh sonntagmorgens bei den Leuten auf der Matte zu stehen. Erst war er gnatzig, weil er geweckt wurde, und dann auch noch von seinen alten Erzfeinden, der Polizei, aber er hat sich schnell eingekriegt. Er meinte, er und Rose wären befreundet, seit sie beide Autonome waren, und dass er sich letztes Wochenende zweimal mit ihr getroffen hat, aber er behauptet trotzdem, dass er weder weiß, wo sie während ihres Aufenthalts in Kopenhagen gewohnt hat, noch wo sie in der Nacht von Montag auf Dienstag war, oder wo sie jetzt ist.«

»Klingt ziemlich unglaubwürdig, dass er angeblich nicht weiß, wo seine gute Freundin wohnt, während sie aus Jütland zu Besuch ist.«

»Haben wir ihm auch gesagt. Aber er ist dabei geblieben. Immerhin meinte er, es könnte sein, dass sie bei ihren Eltern in deren Haus in Brønshøj übernachtet hat. Anscheinend macht sie das manchmal, wenn sie in Kopenhagen ist. Bei dem Nachnamen war es leicht, ihre Adresse rauszufinden, also sind Geir und ich hingefahren.«

Merlin brummt anerkennend. »Erzähl.«

»Obwohl in ein paar der Zimmer Licht brannte, war offenbar niemand zu Hause, jedenfalls hat keiner aufgemacht. Die Nachbarn haben erzählt, die Magdeburgs wären in Italien im Skiurlaub und hätten vorgehabt, heute wieder nach Hause zu kommen. Könnte also schon sein, dass Rose dort geschlafen hat. Dazu erfahren wir hoffentlich mehr, sobald wir die Eltern erreichen.«

»Gut. Glaubt ihr diesem Anton?«, fragt Juncker.

»Nein, nicht wirklich.«

»Holt ihn her und grillt ihn. Wir müssen wissen, was genau er und Rose letztes Wochenende zusammen gemacht haben. Wo waren sie und mit wem? Und wir müssen alles, was er sagt, überprüfen. Sag mal, wo ist eigentlich Geir?«

»Der ist total erkältet, deshalb ist er nach Hause, ein paar Stunden schlafen.«

»Herrje«, sagt Merlin. »Der Mann hat ja überhaupt keine Abwehrkräfte. Juncker, fährst du mit Mascha und verfrachtest Anton Clausen hierher?«

»Kann ich machen. Ich muss Kristoffer nur schnell zeigen, welchen Tisch und welchen Computer er benutzen kann. Kristoffer ist ...«

»Ich hab ihn schon getroffen«, sagt Mascha. »Gestern Abend bei Nabiha. Er hat auf ihrem Sofa übernachtet.«

»Ah gut. Was hast du bei Nabiha gemacht?«, fragt Juncker und hört selbst, dass es viel zu schnüfflerisch klingt.

Mascha schaut ihn mit einem wachsamen Ausdruck an. »Was ich gemacht habe? Sie besucht.«

»Also seid ihr befreundet?«, fragt er beschwichtigend.

»Befreundet? Wir kennen uns ja noch nicht so lang, aber kann man schon so sagen. Ist das verboten? Mit jemandem aus der Abteilung befreundet zu sein?«

Ach du lieber Gott, denkt Juncker, da hab ich wohl einen wunden Punkt berührt. »Nein«, sagt er. »Nicht dass ich wüsste. Oder, Merlin?«

Merlin schüttelt den Kopf.

»In einer halben Stunde bin ich abfahrbereit«, sagt Juncker daraufhin.

Sie nickt und geht.

»Hast du Signe gesehen?«, fragt Merlin.

»Heute noch nicht. Warum?«

»Sie und Baldur haben Daniel Alexander gestern Abend bei ihm zu Hause befragt. Es lief darauf hinaus, dass sie ihn festgenommen und hierhergebracht haben, wo die

Vernehmung in Anwesenheit seines Anwalts fortgesetzt wurde. Die Nacht hat er im Vestre verbracht. Die Staatsanwaltschaft meint allerdings, dass der Richter auf der bisherigen Grundlage keiner Verlängerung der Haft zustimmen wird, und das sehe ich genauso. Wenn wir ihn länger festhalten wollen, müssen wir als Minimum Signes Quelle vor Gericht aussagen lassen. Abgesehen davon, dass wir dafür eine richterliche Zustimmung brauchen, ist nicht gesagt, dass die Quelle überhaupt dazu bereit ist.«

»Na dann, viel Spaß dabei, Signe die Neuigkeit zu überbringen.«

»Danke«, sagt Merlin und sieht aus, als würde er sich sehr weit weg wünschen.

Kapitel 51

Kristoffer ist vor mehr als fünf Stunden aufgestanden, trotzdem ist er immer noch steif, nachdem er den Großteil der Nacht auf Nabihas Sofa verbracht hat, das zwanzig Zentimeter zu kurz für ihn ist. Wie üblich war er nach knapp vier Stunden unruhigen Schlafs aufgewacht und hatte sich auf den Boden gelegt, nachdem seine Knie ihm ein Ultimatum gestellt und gefordert hatten, augenblicklich gestreckt zu werden, sonst könnten sie für nichts garantieren.

Juncker hat ihm einen Schreibtisch gegenüber seinem eigenen und Nabihas zugewiesen, und nach einigen Mühen ist es ihm gelungen, sich in die Systeme einzuloggen. Er schaut sich um. Außer ihm sitzen fünf Kollegen im Raum, alle etwa in seinem Alter und alle mit den Nasen vor ihren Bildschirmen, vermutlich damit beschäftigt, Überwachungsvideos durchzuschauen.

Er findet schnell heraus, dass Mirza Jović im Lollandsvej in Næstved wohnt und keine weiteren Namen unter der Adresse gemeldet sind. Er gibt sie in Google Street View ein und stellt fest, dass die Bebauung aus identischen hellbraun oder vielleicht eher beige gestrichenen Wohnblöcken besteht, die allesamt über neuere Anbauten in einem kräftigen Blau verfügen, wohl in dem Versuch, das Ganze farblich ein bisschen aufzupeppen. Insgesamt sieht es stark nach Sozialwohnungen aus.

Laut Mirzas Asylakte wurde er einige Zeit nach seiner Ankunft in Dänemark von einem Ehepaar adoptiert, das den Namen nach ebenfalls aus Bosnien oder jedenfalls vom Balkan stammt. Wie Mirza haben sie in Næstved gewohnt, beide sind inzwischen verstorben, die Frau vor gerade vier Monaten.

Mirza hat Abitur gemacht, aber nie ein Studium oder eine Ausbildung begonnen. Er hat keine Schulden beim Staat, hat viele Jahre lang als Busfahrer gearbeitet, phasenweise jedoch auch Arbeitslosengeld und Sozialhilfe empfangen. Er hat nicht geheiratet, jedenfalls nicht in Dänemark, und auch keine Kinder im Land – und er ist nicht vorbestraft.

Kristoffer fällt auf, dass von 2013 bis 2016 nichts über Mirza vermerkt ist, nur dass man ihn außer Landes wähnte, jedoch werden weder sein Verbleib noch der Grund seiner Ausreise genannt.

Natürlich lässt sich ein Leben nicht allein anhand solcher Informationen beurteilen. Dennoch sprechen die Zahlen und die sterilen Angaben ihre ganz eigene Sprache: Mirza Jovićs Leben scheint bis dato kein allzu glückliches gewesen zu sein.

Kristoffer lehnt sich zurück, streckt die Beine aus und verschränkt die Hände im Nacken. Eine Weile denkt er nach, dann geht er zu Merlins Büro und klopft an.

Der Chef ruft ihn herein, und nachdem Kristoffer ihn ins Bild gesetzt hat, fragt er ihn, was er nun vorhat.

»Also, wenn ihr einen Wagen für mich habt, würde ich nach Næstved fahren … Kann natürlich sein, dass er nicht zu Hause ist, aber dann kann ich immer noch mit den Nachbarn reden. Er wohnt seit mehreren Jahren dort, irgendjemand müsste also etwas über ihn sagen können.

Vielleicht hat einer der Nachbarn sogar einen Schlüssel, sodass ...«

»Nee, du, das geht nicht. Es sei denn, du hast einen wirklich guten Grund zu glauben, dass er verletzt oder vielleicht sogar tot ist – falls zum Beispiel ein entsprechender Geruch aus der Wohnung kommt –, aber sonst darfst du da ohne Durchsuchungsbeschluss nicht rein. Und den kriegen wir im Leben nicht, solange wir nichts gegen ihn haben, außer die Mutmaßung, dass er sich eventuell am Klimaminister rächen will. Allerdings würde ich nachts tatsächlich besser schlafen, wenn wir wüssten, wo Mirza Jović steckt. Also organisiere ich dir einen Wagen, und du fährst nach Næstved. Der Ordnung halber rufe ich nur schnell die Kollegen dort an und informiere sie, dass du auf ihrem Terrain operierst. Gutes Gelingen, Kristoffer. Bis dann.«

Kapitel 52

Sie schäumt fast vor Wut.
»Ihr habt was!?«
Merlin nickt. »Wir haben Daniel Alexander gehen lassen. Sowohl Anne Marie als auch ich sind der Auffassung, dass wir nicht genug haben, um eine Haftverlängerung zu beantragen ...«
»Verdammt, ihr hättet es doch wenigstens versuchen können«, fährt Signe Merlin und die Staatsanwältin an. »Vielleicht hätte der Richter im Gegensatz zu euch zwei ja erkannt, was der Typ für ein Psychopath ist.«
»Nein, Signe«, erwidert Anne Marie Olsen ruhig. »Auch wenn du in Bezug auf Alexander richtigliegst – und ich vertraue dir, wenn du sagst, dass es so ist –, braucht es mehr, damit ein Richter einen Haftbefehl ausstellen kann. Das weißt du selbst, oder?«
Signe seufzt. Sie hat schon bei vielen Fällen mit Anne Marie zusammengearbeitet und großen Respekt vor dem Urteil der Juristin, und ja, natürlich weiß sie, dass ein Richter handfestere Beweise oder zumindest belastbarere Indizien braucht, als sie bisher gegen Alexander vorbringen können.
»Ihr müsst einfach noch tiefer graben und mehr Beweismaterial beschaffen. Und deine Quelle muss vor Gericht aussagen. Macht er da mit?«

»Keine Ahnung. Ich kann ihn mal fragen, was er meint. Er ist extrem ängstlich, und ich bin mir nicht sicher, ob er bereit ist, mit anderen als mir zu sprechen. Wir können noch so sehr versuchen, ihn abzuschirmen, aber Daniel Alexander und sein Pack können sich garantiert denken, wer geredet hat. Die Anzahl der Leute, die anwesend waren, während zwei Bandenführer einen großen Drogendeal vereinbaren, dürfte überschaubar sein. Die Bande, aus der er rauswill, ist Aussteigern gegenüber sowieso schon nicht milde gestimmt, und wenn derjenige dann auch noch anfängt Geschäftsgeheimnisse auszuplaudern ... dann hat er die auch noch im Nacken, und auf einmal sind es ganz schön viele, vor denen er beschützt werden muss.«

»Das stimmt. Aber horch mal nach, wozu er bereit wäre«, sagt Anne Marie.

Signe wendet sich an Merlin. »Können wir nicht wenigstens die Observierung von Daniel Alexander aufrechterhalten? Damit wir wissen, wo er sich aufhält?«

»Doch, ich kümmere mich drum.«

»Was ist mit seinem Telefon?«, fragt sie Anne Marie. »Glaubst du, wir kriegen durch, seine Anschlüsse abhören zu lassen?«

»Ich bezweifle es, aber ich versuch's. Wobei er wahrscheinlich nicht so dämlich ist, Drogengeschäfte am eigenen Telefon zu besprechen. Meinst du nicht, er benutzt ein Prepaid-Handy?«

»Doch, garantiert«, sagt Signe. »Aber irgendwas müssen wir verdammt noch mal tun, wenn wir dieses Schwein und seine Bagage schnappen wollen.«

Baldur schüttelt den Kopf, als sie ihm von Merlins und Anne Maries Entscheidung erzählt.

»Ich kann nicht behaupten, dass mich das überrascht. Was machen wir jetzt?«

»Wir fragen Hamza, ob er bereit ist, vor einem Richter auszusagen. Und falls ja, müssen wir es schleunigst in die Wege leiten. Unsere Möglichkeiten, Alexander direkt zuzusetzen, haben wir ja ausgereizt. So wie die Dinge momentan stehen, kann ich mir nicht vorstellen, dass weitere Vernehmungen bei ihm etwas fruchten würden. Außerdem wäre es vermutlich gut, die Maßnahmen zu Hamzas Schutz zu erhöhen.«

Baldur nickt. »Ja. Ruf am besten gleich an.«

Sie wählt die Nummer des Gefängnisses. »Hier ist Polizeikommissarin Signe Kristiansen von der OK Kopenhagen. Ich würde gern mit einem Ihrer Insassen sprechen, Hamza Muhammed.«

Am anderen Ende der Leitung wird es vollkommen still.

»Hallo«, sagt Signe. »Können Sie mich hören?«

»Ja. Ich bin noch da. Es ist nur, weil ...«

»Ja? Was?«

»Hamza Muhammed ist tot.«

»Wie bitte?«

»Ja. Er wurde im Trainingsraum überfallen, man hat ihm die Kehle durchgeschnitten. Er wurde vor gerade mal einer halben Stunde für tot erklärt.«

Der Mann erzählt ihr das wenige, was er weiß, und als sie auflegt, spürt sie, wie ihr das Blut aus dem Gesicht weicht. Ihr ist speiübel, dazu friert und zittert sie am ganzen Körper.

Baldur schaut sie mit zusammengezogenen Brauen an. »Signe, was ist los?«

Sie blickt ihn an. »Sie haben Hamza ermordet.«

»Was!?«

»Gerade eben erst, vor einer halben Stunde. Hamza ist tot, Baldur. Sie haben ... Daniel Alexander hat ihn ermorden lassen.«
»Das kann nicht sein. Er stand doch unter Schutz?«
»Anscheinend hat das nicht ausgereicht.« Sie steht auf. »Komm.«
»Wo willst du hin?«
»Merlin«, sagt sie und rennt los. Baldur hastet ihr den Gang entlang hinterher.

Ohne anzuklopfen, stürmt sie in sein Büro. Merlin schaut verblüfft von seinen Papieren hoch.
»Komm doch rein«, sagt er mit leiser Stimme.
»Er ist tot, Merlin.«
»Wer ist tot, Signe?«
»Hamza. Meine Quelle. Ich hab es eben erfahren. Ich habe im Gefängnis angerufen, um zu sagen, dass ich mit ihm reden möchte. Er ...« Ihre Stimme bricht, und sie räuspert sich. »Wahrscheinlich wurde er für tot erklärt, während wir hier saßen und darüber geredet haben, warum wir Daniel Alexander nicht einsperren können. Und jetzt hat er ...« Sie schüttelt mutlos den Kopf.

»Wie ist er gestorben?«
»Ihm wurde die Kehle durchgeschnitten. Im Trainingsraum.«
»Wie zum Teufel konnte das passieren?«
»Frag mich nicht. Aber ich weiß, wer dafür verantwortlich ist. Ich fahre jetzt hin. Baldur und ich fahren ...«
»Was willst du da?«
»Ich ... wir wissen Dinge über Hamza, die die Kollegen dort nicht wissen. Es ist wichtig, dass wir von Anfang an dabei sind. Falls sie wissen, wer den Mord ausgeführt hat, müssen wir so schnell wie möglich mit demjenigen reden.«

»Ja, okay.«

»Wer ist der dortige Chef der Gewaltkriminalität?«

»Skakke.«

»Skakke?« Sie fasst sich an den Kopf. »Okay. Rufst du ihn an und sagst ihm, dass wir in einer Stunde da sind?«

»Mache ich.«

»Und keine Sorge, Merlin, wir sind spätestens heute Abend zurück.«

Kapitel 53

Mirza Jovićs Wohnung liegt im ersten Stock. Kristoffer drückt auf die Klingel. Keine Reaktion. Nach einer halben Minute versucht er es erneut. Immer noch keine Antwort. Die gegenüber wohnenden Nachbarn heißen laut Namensschild Thyra und Frede Karlsen, und hier hat er nach wenigen Sekunden Erfolg.

Als er im ersten ankommt, wird die Tür der Nachbarwohnung einen Spalt geöffnet, und eine grauhaarige Frau mit einer großen roten Brille späht heraus.

»Er ist wahrscheinlich nicht zu Hause«, sagt Thyra Karlsen. »Wir haben ihn schon ein paar Tage nicht mehr gesehen. Und auch nichts von ihm gehört.«

Sie öffnet die Tür ganz, sodass Kristoffer sie vollständig sehen kann. Sie ist zierlich und trägt ein geblümtes Kleid.

»Sind sie ein Freund von Mirza?«, fragt sie.

»Nein«, sagt Kristoffer und zieht seinen Ausweis aus der Tasche.

Sie schaut ihn erschrocken an. »Polizei? Ist etwas passiert? Hat er …?«

»Nein. Nicht soweit wir wissen. Wir würden nur gern in Verbindung mit einem Fall, in dem wir ermitteln, mit ihm sprechen. Kennen Sie ihn?«

»Nicht besonders gut.«

Frede Karlsen erscheint hinter Thyra. Er ist ähnlich

schmal gebaut wie sie und trägt eine blaue Latzhose und braune Schlappen. Der Mann schüttelt eifrig den Kopf und wiederholt mit heiserer Stimme, wie ein Echo seiner Frau: »Nicht besonders gut. Nein.«

»Okay. Darf ich reinkommen und Ihnen ein paar Fragen stellen?«

Thyra Karlsen strahlt, als hätte sie nur darauf gewartet, dass er fragt. »Aber natürlich.«

Sie tritt zur Seite, um Kristoffer Platz zu machen. »Jetzt lass den Mann doch mal vorbei, Frede.«

Frede tappt ins Wohnzimmer, und Kristoffer folgt ihm.

»Möchten Sie einen Kaffee?«, fragt Thyra.

»Gern«, antwortet Kristoffer.

Zehn Minuten später ist Kaffee gekocht und der Esstisch mit dem feinen Porzellan und Vanillekringeln gedeckt. Kristoffer, der kein Frühstück gehabt hat, langt über den Tisch nach ein paar Keksen. Thyra schiebt ihm die Schale hin.

»Greifen Sie zu. Es gibt noch mehr.«

»Danke. Sie sehen Mirza also nicht oft, sagen Sie?«

»Nein, wir treffen ihn ziemlich selten. Aber wenn, ist er die Freundlichkeit in Person.«

»Die Freundlichkeit in Person. Ja«, wiederholt Frede.

»Höflich und hilfsbereit ist er. Trägt uns die Tüten vom Supermarkt hoch und so. Und einmal, als wir mehrere Tage lang krank waren, ist er für uns einkaufen gegangen. Weißt du noch, Frede?«

Frede nickt eifrig. »Er war für uns einkaufen. Ja.«

»Nur eine Sache wundert uns«, sagt Thyra.

»Ja?«

»Dass er noch nie eine Freundin hatte. Nicht dass wir wüssten, jedenfalls. In all der Zeit, die er hier wohnt, haben wir ihn nie mit einer Frau gesehen, und das finden wir schon ein bisschen merkwürdig, denn er ist doch so ein gut aussehender Mann.«

»Wie lange wohnt er schon hier?«

»Tja, wie lange wohnt er schon hier? Vier Jahre, Frede? Oder vielleicht eher fünf. Ja, fünf, glaube ich.«

Alle drei nippen an ihrem Kaffee. Kristoffer schaut in sein Notizbuch.

»Können Sie mir sonst noch etwas über ihn erzählen?«

»Hm ... er läuft sehr viel. Also, er joggt, meine ich. Obwohl er ein bisschen hinkt.«

Sie schaut zu ihrem Mann, der den Mund voller Vanillekringel hat und sich daher mit einem Nicken begnügt.

»Wobei, hinken ist vielleicht zu viel gesagt, aber er zieht das eine Bein ein bisschen nach.«

»Sonst noch etwas?«

»Wir wissen auch, dass er ursprünglich aus Ex-Jugoslawien kommt ... das hört man ja schon an seinem Namen, nicht?«

»Er ist aus Kroatien«, sagt Kristoffer.

»Das heißt, er ist ein Gastarbeiter?«

»Nein, er kam als Flüchtling nach Dänemark.«

»So. Als Flüchtling.« Thyra sieht aus, als würde sie diese Information ein wenig überraschen.« Wir haben ihn mehrmals in Busfahreruniform gesehen.«

»Ja, er hat eine Weile als Busfahrer gearbeitet. Ist Ihnen sonst etwas aufgefallen?«

Thyra schaut zu ihrem Mann, der leicht den Kopf schüttelt.

»Na ja, also ... ich weiß ja nicht, ob es ...«

»Sagen Sie's ruhig«, sagt Kristoffer.

»Also, es ist ja sehr hellhörig hier. Vor allem in der Küche hört man deutlich, was in der Nachbarküche passiert. Also nicht, dass wir unseren Nachbarn belauschen würden ...«

»Nein, nein. Was haben Sie gehört?«

»Also, manchmal klingt es, als würde er beten. Ich verstehe ja nichts von so was, aber ist er Moslem?«

»Das weiß ich gar nicht. Er kommt zwar aus Kroatien, hat aber bosnische Wurzeln, aber ob er Muslim ist?« Kristoffer schüttelt den Kopf. »Keine Ahnung.«

»Und manchmal weint er.«

»Entschuldigung, was macht er?«

»Ja. Er weint. Es klingt so traurig. Wie ein Tier. Dann möchte man am liebsten bei ihm klopfen und fragen, was ihn so bedrückt. Und ihn vielleicht auf eine Tasse Kaffee rüberbitten. Aber das haben wir natürlich nicht getan, auch wenn ... vielleicht hätten wir es tun sollen.«

Kristoffer schließt sein Notizbuch und steht auf. »Jetzt will ich Sie nicht länger stören ...«

»Aber Sie stören doch nicht.«

»Und danke für den Kaffee und Ihre Hilfe. Wenn Mirza auftaucht, würden Sie mich anrufen?« Er notiert seinen Namen und seine Nummer und reicht Thyra den Zettel.

»Natürlich, wir sagen ihm, dass Sie ihn erreichen möchten ...«

»Nein, besser nicht. Rufen Sie mich einfach an, wenn er kommt.«

Kristoffer verabschiedet sich von dem Ehepaar und geht als Nächstes zum Nachbarn oberhalb von Mirzas Wohnung, einem jungen Mann, der so gut wie nichts über Mirza sagen kann. Kristoffer überlegt, ob er es bei weiteren Bewohnern versuchen soll, entscheidet sich aber dagegen. Mehr als Mirzas recht aufmerksames Nachbarpaar wird wohl kaum jemand zu erzählen haben.

Was hast du eigentlich herausgefunden?, fragt er sich selbst, als er wieder im Auto sitzt. Nicht viel. Dass Mirza vielleicht Muslim ist und so traurig, dass er manchmal weint, was den Eindruck nur nochmals verstärkt, den Kristoffer bereits gewonnen hat: dass Mirza Jović nicht gerade um sein Leben zu beneiden ist.

Kristoffer startet den Wagen und fährt los Richtung Kopenhagen. Wo bist du, Mirza? Er könnte natürlich verreist sein. Im Urlaub. Zu Besuch bei Freunden irgendwo anders im Land. Oder auf dem Balkan. Doch nichts davon ist der Fall. Er hat noch nie so stark etwas im Gefühl gehabt, das er eigentlich nicht wissen kann. Aber er ist sich absolut sicher.

Mirza ist verschwunden. Und er will nicht gefunden werden.

Kapitel 54

Seit Signe gehört hat, dass Hamza tot ist, hat sie versucht, es zu verdrängen, aber an der Autobahngabelung bei Køge trifft es sie wie ein Schlag mit dem Hammer.

Es ist schon wieder passiert.

Zum zweiten Mal wurde ein Mensch umgebracht, der unter ihrer Obhut Kopf und Kragen riskiert hat. Vor zweieinhalb Jahren war es eine junge Frau namens Veronika, die ihr Leben ließ, weil Signe fahrlässigerweise eine Bande skrupelloser Mörder zu ihr führte und ihnen Veronika auf dem Silbertablett servierte. Weil sie versäumte zu tun, was jeder fähige Polizist getan hätte.

Und jetzt Hamza.

Nein, versucht sie, sich zu sagen. Diesmal ist es anders. Sie hat nicht unmittelbar einen Fehler gemacht. Aber war sie gründlich genug? Sie hat Merlin gebeten, für eine Verstärkung der Sicherheitsmaßnahmen für Hamza zu sorgen, und sie weiß, dass ihr ehemaliger Chef mehrere Anrufe deswegen getätigt hat. Und als sie selbst vorhin im Gefängnis angerufen hat, geschah es ja eben aus dem Grund sicherzustellen, dass Hamza zusätzlich geschützt wird. Aber hätte ihr nicht klar sein müssen, dass Daniel Alexander – oder die Bande, aus der Hamza auszusteigen versuchte – Mittel und Wege finden würden, im Gefängnis an ihn heranzukommen, und dass sie blitzschnell zuschlagen würden? Angesichts der Tatsache, wie brandgefährlich Hamzas Aussage war, hätte sie da nicht früher und noch deutlicher auf erhöhtem Schutz für ihn bestehen sollen?

Ihr schützt mich und meine Familie, oder?, hatte er sie angefleht, und sie hatte geantwortet: Ja, natürlich.

Aber hatte sie ernsthaft daran geglaubt?

Sie presst die Zähne aufeinander, um nicht loszuheulen, und ist dankbar, dass sie Baldurs Auto genommen haben und sie nicht fahren muss. Sie dreht den Kopf und blickt aus dem Seitenfenster. Baldur fährt schnell und hat das Blaulicht eingeschaltet, sodass sie das Gefängnis in nur vierzig Minuten erreichen. Sie melden sich am Empfang, und ein Justizbeamter führt sie zum Trainingsraum, wo der Arzt dabei ist, die Leiche zu examinieren, und drei Techniker den Auffindungsort fotografieren und Spuren sichern.

Hamza liegt mit seitlich gedrehtem Oberkörper auf einer Matte, der eine Fuß ist in einer Sprossenwand verkeilt. Anscheinend hat er gerade Sit-ups gemacht, als ihm die Kehle durchgeschnitten wurde. Es sieht aus, als sei sein gesamtes Blut aus der Wunde gespritzt, die in all dem Dunkelrot klafft. Seine weit geöffneten Augen starren mit einem überraschten Ausdruck ins Leere.

Signe und Baldur bleiben in der Tür stehen. Ein Mann in Schutzkleidung kommt auf sie zu, grüßt und stellt sich als Anders Jensen vor.

»Ich leite die Ermittlungen«, sagt er, nimmt den Mundschutz ab und versucht, sich trotz Latexhandschuh den Schweiß von der Stirn zu wischen. »Skakke hat mir gesagt, dass Sie den Toten vor ein paar Tagen hier besucht haben«, wendet er sich an Signe, »und dass er Ihnen Informationen einen Fall betreffend gegeben hat, in dem ihr ermittelt. Hab ich das richtig verstanden?«

»Ja«, sagt Signe. »Der Mord an Karl Jæger, dem Sohn des Klimaministers.«

»Können Sie mir sagen, was das für Informationen waren, die Hamza Ihnen gegeben hat?«

Signe zögert, denkt sich dann aber, dass es keinen Unterschied mehr macht, ob andere wissen, was Hamza ihr erzählt hat.

»Er hat Karl Jæger und einen Mann namens Daniel Alexander als die eine Partei eines großen Drogendeals identifiziert, bei dem er vor einem Jahr dabei war. Zusammen mit dem Anführer der Bande, aus der er aussteigen wollte.«

Anders Jensen nickt. »Hatten Sie schon eine richtige Vernehmung mit ihm durchgeführt? Auf Band aufgenommen und im Beisein eines Richters, meine ich?«

»Nein, so weit waren wir noch nicht. Ich wollte ihn nicht drängen, ehe ich mir nicht ganz sicher war, dass wir ihn richtig beschützen können. Aber sein Mentor war bei dem Gespräch dabei.«

»Und wer weiß sonst noch, dass er mit Ihnen gesprochen hat?«

»Natürlich die Gefängnismitarbeiter, die das Treffen zwischen ihm und mir arrangiert haben. Einige der Kollegen, die am Karl-Jæger-Fall arbeiten. Sonst keiner. Wissen Sie, wer es getan hat?«

»Ja. Der Trainingsraum ist videoüberwacht.«

»Also haben Sie den Mord gesehen?«

»Ja«, sagt Anders Jensen leise. »Furchtbar. Aber selbst ohne Videoaufnahme wäre es einfach, den Täter zu finden. Es waren nämlich nur er und Hamza im Raum. Und ein Vollzugsbeamter. Auf dem Video sieht es aus, als sei er am

Einnicken, um es offen zu sagen. Er kriegt zwar mit, was passiert, aber viel zu spät. Dafür hat er den Täter schnell entwaffnet und unschädlich gemacht. Wollt ihr mit dem Beamten reden?«

»Nein, nicht nötig.«

»Er ist auch völlig fertig.«

»Wer ist der Täter?«

»Max Hermann. Dreißig Jahre alt, verbüßt lebenslänglich wegen Mordes ... das war übrigens bei euch in Kopenhagen, das Opfer war ein gleichaltriger Mann. Man hat nie rausgefunden, ob er in einem Bandenzusammenhang stand oder was sonst der Grund war.«

»Womit hat er Hamza getötet?«

»Mit einem Cuttermesser.«

Signe schüttelt den Kopf. »Wie zur Hölle ist es möglich, einen Cutter in eine Isolationsabteilung im neuesten und angeblich sichersten Gefängnis von ganz Dänemark zu schmuggeln?«

Anders Jensen zuckt mit den Achseln. »Dass Sachen ins Gefängnis geschmuggelt werden, lässt sich unmöglich verhindern. Das Neueste ist, dass die Kriminellen Drohnen benutzen, um ihren Freunden hinter Gittern Handys, Drogen und weiß der Teufel was sonst noch alles zu schicken.«

»Warum durfte Max Hermann mit Hamza in einem Raum sein?«

»Da müssen Sie das Personal fragen. Damit habe ich nichts zu tun.«

»Nein, das ist klar. Ist jemand von der Gefängnisleitung hier?«

»Ich habe gerade mit einer Stationsleiterin gesprochen. Soll ich sie herholen?«

»Ja bitte.«

Die Leiterin erscheint fünf Minuten später und stellt sich als Bodil Fisker vor. Signe schätzt sie auf um die fünfzig. Freundlich, aber auch wachsam, was angesichts der Situation sehr verständlich ist.

»Wie kann es sein, dass jemand wie Hamza, der in einem Aussteigerprogramm ist und deshalb zusätzlichen Schutz benötigt, mit einem anderen Insassen alleingelassen wird?«, fragt Signe und müht sich, die Wut aus ihrer Stimme zu halten.

Bodil Fisker bedenkt sie mit einem kühlen Blick. »Genau genommen war er nicht allein mit ...«

»Nein, aber dass ein Gefängnismitarbeiter anwesend war, hat ihm nicht viel geholfen, oder? Wie waren Hamzas Haftbedingungen, nachdem er das Aussteigerprogramm begonnen hatte?«

»Er war in einem Isolationsgang mit insgesamt acht Zellen untergebracht. Wir versuchen natürlich, die Insassen voneinander getrennt zu halten, so gut es eben geht. Aber praktisch lässt es sich nicht vermeiden, dass sie sich ab und zu begegnen. Zum Beispiel beim Hofgang oder wie hier im Trainingsraum. Wir haben nicht genug Personal, um jeden einzelnen Insassen immer nur allein betreuen zu können, zum Beispiel hier beim Work-out. Dann müssen wir eine Einschätzung vornehmen, wen wir zusammensetzen können, und in diesem Fall war das Personal der Auffassung, dass Hamza und Max miteinander auskommen. Tatsächlich wurde mir von den Mitarbeitern gesagt, dass die beiden eine Art freundschaftliches Verhältnis hatten.«

»Hm.« Signe verkneift sich eine spitze Bemerkung über die Fähigkeit von Vollzugsbeamten, Männerfreundschaften zu beurteilen. »Können wir mit Max Hermann sprechen?«

Bodil Fisker hebt einer Braue. »Soweit ich weiß, wurde er schon vom Ermittlungsleiter vernommen.«

»An den Ermittlungen zum Mord an Hamza sind wir nicht beteiligt.«

»Warum sind Sie dann hier, wenn ich fragen darf?«

»Weil der Mord möglicherweise in Verbindung mit einem anderen Fall steht, in dem wir ermitteln. Mehr kann ich leider nicht sagen. Können wir also mit Max sprechen?«

»Ja, natürlich. Sofern die Techniker die Spuren an ihm und seiner Kleidung abschließend gesichert haben. Kommen Sie …«

Zwei breitschultrige Beamte führen Max Hermann in den Vernehmungsraum. Wenn man bedenkt, dass er gerade einen muskulösen Mann aus der Schwergewichtsklasse umgebracht hat, ist er verblüffend schmächtig. Fahl, schlechte Haut und ein gehetzter Blick. Er trägt Handschellen und einen weißen Schutzanzug.

»Setzen Sie sich«, sagt Signe und zeigt auf den Stuhl an der ihr und Baldur gegenüberliegenden Tischseite.

»Wir wollen Ihnen nicht viel von Ihrer kostbaren Zeit stehlen, also warum erzählen Sie uns nicht einfach, warum Sie Hamza umgebracht haben?«, beginnt Baldur die Vernehmung.

Max Hermann schüttelt den Kopf. »Warum sollte ich mit euch Bullenschweinen reden?«

»Tja, wenn schon nicht aus freien Stücken, dann weil es sich möglicherweise für Sie auszahlt, wenn Sie mit uns zusammenarbeiten«, sagt Signe freundlich.

Hermann grinst höhnisch. »Dir ham sie wohl ins Hirn geschissen. Was sollte ich davon haben, mit euch zusammenzuarbeiten?«

Baldur beugt sich über den Tisch.
»Sie haben lebenslang, oder?«, fragt er.
Max Hermann nickt.
»Soll heißen, bei guter Führung, also ohne während Ihrer Zeit im Gefängnis andere Leute umzubringen, hätten Sie mit etwas Glück nach zwölf oder vierzehn Jahren draußen sein können. Das können Sie sich jetzt abschminken.«
»Und was schert es dich, wie lange ich einsitze?«
Baldur nickt. »Vollkommen richtig. Es könnte mir nicht egaler sein. Aber ich bin nun mal ein netter Mensch, und deshalb mache ich Sie darauf aufmerksam, dass Ihre einzige Chance, nicht für sehr, sehr lange Zeit im Gefängnis zu bleiben, darin besteht, mit uns zu kooperieren und uns zu sagen, warum Sie Hamza Muhammed die Kehle durchgeschnitten haben. Oder besser gesagt: Uns zu sagen, wer Sie beauftragt hat, ihn zu ermorden.«
Max Hermann lächelt. »Mich hat niemand beauftragt.«
»Aber warum dann? Warum musste Hamza sterben?«
»Das geht Sie nichts an.«
»Wenn wir es richtig verstanden haben, waren Sie und er beinah so was wie Kumpels. Also was hat er Ihnen getan?«
»Ich hab keinen Bock mehr, mit euch zu reden. Ich will meinen Anwalt sprechen.«
Signe macht ein beeindrucktes Gesicht. »Sie haben einen Anwalt?«
»Mein Verteidiger.«
»Natürlich. Der, der lebenslänglich für sie rausgeholt hat? Super Verteidiger, den Sie da haben«, sagt Baldur.
»Wie heißt er, Max?«, fragt Signe entgegenkommend.
»Markus Bohn.«
Baldur wirft Signe einen Blick zu.

»Ihr Verteidiger ist also Markus Bohn?«
»Ja, bist du taub, Alte?«
Signe steht auf, und Baldur tut es ihr nach.
»War's das?«, fragt Max.
»Ja, für diesmal«, sagt Signe. »Kann gut sein, dass Anders Jensen und seine Leute noch mal mit Ihnen reden wollen. Aber danke vorerst.«

»Ich hab mich was gefragt«, sagt Baldur, als sie auf der E47 sind.
»Was denn?«
»War es ein Fehler, Daniel Alexander zu sagen, dass wir einen Zeugen für den Deal zwischen ihm und einem anderen Drogendealer haben?«
Den Gedanken hat sie auch schon gehabt. »Was hätten wir sonst machen sollen? Das ist das Einzige, was wir gegen ihn haben, und wir haben ja nicht gesagt, um welchen Deal es geht, wo er stattgefunden hat und wer dabei war.«
»Stimmt, aber Daniel Alexander hat sich offenbar trotzdem zusammengereimt, wer geredet hat. Denn wir sind uns doch einig, dass Hamza deshalb liquidiert wurde, oder?«
Signe antwortet nicht, es gibt nichts zu sagen. Baldur hat recht. Und es ist eine schlechte Entschuldigung vorzubringen, dass sie im Traum nicht auf die Idee gekommen wäre, einer der Gefängnismitarbeiter könnten Hamza in eine Situation bringen, in der er einem der anderen Insassen ausgeliefert ist.
»Nicht zu fassen, dass Max Hermann Markus Bohn als Verteidiger hat. Man kann jedenfalls nicht behaupten, dass Alexander versuchen würde, ihre Hackordnung zu verschleiern«, sagt Baldur.

Signe schweigt.

»Und es ist doch echt irre«, fährt der Färinger fort, »dass sie jemanden wie Max Hermann dazu bringen können, einen Mann umzubringen, zu dem er offenbar ein gutes Verhältnis hatte.«

»Du weißt, wie die arbeiten. Vielleicht schuldet Max ihnen Geld und durfte die Schuld mit ein paar Jahren seines Lebens abbezahlen. Oder sie drohen ihm, seiner Familie etwas anzutun, wenn er nicht spurt. Diese Typen sind absolut skrupellos.«

»Meinst du, es bringt was, die Verbindung zwischen Alexander und Bohn zu untersuchen?«

»Vielleicht. Ich würde ein Monatsgehalt darauf verwetten, dass Bohn auch auf Herlufsholm war. Überhaupt müssen wir uns Jægers und Alexanders Jahrgang sowie den Zusammenhang zwischen den verschiedenen Namen und HTBG anschauen.«

»Streng genommen wissen wir ja nicht, ob alle, die Mitglied von HTBG sind, auch in den Drogenhandel involviert sind und ob sie sonst noch Kriminelles laufen haben.«

Signe schüttelt den Kopf. »Dieser ganze Jungsclubscheiß von wegen Fußballmatches und Paintball ... kann ja sein, dass sie sich ab und zu damit vergnügen, aber das hier ist eine Bande, die Geld mit kriminellen Machenschaften verdient. Punkt. Eine Bande, die sich überraschend geschickt unter unserem Radar gehalten hat, da bin ich mir absolut sicher, und je früher wir sie einbuchten, desto besser. Alexander ist jedenfalls viel zu gefährlich, um frei herumzulaufen.«

Ihr Handy klingelt.

»Charlotte, gerade passt es schlecht. Können wir ...«

»Ich wollte auch nicht lang stören. Nur schnell erzählen,

dass ich jetzt den Antrag abgeschickt habe, um Peter Rolf zu besuchen ...«

Signe flucht innerlich.

»Wie gesagt bin ich neugierig, was er will, und ich fand einfach, du solltest es wissen.«

»Danke. Aber ich muss jetzt wirklich ...«

»Jaja. Ich stör dich nicht länger. Lass uns bald mal treffen, ja?«

»Gern.«

Sie legt auf. Verdammt. Natürlich muss das ausgerechnet jetzt passieren, wo sie mehr als genug damit zu tun hat, sich mit den Folgen ihrer eigenen Unvorsichtigkeit auseinanderzusetzen.

Baldur schielt zu ihr hinüber. »War das ...«

»Privat, genau.«

Es geht gegen Abend, als Baldur sie am Haupteingang auf Teglholmen absetzt.

»Bis in ein paar Stunden«, sagt sie und steigt aus.

»In viel zu wenigen.« Er gähnt und fährt davon.

Sie geht zu ihrem Auto, das am Straßenrand parkt. Zieht den Schlüssel heraus und drückt auf den Öffnen-Knopf. Sie will gerade die Tür aufmachen, als sie es sieht.

Zirka zehn Zentimeter unter dem Türgriff ist ein Loch. Sie erstarrt und denkt erst, dass sie Gespenster sieht. Dass ihr müdes Hirn ihr einen Streich spielt. Aber so ist es natürlich nicht, es ist real, und sie weiß genau, was sie hier vor sich sieht.

Ein Einschussloch.

Sie weicht vom Wagen zurück und bleibt erst stehen, als sie mit der Ferse gegen die Bordsteinkante der anderen Straßenseite stößt. Fühlt sich unendlich verwundbar. Sie schaut sich um. Zum TV2-Gebäude ein Stück die Straße hinunter. Zu den Büro- und Wohnblöcken, die wie riesige Bauklötze in der Gegend stehen. Auf den nackten, schlammigen Bauplatz gegenüber dem Polizeigebäude. Keine Menschenseele zu sehen. Trotzdem hat sie das unangenehme Gefühl, beobachtet zu werden. Sie zieht den Reißverschluss ihrer Daunenjacke auf und greift ihre Pistole, die im Schulterholster steckt. Eine Minute lang steht sie ratlos da und überlegt, was sie machen soll. Jemanden anrufen? Wen? Merlin? Oder Juncker? Was sollten die tun?

Sie geht vorsichtig ums Auto und stellt fest, dass es kein Austrittsloch gibt. Die Kugel befindet sich also im Wageninneren. Es hat geregnet, und zwar der Größe der Pfützen entlang des Bordsteins nach zu urteilen recht heftig, eventuelle Schuhabdrücke sind also mit hoher Sicherheit weggewaschen. Außerdem ist das wahrscheinlichste Szenario, dass die Kugel aus dem Seitenfenster eines vorbeifahrenden Wagens abgefeuert wurde, denn nicht mal die Beschränktesten unter Daniel Alexanders Fußsoldaten wären vermutlich so blöd, auf offener Straße, und dann auch noch direkt vor einem Polizeigebäude, mit einer Pistole herumzuwedeln. Kurz gesagt gibt es keinen triftigen Grund, so spät noch einen Trupp Kriminaltechniker zur Arbeit antanzen zu lassen. Sie würden jetzt sowieso nichts finden, was morgen früh nicht auch noch da wäre.

Vielleicht hat jemand etwas gehört. Sofern die Pistole nicht mit einem Schalldämpfer versehen war, denn Sinn und Zweck des Schusses war ja vermutlich, sie zu erschrecken und einzuschüchtern, nicht die Anwohner. Aber auch das herauszufinden, hat bis morgen Zeit.

Halt dich aus unseren Geschäften raus, Bitch. So lautet die Botschaft an sie.

Kurz überlegt sie, auf einem Sofa in der Abteilung zu übernachten, merkt jedoch, dass sie dringend ein paar Stunden in ihrem eigenen Bett braucht, daher ruft sie ein Taxi, das fünf Minuten später da ist.

Während der Fahrt schaut sie alle dreißig Sekunden durch die Heckscheibe.

»Bin ich in einem Film?«, fragt der fette, bleichgesichtige Taxifahrer nach fünf Minuten.

»Was?«

»Ich meine nur ...«

Signe kann hören, dass er lächelt und sich bemüht, freundlich zu klingen.

»Ob uns jemand verfolgt. Irgendwas muss sein, weil Sie sich dauernd umdrehen und ...«

Sie begegnet seinem Blick im Rückspiegel. Sie sollte mitspielen bei seinem kleinen Scherz und ihm antworten, ebenfalls in freundlichem Ton. Aber sie hat nicht die Energie, und ihr Gesichtsausdruck lässt ihn rasch den Blick abwenden und den Rest der Fahrt steif auf die Fahrbahn gerichtet halten.

Als sie bezahlt hat und das Taxi weggefahren ist, bleibt sie einen Moment stehen und blickt die stille Wohnstraße hinauf und hinunter. Sie spürt dasselbe Unbehagen im Bauch wie vor fünfzehn Monaten, als sie Angst hatte, Troels Mikkelsen könnte sie verfolgen. Aber die Straße liegt verlassen, und sie schließt die Haustür auf. Zieht Jacke und Schuhe aus, schleicht den Flur entlang und öffnet zunächst Lasses und dann Annes Tür, um festzustellen, dass beide Kinder schlafen. Niels ebenfalls, wie sie am leisen Schnarchen aus dem Schlafzimmer hört.

Sie setzt sich an den Esstisch in der Küche, um ihren Puls runterzufahren, ehe sie ins Bett geht. Es war ein irrer Tag.

Sie fröstelt und geht zu dem kleinen Thermometer, das an der Pinnwand hängt. Es zeigt vierundzwanzig Grad. Nicht zu fassen ...

Dass Daniel Alexander allen Ernstes glaubt, sie so sehr einschüchtern zu können, dass sie zurückrudert. Vollidiot.

17. Februar

Kapitel 55

Es ist noch eine Viertelstunde bis zum Morgenbriefing. Merlin kommt an Junckers Schreibtisch. Nabiha ist noch nicht aufgetaucht, daher nimmt der Chef ihren Stuhl und setzt sich.

»Hast du das mit Signes Auto gehört?«, fragt er.

»Nein, was?«

»Jemand hat darauf geschossen.«

»Jemand hat was?«

»Signe und Baldur waren im Storstrøm Gefängnis, wegen dem Mord an ihrer Quelle. Sie sind mit Baldurs Wagen gefahren, und als sie gestern Abend zurückkamen, hatte jemand in die Fahrertür ihres Wagens geschossen.«

»Du machst Witze. Direkt hier vor der Tür?«

»Ja, Hemmungen haben die offenbar keine. Signe ist fest überzeugt, dass Daniel Alexander dahintersteckt. Und dass er auch für den Mord an Hamza im Gefängnis verantwortlich ist.«

»Der Mann, den wir gerade freigelassen haben?«

»Und blieb nichts anderes übrig. Das Einzige, was wir gegen ihn hatten, war das, was Hamza Signe erzählt hatte.«

»Ja. Und jetzt haben wir nicht mal mehr das. Wo ist sie?«

»Ich nehme mal an, in ihrem Büro.«

»Wie geht es ihr?«

Merlin lächelt schief. »Juncker, wir reden hier von Signe.«

»Jaja, schon. Aber so ein Erlebnis geht an die Nieren. Selbst ihr.«

»Na klar. Ich wollte es auch nicht kleinreden. Übrigens, ich habe den Befund der toxikologischen Untersuchung des alten Manns aus dem Pflegeheim erhalten.«

»Ah. Und?«

»Nichts. Oder besser gesagt: Es gibt keine Anzeichen für eine Vergiftung. In seinem Körper haben sich zwar Spuren von Medikamenten gefunden, aber das waren die, die die Ärzte ihm verschrieben hatten, und auch keine größeren Mengen als angeordnet.«

»Kurz gesagt ...«

»Außer deinem Gefühl haben wir kein Indiz, dass jemand die alten Demenzpatienten umbringt. Deshalb werde ich Laust sagen, dass wir die Ermittlungen einstellen.«

Juncker zuckt mit den Achseln, sagt jedoch nichts.

Merlin mustert ihn prüfend. »Es macht dir also nichts aus, dass ein oder mehrere Mörder möglicherweise frei herumlaufen?«, fragt ihn der Chef.

»Doch ... aber selbst wenn wir die Ermittlungen erst mal runterfahren, schließen wir einen unaufgeklärten Mordfall ja niemals komplett, richtig? Wenn sich etwas Neues ergibt, nehmen wir ihn doch wieder auf?«

Merlin nickt.

»Und das Besondere an diesem Fall ist ja«, fährt Juncker fort, »dass wir gar nicht wissen, ob es überhaupt ein Fall ist. Wir haben keine Ahnung, ob auch nur ein einziger Mord in diesem Pflegeheim verübt worden ist.«

Merlin steht auf. »Spielt für dich auch mit rein, dass die mutmaßlichen Opfer alt und senil sind und man ihr Dasein wohl als ziemlich elend bezeichnen könnte?«, fragt er.

»Dass also der Täter, so es denn einen gibt, sie genau genommen von ihren Qualen erlöst hat?«
Juncker schaut Merlin an. »Nein, tut es natürlich nicht. Ein Mord ist und bleibt ein Mord.«
»Auch ein Mord aus Mitleid?«
Juncker blickt ihn ruhig an. »Ja, auch ein Mord aus Mitleid.«

Beim Briefing im großen Gemeinschaftsbüro herrscht volles Haus. Die um die fünfundzwanzig Ermittler, Kriminaltechniker und sonstigen Mitarbeiter, die mit dem Mord an Karl Jæger beschäftigt sind, sitzen auf Stühlen und Tischen oder stehen an die Wände gelehnt.
»Guten Morgen«, beginnt Juncker, der sich neben die Tür gestellt hat. »Kommen wir gleich zur Sache. Es ist jetzt bald eine Woche her, dass Karl Jæger getötet wurde. Ich brauche euch nicht zu sagen, wie wichtig es ist, dass wir am Ball bleiben.« Er schaut in die Runde. Die meisten nicken. »Mascha und ich haben gestern Anton Clausen einen Besuch abgestattet. Das ist der, der zusammen mit Rose Magdeburg bei einer Tankstelle in der Nähe des Tatorts von einer Überwachungskamera gefilmt wurde. Mascha, erzählst du kurz, was er uns gesagt hat?«
»Ja. Anton Clausen wohnt mit seiner Familie in einer Wohnung in der Baggesensgade. Erst wollte er gar nicht mit uns reden. Wie Rose war er in den Nullerjahren in der autonomen Szene aktiv. Einige von ihnen haben im Lauf der Jahre ihre Haltung der Polizei gegenüber geändert, aber Anton Clausen gehört eindeutig nicht dazu. Er hat keinen Hehl daraus gemacht, dass er uns für Arschlöcher hält, aber wir haben ihm gesagt, dass Rose verdächtigt wird, an zwei Mordfällen beteiligt zu sein, und er, sollte er

irgendwie darin verwickelt sein, riskiert, sich Minimum mehrere Jahre Gefängnis wegen Beihilfe zum Mord einzuhandeln. Das hat ihn zwar nicht unbedingt freundlicher uns gegenüber gestimmt, aber er hat jedenfalls unsere Fragen beantwortet. Laut seiner Aussage hat er Rose letzten Sonntag und Montag insgesamt dreimal getroffen, sie waren Kaffeetrinken und im Restaurant essen und sind ansonsten einfach durch die Stadt geschlendert. Wir wollten natürlich wissen, in welchen Cafés und Restaurants sie waren und ob er das mit Kassenbons belegen könnte, was er aber nicht konnte. Ganz zufälligerweise hatten sie alles bar bezahlt. Wir prüfen natürlich, ob sich jemand an sie erinnert. Hab ich was vergessen?« Sie schaut zu Juncker.

»Eine Sache noch. Er ist dabei geblieben, dass er nicht weiß, wo in Kopenhagen Rose übernachtet hat, so wie er angeblich auch nicht weiß, wo sie sich zum Tatzeitpunkt befunden hat oder wo sie jetzt ist. Bisher können wir das nicht widerlegen.«

»Er gibt ihr also kein Alibi für Montagabend und die Nacht auf Dienstag?«, fragt Merlin.

»Nein«, sagt Juncker, »tut er nicht, und das ist fast das Glaubwürdigste an seiner ganzen Darstellung. Um Rose Magdeburg kurz abzuschließen ... Nabiha und Mascha haben mit einer weiteren Person gesprochen, die Rose aus ihrer Zeit in der autonomen Szene kennt, nämlich Astrid Peitersen, die Strafverteidigerin. Sie war damals selbst eine Autonome. Nabiha, fasst du kurz zusammen?«

Nabiha steht auf und erzählt, dass Peitersen ausgesagt habe, Karl Jæger habe Rose Magdeburg im Anschluss an das Frischlingsbankett vergewaltigt.

»Wir können also schlussfolgern, dass Rose ein stärkeres Motiv hat, Karl Jæger umzubringen, als zunächst angenommen«, sagt Juncker. »Außerdem wissen wir jetzt, dass es ihr Freund Heinz Schröder war, der die Mail geschickt hat, in der nicht nur der Klimaminister, sondern auch seine Familie bedroht wird. Nach Rose wird bekanntlich gesucht, DR und TV2 bringen die Fahndungsmeldung heute Abend, wenn ich es richtig verstanden habe.« Juncker hält inne und schaut sich um. »Signe ist nicht gekommen?«

»Noch nicht. Ich hab vor einer Stunde mit ihr gesprochen, aber ich weiß nicht, wo sie jetzt gerade ist«, sagt Merlin.

»Dann warten wir noch mit der Drogenspur. Hat jemand was Neues, was die Ermittlungen zu Karl Jægers Familie angeht?«

Ein junger Ermittler, dessen Namen Juncker vergessen hat, steht auf.

»Ja. Wir haben heute Morgen rausgefunden, dass das Handy von Karls jüngerem Halbbruder Franz Montagabend gegen neun mit einem Funkmast beim Bahnhof Svanemøllen verbunden war. Die Daten zeigen, dass er sich recht nah am Tatort befunden hat.«

»Davon hat er aber nichts gesagt.« Juncker wendet sich Nabiha zu.

»Nein, keinen Mucks. Vielleicht hat er es vergessen. So wie Franziska vergessen hat zu erwähnen, dass sie ihren Bruder am Abend, bevor er ermordet wurde, noch besucht hat. Vielleicht sind sie einfach vergesslich in dieser Familie.«

»Anders als seine Schwester hat ihn aber niemand ins Haus gehen sehen, oder?«

»Nein, aber nur weil ihn keiner gesehen hat, heißt das ja nicht, dass er nicht dort war.«

»Kann natürlich auch Zufall sein, dass er Montagabend

so nah am Tatort war, aber wenn beide Zwillinge so kurz vor seinem Tod noch bei Karl waren ... Nabiha, Mascha, ihr stattet dem jungen Mann noch mal einen Besuch ab«, sagt Juncker und schaut sich um. »Weder Signe noch Baldur sind hier, also schließen wir das Briefing.«

Kapitel 56

Sie war früh aufgestanden und hatte ein Taxi nach Teglholmen genommen. Sie wollte dabei sein, wenn die Techniker kamen, um das Schussloch in ihrem Wagen zu untersuchen. Wie erwartet konnten sie nicht viel beisteuern. Das Projektil war durch die Tür eingedrungen und im seitlichen Teil der Beifahrerrückenlehne stecken geblieben. Es wurde von einer 9-mm-Waffe abgegeben, und das aus so großer Entfernung, dass sich weder Schmauch- noch Rußpartikel ums Eintrittsloch abgesetzt haben. Die Techniker fanden auf Höhe des Autos weder Schuhabdrücke noch andere Spuren auf dem Asphalt, es ist also durchaus denkbar, dass der Schuss aus einem vorbeifahrenden Wagen abgegeben wurde. Ob ein Schalldämpfer benutzt wurde oder nicht, ließ sich nicht feststellen, solange weder der Abstand zwischen Autotür und Waffe noch die Größe der Treibladung der Patrone bekannt waren.

Kurz gesagt konnten die Techniker konstatieren, was Signe ohnehin schon wusste, nämlich dass jemand auf ihr Auto geschossen hat. Und das war's im Großen und Ganzen.

Baldur ist ebenfalls früh gekommen und hat sowohl Rechtsanwalt Markus Bohns Privatadresse als auch die seines Büros herausgefunden, Ersteres eine Wohnung auf einer der Inseln im Stadtteil Holmen mit Blick aufs Wasser, Zweiteres eine ruhige Straße in der Innenstadt, ganz in der Nähe des Nikolaj Plads – und damit auch des Nachtclubs Zombie.

Es ist erst kurz nach acht, daher haben sie beschlossen, es zunächst bei ihm zu Hause zu probieren. Baldur klingelt.

»Wer ist da?«, ertönt nach einer halben Minute unverkennbar die leicht nasale Stimme von Markus Bohn durch die Gegensprechanlage.

»Polizei«, sagt Baldur. »Würden Sie uns bitte reinlassen?«

Ein paar weitere Sekunden verstreichen, ehe ein Summen ertönt und das Schloss aufklickt. Im ersten Stock ist die Wohnungstür geschlossen. Baldur und Signe tauschen einen Blick. Signe klopft. Sie hören Schritte, und die Tür wird geöffnet. Der Anwalt starrt sie mit unverhohlenem Missfallen an.

»Was wollen Sie?«

»Mit Ihnen sprechen«, sagt Signe.

»Und das kann nicht warten, bis ich im Büro bin?«

»Nein. Dürfen wir reinkommen?«

Sie wartet die Antwort nicht ab, sondern tritt in die Wohnung. Baldur folgt ihr und murmelt ein »Danke«, als er sich an Bohn vorbeidrückt. Der Raum, den sie betreten, ist riesig. Hundert Quadratmeter, schätzt Signe. Mindestens. Die Aussicht aufs Meer und die Skyline der Innenstadt ist spektakulär.

»Ist außer Ihnen noch jemand hier?«, fragt Signe.

»Nein.«

»Also bewohnen Sie … das alles hier … allein?«

»Ja. Haben Sie ein Problem damit?«

»Überhaupt nicht. Können wir uns setzen?« Signe weist mit dem Kinn auf einen großen runden Tisch.

»Nein. Stellen Sie Ihre Fragen, und dann gehen Sie.«

»Na schön. Haben Sie gehört, dass Max Herrmann, den Sie verteidigt haben, im Gefängnis einen Mann umgebracht hat?«

»Natürlich. Er hat mich gestern angerufen. Er wollte wissen, ob ich ihn wieder verteidigen kann. Da habe ich natürlich Ja gesagt.«

»Klar, warum auch nicht. Wann haben Sie abgesehen von gestern zuletzt mit ihm gesprochen?«

»Das weiß ich nicht mehr. Ist schon eine Weile her.«

»Also haben nicht Sie Max Herrmann angerufen und ihn gebeten ... oder wohl eher ihm befohlen, Hamza Muhammed zu töten?«

Markus Bohn legt den Kopf in den Nacken und lacht herzlich. »Ich habe keine Ahnung, wovon Sie reden«, sagt er, als er sich wieder eingekriegt hat.

»Ich glaube, das haben Sie sehr wohl«, erwidert Signe. »Wie lange sind sie schon Daniel Alexanders Anwalt?«

»Das weiß ich nicht aus dem Stehgreif. Viele Jahre.«

»Sie waren auch auf Herlufsholm, oder?«, fragt Baldur.

»Ja.«

»In derselben Klasse wie Daniel Alexander?«

»Ja.«

»Und Filip Steenvig und Karl Jæger.«

»Das ist kein Geheimnis.«

»Nein«, sagt Signe. »Ich habe Sie letztes Mal gefragt, ob Sie ebenfalls Mitglied von HTBG sind, aber Sie haben mir keine richtige Antwort gegeben. Sind Sie Mitglied?«

»Dazu möchte ich mich nach wie vor nicht äußern.«

»Wir können Sie natürlich auch mit nach Teglholmen nehmen und dort weitermachen.«

Er zuckt mit den Achseln. »Das müssen Sie dann wohl, wenn Sie meinen, dass es notwendig ist.«

»Zurück zu Ihrem Kontakt mit Max Herrmann«, sagt Baldur. »Wir haben vor einer Stunde erfahren, dass unsere Kollegen, die in dem Mord an Hamza im Storstrøm Gefängnis ermitteln, in der Abteilung, in der Hamza und Max einsaßen, ein altes, zerstörtes Handy in einem Mülleimer gefunden haben. Ein Nokia 3310, natürlich ohne SIM-Karte.«

»Na, herzlichen Glückwunsch.«

»Danke. Wenn wir jetzt Ihre Wohnung durchsuchen, würden wir also kein Prepaid-Handy finden?«

»Die Frage ist hypothetisch, weil *null* Chancen dafür bestehen, dass irgendein Richter Ihnen die Durchsuchung meiner Wohnung genehmigt. Sie haben gar nichts gegen mich in der Hand. Aber davon abgesehen, nein, Sie würden natürlich kein Handy finden.«

»Sind Sie auch der Anwalt von Filip Steenvig?«, fragt Signe.

»Ja.«

»Und waren Sie es auch von Karl Jæger?«

»Nein, war ich nicht.«

»Und darf ich fragen, warum nicht?«

»Dürfen Sie gern. Sie bekommen bloß keine Antwort.«

Signe betrachtet Markus Bohn mit verschränkten Armen.

»Jemand hat gestern Abend auf mein Auto geschossen. Während es in der Teglholm Allé stand, direkt vor dem Polizeigebäude.«

Bohn schüttelt den Kopf. »Das ist ja frech. Ist der Schaden groß?«

»Ein Einschussloch in der Fahrertür.«

»Ärgerlich. Ist das Ihr Dienstwagen? Nein? Hmm. Ich hoffe, Sie haben eine Vollkaskoversicherung?«

Signe tritt einen Schritt auf den Anwalt zu, der leicht

zurückweicht. Sie meint einen Hauch von Nervosität in seinen Augen zu erkennen.

»Ich will Ihnen mal was sagen. Wir wissen, dass Daniel Alexander mit Drogen gehandelt hat und dass Karl Jæger sein Komplize war. Und wir wissen, dass Sie es wissen. Hamza hat es auch gewusst, und deshalb musste er sterben. Ich kann Ihnen also versprechen, dass wir Sie alle dafür drankriegen.«

Bohn hat seine Selbstsicherheit zurückerlangt und schnaubt. »Wenn Sie außer diesem Schwachsinn nichts zu sagen haben, denke ich, wir sind hier fertig. Ich muss jetzt zur Arbeit.«

Sie tritt noch näher an ihn heran, sodass ihre Gesichter nicht mehr als zwanzig, dreißig Zentimeter voneinander entfernt sind. Sie riecht sein Aftershave, das gar nicht so schlecht riecht. Frisch, mit einer leicht säuerlichen Note, nicht süßlich, schwer und ekelerregend wie Troels Mikkelsens Aramis.

»Eins kann ich Ihnen auch versprechen«, sagt sie leise. »Wenn wir Sie und Ihre Kompagnons drankriegen, dann so gründlich, dass Sie viele, viele Jahre hinter Gittern verbringen werden, wo sich muskelprotzige Bandenmitglieder unter der Dusche mit Ihnen amüsieren können.«

Sie starrt ihm direkt in die Augen. Nach fünf Sekunden schlägt er den Blick nieder. Sie kann ein höhnisches Lächeln nicht unterdrücken. Dann wendet sie sich ab und geht.

»Auf Wiedersehen, Markus Bohn«, sagt Baldur und folgt Signe hinaus.

»Was jetzt?«, fragt Baldur, als sie wieder im Auto sitzen.
Signe starrt mit leerem Blick geradeaus.

»Ich hab kurz mit den Jungs aus dem Observationsteam gesprochen, ehe wir hergefahren sind«, sagt er. »Sie hatten nichts Neues zu berichten. Daniel Alexander verhält sich ruhig, und außer ihm scheint niemand im Haus zu sein.«

»Wie war das, hat er nicht auch ein Sommerhaus?«

»Ja, in Tisvilde.«

»Wetten, er hat Frau, Kinder und das Au-pair dorthin geschafft? Damit er seinen Krieg mit uns in aller Ruhe abwickeln kann.«

Kapitel 57

Nabiha hängt ihre Jacke über die Stuhllehne und setzt sich an ihren Schreibtisch. Mascha schiebt ein paar Papiere zur Seite und setzt sich auf die Tischplatte. Ihr Bein streift Nabihas, die das Gefühl hat, einen elektrischen Schlag zu bekommen. Sie zwingt sich, Maschas Blick zu meiden, und wendet sich stattdessen Juncker zu, der schweigend und in sich gekehrt an seinem Schreibtisch sitzt und auf den Bildschirm starrt. Es macht nicht den Eindruck, als hätte er etwas bemerkt, stellt sie zufrieden fest. Er scheint nach wie vor nicht mitbekommen zu haben, was zwischen ihr und Mascha läuft. Andererseits kennt sie ihn inzwischen gut genug, um zu wissen, dass er es, selbst wenn er es irgendwann herausfinden sollte, nicht von sich aus zur Sprache bringen würde.

»So«, brummt er. »Was hatte Franz zu seiner Verteidigung zu sagen?«

»Dasselbe wie seine Schwester: Angeblich hat er vergessen, wo er Montagabend war. Oder genauer, wo er abgesehen von zu Hause *noch* war.«

»Nämlich wo?«

»Bei seiner Loverin. Beziehungsweise seiner ›Hübschen‹, wie er es ausgedrückt hat.«

»Und wo wohnt seine Hübsche?«

»In der Nähe von Karl Jæger. In einer Straße namens Vesterled. In einem Zweifamilienhaus.«

»Hatte er eine Erklärung für seine *memoria damnum*?«

»Für sein was?«

»Für seinen Gedächtnisverlust«, sagt Juncker.

Nabiha verdreht die Augen. Mascha lächelt.

»Nein. Nur dass er Sonntag- und Montagabend durcheinandergebracht hat.«

»Ziemlich lahme Erklärung. Habt ihr mit der Angebeteten gesprochen?«

»Jepp. Sie ist nämlich auch Franz' Sekretärin, deshalb sind wir im Büro im Tuborg Hafen vorbeigefahren und haben mit ihr geredet. Sie hat bestätigt, dass er Montagabend bei ihr war. Ein kurzer Besuch von einer Stunde. Von zirka zweiundzwanzig bis dreiundzwanzig Uhr, was mit den Mobilfunkdaten des Funkmastes übereinstimmt. Mehr oder weniger jedenfalls, denn es gibt eine Lücke von einer halben Stunde, in der sein Handy überhaupt keine Signale abgibt. Er behauptet, sein Akku wäre leer gewesen, aber er kann es natürlich genauso gut ausgeschaltet haben.«

Juncker kratzt sich die inzwischen recht kräftigen Bartstoppeln. »Die drei Geschwister haben sich also am Abend von Karls Ermordung mehr oder weniger zufällig in einem Abstand von wenigen hundert Metern voneinander befunden«, konstatiert er.

»Hatte Markman den Todeszeitpunkt nicht auf zwischen elf und zwei Uhr nachts geschätzt?«

»Genau. Und die Uhrzeit ist sicher weder nach vorne noch nach hinten heraus ganz fix, die Zwillinge könnten Karl also durchaus in dem Zeitraum, in dem sie sich laut eigenen Angaben in der Gegend befunden haben, entweder gemeinsam oder allein getötet haben.«

Merlin kommt in den Raum.

»So, jetzt tut sich was«, sagt er. »Ich habe gerade einen Anruf von der schwedischen Polizei erhalten. Sie haben soeben Rose Magdeburg in Göteborg festgenommen, zusammen mit zwei schwedischen Umweltaktivisten, die beide im Verdacht stehen, Vandalismus gegen mehrere Tankstellen sowie etliche SUVs verübt zu haben. Rose kann anscheinend mit einem Ticket dokumentieren, dass sie am späten Montagnachmittag den Zug nach Schweden genommen hat. Was die beiden Aktivisten übrigens bestätigen – sofern man denen Glauben schenken mag. Das ändert das Bild natürlich ein wenig.«

»Zweifellos«, sagt Juncker.

Merlin geht zurück in sein Büro. Juncker schiebt seinen Stuhl zurück und streckt die Beine aus.

»Das macht die Frage, was die Zwillinge Montagabend getrieben haben, nicht weniger interessant. Was halten wir von den beiden?«

Nabiha zuckt mit den Schultern. »Du meinst, abgesehen davon, dass sie völlig durchgeknallt sind? Wie der Rest der Familie?«

»Ja. Abgesehen davon.«

»Beide haben kein wirkliches Motiv, ihren Bruder umzubringen. Okay, man könnte sagen, es belastet Franz, dass er als Finanzchef Karls Kreditkartenspielchen und das alles geduldet hat. Aber ist das Grund genug, jemanden zu ermorden? Die Probleme verschwinden ja nicht, nur weil er seinen Bruder umbringt. Mit einem Mord halst er sich ja viel ärgere Probleme auf.«

»Und die Schwester? Du hast sie zweimal getroffen, Nabiha.«

»Ja, und ich werde nicht richtig schlau aus ihr. Sie spielt das kleine Mädchen, aber das ist mit Sicherheit bloß

Fassade. Sie ist scharfsinnig, wesentlich scharfsinniger als ihr Bruder. Im Gegensatz zu Franz macht sie kein Geheimnis daraus, dass sie ihren älteren Halbbruder nicht abkonnte. Zumal er ihr einen Haufen Geld geschuldet und nicht zurückgezahlt hat. Aber auch das ist kein sonderlich starkes Motiv, ihn gleich umzubringen.«

Juncker nickt. »Nein, hast recht. Aber es lässt sich nicht leugnen, dass ihre Alibis für den späten Montagabend reichlich dürftig sind. Und was das Motiv angeht ... mag sein, dass die Motive, die wir uns zusammenreimen können, nicht die stärksten sind. Aber wir haben ja keine Ahnung, was sich womöglich noch unter der Oberfläche verbirgt. Ich meine, wir können mit Sicherheit davon ausgehen, dass Karl eine Vergangenheit als Vergewaltiger hat und allgemein ein mieser Typ war ... es braucht keine sonderlich schmutzige Fantasie, um sich vorzustellen ...«

»Dass Karl sich auch an seiner kleinen Halbschwester vergriffen hat? Das hab ich auch schon überlegt«, sagt Nabiha.

Merlin erscheint erneut in der Tür. Er bleibt auf der Schwelle stehen. Als müsste er Mut fassen, um hereinzukommen, denkt Nabiha. Sie bemerkt, dass der Chef kreidebleich ist.

Sie steht auf. »Was ist los, Merlin?«

Juncker schaut mit gerunzelter Stirn zu ihr, dreht sich um und folgt ihrem Blick.

»Hast du einen Geist gesehen?«, fragt er seinen Chef.

Merlin holt tief Luft und kommt zu ihnen. Bleibt mit gesenktem Kopf und hängenden Armen stehen.

Irgendwas Schlimmes ist passiert, denkt Nabiha.

Juncker blickt ihn verwundert an.

»Was zum Teufel ist los?«, fragt er.

»Ein ...« Merlins Stimme bricht. Er starrt Juncker hilflos an. Hebt einen Arm und legt ihm die Hand auf die Schulter.

»Ein Mann wurde angeschossen im Lersøparken gefunden.«

»Okay«, sagt Juncker. »Und wir sollen uns darum kümmern? Kann das nicht jemand anders machen? Wir haben ehrlich gesagt genug ...«

»Juncker, es ist ein junger Mann, der ... er wurde identifiziert als ... ich fürchte ...« Er räuspert sich. »Ich fürchte, es ist dein Sohn. Es ist Kasper.«

Juncker richtet sich auf, sackt jedoch zurück auf den Stuhl. Einige Sekunden lang starrt er ins Leere. Dann steht er auf und macht einen Schritt auf seinen Chef zu.

»Was redest du da?«

Merlin blickt ihn verloren an.

Juncker schüttelt wütend den Kopf. »Das kann gar nicht sein.«

Merlin schaut ihm in die Augen und nickt.

Juncker fährt sich über die Stirn. »Ist er ... ist er ... tot?«

»Nein. Er wurde ins Traumazentrum des Rigshospitals gebracht. In kritischem Zustand, aber am Leben.«

Juncker schwankt, doch Nabiha macht rasch einen Schritt nach vorn und greift seinen Arm.

»Komm, setz dich hin, Juncker«, sagt sie und drückt ihn sanft zurück auf den Stuhl. Dann hockt sie sich vor ihn und nimmt seine Hände. So sitzen sie einige Sekunden. Dann zieht er vorsichtig die Hände zurück und steht wieder auf.

»Was machst du?«, fragt Merlin.

»Ich fahre hin. Ins Traumazentrum.«

»Natürlich.«

Nabiha schaut zu Mascha.

»Fährst du mit ihm?«, fragt sie.

Juncker macht eine abwehrende Handbewegung. »Nicht nötig«, sagt er.

Nabiha ignoriert ihn.

»Mascha ...!«

Sie nickt und fasst Juncker unter. »Komm, Juncker. Gehen wir.«

»Charlotte ...?«, fragt Merlin. »Soll ich ...?«

Juncker schüttelt den Kopf. »Das mache ich selbst.«

Mascha und Juncker gehen durch die Tür. Merlin sinkt auf Junckers Stuhl.

»Was um alles in der Welt ...?«, murmelt Nabiha und schaut ihren Chef an. Sie kennt ihn noch nicht sehr lange, trotzdem hat sie sich daran gewöhnt, dass er stets unerschütterlich ruhig und gefasst ist. Aber jetzt nicht.

»Ich weiß es nicht«, sagt er und wirkt auf einmal wie ein alter Mann.

Kapitel 58

Er versucht, sich zu fassen und seine Gedanken zu sortieren, aber es geht nicht. Es ist, als hätte seine eine Gehirnhälfte verstanden, was Merlin ihm gesagt hat, während die andere sich weigert, die Bedeutung der Worte anzuerkennen. Es ist ein Scherz, flüstert der skeptische Teil seines Gehirns. Ein unfassbar schlechter Scherz, aber nichtsdestoweniger ein Scherz. Wenn es denn kein Traum ist, und natürlich, das muss es sein. Ein Albtraum, aus dem er jeden Moment erwachen wird.

»Wo steht dein Auto?«, fragt Mascha.

Er hat es vergessen. Es ist praktisch windstill, und es regnet. In Strömen. Das Wasser läuft ihm über die Stirn in die Augen, und er versucht, es wegzuwischen, aber es bringt nicht viel, weil seine Hände auch nass sind. Er zittert am ganzen Körper, und seine Zähne klappern, sodass er kaum sprechen kann. Er presst die Kiefer zusammen, um wenigstens diese Funktion in den Griff zu bekommen. Der Teil seines Gehirns, der in der Realität verhaftet ist, versucht, ihm zu sagen, dass seine Reaktion ganz natürlich ist und der entspricht, die er schon so häufig selbst beobachtet hat, wenn er Angehörigen mitteilt, dass einem ihrer Liebsten etwas Schreckliches zugestoßen ist. Er steht schlicht und ergreifend unter Schock. Hat das Gefühl, außerhalb seines Körpers zu stehen und sich selbst zu betrachten.

»Ich weiß nicht mehr, wo ich geparkt hab«, sagt er.

»Gib mir den Schlüssel«, sagt Mascha.

Er kramt in der Manteltasche, fischt ihn heraus und reicht ihn ihr. Sie knipst, und es blinkt und piept zirka fünfzig Meter entfernt von ihnen. Sie gehen zum Wagen, und er steuert aus Reflex die Fahrertür an.

»Juncker, ich fahre«, sagt Mascha.

Er öffnet den Mund, um zu widersprechen. Noch nie durfte jemand mit seinem Wagen fahren, während er auf dem Beifahrersitz saß. Aber da mischt sich der vernünftige Teil seines Gehirns ein und erklärt, dass es das einzig Richtige ist. Dass er gerade nicht in der Lage ist, auf verantwortbare Weise Auto zu fahren.

Sie steigen ein.

»Ich bin so einen schon gefahren«, beruhigt Mascha ihn. »Mein Vater hat fast denselben.«

Er nickt.

Der Verkehr ist relativ stark. Mascha ist eine gute Fahrerin, stellt er fest, ruhig und vorausschauend. Hält eine gleichmäßige Geschwindigkeit, fährt nicht zu dicht auf, achtet ...

Kasper kämpft in diesem Augenblick um sein Leben. Sein geliebter Sohn. Liegt auf einem OP-Tisch, während Ärzte und Krankenschwestern über ihn gebeugt sind. Er schließt die Augen, und das Bild eines Skalpells erscheint, das durch die Haut und die oberste Fettschicht schneidet, vom Brustkorb bis hinunter zum Unterleib. Er unterdrückt ein Schluchzen und reißt die Augen auf, damit das furchtbare Bild verschwindet.

»Wolltest du nicht Charlotte anrufen?«, erinnert ihn Mascha.

Er nickt und holt sein Handy hervor. Er versucht, den

Code einzugeben, aber seine Hand zittert so stark, dass er die Zahlen nicht trifft. Mascha beobachtet ihn aus dem Augenwinkel. Dann fährt sie rechts ran.

»Lass mich«, sagt sie. »Wie ist dein Passwort?«

Er nennt es, sie gibt es ein und reicht ihm das Handy.

Er legt es in seinen Schoß und versucht, sich zusammenzunehmen. Noch nie hat er solche Angst vor einem Anruf gehabt. Dann atmet er tief durch und tippt auf *Charlotte*.

Nach dem vierten Klingeln nimmt sie ab.

»Martin«, sagt sie und klingt freudig überrascht.

»Ja«, sagt er und weiß nicht, wo er anfangen soll. Sucht nach dem schonendsten Weg, es ihr beizubringen, aber es gibt keinen schonenden Weg.

»Charlotte, es ist was passiert.«

Am anderen Ende wird es still. Er weiß genau, wie sie gerade aussieht. Die Lippen gespitzt. Die Stirn gekräuselt. Die grünen Augen leicht zusammengekniffen. Mit der freien Hand streicht sie sich das rote Haar hinters Ohr. In diesem Moment empfindet er so viel für sie wie seit Jahren nicht mehr.

»Was meinst du?«, fragt sie in fast schon zornigem Ton.

Er bringt die Worte nicht heraus und hustet. »Kasper ...«, krächzt er. »Also ... er ist ...«

»Was, Martin? Was ist mit Kasper? Was ist er?«

Stille.

»Ist Kasper tot?«, fragt sie, und auf einmal ist ihre Stimme eiskalt. »Versuchst du, mir das zu sagen?«

»Nein, nein. Kasper ist nicht tot.«

Auf bizarre Weise ist es eine Erleichterung, die Worte »nicht tot« sagen zu können.

»Er ist schwer verletzt und wurde ins Traumazentrum eingeliefert.«

»Aber was ist denn passiert? Wurde er angefahren?«
»Nein, jemand hat auf ihn geschossen.«
»Geschossen? Was? Das kann gar nicht sein.«
»Leider doch.«
»Ja aber ... warum? Von wem?«
»Ich weiß es nicht, Charlotte.«
»Wo ist er? Im Rigshospital?«
»Ja. Ich bin auf dem Weg dorthin. Meine Kollegin fährt mich. Sollen wir dich abholen?«
»Nein, ich laufe hin«, sagt sie und legt auf.

Stimmt, das ist sinnvoller, denkt er. Vom Haus in den Kartoffelreihen ist es weniger als einen Kilometer bis zu dem großen Krankenhaus auf der anderen Seite des Sees. Wahrscheinlich ist sie schneller dort als er. Er spürt Erleichterung, es überstanden zu haben. Er hat es ihr gesagt, jetzt sind sie zu zweit, und zu zweit stehen sie alles durch. So hat er es immer empfunden, bevor sie ihn verließ, und so empfindet er es jetzt wieder. Außerdem merkt er, dass der erste Schock sich langsam legt und sein Hirn wieder einigermaßen normal zu arbeiten beginnt.

Was ist passiert? Warum sollte jemand auf seinen Sohn schießen?

Es könnte natürlich ein Irrtum gewesen sein. Eine Verwechslung. Ein Bandenmitglied, das einen fatalen Fehler gemacht hat. Es wäre nicht das erste Mal seit Ausbruch der Bandenkriege in Kopenhagen, dass es einen Unschuldigen trifft.

Sollte es aber nicht so sein, gibt es nur eine Erklärung.
Und die ist unangenehm. Äußerst unangenehm.

Kapitel 59

Nabiha und Merlin haben sich in Merlins Büro gesetzt. Er hat die Fassung zurückerlangt und ist wieder der Chef, den sie kennt.

Er nimmt sein Handy und ruft Signe an.

»Signe, wo bist du? ... Gut. Kannst du kurz in mein Büro kommen? ... Ja. Und nimm deine Jacke mit.«

Zwei Minuten später tritt sie durch die Tür und setzt sich neben Nabiha.

»Was ist los?«, fragt sie.

»Hast du's noch gar nicht gehört?«

»Was gehört?«

»Junckers Sohn wurde angeschossen.«

Sie reißt die Augen auf. »Was? Kasper wurde angeschossen?«

»Ja. Mehr wissen wir bisher nicht. Sein Zustand ist ernst, aber er ist am Leben und wurde ins Rigshospital gebracht.«

Sie steht auf. »Wo ist Juncker?«

»Auf dem Weg dorthin.«

»Allein?«

»Nein, Mascha ist mitgefahren.«

»Wann ist das passiert?«

»Ich weiß nicht genau, aber wahrscheinlich ist es nicht mal eine Stunde her. Ich hätte gern, dass ihr zwei direkt zum Tatort fahrt.«

»Du hast noch niemanden von der Gewaltkriminalität geschickt?«

Merlin schüttelt den Kopf.

»Okay«, sagt Signe und steht auf. »Komm, Nabiha, fahren wir.«

Sie nehmen Nabihas Wagen. Im Radio dudelt ein Popsong. Bevor Nabiha leiser drehen kann, hat Signe bereits die Hand ausgestreckt und ausgeschaltet.

»Ist das okay?«, fragt sie.

Nabiha nickt, spürt jedoch einen Anflug von Irritation. Sie kennt Signe natürlich, aber sie haben noch nie zusammen an einem Fall gearbeitet. Dafür haben sie beide schon mit Juncker gearbeitet, Nabiha mehrfach und Signe etliche Male. Nabiha würde es nie im Leben zugeben, aber sie bewundert ihre ältere und erfahrene Kollegin für ihre toughe Art und ihre rebellische Selbstständigkeit. Und sie weiß, welch enorm große Stücke Juncker auf Signe hält.

»Kennst du Kasper?«, fragt Nabiha.

»Na ja, kennen ist zu viel gesagt ... ich hab ihn ein paarmal getroffen. Ein lieber Kerl. Clever. Du?«

»Nein, gar nicht. Ich weiß nur, was Juncker erzählt hat.«

»Was vermutlich nicht viel war. Er ist ja nicht gerade bekannt dafür, lange Vorträge über seine Familie zu halten.«

»Nein, eher nicht.« Nabiha lacht trocken. »Kasper studiert an der CBS, oder? Irgendwas mit internationaler Politik?«

»Ja, ich meine schon. Nur dass er, soweit ich weiß, gerade eine Pause macht und in irgendeinem Lokal in Vesterbro kellnert.«

Nabiha bremst an einer roten Ampel.

»Warum in aller Welt will jemand einen Studenten der CBS erschießen?«

»Keine Ahnung«, sagt Signe. »Das müssen wir jetzt rausfinden.«

»Ja.«

Nabiha fährt vom Tagensvej ab und die Bisbebjerg Bakke entlang, links die stattlichen roten Gebäude des alten Bispebjerg Hospitals und rechts die große Grasfläche des Lersøparken. Ein Verkehrspolizist hat sein Motorrad quer auf die Straße gestellt. Sie hält an und reicht ihm ihren Ausweis durchs Seitenfenster. Der Beamte winkt sie weiter, und sie passieren die Statue der Krankenschwester, die ein kleines Kind in den Armen hält. Durch den Dunst können sie ein paar hundert Meter weiter auf dem am Rand der Grasfläche entlang verlaufenden Kiesweg eine Ansammlung von Leuten erkennen. Nabiha parkt hinter zwei Streifenwagen, sie steigen aus und gehen auf die Gruppe zu. Der Regen hat sich auf ein Nieseln reduziert. Nabiha zieht die Kapuze über ihr rabenschwarzes, gelocktes Haar und knöpft den Mantel zu.

»Ich war hier noch nie«, sagt Signe. »Du?«

»Ja. Ich bin gleich da drüben aufgewachsen.« Nabiha zeigt Richtung Mjølnerparken. »Normalerweise sind fast auf der gesamten Wiese Fußballfelder eingezeichnet. Ich hab hier Fußball gespielt. Im Bispebjerg Boldklub. Das kleine schwarze Holzhaus, an dem wir eben vorbeigefahren sind, ist das Vereinshaus.«

Sie gehen den Kiesweg entlang.

»Also kennst du den Park?«

Sie hat hier nicht nur Fußball gespielt. Hier sind sie und ihre Freunde auch hingegangen, wenn sie der Enge des Sozialbaukomplexes entfliehen wollten. Sie kennt also jeden Quadratmeter des Lersøparken.

»Ja«, sagt sie.

Eine Fläche von etwa zwanzig mal zwanzig Metern ist mit rot-weißem Plastikband abgesperrt. Ein großer dunkler Fleck auf dem hellbraunen Kies lässt erkennen, wo Kasper gestürzt ist. Scheiße, denkt Nabiha, es sieht aus, als hätte er verdammt viel Blut verloren. Im Kies und dem Gras daneben sind deutliche Reifenspuren vom Rettungs- und dem Notarztwagen zu sehen. Sie zählt sechs uniformierte Beamte, aber noch keine Techniker. Sie geht zu einem der Polizisten. An den Knien seiner Hose hat er zwei große Flecken von nassem Kies.

»Wer von euch war zuerst hier?«, fragt sie.

»Wir, meine Partnerin und ich«, sagt er. »Wir waren vor dem Rettungswagen und dem Notarzt da. Ich hab Erste Hilfe geleistet.«

»Wie?«

»Als Erstes hab ich versucht, die Blutungen zu stoppen. Er hat stark geblutet. Soweit ich sehen konnte, aus zwei Schusswunden. Als wir ankamen, war er noch bei Bewusstsein, hat es aber verloren, kurz bevor der Arzt kam und übernommen hat.«

»Herzstillstand?«

»Nein. Jedenfalls nicht, solange er hier lag.«

»Gute Arbeit«, sagt sie und klopft dem jungen Beamten auf den Arm.

Signe spricht mit einer Frau und einem Mann, beide in Joggingkleidung. Nabiha geht zu ihnen.

»Also, Sie kamen den Weg entlanggelaufen und haben einen Mann mit dem Rücken zu ihnen auf das Opfer schießen sehen, habe ich das so richtig verstanden?«, fragt Signe.

»Ja«, antwortet der Mann, der dem Aussehen nach um die fünfzig ist, drahtig und mit grau meliertem Haar. »Wir haben gar nicht richtig verstanden, was passiert. Wir waren noch recht weit weg von ihnen, hundert Meter etwa. Plötzlich ging der Mann zu Boden, und erst dann haben wir begriffen, dass da was nicht stimmt.«

»Was hat der Täter dann gemacht?«

»Er hat sich über den Mann gebeugt und mit der Pistole auf seinen Kopf gezielt. Um noch mal auf ihn zu schießen, so sah es aus. Aber dann ...«

»Dann was?«

»Irgendwas schien mit der Pistole zu sein. Er hat sie geschüttelt und ein paarmal dagegengeschlagen und es dann noch mal versucht. Aber sie hat immer noch nicht funktioniert. Dann hat er sich umgeschaut und uns gesehen ... und das junge Pärchen, das über die Wiese kam. Er hat die Pistole unter die Jacke gesteckt und ist losgerannt. Den Weg lang, von uns weg. Dann ist er nach rechts abgebogen und verschwunden.«

»Die Schlange entlang?«, fragt Nabiha.

»Ja«, sagt die Frau. »Wir wohnen da.«

»Die *Schlange*?«, fragt Signe.

»Ein Apartmentkomplex da vorn hinter den Bäumen, Bispebjerg Bakke heißt er eigentlich«, erklärt Nabiha, »wird aber die Schlange genannt, wegen seiner Form.«

»Alles klar«, sagt Signe. »Können Sie den Schützen beschreiben?«

Der Mann und die Frau schauen sich an.

»Nicht wirklich. Er hatte dunkle Laufsachen an, schwarz, würde ich sagen. Lange Tights und einen Anorak. Er war mittelgroß, etwa ... eins achtzig, schätze ich. Schlank. Er hatte die Kapuze aufgezogen. Die Laufschuhe waren ... Lise, was meinst du, orange, oder?«

Sie nickt.

»Sein Gesicht haben Sie nicht gesehen?«

»Nein.«

»Danke«, sagt Signe. »Wir bräuchten noch Ihre Kontaktdaten.«

»Natürlich ...« Der Mann schaut Signe zögernd an. »Möchten Sie etwas fragen?«, sagt sie.

»Ich weiß nicht ... ähm, ja, also ... hätte ich dem Mann nachlaufen sollen? Dann hätte ich vielleicht besser gesehen, wo er hinläuft. Und dann hätten Sie vielleicht ...«
»Nein, um Gottes willen«, unterbricht Signe ihn. »Sie haben absolut richtig gehandelt. Solche Leute zu verfolgen ist viel zu riskant. Ihn zu schnappen, überlassen Sie mal schön uns.«

Der Mann sieht erleichtert aus.

Nabiha geht hinüber zu dem jungen Pärchen, das die Schilderung des Ehepaars bestätigt. Mit der Ergänzung, dass sie gesehen haben, wie Kaspar den Weg entlanggelaufen kam und der Mann, der sich als Täter herausstellen sollte, etwa zehn Meter hinter ihm lief, bis er beschleunigte und Kasper überholte. Als er ein Stück vor ihm war, verlangsamte er das Tempo, zog die Pistole, drehte sich um und schoss auf Kasper. Zweimal, meint das Pärchen sicher sagen zu können. Auch sie können keine genaue Beschreibung des Täters abgeben.

»Danke Ihnen«, sagt Nabiha. Sie mustert die beiden. »Sind Sie so weit okay? Es ist furchtbar, so etwas mit anzusehen. Wenn Sie möchten, können wir dafür sorgen, dass Sie mit jemandem sprechen. Sie brauchen sich nicht gleich zu entscheiden.«

Der junge Mann legt den Arm um seine Freundin. »Danke. Das ist gut zu wissen.«

»Ist der Mann, auf den geschossen wurde, tot?«, fragt die junge Frau.

»Nein. Er lebt.«

»Wird er überleben?«

»Das wissen wir nicht.«

Signe kommt zu ihr.

»Die Hundestaffel und Verstärkung sind unterwegs, und die Techniker müssten auch bald da sein. Weitere Zeugen gibt es keine, für uns ist hier also nichts mehr zu tun. Lass uns zurück nach Teglholmen fahren und überlegen, wie wir weiter vorgehen.«

Nabiha nickt. Sie spürt ein starkes Unbehagen. So wie ihnen der Mordversuch beschrieben wurde, wirkt es in keiner Weise wie ein Zufall oder eine Verwechslung. Es wirkt wie eine gezielte Liquidierung, aber warum soll Junckers Sohn sterben?

Kapitel 60

Mascha parkt im Frederik V's Vej, gegenüber der Auffahrt der Notaufnahme des Rigshospitals. Sie macht Anstalten auszusteigen, um Juncker zu begleiten, doch er stoppt sie mit einer Handbewegung.

»Ich komm schon klar, du brauchst nicht mitzukommen«, sagt er. »Auf Teglholmen wirst du dringender gebraucht.«

Sie setzt an zu widersprechen, Juncker aber wendet ihr die erhobene Handfläche zu.

»Okay. Ich nehme ein Taxi zurück«, sagt sie und gibt ihm den Autoschlüssel.

Er eilt über die Straße, die Auffahrt hinauf und zum Eingang der Notaufnahme. Er ist schon mehrfach hier gewesen, wenn Opfer der Bandenkriege hergebracht wurden und die Ermittler schnell mit Freunden und Angehörigen der Opfer sprechen mussten – oder aber mit den Opfern selbst, sofern sie bei Bewusstsein waren. Er entdeckt Charlotte, die mit einer Frau spricht, und läuft zu ihnen. Das Namensschild der Frau sagt ihm, dass sie Nete Henriksen heißt und Krankenschwester ist. Charlotte ist immer noch rot im Gesicht und außer Atem, nachdem sie hergerannt ist. Einen kurzen Moment sehen sie sich in die Augen. Er hat seine Ex-Frau noch nie so verzweifelt gesehen.

Ist Kasper schon …? Er wagt den Gedanken nicht zu

Ende zu denken, geschweige denn die Krankenschwester danach zu fragen.

Sie grüßt ihn mit festem Händedruck, was irgendwie beruhigend wirkt.

»Sie sind Kaspers Vater?«, fragt sie, und ihre Stimme ist wie ihr Händedruck: fest und ruhig.

Er nickt.

»Es gibt einen Raum für die Angehörigen. Lassen Sie uns dorthin gehen, dann schildere ich Ihnen die Lage.«

Henriksen geht voran, und sie setzen sich um einen Tisch. Darauf stehen vier Flaschen Wasser, und Juncker merkt, dass er einen vollkommen trockenen Hals hat.

»Darf ich?«, fragt er und greift nach einer Flasche.

»Natürlich. Das Wasser ist für Sie. Wenn Sie möchten, können Sie auch gern einen Kaffee oder Tee oder etwas zu essen haben.«

Juncker schraubt den Deckel ab und trinkt mit großen Schlucken. Er setzt die Flasche ab und schaut die Krankenschwester an.

Sie beugt sich vor.

»Das Wichtigste im Augenblick ist, dass Kasper lebt. Wir sind ein Team von insgesamt sechzehn Spezialistinnen und Spezialisten und tun alles in unserer Macht Stehende, um ihm zu helfen. Ich bin eine der drei eigens geschulten Pflegefachkräfte und Ihre Ansprechpartnerin, solange Kasper hier im Traumazentrum behandelt wird. Folgendermaßen sieht es momentan aus ...«

Juncker und Charlotte blicken die Krankenschwester wie versteinert an.

»Kasper wurde zwei Mal getroffen, beide Schüsse gingen in die Brust. Er hat sehr viel Blut verloren, und der Notarzt, der ihn am Tatort versorgt hat, hat seinen Blutdruck als so niedrig beurteilt, dass er bereits im Rettungswagen auf dem Weg hierher deswegen behandelt werden musste. Wir haben anschließend die Behandlung mit Bluttransfusionen fortgesetzt. Der CT-Scan hat ergeben, dass eine Kugel durch den Rücken ausgetreten ist, während die andere immer noch in der Brust steckt, nah bei der Wirbelsäule.«

Juncker hebt die Hand. »Darf ich etwas fragen?«

»Natürlich. Fragen Sie alles, was Sie möchten. Und wenn ich die Antwort nicht weiß, hole ich jemanden, der Ihnen weiterhelfen kann.«

»Wurde das Rückenmark verletzt?«

»Das können wir erst mit Sicherheit sagen, wenn wir die Kugel entfernen. Wir hatten Schwierigkeiten, die inneren Blutungen zu stoppen, daher haben wir beschlossen, Kasper zu operieren, und wie es scheint, wurden sie erfolgreich gestillt. Das sind also schon mal gute Nachrichten. Jetzt müssen wir entscheiden, ob wir die Operation zur Entfernung der Kugel im Schockraum fortsetzen oder ob wir Kasper in einen OP-Saal verlegen. In jedem Fall wird die Operation sowohl von einem Unfallchirurgen als auch von einer Neurochirurgin durchgeführt ... falls sich herausstellen sollte, dass das Rückenmark verletzt ist.«

»Dürfen wir unseren Sohn sehen?«, fragt Charlotte. Ihre Stimme zittert, und sie hat die Hände so fest ineinanderverschränkt, dass die Knöchel weiß hervortreten.

Nete Henriksen zögert. »Theoretisch ja, aber im Augenblick würde ich Ihnen abraten. Ich gebe Ihnen Bescheid, sobald Sie ihn sehen können. Sofern Sie keine weiteren Fragen haben, würde ich jetzt zurück zu Kasper gehen. Wenn Sie mich erreichen möchten, wenden Sie sich einfach an die Mitarbeiterin am Empfang.«

Sie steht auf.

»Er überlebt?«, sagt Juncker, halb fragend, halb beschwörend. Er weiß, dass die Krankenschwester keine vernünftige Antwort geben kann, weil es sich unmöglich mit Sicherheit sagen lässt. Er kann nur nicht schweigend zusehen, wie sein Sohn um sein Leben kämpft. Es ergibt natürlich überhaupt keinen Sinn, denn Worte können im Augenblick nichts bewirken, aber er hat das Gefühl, wenn er es nicht klar und deutlich ausspricht, dann stirbt Kasper.

»Ich kann sagen, dass bisher einiges in die richtige Richtung läuft und dass Ihr Sohn sehr zäh ist, was viel ausmacht. Und ich kann sagen, dass wir alles tun, was wir können.«

Als die Krankenschwester gegangen ist, sitzen beide mehrere Minuten lang schweigend da. Juncker schielt zu Charlotte, die mit im Schoß gefalteten Händen auf die Tischplatte starrt.

»Warum will jemand unseren Sohn töten?«, fragt sie leise.

Die Frage, die Juncker sich in der letzten Stunde x-mal gestellt hat. Und stets auf dieselbe Weise beantwortet hat.

Kasper muss in irgendwelche Drogengeschäfte verwickelt sein. Und der Mordversuch an ihm hängt irgendwie mit dem Mord an Karl Jæger zusammen.

Der Gedanke ist kaum auszuhalten. Er steht auf, geht zur Tür und lehnt sich mit dem Rücken dagegen. Soll er Charlotte davon erzählen? Er verspürt keinerlei Verlangen danach. Es wäre schmerzhaft – für ihn, es ihr zu sagen, und für sie, es zu hören –, aber die Unwissenheit ist schlimmer. Und früher oder später wird sie es sowieso erfahren.

»Charlotte.«

Sie schaut auf.

»Was?«

»In einem Tresor in Karl Jægers Haus ... du weißt schon, der Sohn des Klimaministers ... haben wir Beweise dafür gefunden, dass er Kokain und möglicherweise auch andere Drogen verkauft hat. In dem Safe lag unter anderem eine Liste mit den Telefonnummern seiner Kunden ...« Sein Hals ist wieder trocken, und er räuspert sich. »Einer der Kunden auf der Liste ist Kasper.«

Erst glaubt er, dass sie ihn nicht gehört hat. Sie sitzt wie versteinert da. Dann steht sie so abrupt auf, dass der Stuhl umkippt.

»Was redest du da?«

Sie geht um den Tisch herum zu ihm. Funkelt ihn wutentbrannt an. Dann hebt sie den Arm und schlägt ihm mit der geballten Faust gegen die Schulter. Kein zärtlicher Knuff, sondern mit aller Kraft, und ihm entfährt ein Schmerzenslaut.

»Warum hast du mir nichts davon erzählt?«

Er schweigt. Die Schulter tut wirklich weh, und sein Arm ist fast gelähmt. Er massiert ihn mit der Hand.

»Du hast sie ja echt nicht alle«, zischt sie.

»Kasper ist erwachsen«, versucht er, sich zu verteidigen. »Wir dürfen uns nicht in sein Leben einmischen.«

Er hört selbst, wie idiotisch das klingt. Sie schüttelt ungläubig den Kopf, und die Tränen laufen ihr über die Wangen.

»Er ist unser Junge, Martin, und wird es immer sein, egal wie alt er ist oder wie alt wir sind. Und wenn er in der Klemme steckt, müssen wir ihm helfen, so gut es irgend geht.«

Sie schaut ihn an und hebt erneut den Arm. Erschrocken

weicht er zurück, sie lächelt schief und streicht ihm über den Oberarm.

»Tut mir leid«, flüstert sie.

Sie setzen sich an den Tisch. Die Gedanken, die ihm durch den Kopf kreisen, sind unerträglich, und er fühlt sich vollkommen machtlos. Sie können nichts anderes tun als warten, dass die Krankenschwester mit Neuigkeiten aus dem Schockraum kommt. Mit schlechten oder guten. Wenn er hier noch lange sitzen muss, bricht er zusammen.

Er hasst sich selbst. Sein Sohn liegt vielleicht im Sterben. Dennoch erwägt er, zurück zur Arbeit zu fahren. Zwar um die zu schnappen, die hierfür verantwortlich sind, aber trotzdem …

Charlotte greift über den Tisch nach seiner Hand. So sitzen sie eine Minute lang da. Dann drückt sie seine Hand und lässt sie los.

»Fahr nach Teglholmen«, sagt sie.

Der Gedanke, sie hier allein zu lassen, behagt ihm ganz und gar nicht.

»Ist schon okay«, sagt sie. »Ich komme hier klar. Fahr ruhig, Martin.«

Er weiß, dass er nicht nach Teglholmen kann. Merlin würde ihn von dem Fall abziehen, kaum dass er dort aufkreuzt. De facto ist Juncker schon jetzt raus, da er sich natürlich niemals an Ermittlungen beteiligen darf, wenn einer seiner Angehörigen involviert ist.

»Weiß Karoline schon Bescheid?«, fragt Juncker.

Charlotte schüttelt den Kopf. »Am besten rufe ich sie gleich an, oder?«

Er nickt und steht auf. »Dann gehe ich mal schauen, ob ich noch mal mit der Krankenschwester sprechen kann.« Damit macht er sich auf zum Empfang. »Könnte ich mit …

ich glaube, Nete Henriksen heißt sie, sprechen?«, fragt er die Mitarbeiterin.

»Natürlich. Einen Moment.«

Keine halbe Minute später ist sie in Begleitung der Schwester zurück.

»Da drinnen läuft alles nach Plan«, sagt sie.

»Das ist gut«, sagt Juncker. »Ich bin Polizist ...« Er zeigt ihr seinen Ausweis. »Wissen Sie, ob mein Sohn seine Schlüssel dabeihatte, als er eingeliefert wurde?«

»Ich schau mal nach«, sagt sie und geht in den Schockraum. Kurz darauf ist sie zurück. Sie schüttelt einen Plastikbeutel mit einem Schlüsselbund. »Hier sind sie.«

»Können Sie sie mir aushändigen?«, fragt er.

»Äh ...« Sie zögert. »Ist das in Ordnung, glauben Sie?«

»Ja, das ist gar kein Problem. Ich arbeite für die Abteilung für Gewaltkriminalität, die in diesem Fall ermittelt. Ich sorge dafür, dass sie in die richtigen Hände gelangen.«

»Na gut. Aber Sie müssten mir den Empfang quittieren.«

»Natürlich.«

Nachdem das erledigt ist, geht er zurück zu Charlotte, die mit Karoline spricht. Charlotte weint, und Juncker sieht, dass sie kurz davor ist, die Fassung zu verlieren. Er tritt zu ihr und legt ihr einen Arm um die Schulter.

»Grüße«, flüstert er.

Wenig später legt Charlotte auf.

»Sie kommt, so schnell sie kann.«

»Hast du ihr das mit den Drogen erzählt?«

»Nein. Das erfährt sie noch früh genug.«

Einen Moment lang halten sie einander fest.

»Er packt das«, sagt sie.

Juncker nickt. Küsst sie auf die Stirn und geht.

Kapitel 61

»Es sieht aus wie eine versuchte Liquidierung«, sagt Signe, und Nabiha nickt.

»Alle Überlegungen von wegen, Kasper könnte zufällig Opfer einer Bandenschießerei geworden sein, können wir getrost vergessen. Die Zeugen, mit denen wir gesprochen haben, beschreiben übereinstimmend, dass der Täter ihn gezielt angegriffen hat, und dass die Art, wie er vor und nach dem Abfeuern der Pistole agiert hat, vollkommen geplant und fast schon professionell gewirkt hat.«

»Okay«, sagt Merlin. Er wippt seinen Stuhl zurück. Tippt sich leicht mit dem rechten Zeigefinger gegen die Nasenspitze. »Ihr solltet wissen, dass Kasper auf der Telefonliste mit Karl Jægers Kunden steht, die wir in Jægers Tresor gefunden haben.«

»Was?«, sagen die beiden Ermittlerinnen wie aus einem Munde.

Merlin nickt. »Juncker selbst hat es entdeckt. Vorgestern war das.«

»Und das sollte niemand wissen, oder was?«, fragt Nabiha.

»Doch, natürlich. Ihr hättet es auf jeden Fall erfahren. Aber angesichts der jüngsten Ereignisse ist es natürlich eine wichtige Information für euch.«

»Kann man so sagen«, murmelt Nabiha.

»Damit ergibt sich die Möglichkeit, dass ein Zusammenhang zwischen dem Mord an Karl und dem Mordversuch an Kasper besteht«, sagt Merlin.
»Unbestreitbar. Aber welchen?«, sagt Signe. Ihr Handy klingelt, und sie schaut aufs Display. »Moment, ich geh kurz ran.«
»Hi, Niels. Ich bin in einer Besprechung. Ist es wichtig, oder kann ich dich später zurückrufen?«
»Wichtig? Weiß nicht genau. Eher merkwürdig.«
»Was ist merkwürdig?«
»Ich hab eben den Stapel mit Werbung durchgesehen, den ich heute Morgen mit der Zeitung aus dem Briefkasten geholt hab. Passiert ja immer mal, dass ein Brief dazwischen gerät. War aber nicht der Fall. Dafür war da ein Zettel mit einem merkwürdigen Text, der nicht so wirklich Sinn für mich ergibt. Deshalb wollte ich fragen, ob du was damit anfangen kannst, bevor ich ihn wegschmeiße.«
»Was steht auf dem Zettel?«
»›Mit freundlichen Grüßen HTBG.‹ Sonst nichts.«
Signes Herz beginnt zu hämmern.
»Hallo. Signe, bist du noch dran?«
Sie bemüht sich um eine ruhige Stimme. »Ja, ich bin noch dran.«
»Weißt du, was das bedeutet, HTBG?«
»Ja.«
»Hat das was mit dem Fall zu tun, in dem du ermittelt?«
Sie versucht, klar zu denken. Sie hat ihm nichts von dem Schuss auf ihren Wagen erzählt. Natürlich weiß er auch nicht, dass Junckers Sohn angeschossen wurde. Sie weiß dagegen, dass er ausflippen würde, würde er all das erfahren. Was vollkommen verständlich wäre, sie ist schließlich selbst beunruhigt. Nein, mehr als das. Und er wäre

nicht weniger außer sich, wenn sie ihm erzählt, was der Zettel in ihrem Briefkasten bedeutet, aber irgendetwas muss sie ihm sagen. Auch, weil jetzt als Minimum ein Streifenwagen bei ihrem Haus in Vanløse postiert werden wird und sie die Kinder erreichen und nach Hause in Sicherheit holen müssen.

Sie wird von einer heftigen Wut gepackt. Verdammte Schweine.

»Ja, hat es«, sagt sie. »Ich kann nicht ins Detail gehen, aber ...«

»Was ist HTBG?«

»Das ist es eben, wozu ich dir keine Details erzählen kann. Nur dass es eine bandenähnliche Gruppe ist, der wir auf der Spur ...«

»Eine Bande! Willst du mir sagen, dass wir in irgendeinen Bandenkonflikt verwickelt sind?«

Signe will einwenden, dass sie das so nicht ganz gesagt hat, sieht jedoch ein, dass jetzt nicht der Zeitpunkt für Wortklauberei ist, zumal er grundlegend recht hat: Sie und ihre Familie werden von einer dreckigen Gang aus Drogendealern bedroht.

»Niels, wir müssen die Kinder erreichen.«

»Scheiße, verdammt ...«

Er macht eine lange Pause. Sie hört die Wut und die Angst in seiner Atmung.

»Versuchst du, sie anzurufen?«, fragt sie. »Und wenn du weißt, wo sie sind, ruf mich an, dann schicke ich einen Streifenwagen, der sie einsammelt.«

Als sie aufgelegt hat, schaut Merlin sie fragend an. Signe erzählt ihm von den Grüßen von HTBG. Er schüttelt den Kopf. Sie sieht, dass er wütend ist, so wütend wie schon lange nicht mehr.

»Wir müssen in Kaspers Wohnung. Seine Schlüssel hat er wahrscheinlich bei sich gehabt. Wo wohnt er?«

Merlin tippt etwas in seinen Computer ein. »In der Haraldsgade in Østerbro.«

»Das ist nicht weit vom Rigshospital. Wir fahren hin und holen die Schlüssel«, sagt Signe.

Ihr Handy klingelt wieder.

»Hast du sie erreicht?«

»Lasse war auf dem Weg in die Nachmittagsbetreuung. Ich habe ihm gesagt, dass er dort hingehen soll, und dann kommen zwei Beamte und sammeln ihn ein.«

»Hatte er Angst?«

»Nein, klang nicht so. Eher, als ob er es ein bisschen spannend findet ... die Aussicht, in einem Streifenwagen zu fahren.«

»Und Anne?«

Am anderen Ende wird es still.

»Sie habe ich nicht erreicht. Ihr Handy ist aus.«

Signes Puls steigt abermals. Auf einmal ist sie drei Jahre zurück in der Zeit, in den Stunden, als sie damals ihre Schwester nicht erreichen konnte und überzeugt war, sie und ihr Mann und die Kinder seien zum Zeitpunkt der Bombenexplosion auf dem Weihnachtsmarkt auf dem Nytorv gewesen. »Vielleicht ist ihr Akku leer«, sagt sie, denkt jedoch das Gleiche wie Niels.

»Das passiert Anne so gut wie nie. Sie lebt und atmet durch dieses dämliche Handy«, widerspricht er.

»Versuch es einfach weiter. Ruf auch die Schule an. Und ihre Freundinnen und ...«

»Signe, das krieg ich schon selbst hin.«

»Tut mir leid, natürlich.« Sie drückt auf den roten Hörer und steht auf.

»Könnt ihr Anne nicht erreichen?«, fragt Merlin.

Signe schüttelt den Kopf. »Aber sie vergisst öfter mal, uns zu sagen, wo sie hingeht.«

»Wie alt ist sie noch mal?«

»Sechzehn. Bald siebzehn.«

»Hat sie einen Freund?«

»Soweit ich weiß, nein.«

»Hm«, brummt Merlin. »Gib Bescheid, wenn sie in den nächsten zwei Stunden nicht auftaucht.«

»Okay.« Signe schaut zu Nabiha. »Fahren wir.«

»Ich regle das mit den Streifenwagen«, sagt Merlin.

»Gut«, sagt sie und denkt, dass es hier nicht nur darum geht, ein paar verwöhnte Bengel aus reichem Elternhaus zu überführen, die Drogengangster spielen.

Es geht weit tiefer.

Kapitel 62

Er hat den Plastikbeutel mit den Schlüsseln auf den Beifahrersitz gelegt und hält sein Handy in der Hand. Soll er Malene anrufen? Sie hat Kasper mehrfach getroffen, und die beiden haben sich gern. Vor ihrem ersten Kennenlernen hatte Juncker Riesenbammel, ob sie miteinander klarkommen würden. Vollkommen unbegründet, wie sich herausstellte. Kasper, der im Grunde schon immer ein unkomplizierter Typ mit sonnigem Gemüt gewesen ist, unterhielt sich angeregt mit Malene, die ihn ihrerseits, wie immer mit Männern, die sie zum ersten Mal trifft, verzauberte. Juncker hatte den ganzen Abend praktisch kein Wort zum Gespräch beigesteuert.

Natürlich sollte er sie anrufen. Aber die zurückliegenden Stunden haben ihn ausgelaugt, und er hat mehr als genug damit zu tun, sich aufrecht zu halten, sowohl körperlich als auch mental. Er hat nicht die Energie, ein weiteres Mal jemandem die schreckliche Nachricht zu überbringen. Das bisschen Brennstoff, das noch in ihm ist, muss er dazu verwenden herauszufinden, warum jemand seinen Sohn töten will. Und nicht zuletzt, wer.

Vom Rigshospital zu Kaspers Wohnung sind es nur wenige Minuten Fahrt. Er findet eine Parklücke nahe dem Haus und holt die Schlüssel aus dem Beutel. Bleibt noch einen Moment sitzen und hält sie in der Hand. Er ist sich peinlich bewusst, dass er drauf und dran ist, eine der elementarsten Regeln jeder Ermittlung zu brechen. Natürlich sollte er auf der Stelle Merlin oder Signe, Nabiha oder einen anderen Ermittler anrufen und sagen, dass er die Schlüssel zur Wohnung hat, damit sie so schnell wie möglich mit der Durchsuchung beginnen können. Es ist nicht seine Aufgabe. Überhaupt ist es nicht seine Aufgabe, irgendwelche Ermittlungen zu dem Verbrechen gegen seinen Sohn anzustellen.

Allerdings ist er sich so gut wie sicher, dass Kasper in irgendeine Form von Drogenkriminalität verwickelt war, die weit schlimmer ist, als Kokain für den Eigenbedarf zu kaufen. Es scheint weit hergeholt, ist aber die einzige Erklärung, die halbwegs Sinn ergibt. Und er hält den Gedanken nicht aus, dass jemand anders es vor ihm herausfindet. Nicht mal Signe oder Nabiha.

Er probiert zwei Schlüssel, bevor er den richtigen findet, wobei seine Hand immer noch so stark zittert, dass er Schwierigkeiten hat, das Schlüsselloch zu treffen. Im Treppenhaus atmet er tief durch. Als er sich dann in den vierten Stock geschleppt hat, fummelt er abermals mit den Schlüsseln herum, bis er den richtigen findet und aufschließt. Er schließt die Wohnungstür hinter sich und sammelt sich einen Moment.

Abgesehen von vorgestern und jetzt, wie oft ist er eigentlich schon in der Wohnung seines Sohnes gewesen? Dreimal? Viermal, vielleicht. Das eine Mal war kurz nachdem Kasper von seinem Aufenthalt in Kanada und den USA zurückgekehrt war und Juncker ihm beim Auspacken der Kisten half. Beim eigentlichen Einzug war er nicht dabei. Ein Mordfall kam dazwischen. Wie so unendlich viele Male zuvor im Leben seines Sohnes.

Juncker schaut sich um. Kasper hat den guten Geschmack seiner Mutter geerbt. Die wenigen Einrichtungsgegenstände sind teils von Ikea, teils handelt es sich um Erbstücke, unter anderem zwei Möbelklassiker aus Junckers Elternhaus in Sandsted. Normalerweise ist es Juncker nicht unangenehm, anderer Leute Zuhause zu durchsuchen. Das gehört zum Job, und er radiert ganz einfach alles, worauf er stößt, was nichts mit dem Fall zu tun hat, aus seinem Gedächtnis. Aber das hier ist etwas anderes. Wäre es eine normale Durchsuchung, würde er am einen Ende beginnen und sich systematisch vorarbeiten, aber dafür ist jetzt keine Zeit. Hastig öffnet er Schränke und Schubladen, ohne etwas verdächtig Wirkendes zu finden. Er schaut sich gründlich in den beiden Zimmern und dem Wohnzimmer um, wieder ohne etwas Auffälliges zu entdecken. In der Küche liegt Kaspers Handy zum Aufladen auf dem Esstisch neben einem Notizblock, auf dem er notiert hat, dass er Milch, Kaffee und Klopapier einkaufen muss. Er nimmt den Block und sieht, dass auch auf der nächsten Seite etwas geschrieben steht. Er blättert um und liest: *FS CFR vej 98 30.000.*

Er setzt sich an den kleinen Esstisch. CFR vej? Er braucht zwei Minuten, um darauf zu kommen, dass der C.F. Richs Vej in Frederiksberg gemeint sein könnte. Und FS? Vielleicht Filip Steenvig?

Normalerweise wäre er aufgeregt, eine so deutliche Spur zu finden, aber jetzt macht es ihn traurig. Es verstärkt bloß seine böse Vorahnung. Er nimmt das Handy seines Sohnes und schaltet es ein. Das Bildschirmfoto zeigt Kasper als kleinen Jungen, wie er zusammen mit seinem Vater einen Schneemann baut. Juncker kann sich an die Situation erinnern. Das Bild wurde im Østre-Anlæg-Park aufgenommen, und Kasper lacht der Fotografin, Charlotte, glücklich zu. Auch Junckers Blick ist auf sie gerichtet. Er sieht aus wie ein großer Junge. Lächelt verliebt. Das ist schon so lange her.

Er überlegt einen Moment und gibt dann das Geburtsdatum seines Sohnes als sechsstelligen Code ein. Kein Erfolg. Er versucht dieselben Ziffern rückwärts und hat Glück, das Handy ist entsperrt.

Er tippt auf das Gmail-Icon und scrollt rasch durch die Mails der letzten Wochen, jedoch ohne auf etwas Relevantes zu stoßen. Er schließt die Mail-App und geht stattdessen auf Nachrichten. Der oberste Thread heißt *Mama*. Juncker will ihn gerade öffnen, da merkt er, dass hier die Grenze verläuft. Die nächsten fünf Namen kennt er nicht. Der sechste heißt *Karl*.

Die letzte Nachricht ist vom 9. Februar. Zwei Tage, bevor Karl ermordet wurde. Sie stammt von Kasper.

Und sagen, dass ich über 100k Schulden habe. Für dope und Poker. LOL

Juncker unterdrückt den starken Drang, das Handy gegen die Wand zu schleudern. Stattdessen scrollt er zurück zum Beginn des digitalen Gesprächs zwischen den beiden. Zwischen dem Drogenhändler und seinem Sohn.

Karl: *Sollte mir was passieren, waren es Daniel und Filip.*
Kasper: *Was sollte dir denn passieren?*
Karl: *Du kennst die nicht. Pass selber auf. Bezahl lieber.*
Kasper: *Hab die Kohle nicht zusammen.*
Karl: *Kannst du nicht zu deinem Bullen-Vater gehen :)*
Juncker liest Kaspers abschließende Bemerkung ein zweites Mal.

Und sagen, dass ich über 100k Schulden habe? Für dope und Poker. LOL

Er klickt zurück zur Nachrichtenübersicht und will das Handy gerade weglegen, da fällt sein Blick auf den Thread darunter. *Papa*, steht da. Die letzte Nachricht ist von Kasper. Sie lautet: *Wollen wir uns bald mal treffen?* Die Frage ist unbeantwortet. Juncker weiß nicht mehr, warum er nicht zurückgeschrieben hat. Vielleicht hat er die Nachricht übersehen. Vielleicht war er mit irgendetwas beschäftigt. Zu beschäftigt, um zu antworten. Seine Abscheu gegen sich selbst ist enorm. Er ruft Charlotte an, die gefasst klingt.

»Sie haben entschieden, ihn im Schockraum zu operieren und sind vor einer Viertelstunde fertig geworden.«

»Haben sie die Kugel entfernt?«

»Ja, und sie sagen, es ist gut gelaufen. Soweit sie das beurteilen können, ist das Rückenmark nicht verletzt.«

Juncker spürt Erleichterung aufwallen. »Gut. Das ist wirklich gut, Charlotte.«

»Ja. Er hat irre Glück gehabt. Die Kugel, die durch ihn durchgegangen ist, hat sein Herz um nicht mal einen Zentimeter verfehlt. Und die andere hat wenige Millimeter vom Rückenmark entfernt gesteckt. Die Krankenschwester bezeichnet es als kleines Wunder, dass er überhaupt noch am Leben ist.«

»Und was passiert jetzt?«

»Sie verlegen ihn bald auf die Intensiv. Sein Zustand ist immer noch kritisch, sie wissen noch nicht, ob seine Organe durch den hohen Blutverlust Schaden genommen haben. Aber er ist stabil, haben sie gesagt. Das ist doch schon mal was, oder, Martin?«

»Ja. Auf jeden Fall. Ruf an, wenn es Neuigkeiten gibt, und wenn sie noch so klein sind.«

Er hat kaum aufgelegt, da klingelt sein Handy. Es ist Signe.

»Ich bin mit Nabiha im Krankenhaus. Um Kaspers Schlüssel abzuholen.«

»Die habe ich.«

»Ja, das weiß ich jetzt auch. Wo bist du?«

»In seiner Wohnung. Wäre wahrscheinlich gut, wenn ihr auch kämt.«

»Was du nicht sagst. Na, dann mal bis gleich.«

Zwei Minuten später klingelt sein Handy erneut. Er schaut aufs Display und steckt es in die Tasche. Soweit er sich erinnert, ist es das erste Mal in seinem Leben, dass er einen Anruf von Merlin nicht annimmt.

Kapitel 63

Nabiha parkt direkt hinter Junckers großem schwarzem Volvo. Signe bleibt einen kurzen Moment sitzen und überlegt, ob sie Niels anrufen soll, verwirft den Gedanken aber wieder. Er hat nichts von Anne gehört, denn hätte er sie erreicht, hätte er natürlich bereits selbst angerufen.

Sie wird schier verrückt vor Sorge, doch auf der kurzen Fahrt vom Krankenhaus hierher hat ein anderes Gefühl die Angst überlagert: Sie hasst Daniel Alexander. Sollte er oder einer seiner Leute auch nur in der Nähe ihrer Tochter gewesen sein, dann ...

Sie steigt aus und geht zu Nabiha, die schon geklingelt hat. Oben im vierten Stock klopft Signe an die Tür, und Juncker öffnet. Wortlos dreht er sich um und geht ins Wohnzimmer. Die beiden Frauen wechseln einen Blick und folgen ihm.

»Wie geht es Kasper?«, fragt Nabiha.

Juncker zuckt mit den Schultern. »Schwer zu sagen. Sie haben das Projektil entfernt. Das Problem ist, dass er so viel Blut verloren hat. Aber momentan ist er stabil.«

Denk dran, die Techniker anzurufen, macht Signe sich eine geistige Notiz, und ihnen zu sagen, dass sie nicht tagelang nach dem Projektil suchen brauchen, das Kasper durchdrungen hat, jetzt, wo wir das andere haben.

»Das sind gute Neuigkeiten, Juncker«, sagt sie.

Er nickt, ohne etwas zu erwidern. Im Laufe der Jahre hat sie verschiedene Ausgaben von Juncker gesehen – auch einige, bei denen er gelinde gesagt beschissen aussah, aber diese hier ... die schlägt alle. Etwas in ihm ist erloschen. Er ist verwelkt.

»Hast du hier was gefunden?«, fragt sie.

»Ja.« Juncker zeigt auf den Notizblock und Kaspers Handy, beides hat er auf den Schreibtisch seines Sohnes gelegt. Er blättert an der Einkaufsliste vorbei und hält seinen beiden Kolleginnen den Block hin.

»Was bedeutet CFR vej?«, fragt Signe.

»Ich vermute, C.F. Richs Vej.«

»FS ... das könnte Filip Steenvig sein«, meint Nabiha.

»Ja«, pflichtet Signe bei. »Und dreißigtausend?«

»Das müssen Kronen sein«, sagt Nabiha. »Aber was heißt das?«

»Es gibt mehrere Möglichkeiten«, sagt Juncker. »Ich weiß nicht, ob ihr es wisst, aber Kaspers Handynummer steht auf der Kundenliste, die wir in Karls Tresor gefunden haben ...«

»Merlin hat es erzählt«, sagt Signe.

Juncker nickt. »Gut. Wir wissen also, das Kasper Kokain von Karl gekauft hat. Aber anscheinend war das nicht alles.«

Er nimmt das Handy und öffnet den SMS-Thread zwischen Karl und Kasper. »Lies mal«, sagt er und reicht Signe das Telefon.

Sie hält es so, dass Nabiha mitlesen kann. Juncker starrt aus dem Fenster.

»Mann«, sagt Signe. »Karl sagt förmlich seinen eigenen Tod voraus und nennt auch noch die Mörder. Und Kasper schuldet HTBG offenbar Geld.«

»Ja, und zwar viel Geld. Einhunderttausend Kronen«, sagt Nabiha.

»Wenn das tatsächlich alles so stimmt, lässt sich der Zettel so deuten, dass Kasper aufgefordert wurde, einen Teil der Schulden, nämlich die dreißigtausend, zu bezahlen und Filip Steenvig zu bringen, der im C.F. Richs Vej 98 wohnt.«

»Geld, das er vermutlich nicht hatte«, sagt Signe. »Ich nehme mal an, du hast kein Geld hier in der Wohnung gefunden?«

»Nein. Aber ich habe auch keine normale, gründliche Durchsuchung durchgeführt. Das müssen wir so schnell wie möglich nachholen.«

»Darum kümmere ich mich«, sagt Signe und räuspert sich. »Übrigens, Juncker, Merlin hat gesagt, dass ich dich als Ermittlungsleiterin ablöse ... das ist natürlich ein bisschen unkonventionell, weil ich von der OK bin, aber ...«

»Das ergibt absolut Sinn«, unterbricht Juncker sie. »Auch wenn es ein paar Leuten bei der Gewaltkriminalität wahrscheinlich gegen den Strich geht. Aber ich hätte genauso entschieden. Was machen wir jetzt?«

»Nabiha und ich fahren zurück nach Teglholmen. Du fährst zurück ins Krankenhaus. Charlotte braucht dich.«

»Quatsch, Charlotte braucht mich nicht.«

»Doch, tut sie. Und Juncker, Herrgott, dir ist doch wohl klar, dass du nicht länger Teil dieser Ermittlung sein kannst, oder?«

Er antwortet nicht.

Was hättest du an seiner Stelle getan, fragt Signe sich selbst. Hättest du dich einfach rausgehalten und die Sache deinen Kollegen überlassen? Wohl kaum.

»Oder?«, wiederholt sie.

»Ja«, antwortet er leise.

Kapitel 64

Es war die aalglatte Version von Daniel Alexander, die Signe und Baldur zum zweiten Mal in seinem Haus festnahmen. Er bat sie herein, und sein Lächeln war wie ins Gesicht geklebt, während Baldur ihn über seine Rechte belehrte.

»Jaja, die Leier kenne ich inzwischen. Wie lange glauben Sie, dass Sie mich diesmal festhalten können?«, fragte er.

Signe hatte sich fest vorgenommen, sich unter keinen Umständen provozieren zu lassen.

»Ist jemand zu Hause, dem Sie Bescheid sagen müssen, dass wir Sie mitnehmen?«

»Nein. Ich bin allein. Ich habe meine Familie nach Tisvilde geschickt, es ist nicht gut für die Kinder, dauernd mitzubekommen, wie die Polizei in ihrem Zuhause auftaucht. Aber dass ich allein bin, wussten Sie sicher, nicht wahr?«

Darauf gab sie keine Antwort. Natürlich wusste er, dass er überwacht wurde.

»Wie geht es übrigens *Ihrer* Familie?«, fragte er.

Sie war drauf und dran, auf ihn loszugehen. Millimeter davon entfernt, ihm das dämliche Lächeln aus der widerwärtigen Visage zu schlagen. Zu brüllen, dass sie ihn umbringen würde, wenn er ihrer Tochter auch nur ein Haar krümmte. Baldur legte ihr beruhigend die Hand auf den

Arm, was Daniel Alexander nicht entging. Falls möglich, wurde sein Lächeln noch breiter.

Aber sie bewahrte die Fassung.

»Würden Sie bitte die Hände ausstrecken«, sagte sie und nahm ihre Handschellen aus der Halterung am Gürtel.

»Ach, kommen Sie, ist das wirklich nötig?«

»Hände vor. Sofort!«

Das Lächeln verblasste und wich dem hasserfüllten Ausdruck, den sie schon zuvor bei ihm gesehen haben, doch Alexander kam ihrer Aufforderung nach. Zu Signes großer Freude begegneten sie auf dem Weg zum Streifenwagen, den Signe als Verstärkung hinzugerufen hatte, obwohl Baldur und sie die Aufgabe in Wahrheit gut allein bewältigen konnten, auf dem Bürgersteig zwei Nachbarn. Daniel Alexander verdiente es, vor aller Welt bloßgestellt zu werden.

Filip Steenvig wurde derweil von Nabiha und Mascha festgenommen, und es lief undramatisch ab. Im Anschluss an die Festnahmen prüften die Ermittler zuallererst das Alibi der beiden für den Abend und die Nacht von Karl Jægers Ermordung, und sowohl Alexanders als auch Steenvigs war wasserdicht. Steenvig war auf einer Vorstandssitzung auf Schloss Dragsholm in Odsherred gewesen, wo er auch übernachtet hatte. Alexander war bei einem Geschäftstreffen in Stockholm gewesen, und auch er hatte dort übernachtet. Demnach hat keiner der beiden Karl erschossen. Alles andere hätte die Ermittler auch überrascht. Typen wie Alexander und Steenvig haben in der Regel Leute für die Drecksarbeit.

Signe zieht einen Stuhl zu dem Grüppchen herüber, das sich an Nabihas und Junckers Schreibtischen niedergelassen hat: Baldur, Mascha, Nabiha, Merlin und die Staatsanwältin Anne Marie Olsen.

»Moment«, sagt Signe, zieht ihr Handy heraus und schreibt eine kurze SMS.
Was Neues?
Niels Antwort kommt nach zehn Sekunden.
Nein
Merlin sucht ihren Blick. Sie schüttelt den Kopf.
»Ich dachte, wir schließen uns eben kurz, bevor wir für heute Feierabend machen. Morgen früh bekommen wir viel zu tun. Die dringendste Frage ist natürlich, ob wir ausreichend Grundlage haben, um Daniel Alexander und Filip Steenvig in U-Haft zu nehmen. Was denkst du, Anne Marie?«
»Das große Problem ist, dass wir nicht länger Hamzas Zeugenaussage haben«, sagt die Staatsanwältin.
»Es war ja noch eine dritte Person dabei, als ich mit Hamza gesprochen habe, nämlich sein Mentor.«
»Würde er aussagen?«
»Keine Ahnung, aber ich kann ihn ja fragen. Ich ruf ihn gleich mal an.«
»Sehr gut«, sagt Anne Marie. »Wir warten so lange.«
Signe geht in den Flur und wählt Janus Nielsens Nummer. Er geht sofort ran.
»Hallo, Janus, hier ist Signe Kristiansen.«
»Hallo.«
Er klingt zurückhaltend. Verständlicherweise.
»Schrecklich, das mit Hamza«, sagt sie.
»Ja.«
Sie bereut den Anruf bereits. In der kurzen Zeit, die sie mit Hamza und Janus zusammen war, hat sie deutlich gespürt, dass die beiden eine enge, fast freundschaftliche Beziehung hatten. Und jetzt kommt sie so kurz nach dem Mord daher, um Janus zu fragen, ob er nicht an Hamzas

Stelle treten und die Rolle als Kronzeuge gegen Daniel Alexander übernehmen will. Die Rolle, die Hamza das Leben gekostet hat.

Es grenzt ans Unanständige, aber sie muss ihn fragen. Er kommt ihr allerdings zuvor.

»Wenn ich mich nicht täusche, hatten Sie Hamza versprochen, ihn und seine Familie zu schützen, wenn er erzählt, was er gesehen hat?«

»Ja, das ...«

»Lief ziemlich scheiße, oder?«

»Ähm, ja, das ...«

»Und jetzt rufen Sie mich an, um zu fragen, ob ich nicht als Zeuge aussagen möchte bei dem, was Hamza zu Ihnen sagte. Stimmt's?«

»Ja.«

»Und im nächsten Schritt werden Sie mir erzählen, dass Sie ... dass die Polizei mich und meine Familie schützt, ja?«

Signe schweigt. Hat keine Ahnung, was sie sagen soll.

»Aber wissen Sie was? Besten Dank für das Angebot, aber ich verzichte.«

Sie hasst sich selbst dafür, weiß aber, dass sie die Karte spielen muss. »Ich verstehe, dass Sie wütend sind. Das bin ich auch. Ich hätte nie gedacht, dass man Hamza zusammen mit ...«

»Tut mir leid, aber die Schuld können sie nicht einfach dem Gefängnispersonal in die Schuhe schieben. Nicht allein jedenfalls.«

»Das weiß ich. Ich hätte klarmachen sollen, dass Hamza besonders geschützt werden muss. Und als ich im Gefängnis angerufen und erfahren habe, dass er tot ist, hatte ich eigentlich genau das sagen wollen ... dass sie ihn besonders gut schützen sollen.«

»Zu spät, Signe. Zu spät.«

»Ja. Aber, Janus ... wenn wir eine Chance haben wollen, die Mörder von Hamza dranzukriegen ...«

Er lacht spöttisch. »Na so eine Überraschung. Ihr seid also abhängig von meiner Aussage. Mit dem Argument hatte ich ja gar nicht gerechnet. Aber das können Sie sich abschminken. Ich habe eine Frau und zwei kleine Kinder. Wir werden nicht unter ständiger Bewachung leben ... oder an den Arsch von Schweden ziehen und da oben ein neues Leben beginnen. Vergessen Sie's.«

»Aber Janus ...« Sie fühlt sich wie Abschaum. »Wir können Sie als Zeugen vorladen, und dann müssen Sie erscheinen ...«

»Das würden Sie nicht tun, Signe. Und davon abgesehen, Sie können mich vielleicht vorladen, aber Sie können mich nicht zwingen, eine Aussage zu machen. Nein, das regelt ihr mal schön ohne mich. Ihr müsst euch eben extra anstrengen, um diese Schweine einzubuchten. Und wissen Sie was?«

»Nein. Was?«

»Das schulden Sie Hamza. Dann wäre sein Tod wenigstens nicht vollkommen sinnlos gewesen.«

Als sie aufgelegt hat, bleibt sie einen Moment stehen und sammelt sich. Dann geht sie zurück zu den anderen.

»Und?«, fragt Anne Marie.

Sie schüttelt den Kopf. »Er will nicht. Er glaubt nicht, dass wir ihn und seine Familie schützen können.«

»Und ich nehme mal an, du hast versucht, ihn zu drängen.«

»Ja«, antwortet sie und denkt: weit über jeden Anstand hinaus.

»Dann erzählt mir noch mal kurz, was wir gegen Alexander und Steenvig haben.«

»Wir haben diese SMS-Unterhaltung zwischen Kasper und Karl, in der Karl Daniel und Filip praktisch als seine potenziellen Mörder benennt«, sagt Nabiha und reicht Anne Marie einen Ausdruck.

Die Anwältin überfliegt ihn rasch.

»Wunderbar. Das belastet die beiden, ist aber kein Beweis. Außerdem haben sie unanfechtbare Alibis für den Tatzeitpunkt, oder nicht? Der Mörder muss also jemand anders gewesen sein. Gibt es sonst noch Kandidaten?«

»Karls Halbgeschwister, die Zwillinge Franziska und Franz, waren beide Montagabend in der Gegend von Karls Haus ... Franziska wurde sogar dabei gesehen, wie sie ins Haus geht, und beide haben lausige Alibis für die Zeit nach Mitternacht«, sagt Nabiha. »Aber wir haben keine konkreten Beweise gegen sie und wüssten nicht so recht, welches Motiv sie haben sollten, ihren Bruder umzubringen.«

»Okay. Erklärt ihr mir noch mal die genaue Verbindung zwischen Daniel, Filip und Karl?«, fragt Anne Marie.

»Sie sind Mitglieder einer halb geheimen Loge namens HTBG«, sagt Signe. »Weder Filip noch Daniel wollten uns sagen, wer sonst noch zu der Loge gehört, die angeblich ein ganz unschuldiges Netzwerk von Freunden ist. Sie waren in derselben Klasse auf Herlufsholm.«

»Was bedeutet HTBG?«

»Das sind die Initialen von Herluf Trolle und Birgitte Gøye. Das adelige Ehepaar, das das Internat Herlufsholm Mitte des sechzehnten Jahrhunderts gegründet hat.«

Kristoffer hat an seinem Schreibtisch am anderen Ende des Raums gesessen. Jetzt steht er auf und kommt zu ihnen.

»Ja, Kristoffer?«, sagt Merlin.

Er räuspert sich. »Ihr müsst da was wissen.«

Kapitel 65

Er öffnet vorsichtig die Tür des Zimmers auf der Intensivabteilung. Charlotte sitzt mit einer Decke über den Beinen auf einem Stuhl in der Ecke rechts neben der Tür. Ihr Kopf ruht auf einem Kissen, und sie hat die Beine auf einen Hocker gelegt. An ihren Atemzügen hört er, dass sie schläft. Eine Krankenschwester sitzt an einem Tisch neben dem Bett. Sie überwacht eine Fülle von Monitoren und Apparaten, die so ziemlich sämtliche von Kaspers Körperfunktionen messen.

»Ich bin Kaspers Vater«, flüstert er, und sie nickt ihm zu.

Er muss sich zusammennehmen, um seinen Sohn und die vielen Schläuche und Kabel, die mit seinem geschundenen Körper verbunden sind, anzusehen.

»Wie steht es?«, fragt er.

»Unverändert. Ihr Sohn ist stabil.«

Juncker unterdrückt den Drang zu fragen, ob es nicht wenigstens ein klein bisschen besser geht. Er setzt sich auf einen Stuhl neben seiner Ex-Frau. Abgesehen von ihren Atemzügen und den schwachen rhythmischen Geräuschen der Apparate ist es totenstill. Er schließt die Augen und versucht zu verstehen, was geschehen ist. Im Laufe seines Berufslebens hat er Dutzende solcher Fälle bearbeitet und mit etlichen Angehörigen von Schwerverletzten oder Getöteten gesprochen, die fassungslos und schockiert darüber waren, was sie und ihre Liebsten plötzlich und ohne Vorwarnung ereilt hatte.

Jetzt ist also er an der Reihe. Und er begreift es nicht. Dass es sein Sohn sein soll, der dort mit durchlöchertem und aufgeschnittenem Körper im Bett liegt und um sein Leben kämpft. Es ist absurd. Und der Grund, weshalb er dort liegt, ist noch absurder.

Lautlos sagt er die Worte: Kasper ist ein Krimineller. Aber sie ergeben keinerlei Sinn. Sein kluger, witziger, liebenswerter Sohn ... Er denkt an das Hintergrundbild auf Kaspers Handy. Der Tag im Schnee. Glücklich, lächelnd.

Wann hat das aufgehört? Wann haben sie sich voneinander entfernt? Er kann sich nicht erinnern. Oder es an einer bestimmten Situation oder einem Ereignis festmachen. Es ist immer so gewesen, wird ihm jetzt klar, auch als seine Frau das Foto im Østre-Anlæg-Park geschossen hat: Seit er als recht junger Polizist Mordermittler wurde, hat die Arbeit ihn vollständig vereinnahmt.

Aber musste es so sein? War das nicht nur seine eigene Deutung dessen, was der Job forderte? Denn andere Kollegen haben es sehr wohl geschafft, zufriedenstellende Arbeit zu leisten und gleichzeitig für ihre Familien da zu sein.

Vielleicht lautet die Wahrheit, dass er schlicht nicht fähig ist, sich eng an andere Menschen zu binden, ganz gleich, ob sie zur Familie gehören oder nicht. So wie sein Vater.

Ohne Vorwarnung ruft sein Hirn ihm ein Bild von Rasmus Donsberg vor Augen. Feist, schwitzend und spektakulär im Verfall begriffen. Juncker öffnet die Augen, um das Bild abzuschütteln.

Er hat ein Gefühl, dass Donsberg gewusst haben muss, in welchem Schlamassel sein Sohn steckte. Was bedeutet, dass er vielleicht auch etwas über Kasper gewusst hat. Warum das so sein sollte, kann sich Juncker nicht vernünftig erklären. Schließlich ist er selbst das beste Beispiel für einen Mann, der nicht die leiseste Ahnung vom Tun und Lassen seines Sohnes gehabt hat. Aber der Gedanke lässt ihn nicht los.

Was würde er dafür geben, Daniel Alexander und Filip Steenvig vernehmen zu können, aber das ist im Augenblick völlig ausgeschlossen. Er holt sein Handy hervor. Viertel vor elf. Er steht auf und tritt ans Bett. Kaspers Hände liegen auf der Decke, Juncker findet eine Stelle auf der Oberseite der einen Hand, die frei von Zugängen und Schläuchen ist, und streicht sanft mit dem Zeigefinger darüber.

Er schaut zur Krankenschwester und stellt flüsternd dieselbe Frage, die er vor einer halben Stunde gestellt hat.

»Wie steht es?«

»Den Umständen entsprechend sieht es okay aus. Seine Werte sind immer noch stabil«, sagt sie.

»Gut. Ich muss etwas erledigen. Falls Charlotte aufwacht, sagen Sie ihr bitte, dass ich da war und wiederkomme.«

Kapitel 66

Irgendwie gleicht er einem verschämten kleinen Jungen, denkt Signe. Einem sehr großen kleinen Jungen.
»Okay, Kristoffer, was gibt's?«
»Ähm ... ich habe mitgehört, wie ihr darüber gesprochen habt, dass die Verdächtigen auf Herlufsholm waren. Ich wollte nur sagen, Mirza Jović, der, den ich zu finden versuche, war auf derselben Schule.«
Signe runzelt die Stirn und schaut in die Runde.
»Mirza Jović? Ist das der, von dem Juncker neulich erzählt hat? Der das Massaker in Kroatien überlebt hat?«
»Genau«, sagt Kristoffer. Er schaut fragend zu Merlin, der ihm zunickt.
»Mach es kurz«, sagt der Chef.
Kristoffer fasst Mirzas Geschichte in fünf Minuten zusammen. Als er fertig ist, herrscht vollkommene Stille im Raum, alle starren ihn einfach nur an. Signe bricht das Schweigen.
»Entschuldigung, aber warum zur Hölle hast du uns das mit Mirza und Herlufsholm nicht schon früher erzählt?«
Kristoffer rutscht verlegen mit den Füßen herum. »Ich hatte keine Ahnung, dass es relevant ist, auf welcher Schule er war.«
Signe seufzt laut vernehmlich.
»Keiner hat mich gebrieft, was oder wen eure Er-

mittlungen betreffen«, fährt er fort. »Ich bin dabei, Mirzas Lebenslauf zusammenzusetzen, und dazu gehört natürlich, dass er auf Herlufsholm war. Deshalb finde ich nicht ...« Kristoffer wendet sich an Merlin und schaut ihn beinahe flehend an.

»Das geht auf meine Kappe«, gibt Merlin zu. »Du hast nichts falsch gemacht, Kristoffer. Ich hätte dich in die Ermittlungsarbeiten einbeziehen sollen.«

»Ja, das zu wissen, wäre echt gut gewesen«, sagt Signe. »Ich meine ... ein Mann mit Mirzas Hintergrund und dem Motiv, Rasmus Donsberg zu konfrontieren ... dass er auch auf Herlufsholm war und ...«

Merlin schlägt mit der Hand auf den Tisch. »Ich hab doch eben gesagt, dass es mein Fehler war, dass Kristoffer nicht anständig einbezogen wurde. Wie wär's, wenn wir jetzt weitermachen.« Er wendet sich an Kristoffer. »Gut, dass du es gesagt hast. Das könnte wichtig sein.«

Signe atmet tief durch. »Weißt du, von wann bis wann Mirza auf Herlufsholm war?«, fragt sie.

Kristoffer nickt, geht zu seinem Tisch und kommt mit einem Blatt Papier zurück.

»Von 1998 bis 2006«, sagt er.

»Baldur, du hast nachgeschaut, wann Karl, Daniel und Philipp dort waren, oder?«

»Ja. Sie haben 2005 ihren Abschluss gemacht. Ich habe eine Liste mit allen Schülern ihres Jahrgangs bekommen und bin mir sicher, dass Mirza nicht darunter war. Logischerweise nicht, weil er eine Klasse unter ihnen war.«

»Wäre trotzdem denkbar, dass Mirza Mitglied von HTBG ist?«, fragt Nabiha.

»Ausschließen lässt es sich jedenfalls nicht«, sagt Signe. »Zumindest ist es sehr wahrscheinlich, dass die vier sich gekannt haben, vielleicht sogar gut. Kristoffer, weißt du sonst noch etwas über Mirza?«

Er erzählt, was er herausgefunden hat. Unter anderem, dass es eine Lücke in Mirzas Lebenslauf von 2013 bis 2016 gibt, in der sich keinerlei Informationen über ihn finden und er offenbar außer Landes war.

»Wirklich gar nichts?«, fragt Signe.

Kristoffer schüttelt den Kopf. »Nada.«

»Nichts, was darauf hinweist, wo er gewesen sein könnte?«

»Nein.«

»Weiß der PET etwas über ihn?«

Kristoffer zuckt mit den Achseln.

»Ich meine, er ist ja Bosniake«, sagt Signe, »also Muslim, oder? Es gab einige Fälle von geplanten Terroranschlägen hier in Dänemark, an denen Bosniaken beteiligt waren. Das ist natürlich ein Schuss ins Blaue, aber vielleicht hat sich der PET ja schon mal mit ihm befasst.«

Nabiha richtet sich auf dem Stuhl auf. »Willst du damit sagen, der PET sollte sich für ihn interessieren, nur weil er Muslim ist?«

»Nein, überhaupt nicht. Aber jemand, der drei Jahre verschwindet ... das ist doch interessant«, erwidert Signe.

»Na ja, was heißt verschwunden ... er war außer Landes, hat vielleicht Verwandte in seiner Heimat besucht. Das allein ist noch nicht unbedingt verdächtig«, wendet Kristoffer ein.

»Haben wir eine Beschreibung von ihm?«

Wieder erzählt Kristoffer, was er weiß. Auch von der Narbe am linken Jochbein, und dass Mirza leicht hinkt.

Signe stutzt. »Nabiha, kannst du mal kurz die Beschreibung des Mannes aus dem Lersøparken aufrufen?«

»Moment«, sagt Nabiha und greift nach der Maus.
»Hier ... Der Täter zog das eine Bein leicht nach, steht da. Anscheinend aber so wenig, dass es ihn nicht beim Laufen gehindert hat.«
»Nabiha, war das eine Info, die du gekriegt hast?«, fragt Signe.
Nabiha schüttelt den Kopf.
»Ich auch nicht«, sagt Signe. »Dann muss es einer der Kollegen von der Schutzpolizei gewesen sein, der mit einem der Zeugen gesprochen hat.«
»Okay«, sagt Merlin. »Wir wissen nun also, dass Mirza unsere Freunde von der HTBG wahrscheinlich gekannt hat. Und wir wissen, dass er wie der Täter im Lersøparken leicht hinkt. Das heißt natürlich noch lange nicht, dass er auch wirklich unser Gesuchter ist, aber es ist definitiv interessant.«
Es wird vollkommen still. Signe sieht, dass ihre Kollegen hundemüde sind. Das gilt auch für sie.
»Wir müssen wissen, welche Verbindung zwischen den vier alten Schulkameraden besteht. Wie gut sie sich kennen.«
»Wir können Filip und Daniel ja morgen früh gleich mal fragen«, sagt Nabiha.
»Ja, sofern die beiden gesprächsbereit sind«, merkt Signe an. »Ich würde mal denken, Daniel Alexander ist es nicht.«
»Garantiert nicht. Aber seine Situation hat sich ja etwas geändert, seit wir ihn das letzte Mal hier hatten. Vor den SMS von Kaspers Handy kann er nicht weglaufen.«
»Das stimmt. Baldur und ich nehmen uns Alexander vor. Nabiha und Mascha, ihr vernehmt Steenvig. Baldur, kannst du den Direktor von Herlufsholm anrufen?«
»Jetzt noch? Es ist ganz schön spät, Signe.«

»Jaja, nur ganz kurz, um sicherzugehen, dass er morgen früh erreichbar ist. Vielleicht kann er uns helfen rauszufinden, welche Beziehung die vier damals zu Schulzeiten hatten.«

»Und Mirza?«, fragt Merlin.

»Nach ihm muss natürlich gefahndet werden«, sagt Signe. »Wir dürfen nicht riskieren, dass er bei Rasmus Donsberg auftaucht. Abgesehen davon, dass er allen Grund hat, den Klimaminister zu hassen, wissen wir nichts über seine anderen Beweggründe. Vielleicht war er an den Drogengeschäften von HTBG beteiligt. Vielleicht hat er Karl ermordet, um sich an Donsberg zu rächen. Falls das sein Motiv ist, müssen wir damit rechnen, dass er möglicherweise auch den Minister im Visier hat.«

»Lasst uns hier Schluss machen«, sagt Merlin. »Wir sehen uns morgen früh.«

Signe ist gerade auf dem Gang, als ihr Handy klingelt. Ihr Herz hämmert.

»Was, Niels?«

»Anne ist zu Hause.«

Sie heult beinahe los vor Erleichterung. »Wo zur Hölle war ...«

»Unsere Tochter hat einen Freund. Sie war bei ihm. Sie meinte, sie hätte ihn so sehr vermisst, weil er über die Ferien weg war. Und ihr Akku war tatsächlich leer.«

»Dann hätte sie doch kurz das Handy von ihrem ...«, das Wort kommt ihr nicht ganz leicht über die Lippen, »... von ihrem Freund leihen können.«

»Ja, das habe ich ihr auch gesagt. Aber sie meinte, sie sei schließlich so gut wie erwachsen und braucht uns nicht immer über alles zu informieren. Außerdem meinte sie, wenn sie uns angerufen hätte, hätten wir nur gesagt, dass sie nach Hause kommen soll.«

»Allerdings. Und übrigens: Wenn sie so erwachsen ist, wie sie behauptet, dann hätte sie uns angeru...«

»Jetzt entspann dich, Signe. Sie weiß, dass sie zu weit gegangen ist. Wo bist du?«

»Auf dem Heimweg. Sorg dafür, dass sie im Bett ist, wenn ich komme, und ich würde ihr stark raten, sich schlafend zu stellen.«

»Das werd ich ihr ausrichten. Ach so, eins solltest du noch wissen.«

»Was?«

»Der Freund ist sieben Jahre älter als sie.«

»Was!!?«

»Und non-binär.«

»Was ist er?«

»Non-binär. Eigentlich ist es also gar kein Er. Oder ... ach, ich weiß auch nicht so genau ... Komm einfach nach Hause.«

Kapitel 67

In der Villa des Klimaministers brennt immer noch Licht. Juncker parkt schräg gegenüber der Einfahrt. Ein Mann steigt aus einem Transporter auf der anderen Straßenseite.
»Hey, wer sind Sie?«, ruft der Beamte und kommt auf Juncker zu. Kurz darauf erkennt er ihn.
»Ach, du bist's. So spät noch?«
Juncker nickt.
»Tut mir leid, das mit deinem Sohn.«
Der Flurfunk funktioniert zuverlässig.
»Wie geht es ihm?«
»Den Umständen entsprechend okay. Er ist stabil.«
»Wir denken alle an dich und deine Familie.«
»Danke.« Er schaut sich um. »Bei welcher Gefährdungsstufe sind wir?«
»Der Minister hat eine ständige Leibwache, aber sie sind für heute nach Hause gegangen. Wir sind zu zweit hier und haben gerade einen Anruf gekriegt, dass wir extra aufmerksam sein sollen. Die Zimmer sind alarmgesichert und alle Eingänge kameraüberwacht, aber im Garten haben wir noch keine Sensoren installiert, das Level wurde ja erst vor Kurzem erhöht. Deshalb machen wir zwei, dreimal die Stunde einen Kontrollgang.«
»Ist Donsberg schon schlafen gegangen?«
»Glaube nicht. Er war in Kopenhagen, seine Kinder

besuchen, und ist erst vor einer halben Stunde heimgekommen. Er hat uns gesagt, dass er in der Regel spät schlafen geht, normalerweise gegen zwei.«
»Also kann ich noch mit ihm reden?«
»Bestimmt.«
Juncker geht die Treppe zur Haustür hoch und betätigt den Türklopfer. Nach einer halben Minute klopft er erneut. Schritte erklingen, und die Tür wird einen Spaltbreit geöffnet. Als Donsberg erkennt, wer davorsteht, öffnet er sie etwas mehr. Der Minister sieht, falls möglich, noch müder und abgekämpfter aus als beim letzten Mal. Als würde er langsam vor die Hunde gehen.
»Tut mir leid, dass ich so spät noch störe. Darf ich reinkommen?«
Donsberg überlegt kurz. Dann öffnet er die Tür ganz.
»Ja, wieso nicht. Ich hocke sowieso bloß rum. Dabei können Sie mir genauso gut Gesellschaft leisten.«
Sie gehen wie üblich ins Wohnzimmer. Als Donsberg am Hirsch vorbeikommt, tätschelt er ihm wie aus Gewohnheit den Kopf. Auf dem Couchtisch stehen eine leere Cognacflasche und ein ebenfalls leeres Glas.
»Kann ich Ihnen etwas anbieten? Einen Cognac zum Beispiel?«
»Nein danke. Ich muss dann wieder ins Krankenhaus.«
»Natürlich. Ich habe das mit Ihrem Sohn gehört. Schrecklich. Wie geht es ihm?«
»Die Ärzte sagen, sein Zustand ist kritisch, aber stabil.«
»Also ist er noch nicht außer Lebensgefahr?«
Juncker schüttelt den Kopf.
»Ich hoffe wirklich, er schafft es.« Donsberg beugt sich mühsam hinunter und nimmt die leere Flasche. »Ich gehe kurz in den Keller, eine neue holen.«

Juncker setzt sich aufs Sofa und starrt durch die großen, weiß gesprossten Fenster in die Dunkelheit draußen. Er holt sein Handy hervor, um Charlotte anzurufen, besinnt sich aber. Es gibt keinen Grund, sie zu wecken, falls sie immer noch schläft, und sie würde natürlich anrufen, sollte sich Kaspers Zustand verändern.

Sollte er sterben ...

Dann wüsste er nicht, was er tun soll.

Sollte Kasper überleben ...

Es ist nicht auszuschließen, dass er ins Gefängnis muss. Aber das spielt jetzt keine Rolle, das würden sie schon irgendwie hinkriegen. Charlotte und er würden ihm beistehen und ihm helfen, sein Leben wieder auf die Reihe zu kriegen.

Hauptsache, er überlebt.

Donsberg kehrt mit einer Flasche in der Hand zurück. Er fällt förmlich auf den Sessel, beugt sich vor und greift nach einem Taschenmesser, das auf dem Tisch liegt, schneidet um den Verschluss herum, dreht ihn ab und schenkt sich ein.

»Und Sie wollen wirklich nichts?«, fragt er und reicht Juncker die Flasche.

Juncker schüttelt den Kopf.

Donsberg nimmt einen Schluck aus dem beinah halb vollen Cognacglas und lässt sich auf dem Sessel zurücksinken.

»Sagen Sie, was wollen Sie zu dieser unchristlichen Stunde eigentlich noch hier?«

Juncker überlegt. Ja, was will er eigentlich? Auf einmal erscheint ihm der Gedanke, der ihm auf der Intensivstation gekommen ist, idiotisch: Donsberg fragen, ob er wirklich überhaupt nicht wusste, in welche Machenschaften sein

Sohn verstrickt war. Und falls doch ... falls er auch nur den leisesten Verdacht gehegt hat, wusste er dann auch von Kaspers Beteiligung?

Aber warum sollte er? Wenn es so gewesen wäre, hätte er es ihnen wohl erzählt.

Vielleicht ist der Grund seines Herkommens ganz schlicht und ergreifend der, dass Juncker es nicht aushält, tatenlos am Bett seines Sohnes zu sitzen und auf etwas zu hoffen, was er nicht im Geringsten beeinflussen kann.

»Wussten Sie, dass unsere Söhne sich kannten?«, fragt er.

Donsberg runzelt die Stirn. »Nein, wusste ich nicht. Wie ...?«

»Kasper hat Drogen für Karl verkauft.«

Der Minister nickt langsam. »Das heißt, wir sind beide Väter von Söhnen, die als Kriminelle im Drogenmilieu geendet sind.«

»Sieht so aus«, sagt Juncker.

Donsberg leert sein Glas und schenkt sich nach. »Wie geht es Ihnen damit?«

»Das ist eine blödsinnige Frage.«

Donsberg zuckt mit den Schultern. »Ich meine, machen Sie sich Vorwürfe? Haben Sie das Gefühl, als Vater versagt zu haben?«

Juncker öffnet den Mund, bringt jedoch kein Wort hervor. Er weiß nicht, was er antworten soll.

»Wir können uns natürlich damit verteidigen, dass unsere Söhne erwachsen sind und Verantwortung für ihr Handeln übernehmen müssen, was meiner Meinung nach auch stimmt. Aber wie zum Teufel ist es dazu gekommen? Fragen Sie sich das nicht? Bin ich mitschuldig? Sind Sie es?«

Juncker kommt nicht dazu, Donsbergs Frage zu beantworten. Etwas bewegt sich am Rande seines Blickfelds. Erst denkt er, seine Augen spielen ihm einen Streich, das tun sie in letzter Zeit häufig, vor allem wenn er müde ist. Dann denkt er, dass es die Katze ist. Aber es ist weder das eine noch das andere.

Kapitel 68

Erst ärgert sie sich. Darüber, dass Kristoffer noch mal bei ihr übernachten wird. Aber es ist nach Mitternacht, und sie kann ihn nicht bitten, sich so spät noch ein Hotelzimmer zu suchen. Außerdem ist es auch für sie besser so. Sie kann sich vor Müdigkeit kaum noch auf den Beinen halten und weiß, dass sie erheblich weniger Schlaf abbekommen würde, wenn Mascha bei ihr im Bett läge. Darüber hinaus merkt sie Kristoffer an, dass er das Bedürfnis hat, über das, was bei dem späten, improvisierten Briefing passiert ist, zu sprechen.

Sie holt eine Karaffe Wasser und zwei Gläser.

»Was ein Tag«, sagt sie.

»Aber echt. Armer Juncker.«

»Ja, ich hab ihn noch nie so fertig gesehen, und er hat, seit ich ihn kenne, einiges durchgemacht.«

Kristoffer nickt. Er schaut auf seine verschränkten Hände.

»Es ist nicht deine Schuld, Kristoffer.« Nabiha beugt sich vor und legt eine Hand auf sein Knie.

Er hebt den Blick.

»Du hast keine Informationen zurückgehalten. Was Merlin gesagt hat, war absolut richtig. Er hat einen Fehler gemacht, indem er dich nicht in die Ermittlungen mit einbezogen hat. Du hast nur getan, was man dir gesagt hat. Es ist dein Verdienst, dass wir Mirza überhaupt auf der Spur sind. Falls er tatsächlich der Schuldige ist ... das werden wir noch sehen. Aber im Augenblick ist er unser bester Ansatzpunkt.«

Er nickt.

Nabiha klopft ihm auf die Schulter. »Los jetzt, Kopf hoch, Kristoffer. Sei nicht so selbstkritisch. Du machst einen guten Job.« Sie steht auf. »Wir sollten jetzt besser ins Bett. In ein paar Stunden müssen wir wieder raus.«

Sie ist schon fast eingeschlafen. Doch da beginnt etwas an ihr zu nagen, und auf einmal ist sie wieder hellwach. Da ist etwas, das sie übersehen hat. Oder hätte tun sollen. Ihr Puls steigt. Scheiße. Sie sollte schlafen, stattdessen rattert ihr Hirn los, außer Kontrolle, und ihr bricht der Schweiß aus.

Und es nagt und nagt.

Kapitel 69

In der Tür zur Eingangshalle steht ein Mann und richtet einen Revolver auf sie.

Das ist unmöglich, schießt es Juncker durch den Kopf. Das Haus ist bewacht, niemand kann unbemerkt an den Beamten vorbei hinein- oder hinausgelangen.

Donsberg, der halb mit dem Rücken zur Tür sitzt, schaut zunächst verwundert zu Juncker. Dann dreht er den Kopf und sieht den Fremden.

»Was zur Hölle«, bricht es aus ihm heraus. »Wer sind Sie?«

»Ein Geist«, sagt der Mann. Er wendet Juncker den Blick zu. »Und wer sind Sie?«

»Ich heiße Martin Junckersen.«

»Junckersen, aha. Interessant.«

»Und Sie sind Mirza Jović, nehme ich an.«

»Richtig. Sie sind von der Polizei, stimmt's?«

»Ja.«

Donsberg versucht, unauffällig die Hand in die Hosentasche zu schieben. Mirza bemerkt es, lächelt und fischt etwas, das aussieht wie ein Autoschlüssel, aus seiner Tasche.

»Suchen Sie den? Also, Donsberg, wenn die Polizei schon so freundlich ist, Sie mit einem Alarmknopf auszustatten, wäre es schlau, Sie hätten ihn bei sich, statt ihn auf dem Nachttisch liegen zu haben.« Er lächelt. »Und was ist mit Ihnen, Martin Junckersen, sind Sie bewaffnet?«

Juncker schüttelt den Kopf.

»Stehen Sie langsam auf, ziehen Sie Ihre Jacke aus, legen Sie sie auf den Boden und schieben Sie sie mit dem Fuß zu mir her.«

Juncker kommt der Aufforderung nach.

»Und wenn Sie sich einmal kurz drehen würden ... danke. *Better safe than sorry.* Sie können sich wieder hinsetzen.«

Mirza geht zu der gartenseitigen Wand und setzt sich, mit dem Rücken dagegengelehnt, auf den Boden.

»Damit die mich nicht entdecken, wenn sie ihre Runden drehen«, erklärt er. »Wäre doch wirklich ärgerlich, Donsberg, wenn wir getrennt werden würden, wo wir uns nach so langer Zeit endlich wiedersehen.«

Rasmus Donsberg starrt den Mann mit dem Revolver wütend an.

»Wie zum Teufel sind Sie reingekommen?«, fragt er.

»Das war kinderleicht. Während Sie und Ihre Leibwache vorhin weg waren, habe ich mich von der Strandseite aufs Grundstück geschlichen und bin auf den Balkon über dem Wintergarten geklettert und von da zwei Meter weiter das Dach rauf, zu einem Dachfenster. Das so alt ist, dass man es mit einem Strohhalm aufbrechen könnte. Und schon war ich auf dem Dachboden, der nicht alarmgesichert ist. Damit hatte ich auch nicht gerechnet. Es ist eine altbekannte Schwäche des PET, dass sie vergessen, Dachböden und Dachfenster ausreichend zu sichern. Oder in diesem Fall: überhaupt zu sichern. Und dann brauchte ich nur noch zu warten, bis Sie nach Hause kamen und die Alarmanlage ausgeschaltet haben. Dass Sie auftauchen, Martin Junckersen, war nicht Teil des Plans, aber nun ist es eben so.«

Auf ein paar Leute vom PET wartet ein mächtiger Anschiss, denkt Juncker. Wenn das reicht. »Was wollen Sie eigentlich?«, fragt er.

»Ich weiß nicht, ob Sie es wissen, aber Donsberg und ich haben eine alte Rechnung offen. Sie dürfen nun dabei sein, wenn sie ... beglichen wird. Aber wollen wir nicht nach oben gehen? Dort sind wir besser vor neugierigen Blicken geschützt. Wenn Sie vorausgehen würden ...«

Donsberg und Juncker schauen sich an. Der Minister zuckt mit den Achseln und geht in die Eingangshalle. Juncker folgt ihm. Mirza geht zur Haustür und überprüft, dass sie verschlossen ist.

»Den haben Sie wohl erlegt?«, fragt er und zeigt mit dem Revolver auf den Rothirsch.

Donsberg nickt.

»Hatte er eine Chance? Oder haben Sie ihn einfach hingerichtet?«

»Er hatte eine Chance.«

»Um was zu tun?«

»Flüchten, natürlich.«

»Die Chance hat er offensichtlich nicht ergriffen. Und jetzt finden Sie, Ihre Tat war so ruhmreich, dass es Ihnen zusteht, auf diese Weise damit zu prahlen?«

»Die Geschichte wird von den Siegern erzählt, nicht wahr? Das Recht des Stärkeren, wissen Sie?«

Mirza lächelt. »Darüber weiß ich bestens Bescheid. Und wer ist jetzt der Stärkere von uns zwei? Wer wird unsere kleine Geschichte erzählen?«

Donsberg schnaubt, antwortet jedoch nicht.

»Los jetzt. Nach oben«, kommandiert Mirza.

Sie gehen die herrschaftliche weiße Treppe zu einer großen Empore hinauf und von dort in ein Zimmer, bei dem es sich wahrscheinlich um Donsbergs Schlafzimmer handelt. Mirza befiehlt ihnen, sich nebeneinander auf die Kante eines riesigen Doppelbetts zu setzen. Er zieht einen Stuhl heran und nimmt zwei Meter entfernt von ihnen Platz.

»Ich möchte Ihnen beiden meine Geschichte erzählen. Ich will sicher sein, dass Sie verstehen, was damals passiert ist«, sagt er an Donsberg gewandt. »Betrachtet durch meine Augen, natürlich. Sie müssen entschuldigen, wenn ich ein wenig aushole.«

In der folgenden halben Stunde erzählt Mirza von seiner Kindheit in dem kleinen Dorf, von einem Leben, das durch den Krieg zerstört wurde und von einem Tag im Jahr 1993, als ihm seine Familie genommen wurde. Wie er Donsberg bei den Henkern stehen und mit ihnen trinken sah, wenige Minuten bevor sie hilflose Menschen niedermetzelten.

Donsberg sitzt reglos und dem Anschein nach unberührt von Mirzas Erzählung da. Als Mirza am Ende angelangt ist, blickt er den Minister lange an.

»Ich habe mich häufig gefragt, wie Sie die Sache eigentlich sich selbst gegenüber gerechtfertigt haben. Was Sie zu Ihrer Verteidigung sagen würden, sollten wir uns jemals begegnen. Und hier sind wir nun. Jetzt haben Sie die Chance. Warum haben Sie sich nicht dazwischengestellt? Ihre Autorität eingesetzt und den Serben gesagt, wenn sie uns erschießen wollen, müssen sie erst euch erschießen? Gibt es eine gute und anständige Erklärung dafür, dass Sie gehandelt haben, wie Sie gehandelt haben?«

Auf einmal läuft Donsberg der Schweiß übers Gesicht und tropft ihm auf Hemd und Hose.

»Ich hätte meine Autorität einsetzen können, sagen Sie, aber das war ja gerade das Problem. Ich ... Wir hatten keine Autorität.«

»Ich meine nicht Ihre formelle Autorität, sondern die Autorität, die daraus entspringt, ein anständiger Mensch zu sein. Ein mutiger Mensch. Halten Sie sich selbst für mutig? Für anständig?«

Juncker schielt zu Donsberg, der nach mehreren Sekunden des Schweigens den Kopf schüttelt.

»Nein zu allem? Wenigstens sind Sie ehrlich.«

Juncker studiert Mirzas Gesicht. Er kann ihn nicht lesen. Er wirkt entspannt, fast schon abgeklärt, gleichzeitig lauert irgendetwas unter der Oberfläche. Wut und Trauer. Was hat er vor? Donsberg töten? Ihn selbst?

»Was wollen Sie eigentlich erreichen?«, fragt Donsberg.

»Ich will, dass Sie verstehen, was Verlust bedeutet, so wie ich ihn erfahren habe.«

»Haben Sie meinen Sohn umgebracht?«

Mirza nickt.

»Ich will, dass Sie die Konsequenzen spüren von dem, was Sie getan haben. Oder besser gesagt: nicht getan haben.«

»Das ergibt überhaupt keinen Sinn.«

»Ich denke, es gibt genauso viel ... oder besser gesagt wenig Sinn wie die Tatsache, dass meine Angehörigen von einer Horde besoffener Serben umgebracht wurden.«

»Ist das der einzige Grund, warum Sie Karl umgebracht haben?«

»Nein, es gibt tatsächlich noch zwei weitere Gründe. Einer davon war, dass ich dafür bezahlt wurde. Ihr Sohn war nicht mehr als ein einfacher Drogendealer, der sich so sehr mit seinen Partnern angelegt hat, dass sie seinen Tod wollten und mich gut dafür entlohnt haben, ihn aus dem Weg zu räumen.«

»Seine Partner?«, fragt Juncker. »Und die wären?«

Mirza betrachtet ihn einen Augenblick. Dann zuckt er mit den Schultern. »Das wisst ihr wahrscheinlich sowieso schon. Daniel Alexander und Filip Steenvig ...«

»Die haben Sie angeheuert?«

»Ja.«

Donsberg hat bisher auf den Boden gestarrt. Jetzt hebt er den Kopf. »Warum soll nur ich dafür bezahlen? Warum nicht die tatsächlichen Mörder Ihrer Familie?«

»Die haben schon bezahlt. Den vollen Preis. Einige von ihnen jedenfalls.«

»Sie haben sie getötet? Die Serben?«

»Nur fünf. Die Anführer der Bande.«

»Wo haben Sie sie gefunden?«, fragt Juncker.

»An verschiedenen Orten in der Republika Srpska.«

Warum erzählt er uns das?, denkt Juncker. Ist es egal, wenn wir es erfahren, weil wir unser Wissen sowieso zu nichts gebrauchen können?

»Was war der letzte Grund dafür, meinen Sohn zu töten?«, fragt Donsberg.

»Dass er ein selten mieser Dreckskerl war. Ihr Sohn hat mir auf Herlufsholm das Leben zur Hölle gemacht.«

»Sie waren auf Herlufsholm?«, fragt Donsberg.

»Ja, stellen Sie sich vor, war ich. Einen Jahrgang unter Ihrem Sohn. Und Filip und Daniel.«

»Aber wie ...«

»Ja, das wundert Sie wohl, wie es kommt, dass ein elternloses Flüchtlingskind auf eine Schule voller Oberklassenkinder geht. Die Antwort ist, ich hatte ein Stipendium. Meine Adoptiveltern waren ziemlich ambitioniert in Bezug auf mich. Ich selbst habe jede Stunde auf dieser Schule gehasst, und daran war nicht zuletzt Ihr Sohn schuld. Er hat keine Gelegenheit ausgelassen, mich daran zu erinnern, dass ich nur dank des Stipendiums auf der Schule bin. Überhaupt war Karl kein sonderlich netter Mensch. Können Sie sich meine Überraschung vorstellen, als mir klar wurde, dass Sie, Karls Vater, der Mann waren, den ich jahrelang gesucht hatte?« Er blickt Donsberg interessiert an. »Wie war eigentlich Ihr Verhältnis zu Karl?«

Der Minister antwortet nicht.

Mirza lächelt. »Dachte ich mir schon. Aber fühlen Sie sich nicht dafür verantwortlich, dass er so geworden ist? Ein Vater hat großen Einfluss auf seinen Sohn, denke ich. Und das hatten Sie vielleicht auch. Einen ungünstigen Einfluss, oder was würden Sie sagen? Übrigens sollten Sie wissen, dass das Geld, das ich dafür bekommen habe, Karl umzubringen, jetzt an einem Ort Gutes tut, wo es dringend benötigt wird, seit Sie damals in Ihrer Rolle als Feigling geglänzt haben.«

»Waren Sie es auch, der auf meinen Sohn geschossen hat?«, fragt Juncker plötzlich.

Mirza sieht ihn verdutzt an. »Ihren Sohn? Ist das der aus dem Park beim Bispebjerg Krankenhaus?«

Juncker nickt.

»Nein, damit habe ich nichts zu tun.«

Juncker schaut Mirza in die Augen. Der Mann sagt die Wahrheit, ist er überzeugt.

»Er ist nicht tot, oder?«

»Nein.«

»Überlebt er?«

»Ja.«

»Das ist gut«, sagt Mirza und steht auf. »So, aber jetzt mal weiter im Programm. Hoch mit Ihnen, Donsberg.«

»Was wollen Sie?«

Jetzt hört Juncker die Angst in Donsberg Stimme.

»Kommen Sie hier rüber und knien Sie sich hin.«
Dem Minister steht die Todesangst ins Gesicht geschrieben. Tränen laufen ihm über die Wangen.
»Ich will nicht sterben.«
»Das wollte meine Familie auch nicht.«
»Ich konnte nichts ... Ich konnte nichts machen.«
»Schwachsinn, und das wissen Sie selbst. Geben Sie zu, dass Sie eine Memme waren. Dass Sie eine Memme *sind*.«
Mirza geht um Donsberg herum, der die Augen geschlossen hat und etwas murmelt, das Juncker nicht versteht. Mirza hebt den Revolver und drückt ihn gegen den fleischigen Nacken des Ministers.
Juncker hält die Luft an.
»Tun Sie das nicht, Mirza«, sagt er und bemüht sich, seine Stimme ruhig zu halten. »Dazu gibt es keinen Grund.«
Mirza lächelt.
»Falsch. Sie haben nicht zugehört. Es gibt jede Menge Gründe. Er hat vor vielen Jahren auf ganzer Linie versagt und sollte froh sein, dass es ihn erst jetzt einholt.«
Er verstärkt den Druck auf die Pistole im Nacken seines Opfers. Donsberg schluchzt, während Mirza weiterhin lächelt. Er starrt auf den Mann vor sich hinunter. Dann schüttelt er den Kopf. Geht um Donsberg herum und kniet sich vor ihm hin, das Gesicht so nahe an seinem, dass ihre Nasen sich beinahe berühren. Donsberg senkt den Blick.
»Schau mich wenigstens an«, zischt Mirza. »Schau mir gefälligst wenigstens in die Augen.«
Zehn Sekunden lang sitzen sie einander starr wie zwei Statuen gegenüber. Jemand hämmert mit dem Türklopfer gegen die Haustür.
Mirza sieht zu Juncker hinauf. »Es geht nicht anders. *Doviđenja*«, sagt er und hebt den Revolver.

18. Februar

Kapitel 70

Es war zwei Uhr früh gewesen, und es ließ sich schwer sagen, wer angefressener darüber war, mitten in der Nacht geweckt und zur Arbeit beordert zu werden: der Schlosser oder die drei Beamten der Abteilung für Gewaltkriminalität in Næstved.

Merlin war unerbittlich gewesen: Mirza Jovićs Wohnung sollte augenblicklich durchsucht werden, und es interessierte ihn einen feuchten Kehricht, wie spät es war.

Der Schlosser hatte die Wohnungstür binnen weniger Minuten geöffnet, und in noch kürzerer Zeit fanden die drei Beamten eine Reihe von Gegenständen, die die Position der Polizei gegenüber den beiden Verdächtigen Daniel Alexander und Filip Steenvig radikal verbesserte.

Auf den Esstisch im Wohnzimmer hatte Mirza verschiedene Dinge gelegt: ein schwarzes Notizbuch, ein komplettes Set falsche Papiere, darunter Pass und Führerschein versehen mit seinem Foto, ausgestellt jedoch auf den Namen Ermin Šehić, sowie eine externe Festplatte mit Aufnahmen von mehreren Gesprächen zwischen Daniel, Filip und Mirza. Darunter auch jenes, indem sie die Liquidierung von Karl Jæger gegen ein Honorar von zweihundertfünfzigtausend Kronen für Mirza absprachen. Das schwarze Notizbuch enthielt Mirzas Aufzeichnungen aus der Zeit zwischen 2013 und 2016, als er sich auf dem Balkan aufhielt, um die fünf bosnisch-serbischen Männer zu jagen und zu töten, die seiner Ansicht nach die Hauptverantwortung für das Massaker an seiner Familie trugen. Außerdem fand die Polizei zwei Laptops und drei Mobiltelefone, die Karl Jægers gehörten.

Nabiha und Mascha vernehmen Filip Steenvig im Beisein eines Anwalts aus Markus Bohns Kanzlei, während Bohn selbst bei der Vernehmung von Daniel Alexander durch Signe und Baldur dabei ist. Die vier Ermittler haben zuvor abgesprochen, nach einer Stunde eine Pause zu machen und sich bei der Kaffeemaschine zu treffen – es sei denn, die Beschuldigten sollten gerade dabei sein, ein umfassendes Geständnis abzulegen.

»Alexander ist eine harte Nuss«, sagt Signe, als alle vier versammelt sind. »Er leugnet, dass es seine Stimme auf den Aufnahmen ist und dass er auch nur das Geringste mit irgendeiner Straftat zu tun hat. Der SMS-Thread zwischen Karl und Kasper, in dem er und Filip erwähnt werden, ist angeblich gefälscht und frei erfunden. Er macht nicht den Eindruck, als ob er so bald einknicken würde. Ehrlich gesagt glaube ich nicht, dass wir einen Ton aus ihm rauskriegen. Wie läuft's bei euch?«

»Steenvig hat auch erst mal alles abgestritten«, sagt Nabiha. »Aber er wirkt ein bisschen *shaky*, nachdem ihm ernsthaft gedämmert zu sein scheint, dass sie aus der Nummer nicht rauskommen und die Sache gut mit lebenslänglich für ihn enden kann. Deshalb würde ich sagen, wir setzen ihm noch mal ordentlich zu.« Sie schaut zu Mascha, die nickt.

»Gut«, sagt Signe. »Dann versuchen wir's auch noch mal. Wenn schon nichts bei rumkommt, dann wenigstens zum Schein.«

Nabiha öffnet die Tür zum Vernehmungsraum. Es ist

offenkundig, dass die beiden Ermittlerinnen nicht gerade ein inniges Gespräch unterbrechen. Der Anwalt und der Beschuldigte sitzen beide mit verschränkten Armen am Tisch und starren in die Luft, als die Tür aufgeht.

Mascha und Nabiha setzen sich und legen ihre Handys mit eingeschalteter Aufnahmefunktion auf den Tisch. Nabiha beugt sich zu Steenvig vor.

»Wie vorhin schon gesagt, sind die Beweise gegen Sie und Ihren Partner erdrückend, ich bin also absolut sicher, dass Sie beide wegen Mordes verurteilt werden. Dabei spielt es keine Rolle, dass nicht Sie und Alexander den Abzug gedrückt haben. Ganz im Gegenteil wiegt es umso schwerer, dass Sie den Mord gemeinsam in Auftrag gegeben haben, da wird mir Ihr Anwalt sicherlich zustimmen. Außerdem steht die Tat in Verbindung mit Bandenkriminalität.«

Steenvig starrt auf einen Punkt einen Meter über Nabihas Kopf. Er setzt sich aufrecht hin. »Ich hätte gern, dass mein Anwalt den Raum verlässt.«

»Was?«, fragt der Anwalt verblüfft.

»Sie haben schon richtig verstanden«, sagt Steenvig.

Der Anwalt schüttelt ungläubig den Kopf.

»Sie haben gehört, was er gesagt hat.« Nabiha lächelt ihn an.

Noch immer kopfschüttelnd sammelt er seine Papiere zusammen, packt sie in seine Mappe und steht auf. »Das werden Sie bereuen«, sagt er leise durch die Zähne.

Nabiha richtet sich, die Hände auf die Tischplatte gestützt, halb auf. »Ist das etwa eine Drohung? In Gegenwart von zwei Polizistinnen?«

»Das war keine Drohung, sondern eine bloße Feststellung«, erwidert er lakonisch und schließt die Tür hinter sich.

Nabiha lehnt sich zurück und schaut Steenvig fragend an. »So. Was gibt's?«

»Ich würde gern einen Deal machen«, sagt er. »Ich sage aus, wenn im Gegenzug meine Strafe gemindert wird.«

Sie lächelt spöttisch. »Sie haben anscheinend zu viele amerikanische Krimis gesehen. In Dänemark geht weder die Polizei noch die Staatsanwaltschaft einen Handel mit Kriminellen ein. Das Einzige, was Sie tun können, um ihre Situation möglicherweise zu verbessern, ist, uns sämtliche Verbrechen, die Sie und Ihre Freunde von der HTBG begangen haben, offenzulegen und darauf zu hoffen, dass das Gericht bei der Bemessung des Strafmaßes Ihre Zusammenarbeit miteinbezieht. Die werden wir gern bestätigen, mehr können wir nicht tun. Wir können nicht garantieren, dass die Strafe milder ausfällt.«

»Klingt nicht sehr attraktiv«, sagt er.

»Das denken Sie jetzt. Ich kann Ihnen sagen, wenn sie erst mal dreizehn, vierzehn Jahre eingesessen haben, macht es einen verdammt großen Unterschied, ob man in Kürze freikommt oder noch mindestens zwei Jahre länger drinbleiben muss. Haben Sie Kinder?«

»Einen Sohn. Er ist drei.«

»Wenn Sie mit uns zusammenarbeiten, bestehen gute Chancen, dass Sie ihn als freier Mann auf die Abifeier begleiten können. Aber das liegt natürlich ganz bei Ihnen.«

Steenvig hat die Ellbogen auf die Armlehnen gestützt und die Fingerspitzen vor dem Mund aneinandergelegt. Er schließt die Augen und schweigt mehrere Minuten. Dann öffnet er die Augen und strafft die Schultern.

»Schön. Was wollen Sie wissen?«

Yes!, denkt Nabiha und müht sich, eine neutrale Miene

zu bewahren. Sie kontrolliert, dass die Aufnahme auf dem Handy immer noch läuft.

»Sie können damit anfangen zu erklären, was genau es mit HTBG auf sich hat.«

Etwas über eine halbe Stunde lang erzählt Steenvig, wie er und acht Klassenkameraden, darunter Daniel Alexander und Karl Jæger, im letzten Schuljahr beschlossen, auch nach dem Abschluss von Herlufsholm Kontakt zu halten. Sie gründeten die Loge, die anfangs tatsächlich ein rein soziales Netzwerk war. Im Zuge des wachsenden Kokainkonsums von mehreren Mitgliedern entstand jedoch die Idee, selbst einen Teil des enormen Gewinns aus dem Drogengeschäft einzukassieren.

»Statt alles Geld den Kanaken und Rockern in die Taschen zu stecken, konnten wir uns genauso gut selbst einen Teil vom Kuchen abschneiden«, sagt Steenvig.

»Und die anderen Banden haben einfach zugelassen, dass Sie sich in ihren Markt gedrängt haben? Das nehmen sie normalerweise aber nicht hin«, sagt Nabiha.

»Nein, und vor allem am Anfang, vor drei, vier Jahren, mussten wir uns unseren Platz hart erkämpfen. Vielleicht erinnern Sie sich noch daran, im Herbst 2017 gab es einige Schießereien. Insgesamt drei Leute wurden getötet. Dabei ging es darum, uns vom Markt zu vertreiben.«

»Das ist offensichtlich nicht geglückt. Warum nicht?«

»Wir waren schon immer gut darin, Allianzen zu schmieden. Unser Argument war, dass wir einen guten Zugang zum Markt nördlich von Kopenhagen haben. Und das ist ein großer Markt, in der Gegend wird viel gesnifft. Um es kurz zu machen, alle Parteien haben zum Schluss eingesehen, dass es besser fürs Geschäft ist, sich zusammenzutun, statt sich zu bekämpfen.«

»Das heißt, viele müssen gewusst haben, dass es Ihre Organisation gab. Warum haben wir noch nie etwas von HTBG gehört?«

»Das dürfte vor allem an Ihrer mangelnden Kompetenz liegen. Es sei aber dazu gesagt, dass wir uns sehr bemüht haben, unter dem Radar zu bleiben. Wir hatten nicht das Bedürfnis, an die große Glocke zu hängen, wer wir sind. Im Gegensatz zu mehreren der Kanakenbanden, die schon fast öffentlich damit werben, wer sie sind und was sie tun.«

»Und wahrscheinlich ist es auch nicht ganz ohne Bedeutung, dass Ihre Eltern angesehene Leute sind, oder?«, wirft Mascha ein.

»Mit Sicherheit. Es hat noch nie geschadet, aus einer Familie mit einem gewissen Einfluss zu stammen.«

Wohl wahr, denkt Nabiha.

»Erzählen Sie uns von Mirza.«

»Er ist irre intelligent und kam rein notenmäßig gut klar in der Schule. Aber mit seinem Hintergrund hatte er es schwer auf Herlufsholm.«

»War er Mitglied von HTBG?«

»Ha, nein, ganz bestimmt nicht. Er ging ja nicht in unseren Jahrgang, hat aber trotzdem den Kontakt zu Daniel und vor allem mir gehalten. Wir hatten wohl irgendwie Mitleid mit ihm und haben ihm mit kleineren Jobs und immer mal wieder auch finanziell geholfen, wenn es knapp bei ihm wurde. Mirza hat seinen Wehrdienst abgeleistet, aber was er sonst getrieben hat, weiß ich nicht. Und dann war er plötzlich für mehrere Jahre verschwunden. Keine Ahnung, was er in der Zeit gemacht hat. Aber als er wieder aufgetaucht ist, war er wie verwandelt. Wir hatten angefangen, mit Drogen zu dealen, und er wurde eine Art

Mann fürs Grobe, wenn zum Beispiel jemand bedroht werden musste.«

»Oder umgebracht, offenbar. Warum sollte Karl sterben?«

»Sein Konsum lief aus dem Ruder und hat ihn unzuverlässig und zu einer Belastung für uns gemacht. Er hat uns beschuldigt, seinen Anteil zu stehlen und ihn ganz allgemein zu betrügen. Zum Schluss hatte er sich so reingesteigert, dass er damit gedroht hat, zur Polizei zu gehen – selbst wenn er sich dadurch selbst reinreiten würde. Da hatten wir genug. Er musste eliminiert werden, und wir haben Mirza mit der Aufgabe betraut.«

»Was ist mit Kasper Junckersen?«

»Was soll mit ihm sein?«

»Was hatte er mit Ihrer Bande zu tun?«

Steenvig schüttelt den Kopf. »Ich habe praktisch überhaupt nichts mit ihm zu tun, und Daniel meines Wissens auch nicht. Kasper hat Koks verkauft, hauptsächlich über das Café, in dem er bedient hat. Aber er hat für Karl gearbeitet, nicht für uns. Irgendwann hat er einen Haufen Geld beim Pokern verloren. Wir haben ihm Geld geliehen, bis er schließlich ziemlich hohe Schulden bei uns hatte.«

»Haben Sie deshalb versucht, ihn umzubringen?«

Steenvig schaut Nabiha verständnislos an. »Wovon reden Sie?«

»Wir haben Grund zu der Annahme, dass es Mirza war, der versucht hat, Kasper im Lersøparken umzubringen.«

Steenvig schüttelt den Kopf. »Davon weiß ich nichts. Wir haben ihn jedenfalls nicht dafür angeheuert.«

»Was ist mit dem Mord an Hamza?«

»Das müssen Sie Daniel fragen. Damit habe ich nichts zu tun.«

Sie setzen die Vernehmung noch eine Viertelstunde fort, und Steenvig gibt die Namen sämtlicher Mitglieder der HTBG preis. Anschließend holen ihn zwei Vollzugsbeamte ab und verfrachten ihn zurück ins Vestre Gefängnis, wo er in einer Isolationszelle untergebracht wird.

Nabiha trinkt den letzten Schluck kalten Kaffee aus ihrem Becher. Sie schaut Mascha an.

»Irgendwas stimmt hier nicht«, sagt sie und steht auf.

Kapitel 71

»Es geht nicht anders. *Doviđenja*.«
Mirza hatte, ohne Junckers Blick loszulassen, den Revolver gehoben, während Donsberg vor Angst stöhnte. Statt jedoch die Waffe auf den Minister oder Juncker zu richten, hatte Mirza sie an die weiche Stelle zwischen seinem Hals und dem Kinn gesetzt – und abgedrückt. Während er bei Karl Jæger Munition mit harter Spitze verwendet hatte, nahm Mirza sein eigenes Leben mit einem Soft-Point-Projektil, das, nachdem es durch Zunge, Mundhöhle, Nasenhöhle und Hirn gefetzt war, einen erheblichen Teil des Schädels wegriss, bevor es sich wenige Zentimeter neben der Lampe aus Messing und Kristallglas in die Decke des Schlafzimmers bohrte.

Donsberg, dessen Kopf und Oberkörper mit Blut und Hirnmasse bespritzt waren, krabbelte panisch weg von Mirzas Körper, der noch immer unter Todeskrämpfen zuckte, und kauerte sich auf dem Boden neben Juncker zusammen, der mit einem Pfeifen in den Ohren und etwas benommen aufgestanden war, um die Situation zu überblicken. Mirza Erste Hilfe zu leisten, konnte er sich sparen, man brauchte kein Arzt zu sein, um festzustellen, dass er mausetot und jeglicher Wiederbelebungsversuch sinnlos war.

Juncker ging hinunter in die Eingangshalle und ließ die

beiden gelinde gesagt beunruhigten Beamten ins Haus. Nachdem er ihnen einen Lagebericht gegeben hatte, stürmten sie die Treppe hinauf. Junckers Zeitgefühl war auf Stand-by gesetzt, und es kam ihm vor, als wären nur wenige Sekunden vergangen, als die beiden mit Donsberg zwischen sich und festem Griff um seine Arme die Treppe wieder herunterkamen. Sie bugsierten den noch immer leise schluchzenden Minister durch die Halle und in eines ihrer Autos, dann fuhr einer der beiden mit ihm weg – wohin, wusste Juncker nicht –, während der andere ins Haus und zu Mirzas Leichnam zurückkehrte.

Der Beamte führte hastig vier kurze Telefonate, und Juncker hätte schwören können, dass nicht mal eine Viertelstunde verging, bis es überall im Haus und auf dem Grundstück von PET-Beamten wimmelte. Unter den Neuankömmlingen war der operative Leiter des Nachrichtendienstes, der wiederholt blaffte, dass »nichts, und ich meine absolut gar nichts hiervon« publik werden dürfe.

Juncker gab dreimal eine Erklärung gegenüber drei verschiedenen Männern ab. Kurz erwog er, ob er Merlin anrufen und ihm vom Geschehen erzählen sollte, doch dann fiel ihm ein, dass er ja vom Fall abgezogen worden war und er sich streng genommen gar nicht in Gesellschaft von Donsberg hätte befinden dürfen.

Nach einer Stunde hat er endlich die Erlaubnis erhalten zu gehen und ist ins Krankenhaus gefahren, wo Charlotte in dem Augenblick erwacht, als er das Zimmer auf der Intensivstation betritt. Er nickt der Krankenschwester zu und setzt sich neben seine Ex-Frau, die seine Hand nimmt.
»Wie steht es?«, fragt er die Krankenschwester.
»Unverändert«, antwortet sie. »Nicht schlechter.«

Aber auch nicht besser.
»Hast du rausgefunden, wer Kasper erschossen hat?«, fragt Charlotte.
»Nicht so richtig.« Er überlegt kurz. »Aber ich kann einen Verdächtigen ausschließen.«
Charlotte nickt nur. Fragt nicht genauer nach.
»Wie geht es dir?«
»Ich weiß nicht«, sagt sie. »Ich hab was Komisches geträumt. Ich kam den Gang lang, und da war ein Krankenpfleger, der kam aus dem Zimmer hier und hat ein Kinderbettchen vor sich hergeschoben, und darin lag ein Baby. Es war Kasper, und ich wollte ihn hochnehmen, aber der Pfleger hat gesagt, ich darf nicht, er müsse ihn jetzt wegfahren, sonst würde er sterben. Er würde sterben, wenn ich, seine Mutter, ihn hochnehme. Weißt du noch, direkt nach Kaspers Geburt, da haben sie ihn auch weggefahren, weil sich die Nabelschnur um seinen Hals gewickelt hatte, und sie hatten Angst, dass etwas sein könnte ...«
»Aber es war nichts.«
»Nein. Alles war gut.« Sie lehnt den Kopf gegen seine Schulter. »Und jetzt schafft er es auch. Oder, Martin?«
»Ja.«
Er lässt ihre Hand los. »Ich fahre nach Teglholmen. Ich muss mit ihnen reden.«
»Du wurdest vom Fall abgezogen, stimmt's? Von Kaspers Fall?«
»Ja.«
»Martin?«
»Ja?«
»Hast du etwas getan, was du nicht darfst?«
»Nein ...« Er zögert. »Ich muss ihnen nur etwas sagen. Außerdem will ich wissen, wie der Stand ist.«

»Okay. Hast du gar keine Vermutung, wer auf Kasper geschossen hat?«
»Nicht mehr.«
»Find es raus, ja?«
Er nickt und geht hinaus auf den Gang. Er ist erschöpft. Nicht nur müde aufgrund des Schlafmangels, sondern auch geistig ausgelaugt in einer Weise, dass er sich konzentrieren muss, um die grundlegendsten Funktionen auszuführen. Gehen, zum Beispiel. Jeder Schritt fühlt sich an, als würde man auf eine Luftmatratze treten. Als kämpfe man mit einem richtig üblen Jetlag.
Er ruft Malene an. Es dauert einen Moment, bis sie abnimmt.
»Hallo«, sagt sie schlaftrunken.
Er hat vergessen, welche Tageszeit ist.
»Juncker?«
Beim Klang ihrer Stimme bricht er beinah in Tränen aus.
»Hallo? Juncker?«
Er reißt sich am Riemen und erzählt, was passiert ist. Dass sein Sohn schwer verletzt, aber am Leben ist.
»Ich habe gehört, dass ein junger Mann angeschossen wurde«, sagt sie. »Aber ich wusste nicht, dass es Kasper ist.«
»Woher auch? Sein Name wurde noch nicht öffentlich gemacht.«
Soweit er weiß. Aber vielleicht ist es schon an die Medien durchgesickert? Dass es sich um seinen Sohn handelt?
»Wann ist es passiert?«
Er denkt nach. Gestern? Vorgestern?
»Äh ... gestern, glaube ich.«
Am anderen Ende wird es still.
»Du hättest mich anrufen sollen, Juncker«, sagt sie

leise, und zum ersten Mal, seit sie sich kennen, klingt sie traurig.
»Ich weiß. Aber es war so viel ...«
»Natürlich. Wo bist du gerade?«
»Im Rigshospital. Sie sagen, er ist stabil.«
»Und Charlotte?«
»Die ist auch hier.«
»Sag Bescheid, wenn ich etwas tun kann. Egal was.«
Er steckt das Handy in die Tasche und geht zurück ins Zimmer. Er will noch ein paar Minuten dort sitzen, bevor er fährt.
Es dauert keine Minute, da ist er mit dem Kinn auf der Brust eingeschlafen.

Juncker fährt hoch und braucht ein paar Sekunden, bis er begreift, dass es das vibrierende Handy ist, das ihn geweckt hat. Er fummelt es aus der Tasche und schaut aufs Display. Unterdrückte Rufnummer.
»Martin Junckersen?« Die Stimme ist hell, beinahe mädchenhaft.
»Ja.«
»Sie sind Polizist, oder?«
»Ja.«
»Ich heiße Cecilie. Sie wissen wahrscheinlich nicht, wer ich bin.«
»Nein ...«
»Ich kenne Kasper.«
»Okay.« Er stemmt sich mühsam hoch und geht auf den Flur. Schlagartig vollkommen klar im Kopf.
»Ich war gestern Abend mit ihm verabredet. Bei mir. Aber er ist nicht gekommen, und ich hab ihn nicht erreicht. Da habe ich mir Sorgen gemacht, dass er ... dass er der

Mann ist, der im Lersøparken angeschossen wurde. Er ist es, oder?«

»Ja.«

Es klingt, als würde die Frau ein Schluchzen unterdrücken. »Wie ... ist er ...?«

Juncker bringt es nicht über sich, die Leier zu wiederholen, dass er stabil ist und es ihm den Umständen entsprechend geht.

»Er wird es schaffen«, sagt er. »Aber woher kennen Sie Kasper? Und woher haben Sie meine Nummer?«

»Ich bin seine Freundin«, schnieft sie. »Ihre Nummer habe ich von einem Freund, der Journalist ist.«

Juncker hatte keine Ahnung, dass sein Sohn eine Freundin hat, und er ist sich recht sicher, dass Charlotte es auch nicht gewusst hat. Das hätte sie ihm trotz allem erzählt.

»Okay. Seine Freundin ...«

»Ja. Und ich muss Ihnen was erzählen.«

»Jetzt?«

»Ja. Das heißt ... können wir uns vielleicht treffen?«

»Ähm, ja ...«

»Ich wohne in der Ryesgade. Ich kann in zehn Minuten im Rigshospital sein.«

»Alles klar, dann ...«

»In zehn Minuten in der Cafeteria.«

»Okay, bis ...«

Sie hat bereits aufgelegt.

Kapitel 72

Nabiha wacht auf, als Merlin an ihren Tisch kommt. Sie hat mit hochgelegten Beinen auf ihrem Stuhl geschlafen und schaut mit zusammengekniffenen Augen auf ihr Handy. Zweieinhalb Stunden Schlaf, rechnet sie aus und fühlt sich wie eine ausgebrannte alte Frau.

»Guten Morgen«, sagt Merlin.

»Findest du?«, antwortet sie mit rauer Stimme. Sie greift nach einem halb vollen Wasserglas mit fettigem Rand, das auf dem Fensterbrett steht, und leert es in einem Zug.

»Ich habe eben eine SMS von Juncker bekommen«, fährt der Chef ungerührt fort.

»Und? Was schreibt er?«

»Dass nicht Mirza versucht hat, Kasper umzubringen.«

»Die Info stimmt ja gut mit Filip Steenvigs Aussage überein. Aber woher weiß Juncker das?«

»Von Mirza selbst. Er hat den Mord an Karl gestanden, nicht aber den Mordversuch an Kasper.«

»*What??*« Nabiha ist schlagartig hellwach. »Wo zur Hölle hat er Mirza getroffen?«

»In Rasmus Donsbergs Haus in Vedbæk.«

»Ich versteh kein Wort. Was haben die beiden da gemacht?«

»Tja, das ist mir auch noch nicht ganz klar.«

»Hast du mit Juncker gesprochen?«

»Er geht nicht ans Handy. Und wenn man bedenkt, was bei ihm gerade los ist, dann ...«

»Aber woher weißt du es dann?«

»Ich hatte gerade einen ziemlich aufgeregten operativen Leiter des PET am Apparat.«

»Und er weiß, was heute Nacht passiert ist? Und wo Mirza ist?«

»Ja. Mirza liegt in einem Kühlraum in der Rechtsmedizin, nachdem er sich einen Großteil der Birne weggeschossen hat, der – wenn ich es richtig verstanden habe – im wahrsten Sinne *auf* Donsberg gelandet ist. Geschah alles vor Junckers Augen.«

»Donsberg ... geht es ihm gut?«

»Na ja ... er ist am Leben, wurde aber mit einem schweren Nervenzusammenbruch in die Psychiatrische in Glostrup eingeliefert. Er hat in den letzten Tagen dann doch ein bisschen arg viel durchgemacht. Aber das ist alles streng geheim. Dem PET ist es ein bisschen peinlich, dass ein Auftragsmörder trotz Polizeischutz ins Haus des Klimaministers gelangt ist, was ja sehr verständlich ist. Auch wenn der Minister überlebt hat. Gnädigerweise durfte ich es dir, Signe, Baldur und Mascha erzählen. Aus Rücksicht auf die Ermittlungen.«

»Wie großzügig von ihnen. Und was machen wir jetzt? Wir haben so ziemlich null, was den Mordversuch an Kasper angeht.«

»Ohren steifhalten. Die anderen kommen bald. Ich habe Ausdrucke der Anruflisten von Kaspers Handy und eine Kopie seines Adressbuchs. Würdest du sie durchsehen, dann reden wir, wenn die anderen hier sind?«

»Klar, gib her.«

Sie lässt den Blick über die erste Seite gleiten, sieht aber doppelt. Kaffee, denkt sie und geht in die Teeküche, füllt Bohnen und Wasser in die Maschine und schaltet sie ein. Fünf Minuten später schüttet sie das teerschwarze Gebräu in einen Becher und nimmt es mit an ihren Platz. Sie pustet und nippt vorsichtig am Kaffee. Als sie den Becher halb geleert hat, versucht sie es erneut, und jetzt geht es etwas besser, zumindest kann sie erkennen, was auf den Seiten steht. Sie beginnt mit der Liste mit Kaspers Kontakten, in alphabetischer Reihenfolge, und fährt mit dem Zeigefinger über das Blatt. Es sind viele englische Namen, sicher Freunde aus Kaspers Zeit jenseits des Atlantiks. Sie kämpft sich durch die Namen und ist etwa bei der Hälfte der sechsten Seite angelangt, als sie innehält. Ein paar Sekunden lang starrt sie in die Luft. Dann nimmt sie das vorherige Blatt, das mit der Rückseite nach oben auf dem Tisch liegt, und wendet es. Lässt ein weiteres Mal den Blick über die Namen gleiten. Und da ...

What. The. Fuck.

Kapitel 73

Außer ihm selbst sitzen nur fünf Leute an den Tischen in der großen Cafeteria des Rigshospitals im Erdgeschoss. Eine junge Frau steuert schnellen Schrittes auf ihn zu. Er steht auf.
»Ihr Sohn ähnelt Ihnen«, sagt sie und reicht ihm die Hand. »Cecilie.«
Ihre Hand ist kühl.
»Martin Junckersen«, stellt er sich vor. Steif und förmlich. Er versucht, die Situation aufzulockern. »Martin. Oder ... Juncker, so nennen mich die meisten.«
Sie setzen sich und schauen einander einen Moment in die Augen. Ihre sind von einem Blau, wie er es selten gesehen hat. Schulterlange dunkelblonde Haare, die zu einem eiligen Pferdeschwanz gebunden sind. Mittelgroß. Schlank. Die hübsche Nachbarstochter.
Die hübsche, nervöse Nachbarstochter.
»Was ist mit Kasper passiert?«, fragt sie.
»Er wurde gestern, als er joggen war, von zwei Schüssen in die Brust getroffen.«
»Er joggt immer montags, mittwochs und freitags, morgens oder manchmal auch erst am Vormittag. Dieselbe Strecke, im Lersøparken, fünf oder sechs Runden. Er ist ziemlich schnell.« Sie zögert. »Wurde er ... wurde er lebensgefährlich verletzt?«

Juncker nickt. »Wie lange seid ihr schon zusammen?«
»Wir haben uns in Denver kennengelernt, vor ... zweieinhalb Jahren etwa. Und hatten eine, ähm ... Affäre, kann man es wohl nennen, ohne dass mehr daraus wurde. Dann haben wir uns vor einem halben Jahr hier in Kopenhagen zufällig bei einer Party wiedergetroffen. Wir haben uns verliebt. Und kamen zusammen. Das wussten Sie nicht, oder? Dass Kasper eine Freundin hat?«
Er schaut weg. »Nein. Was wollten Sie mir erzählen?«, fragt er. Etwas brüsk, wie er selbst hört.
Sie schließt die Augen.
»Ich weiß nicht, wo ich anfangen soll«, sagt sie.
»Lassen Sie sich Zeit.«
Sie holt tief Luft. »Bevor Kasper und ich anfingen, uns zu treffen, war er mit einer anderen zusammen.«
Von der Juncker auch nichts gewusst hat.
»Er hat sie in dem Café kennengelernt, wo er neben dem Studium gejobbt hat. Da, wo er jetzt in Vollzeit arbeitet. Sie ist ziemlich bekannt, und Kasper hat mir erzählt, dass er einfach nicht mit ihrem Job klarkam. All das Getue vor der Kamera, Hauptsache Likes auf YouTube und Insta ... Ständig wurde sie auf der Straße angequatscht und von irgendwelchen Typen angebaggert. Außerdem hat er recht schnell gemerkt, dass er doch keine so großen Gefühle für sie hatte. Aber je mehr er die Bremse zog, desto besessener wurde sie von ihm. Als er dann mich getroffen und mit ihr Schluss gemacht hat, ist sie völlig ausgetickt. Sie hat angefangen, ihn mit SMS zu bombardieren, wenn er mit mir zusammen war. Außerdem hatte sie sich und Kasper einmal beim Sex gefilmt, ohne dass ihr Gesicht zu sehen war. Sie hat ihm dann damit gedroht, die Videos in den sozialen Medien zu posten, wenn er nicht zu ihr zurückkommt.«

Sie schaut auf die Tischplatte. Rote Flecken erscheinen an ihrem Hals.

»Dann hat sie angefangen, auch mich zu bedrohen. Eines Abends war ich meine Eltern in Helsingør besuchen, und auf dem Rückweg nach Kopenhagen hat mich auf der Autobahn jemand von hinten so sehr bedrängt, dass er mehrfach fast auf mich aufgefahren wäre. Zum Schluss hat mich das Auto mit irrem Tempo überholt und ist so knapp vor mir eingeschert, dass ich fast die Kontrolle über den Wagen verloren hätte. Als ich Kasper davon erzählt habe, hat er darauf bestanden, dass wir zur Polizei gehen. Wir sind zur Station am Halmtorvet gegangen, und ich habe von der Autofahrt erzählt. Und Kasper von den SMS-Drohungen und den Sex-Videos. Aber er hatte alles gelöscht, und ich hatte für die Sache auf der Autobahn ja auch keine Beweise. Ich war mir sicher, dass es eine Frau war, das konnte ich sehen, als sie mich überholt hat, aber damit konnte die Polizei natürlich nicht viel anfangen.«

»Wurde ein Bericht geschrieben?«

»Keine Ahnung.«

»Okay. Sonst noch was?«

Wieder schaut sie auf den Tisch. Dann strafft sie die Schultern und begegnet seinem Blick.

»Ich weiß nicht, ob ich Ihnen das erzählen sollte, aber jetzt mache ich es trotzdem. Ich liebe Kasper, und er braucht Hilfe. Er spielt. Vor allem Poker, aber auch Blackjack und Roulette im Casino. Und er hat hohe Schulden. Deshalb hat er angefangen, Drogen zu verkaufen. Wussten Sie das?«

»Nicht, dass er gespielt hat.«

»Aber das mit den Drogen?«

»Ja.«

»Wissen Sie dann auch, für wen er sie verkauft hat?«
»Ja. Für Karl Jæger.«
Cecilie nickt. Juncker stellt eine Frage, von der er sicher ist, dass er die Antwort bereits kennt.
»War es Karls Schwester, Franziska Donsberg, mit der Kasper vorher zusammen war?«
Sie nickt. »Karl hat sie einander vorgestellt. Karl und Kasper hatten sich kennengelernt, weil Karl Stammkunde im Café war. Franziska hat auch Kokain für ihren Bruder verkauft. Ziemlich viel, glaube ich. Sie hat das Geld in ihrer Eventagentur gewaschen, und das wusste Kasper.«
»Woher?«
»Sie hat es ihm erzählt. Und obwohl sie selbst so tief drinsteckte in der ganzen Sache mit dem Drogenhandel, hat sie Kasper trotzdem damit gedroht, ihn anzuzeigen. Das hat Kasper schließlich zu dem Entschluss gebracht, sich selbst und sie bei der Polizei anzuzeigen und seine Strafe in Kauf zu nehmen. Er hatte recherchiert, dass er für die Menge, die er verkauft hatte, etwa sechs Monate auf Bewährung und Sozialdienst bekommen würde, weil er keine Vorstrafen und stabile persönliche Verhältnisse hatte. Und im Gegensatz zu Franziska meinte er es tatsächlich ernst damit, zur Polizei zu gehen.«
»Aber warum wollte er sie mitanzeigen?«
»Er war wütend. Er konnte es nicht haben, dass Franziska jetzt auch noch hinter mir her war. Damit hätte sie eine rote Linie überschritten, meinte er. Als sie dann gemerkt hat, dass Kasper es ernst meint, ist sie völlig ausgerastet ... und hat damit gedroht, ihn umzubringen. Ihr Influencerzirkus, ihre erfolgreiche Firma ... ihr ganzes glamouröses Leben würde ja einstürzen, wenn rauskäme, dass sie mit Drogen gedealt hat. Karl hatte natürlich auch

einen Mordshals auf Kasper und hat mit Gott weiß was gedroht. Aber dann wurde er ja selbst erschossen.«
Sie fängt Junckers Blick ein.
»Übrigens hatte er beschlossen, es Ihnen zu erzählen. Alles. Weil er sich wahnsinnig geschämt hat und Riesenschiss davor hatte, was Sie sagen würden. Und tun.«
Er muss an die SMS denken, die er auf Kaspers Handy gelesen hat.
Wollen wir uns bald mal treffen? Die SMS, auf die er nicht geantwortet hat.
Vielleicht war das der Moment, als sein Sohn ihm von seinen Problemen erzählen und ihn um Hilfe bitten wollte.

Kapitel 74

Nabiha schaut in die Runde ihrer drei Kollegen. »Franziska und Kasper kennen sich«, sagt sie.
»Und woher weißt du das?«, fragt Signe.
Nabiha tippt mit dem Zeigefinger auf den kleinen Stoß Papiere auf ihrem Tisch. »Sie steht in Kaspers Adressbuch.«
Signe zuckt mit den Achseln. »Karl und Kasper haben sich gekannt. Da ist es nicht weiter verwunderlich, dass Kasper und Karls Schwester sich auch irgendwann mal getroffen haben und er ihre Nummer bekommen hat.«
»Ich bin mir recht sicher, dass ihr Verhältnis über eine rein zufällige Bekanntschaft hinausging.«
»Wie kommst du darauf?«
»Weil sie als ›Franzi‹ eingespeichert ist.«
»Okay, ja, das lässt auf eine etwas engere Beziehung schließen«, räumt Signe ein.
»Aber ist daran irgendwas verdächtig?«, fragt Baldur. »Selbst wenn sie zusammen sind? Oder es waren?«
»Nicht unbedingt. Aber es wäre jedenfalls interessant, mit ihr zu reden, falls sie Kasper nahegestanden hat. Irgendwie habe ich das Gefühl, dass es so war. Aber hat sie dann auch gewusst, dass Kasper für ihren Bruder gedealt hat? Weiß sie etwas darüber, ob Kasper bedroht wurde?«
»Absolut, das müssen wir jetzt gleich rausfinden«, sagt Signe.

»Dann würde ich vorschlagen, dass Mascha und ich bei ihr vorbeifahren und sie eventuell mit hierherholen, was meinst du, Signe?«

Signe legt den Kopf schief und betrachtet Nabiha einige Sekunden lang. Dann lächelt sie. »Super, macht das. Derweil nehmen Baldur und ich uns Kaspers Anruflisten vor. Dazu hattest du ja noch nicht die Zeit, oder?«

Nabiha schüttelt den Kopf. Signe hat das mit ihr und Mascha durchschaut, das spürt sie am Blick ihrer älteren Kollegin, aber wie sie dahintergekommen ist, ist ihr ein Rätsel. Tja, lässt sich nicht ändern. Jetzt kann sie nur hoffen, dass Signe dichthält. Sie kennt sie nicht gut genug, um einzuschätzen, ob sie das tun wird. So oder so: Die Grenze, wie lange sie ihr Verhältnis noch geheim halten können, ist bald erreicht. In Kürze werden ein paar große Entscheidungen zu treffen sein.

Sie steht auf.

»Komm, Mascha, fahren wir.«

Franziska sieht aus, als hätte sie die Nacht durchgefeiert. Ihre Augen sind rot, die Stimme heiser. Nabiha kann sich nicht entsinnen, jemals unter der Woche so hacke gewesen zu sein. Überhaupt weiß sie kaum noch, wann sie zuletzt betrunken war.

»Welchem Umstand verdanke ich die Ehre?«, erkundigt sich Franziska, nachdem sie die Wohnungstür hinter ihnen geschlossen hat.

»Wir würden gern über ein paar Dinge mit Ihnen reden.«

»Gehen wir in die Küche. Ich brauche mehr Kaffee. Den Weg kennen Sie ja ... Wie war das, Nabiha, richtig?«

»Genau. Nabiha Khalid.«

Franziska geht voraus, den schmalen Flur entlang zur Küche.

Mascha und Nabiha setzen sich an den Esstisch, während Franziska zum Kühlschrank geht und eine Packung Milch herausholt.

Es trifft Nabiha wie ein Schlag in die Magengrube, und sie erschauert. Das, was die ganze Zeit unterbewusst an ihr genagt hat ... auf einmal springt es ihr direkt ins Auge.

Kapitel 75

Er klopft an und öffnet die Tür, ohne eine Antwort abzuwarten. Merlin nimmt den Blick vom Bildschirm und schaut ihn überrascht an.
»Juncker!?«
Er tritt ein und setzt sich.
»Wie geht es Kasper?«
»Er ... er ist ...« Juncker sucht nach einem alternativen Wort für das nervtötend klinische und unzureichende »stabil«, aber ihm fällt nichts ein. »Er ist am Leben«, sagt er schließlich.
»Ein Glück«, sagt Merlin. »Wenn man bedenkt ...«
»Wie nah er dem Tod war? Ja, so gesehen ... so gesehen kann man wohl von Glück sprechen.«
»Und du? Wie geht es dir?«
Wie es ihm geht? So elend wie in seinem ganzen Leben noch nicht.
Er zuckt mit den Achseln. Merlin mustert ihn eingehend.
»Sag mal, was hast du gestern Abend eigentlich bei Donsberg gemacht?«
Er zuckt abermals die Achseln.
»Hatte das was mit dem Fall oder, besser gesagt, den Fällen zu tun?«
»Nein.«
»Was dann?«

Juncker seufzt. Wie soll er etwas erklären, das ihm nicht mal selbst erklärlich ist?

»Denn es macht vielleicht nicht den besten Eindruck«, fährt Merlin fort, »dass ein Ermittlungsleiter, der aufgrund von Befangenheit von einem Fall abgezogen wurde, mitten in der Nacht einen nahen Angehörigen des Mordopfers besucht.«

»Nein, das ist mir bewusst.«

»Na ja, aber das deichseln wir schon irgendwie. Ich denk mir was aus, falls jemand nachhakt.«

»Dir fällt schon was ein. Aber was ich dir eigentlich sagen wollte ...«

»Ja?«

»Ich habe eine starke Vermutung, wer für den Mordversuch an Kasper verantwortlich ist.«

Er erzählt von dem Treffen mit Cecilie, von Kaspers Beziehung zu Franziska und deren Drohungen gegen ihn und Cecilie.

»Und du hast nicht gewusst, dass dein Sohn mit Franziska Donsberg zusammen war?«

Juncker bedenkt seinen Chef mit einem kühlen Blick.

»Hätte ich es gewusst, hätte ich es dir oder Signe gegenüber wohl erwähnt, oder? Außerdem waren sie anscheinend nur ganz kurz zusammen. Aber es wäre wahrscheinlich gut, wenn du ein paar Leute losschickst, um sie festzunehmen. Aber die sollen aufpassen, laut Cecilie klingt es, als wäre sie nicht ganz zurechnungsfähig.«

»Schon passiert. Nabiha und Mascha sind vor einer halben Stunde hingefahren, um sie zur Vernehmung herzubringen.«

»Warum? Habt ihr auch etwas über sie gefunden?«

»Nur, dass sie Kasper gekannt hat.«

Juncker nickt. »Ich rufe Nabiha an und sage, dass sie sie festnehmen sollen.«

»Dann schicke ich Signe und Baldur auch noch hin. Sollen Nabiha und Mascha warten, bis sie da sind?«

»Das muss Nabiha beurteilen.«

»Wir können nicht ausschließen, dass Franziska bewaffnet ist.«

»Nein, können wir nicht.«

Kapitel 76

Nabiha könnte sich ohrfeigen. Wie konnte sie das vergessen?

Franziska humpelt. Nicht stark, eher ein leichtes Nachziehen des einen Beins, aber dennoch deutlich, wenn man erst mal darauf achtet. Was hatte sie noch mal als Erklärung gesagt, als Juncker und Nabiha zuletzt bei ihr waren und sie an die Küchenanrichte gelehnt stehen blieb, statt sich an den Tisch zu setzen? Irgendwas mit einer alten Tanzverletzung im einen Knie.

Die von den Zeugen abgegebenen Beschreibungen des Täters im Lersøparken waren spärlich gewesen. Etwa eins achtzig groß und schlank. Und leicht hinkend. Doch keiner hatte das Gesicht beschreiben können; die Zeugen waren allesamt zu weit weg gewesen, wie sie übereinstimmend aussagten.

Franziska ist fast einen Kopf größer als Nabiha, sodass es mit den eins achtzig hinkommen könnte, und trotz Schlabber-T-Shirt und unförmiger Jogginghose ist unverkennbar, dass sie eine schlanke Figur mit schmalen Hüften und relativ kleinen Brüsten hat.

Alle Zeugen haben vom Täter als »er« gesprochen. Aber was, wenn sie sich geirrt haben? Könnte es sich in Wahrheit um eine junge Frau mit jungenhafter Statur gehandelt haben, deren helles Haar und Gesicht teilweise von einer hochgezogenen Kapuze verdeckt waren?

Nabihas Handy klingelt. Sie zieht es aus der Tasche und schaut aufs Display. Es ist Juncker.

»Tut mir leid, da muss ich kurz rangehen.« Sie steht auf und sieht aus dem Augenwinkel, dass Franziska ihr mit dem Blick folgt, als sie Richtung Flur zur Tür geht. Kurz bevor sie die Küche verlässt, kreuzen sich ihre Blicke. Franziska entblößt die perlweißen regelmäßigen Zähne mit einem Lächeln, doch ihre Augen sind kalt.

Nabiha geht ins Wohnzimmer, um ganz sicherzugehen, dass Franziska nicht mithören kann.

»Ja, Juncker?«, sagt sie mit leiser Stimme.

»Franziska muss festgenommen werden, sie steht wegen des Mordversuchs an Kasper unter Verdacht«, sagt er und fasst in knappen Zügen zusammen, was Cecilie ihm enthüllt hat.

»Das heißt, wir wissen, dass sie gedroht hat, Kasper umzubringen?«, fragt Nabiha.

»Ich sehe keinen Grund, Cecilie nicht zu glauben. Also ja.«

»*Holy shit*. Und mir ist eben klar geworden, dass sie humpelt. Genau wie der Täter im Lersøparken. Weißt du noch, wie sie was von wegen alter Tanzverletzung erwähnt hat, als wir das letzte Mal da waren?«

»Jaa, jetzt, wo du's sagst ...«

»Ich Idiotin. Da hätte ich schon längst draufkommen müssen ...«

»Das ändert jetzt auch nichts mehr. Signe und Baldur sind auf dem Weg zu euch.«

»Sollen wir mit der Festnahme warten, bis sie da sind?«

»Das musst du beurteilen.«

Sie überlegt.

»Mit dem, was wir jetzt wissen, hätte ich sie lieber gleich als später in Handschellen. So wie sie mich angestarrt hat, als ich aus der Küche gegangen bin, um mit dir zu reden … Ich bin mir ziemlich sicher, dass sie Lunte gerochen hat.«

»Wie gesagt, das ist deine Entscheidung.«

»Okay. Wir nehmen sie fest.«

»Gut.«

Sie steckt das Handy ein und überdenkt einen Moment die Situation. Sie hört keinerlei Geräusche aus der Küche, aber vielleicht liegt das einfach daran, dass die Wohnung so groß ist. Sie zieht ihre Pistole, spannt den Hahn so vorsichtig und lautlos wie möglich und bewegt sich mit der Waffe im beidhändigen Anschlag den Gang entlang. Sie nähert sich der Tür zur Küche. Noch immer ist kein Laut von dort zu vernehmen, und sie bleibt stehen. Irgendwas stimmt nicht.

»Mascha«, ruft sie.

»Ja.«

Die Stimme klingt seltsam. Vorsichtig macht sie einen Schritt in die Küche. Mascha steht am Tisch, Franziska direkt hinter ihr, einen Arm um ihren Hals gelegt und einen Revolver an ihren Kopf gedrückt. Franziska lächelt – dasselbe Lächeln wie zuvor, als Nabiha die Küche verlassen hat.

»Nein, so ein Zufall. Zwei Seelen, ein Gedanke«, sagt Franziska aufgesetzt munter.

Nabiha bleibt stehen, die Pistole auf die beiden Frauen gerichtet. Franziska muss den Revolver bei sich oder irgendwo in der Küche versteckt gehabt haben, in einer Schublade vielleicht, und dann hat sie Mascha überrumpelt, ehe diese ihre Waffe ziehen konnte.

»Franziska, legen Sie den Revolver weg. Sofort!«
Sie schnaubt verächtlich. »Warum sollte ich?«
»Franziska Donsberg, Sie sind hiermit festgenommen, verdächtigt wegen des Mordversuchs an Kasper Junckersen. Legen Sie die Waffe weg.«
Franziska schüttelt wortlos den Kopf. Mascha hat die Augen geschlossen. Nabiha kämpft darum, die Ruhe zu bewahren. Das hier ist das perfekte Beispiel dafür, warum es eine echt schlechte Idee ist, als Polizistin mit jemandem zusammenzuarbeiten, den man liebt, schießt es ihr durch den Kopf. Sie versucht auszublenden, dass es Mascha ist, die dort mit einem Revolver gegen den Kopf gerichtet steht, und versucht stattdessen, ihre Möglichkeiten abzuwägen. Ihr kommt der Gedanke, dass die Situation an damals vor Jahren in Sandsted erinnert, als Signe von einem afghanischen Terroristen als Geisel genommen wurde, der sie als Schild benutzte, und Troels, der selbst vor etwas mehr als einem Jahr erschossen wurde, den Afghanen mit einem sensationell präzisen Schuss tötete. Aber Troels war ein herausragender Schütze, während sie an einem guten Tag mittelmäßig ist, es ist also vollkommen ausgeschlossen zu versuchen, auf Franziska zu schießen. Nein, sie muss sich und Mascha irgendwie durch Reden retten und beten, dass Signe und Baldur nicht die Wohnung stürmen und Franziska in Panik gerät. Sie versucht, Franziskas psychischen Zustand einzuschätzen. Es liegt auf der Hand, dass sie reichlich verzweifelt sein muss, wenn sie sich in eine solche Sackgasse manövriert. Was wirklich schlecht mit dem Eindruck zusammenpasst, den Nabiha eigentlich von ihr gewonnen hatte, nämlich dem, dass sie scharfsinnig, geistig klar und rational ist. Aber das war offenbar eine Fehleinschätzung. Vielleicht ist sie wie ihr Bruder drogen-

süchtig. Kokainabhängig. Anders lässt sich ihre absurde Art zu reagieren kaum erklären. Vielleicht hat Franziska heute Morgen gegen den Kater ein paar Lines gezogen. Das würde Sinn ergeben, macht die Situation aber nicht einfacher. Ein total zugekokster Mensch hat häufig ein vollkommen verzerrtes Bild von seinen eigenen Stärken und Möglichkeiten.
»Franziska, legen Sie jetzt die Waffe weg. Sie haben keine Chance, aus der Sache rauszukommen. Wenn Sie Mascha erschießen, erschieße ich Sie, bevor Sie auch nur irgendwas tun können.«
Franziska schnaubt. »Und was, wenn du danebenschießt? Wer, glaubst du, stirbt dann?«
»Ich schieße nicht daneben. Nicht auf die kurze Entfernung, das kann ich dir versprechen. Ich bin eine verdammt gute Schützin. Davon abgesehen sind unsere Kollegen unterwegs, sie sind jeden Moment hier, und dann bist du so oder so erledigt. Und was, meinst du, gewinnst du damit, zwei Beamte umzubringen, außer dass du den Rest deines Lebens im Gefängnis verbringst?«
»Ich komme sowieso für viele Jahre ins Gefängnis. Ich habe jemanden umgebracht.«
Nabiha runzelt die Stirn und schüttelt den Kopf. »Nein, hast du nicht. Kasper ist nicht tot.«
»Du verarschst mich.«
»Nein. Er ist am Leben«, sagt Nabiha und blufft abermals: »Und außer Lebensgefahr.«
Franziska schaut verwirrt.
»Wie kommst du überhaupt darauf, dass er tot ist?«
»Das hatte ich angenommen. Zwei Schüsse in die Brust ...«
»Glaubst du nicht, wir hätten es gemeldet, wenn das der

Fall wäre? Nee, du, er lebt. Wahrscheinlich wirst du wegen versuchten Mordes verurteilt und kannst mit fünf Jahren Gefängnis rechnen. Bei guter Führung kannst du nach vier Jahren draußen sein. Wenn du aber eine von uns oder uns beide tötest und ich dich nicht als Erste erwische, kannst du dich auf viele, viele Jahre hinter Gittern gefasst machen. Falls du überhaupt jemals wieder freikommst, das Rechtssystem ist nämlich alles andere als nachsichtig gegenüber Polizistenmördern.«

Nabiha hört Franziska schwer atmen. Mascha öffnet die Augen und sieht sie an. Sie versucht, ihr aufmunternd zuzulächeln, doch das Resultat ist eine merkwürdig steife Grimasse. Sie bemerkt, dass Franziska eine Träne über die Wange läuft.

»Wenn du wüsstest, wie scheiße mein Leben ist«, sagt sie heiser.

Jaja, armes reiches Mädchen. Nabiha hat jetzt keine Zweifel mehr: Franziska ist abhängig. Schwer abhängig.

»Franziska, tu das einzig Vernünftige. Leg die Waffe weg.«

Zehn Sekunden lang stehen die drei Frauen schweigend, wie eingefroren, Franziska mit aufgerissenen Augen und riesigen Pupillen. Jetzt gib schon auf, denkt Nabiha. Franziska senkt langsam den Arm, führt ihn tastend nach hinten und legt den Revolver auf die Arbeitsplatte.

»Super, Franziska. Sehr gut. Jetzt lass Mascha los und heb die Hände.«

Franziska folgt der Aufforderung.

»Mascha, komm her.«

Mascha geht mit steifen, unsicheren Schritten zu Nabiha auf die andere Seite des Esstisches, dann dreht sie sich um, während sie gleichzeitig mit der rechten Hand unter die Jacke fährt, augenscheinlich, um ihre Pistole aus dem Schulterholster zu ziehen.

»Mascha, das ist unnötig«, kann Nabiha gerade noch sagen, da greift Franziska mit panischem Blick hinter sich nach dem Revolver auf der Küchenanrichte. Sie bekommt ihn zu fassen, schafft es jedoch nicht mehr, die Waffe zu heben, ehe sie von dem Projektil aus Nabihas Pistole getroffen wird und zusammensackt.

Scheiße, Scheiße, Scheiße, denkt Nabiha.

19. Februar

Kapitel 77

Der Rest des Tages verlief leicht chaotisch. Signe und Baldur kamen wenige Minuten, nachdem der Schuss in Franziskas Küche gefallen war, und Nabiha war dankbar, dass Signe das Kommando übernahm. Nabiha hatte selbst einen Rettungswagen gerufen, während Mascha untersuchte, wo Franziska getroffen worden war, nämlich am rechten Oberarm, und die Wunden mit einem Geschirrtuch verband. Nabiha hatte auf die Schulter gezielt, was sie niemandem erzählte, doch es bestätigte nur ihre Einschätzung ihrer vergleichsweise bescheidenen Fähigkeiten als Schützin und verstärkte ihre Dankbarkeit darüber, dass sie nicht gezwungen gewesen war, auf Franziska zu schießen, während diese Mascha als Schild gebrauchte.

Obwohl der Schuss in den Arm an sich nicht lebensgefährlich war, entwickelte sich Franziskas Zustand recht kritisch – dem Notarzt zufolge primär, da sie so high vom Kokain war, dass ihr Körper sich bereits, bevor sie getroffen wurde, in höchster Alarmbereitschaft befunden hatte. Später kam jedoch Nachricht aus dem Rigshospital, dass sie außer Lebensgefahr sei und voraussichtlich keine größeren Schäden davontragen werde.

Baldur orderte ein Team Kriminaltechniker, während Signe zunächst Maschas und anschließend Nabihas kurz gefasste Erklärungen zum Geschehen aufnahm. Nabiha übergab Signe ihre Pistole, woraufhin Signe sie und Mascha anwies, dass sie nicht miteinander über den Vorfall sprechen und allgemein nicht zu zweit allein sein durften, bevor beide von den Ermittlern der Unabhängigen Polizeibeschwerdestelle vernommen worden waren. Nabiha wusste daher nicht, wie die Antwort auf ihre Frage an Mascha lautete, die ihr seit dem Moment auf der Zunge brannte, als sie zum ersten Mal in ihrer Laufbahn mit ihrer Pistole auf ein lebendes Wesen geschossen hatte: Warum in aller Welt hatte Mascha Anstalten gemacht, ihre Waffe zu ziehen, und damit eine Panikreaktion provoziert, wo die verzweifelte und labile Frau doch unverkennbar im Begriff gewesen war, das einzig Vernünftige zu tun, nämlich sich zu ergeben? Es war schließlich mehr als ausreichend, dass eine von ihnen die Pistole gezogen hatte.

Was hatte Mascha sich bloß gedacht?

Um die Wahrheit zu sagen, war Nabiha dankbar, dass sie jetzt nicht mit Mascha zusammen sein konnte. Es wäre seltsam gewesen nach dem, was passiert war. Vor allem, weil sie nicht über das Einzige hätten reden können, was Nabiha gerade beschäftigte, nämlich über den Umstand, dass sie Signe gegenüber vollkommen ehrlich gewesen war und erzählt hatte, dass ihrer Auffassung nach Maschas Gefummel nach der Pistole die Situation ausgelöst hatte.

Sie war auch heilfroh, dass Kristoffer nach Aalborg zurückgefahren war und sie die Wohnung für sich allein hatte. Sie hatte nachmittags mit ihm telefoniert, und er schien relativ guter Stimmung und erzählte, Merlin habe ihn gelobt und erneut betont, dass es keinesfalls seine Schuld sei, dass sie nicht schon früher auf Mirza aufmerksam geworden waren. Kristoffer hatte außerdem mit Justesen gesprochen, dem zufolge die Ermittlungen gegen die Grønnevang-Bewohner nach wie vor auf Hochtouren liefen – einerseits, da man hoffte, weitere Beweise zu finden, andererseits aufgrund der engen Zusammenarbeit mit der Polizei in Deutschland und Schweden, wo der große Durchbruch nach wie vor auf sich warten ließ. Bei der Aalborger Polizei ging man derweil halbwegs sicher davon aus, dass das bisher gesammelte Beweismaterial für eine Verurteilung reichen würde. Justesen hatte gesagt, dass Kristoffer weiterhin Teil des Teams wäre, sobald er zurückkäme, und er und Nabiha hatten am Ende des Gesprächs abgemacht, sich bald unter etwas entspannteren Bedingungen wiederzusehen.

Als die beiden Ermittler der Unabhängigen Polizeibeschwerdestelle erschienen, waren sie freundlich, aber auch sehr förmlich. Zuallererst machten sie Nabiha darauf aufmerksam, dass sie das Recht auf einen Beisitzer habe, was sie jedoch ablehnte. Anschließend wiederholte sie ihre Darstellung der Ereignisse, und die Ermittler wiesen sie wie bereits Signe darauf hin, dass sie die Sache nicht mit Kollegen besprechen dürfe und im Übrigen vom Dienst freigestellt sei, bis die Untersuchung abgeschlossen war.

Dann fuhr sie nach Hause.

Nachdem sie eine Weile in der Wohnung herumgetigert war, machte sie einen langen Spaziergang auf dem Bispebjerg Friedhof und im Naherholungsgebiet Utterslev Mose. Als sie zurückkam, knurrte ihr der Magen und sie kaufte ein Schawarma beim Türken an der Ecke und zwei Dosen Bier im Kiosk nebenan. Normalerweise trinkt sie unter der Woche niemals Bier und schon gar nicht allein, aber dieser Tag war schließlich alles andere als normal.

Es war erst einundzwanzig Uhr, als sie ins Bett ging, und

ob es nun der Alkohol war oder ihre psychische Immunabwehr, die aktiv wurde und die mentalen Verdunklungsvorhänge zuzog, jedenfalls schlief sie ein, kaum dass ihr Kopf das Kissen berührte.

Sie begreift nicht, warum es hell ist, als sie aufwacht. Ein Blick aufs Handy sagt ihr, dass es Viertel nach neun ist. Sie kann sich nicht erinnern, jemals in ihrem Erwachsenenleben über zwölf Stunden am Stück geschlafen zu haben. Trotzdem bleibt sie im Bett liegen und lässt die gestrigen Ereignisse Revue passieren. Wenn man bedenkt, dass sie eine der dramatischsten Situationen durchgemacht hat, die einem Polizisten widerfahren können und die nur sehr wenige im Laufe ihrer Karriere erleben, setzt es ihr erstaunlich wenig zu. Sie weiß, dass es für einige ihrer Kollegen, die auf einen anderen Menschen geschossen haben, eine starke psychische Belastung ist. Doch im Augenblick empfindet sie nicht viel deswegen – außer Stolz darüber, dass sie in einer brenzligen Situation, binnen Bruchteilen einer Sekunde, die richtige Entscheidung getroffen und den Vorschriften entsprechend gehandelt hat. Nein, was ihr zu schaffen macht, ist etwas anderes.

Kann Maschas und ihre Beziehung das überleben?

Bisher hatten sie noch keine größeren Meinungsverschiedenheiten, geschweige denn einen Streit. Außer ihrer engsten Familie hat sie noch niemanden so geliebt, wie sie Mascha liebt. Aber sie spürt auch, dass etwas mit ihren Gefühlen geschehen ist. Ein Verlust von Unschuld.

Sie haben mehrfach darüber gesprochen, wie wichtig es ist, ihr Privatleben von der Arbeit getrennt zu halten. Am Arbeitsplatz haben sie sich wie Kolleginnen behandelt, nicht wie Beziehungspartnerinnen. Und genau das hat sie jetzt auch getan. Mascha wie eine Kollegin behandelt. Wobei ... vielleicht stimmt das nicht ganz. Denn Nabiha weiß, dass viele sich nicht so kategorisch über den Fehler eines Kollegen geäußert hätten, wie sie es gestern zweimal getan hat, erst Signe und anschließend den Ermittlern der Polizeibeschwerdestelle gegenüber. Aber als sie zum allerersten Mal die Polizeischule betrat, hat sie sich geschworen, niemals eigene oder die Fehler von Kollegen zu vertuschen. Deshalb hat sie gestern keine Sekunde gezweifelt. Obwohl sie sicher ist, dass sie Mascha damit verletzt hat.

Sie schiebt die Gedanken vorerst beiseite und ruft ihre Mutter an.

»Bist du auf der Arbeit?«, fragt sie.

»Hallo, *habibi*. Nein, ich hab heute frei.«

»Dann komm ich so in einer Stunde vorbei. Lädst du mich zum Frühstück ein?«

»Frühstück? Um elf Uhr vormittags?«

»Ja. Irgendwo kriegen wir bestimmt noch was.«

»Ich dachte schon, du hättest mich vergessen.«

»Nein, Mama, ich hab dich nicht vergessen. Bis später.«

Sie legt auf und muss lächeln beim Gedanken daran, dass sie jetzt schon weiß, was ihre Mutter sagen wird, beinah im genauen Wortlaut, wenn sie ihr von gestern erzählt. Sie weiß auch, dass sie das Versprechen, das sie sich selbst gegeben hat, nicht halten wird: ihrer Mutter, wenn sie sie das nächste Mal sieht, zu erzählen, dass sie auf Frauen steht und eine Freundin hat, die Mascha heißt.

Denn jetzt ist ja gar nicht sicher, ob sie noch eine Freundin hat. Und wenn nicht ... dann kann der Rest warten. Bis sich irgendwann die Gelegenheit bietet.

Kapitel 78

»Geht es ihr gut so weit?«

Juncker hat sich auf einen freien Stuhl in Signes Büro in der OK gesetzt. »Nabiha? Ich würde sagen, es geht ihr bestens«, sagt Signe. »Sie ist ziemlich tough, kann das sein?«

»Ja, kann man so sagen.«

»Und kompetent.«

»Ja. Sie hat das Zeug, richtig gut zu werden.«

»Was machst du eigentlich hier? Warum bist du nicht im Krankenhaus?«

»Weil ...« Juncker kratzt sich die Bartstoppeln, die inzwischen weit mehr als nur einige Tage alt sind. »Ich war gestern und heute Nacht die meiste Zeit da. Aber ich werde verrückt, wenn ich nur dahocke und auf die Kurven auf den Monitoren starre und auf Kasper, wie er im Bett liegt und um sein Leben kämpft, während ich nichts tun kann, um ihm zu helfen. Zwischendurch brauche ich einfach eine Pause.« Er schaut sie an. »Findest du das komisch?«

»Gar nicht. Ich glaube, mir würde es genauso gehen.«

»Aber ich weiß auch nicht, was ich sonst tun soll. Ich kann genauso wenig zu Hause in der Wohnung sitzen und Löcher in die Luft glotzen.«

Signe legt den Kopf schief. »Kannst du nicht zu Malene fahren?«

Juncker nickt. »Doch, schon.«
»Juncker, du hast mit ihr gesprochen, oder?«
»Ja. Am Telefon.«
»Es wäre wahrscheinlich sehr gut, wenn du sie mal besuchst. Ich sag's nur.«
Er schaut weg und blickt einen Moment lang aus dem Fenster.
»Wie sieht's aus mit den Fällen?«, fragt er.
Sie lächelt schief. »Also ... Mirza hat ja gegenüber dir und Donsberg den Mord an Karl gestanden, außerdem wären da noch die Aufnahmen, die wir in seiner Wohnung in Næstved gefunden haben. Die belasten außerdem Daniel Alexander und Filip Steenvig stark. Obendrein hat Steenvig ausgepackt und alles gestanden sowie auch noch seine jetzt vermutlich ehemaligen Freunde aus der HTBG verpfiffen. Jetzt müssen wir die ganze Drogensache im Detail untersuchen, unter anderem, in welchem Umfang die Geldwäsche über das Zombie und die anderen Lokale, die diese Typen betreiben, erfolgt ist. Und natürlich auch die Zusammenarbeit zwischen der HTBG und anderen Banden. Was den Mordversuch an Kasper angeht ... Franziska hat ja vor Nabiha und Mascha mehr oder weniger zugegeben, dass sie es war. Jetzt müssen wir sehen, was sie sagt, wenn sie wieder bei klarem Verstand ist. Ein auch nur halbwegs fähiger Verteidiger wird wahrscheinlich anführen, dass das Geständnis angesichts der Umstände, unter denen es abgelegt wurde, nichts wert ist. Ganz davon zu schweigen, dass es naheliegenderweise keine Aufnahme davon gibt. Da könnte es also für eure Abteilung noch einiges zu tun geben. Aber ich bin optimistisch, schließlich wäre da noch der Revolv...«
Junckers Handy klingelt und unterbricht Signes Rede-

fluss. Er schaut aufs Display. Es klingelt fünfmal, ehe er den Mut fasst ranzugehen.

»Ja, Charlotte?« Seine Stimme ist heiser und versagt ihm fast.

Er rennt den Gang entlang, so schnell er es vermag, und läuft beinahe zwei Krankenschwestern über den Haufen, die um eine Ecke biegen. Zum ersten Mal seit sehr, sehr langer Zeit spürt er ein Stechen im Unterleib an der Stelle, wo vormals seine Prostata war, doch das ist jetzt egal.

Er reißt die Tür auf und tritt ins Zimmer. Versucht, seine Atmung unter Kontrolle zu bringen, und merkt, wie ihm der Schweiß auf der Stirn steht. Die Krankenschwester sitzt an Ort und Stelle. Links neben dem Bett steht ein junger Arzt mit todernstem Gesicht. Charlotte steht auf der rechten Seite des Bettes und hält Kaspers Hand.

Sie weint. Er spürt ein Ziehen im Bauch und stellt sich ans Fußende.

Kaspers Augen sind geöffnet. Als er seinen Vater sieht, sagt er etwas mit schwacher Stimme, das Juncker nicht versteht. Er tritt neben Charlotte und beugt sich hinunter, und jetzt hört er, was sein Sohn zu sagen versucht.

»Tut mir leid.«

Juncker richtet sich auf. Ihm schwindelt, er wankt einen Schritt zurück und stößt gegen einen Stuhl. Lässt sich auf die Armlehne sinken und schaut abwechselnd zu Kasper und Charlotte, die mit tränennassen Wangen lächelt. Dann beugt er sich vor und birgt das Gesicht in den Händen.

Danke

An alle, die mit fachlichem Input, gründlicher Lektüre und guten Ratschlägen beigetragen haben: Christian Dinesen, Frank Jensen, Jens Møller Jensen, Sammy S. Engelbrecht, Jimmy Bartholdy Heuser, Hans Petter Hougen, Aalborg Forsyning, Linda Kjær Minke, Claus Danø, Jan Nybo Jensen, Sanne Bræstrup Kirstein, Søs Marie Serup, Lotte Thorsen, Tina Ellekjær, Bettina Wøhlk, Freja Maj Andersen, Finn Nielsen, Carsten Knudsen und Mette Grith Stage.

An euch vom Politikens Forlag, die ihr das Bücherschreiben zu einem noch größeren Vergnügen macht, als es ohnehin schon ist.

Ein besonderer Dank gilt dem Ritter des Roten Kugelschreibers, unserem grandiosen und lieben Lektor, Anders Wilhelm Knudsen.